UN JARDIN
DE MENSONGES

ŒUVRES DE SUSAN FLETCHER
DÉJÀ PARUES

La Fille de l'Irlandais, Plon, Feux croisés, 2006
Avis de tempête, Plon, Feux croisés, 2008
Un bûcher sous la neige, Plon, Feux croisés, 2010
Les Reflets d'argent, Plon, Feux croisés, 2013

Susan Fletcher

UN JARDIN DE MENSONGES

Traduit de l'anglais
par Isabelle Chapman

Les Presses de la Cité

Publié au Royaume-Uni sous le titre original *House of Glass*
par Virago Press, une marque de Little, Brown and Company
et Hachette UK, en 2018.

Les Presses de la Cité, un département Place des Éditeurs
92, avenue de France 75013 Paris

ISBN 978-2-258-19592-9
Dépôt légal : novembre 2021

Presses de la Cité
un département **place des éditeurs**

place des éditeurs

Pour Olli

1

Mon anatomie laisse quelque peu à désirer. Je parle de mes os, la charpente qui maintient le reste de mon corps. Il ne leur manque ni moelle ni cavités ; ni ces extrémités lisses et arrondies leur permettant de s'insérer les uns dans les autres, et en vérité mon squelette est complet. Mais il est fragile. Rien que de transférer mon poids d'une jambe sur l'autre, ça craque. Enfant, je me cassais tellement souvent – à la suite de gestes minuscules, aussi simples que regarder en l'air – que les médecins faisaient la grimace et hochaient la tête. « Imparfaite », disaient-ils.

Son nom latin est trop long pour être prononcé souvent ou correctement. *Osteogenesis imperfecta*. Vingt-deux lettres qui claquent dans la bouche et qu'au début j'essayais de dire lentement. Ma mère les chuchotait comme une prière ou une incantation. Je me les murmurais à moi-même quand j'étais seule. Mais bientôt ce terme tomba en désuétude et on ne parla plus que des « os de Clara ». Je l'entendais dans les salles et les couloirs de l'hôpital, et sous cette dénomination plus accessible, plus personnelle, je comprenais que mon affection, la maladie des os de verre, était unique. Personne d'autre à Londres ni ailleurs ne se fracturait les côtes en éternuant. Personne d'autre que moi ne se fissurait les dents contre des petites cuillères.

Aujourd'hui, la maladie a relâché son emprise. J'ai gardé cependant ma silhouette bancale. Le blanc de mes yeux a toujours cette teinte bleutée qui rappelle celle du lait. Ma peau est plus pâle là où elle a été étirée par une réduction de fracture – une côte qui ressort, ma clavicule dentelée –, de sorte que jamais je ne pourrai me libérer de cette terminologie latine et de ce qu'elle implique. Mais au moins j'ai atteint ma taille adulte. Et mes os, au fil des ans, ont trouvé leur place et se sont solidifiés.

Mon enfance a été jalonnée de fractures. J'ai habité un monde de médecins et d'attelles, de potions qui me donnaient des rêves étranges peuplés d'ossements. Certaines parties de mon corps enflaient ; les hématomes glissaient sous ma peau comme des orages ou des marées montantes – sensibles, dans un camaïeu de tons foncés. Ma première fracture, je me rappelle, c'était en hiver ; debout sur une marche, je regardais la neige tomber et le craquement dans mon bras n'a pas été causé par la chute mais par la main de ma mère qui m'a brusquement soulevée dans l'espoir de me l'éviter. Un réflexe : « Non, non ! » Sauf que sa promptitude m'avait brisé net l'humérus, et qu'elle eut ensuite sa part de douleur. Je la revois se balançant à mon chevet, balbutiante.

Plus tard, je me cassai la mâchoire dans Regent Street. Un jour, le coude d'un inconnu me fractura les côtes et je m'effondrai sur le pavé en me vidant de mon air comme un ballon crevé. À Trafalgar Square, mon épaule gauche sortit de son articulation alors que je tendais la main vers un oiseau en vol, et le cri de douleur que je poussai fit envoler une nuée d'autres oiseaux, provoquant un courant d'air. Après ça, les médecins furent formels : je ne devais plus mettre le nez dehors. Jusqu'à ce que j'aie achevé ma croissance, il fallait que je vive entre quatre murs, afin de minimiser les risques. Et quand ma mère avait protesté – « Mais ce n'est qu'une enfant ! » –, ils avaient évoqué les os plus petits de mon cou : mes vertèbres. « Comprenez-vous, madame Waterfield, ce qui pourrait arriver à votre fille ? » Ils nommèrent ces os délicats de mon crâne susceptibles de se briser comme une coquille d'œuf.

Notre intérieur se capitonna. De velours et de duvet d'oie, de coussins brodés, de tapis persans et de soieries. Il y avait aussi un globe terrestre. Un cheval à bascule que j'avais le droit de toucher mais non d'enfourcher. Et du tempétueux monde extérieur ils rapportaient à la maison ce qui, à leur avis, me manquait : des pommes de pin, des plumes de pigeon, l'odeur des chevaux sur les gants rouges de ma mère, un arôme que je respirais, les yeux fermés. Ils me décrivaient la Tamise au crépuscule, les gens qui chantaient Noël dans les rues sous la pluie. Lorsque la ménagerie de M. Jamrah se dota d'un ours, ma mère leva les bras : « Une bête grande comme ça, Clara ! Et large comme ça ! »

Des fleurs dans chaque pièce. Des cartes de pays lointains aux murs. Un automne, comme je réclamais une brassée de ces feuilles – sycomore, hêtre, marronnier, chêne – qui émaillaient mes lectures, ma mère écuma les parcs londoniens. Chaque jour elle me décrivait ce qu'elle avait vu : le plus joli chapeau ou la moustache la plus joliment taillée, ou un cheval avec sur le front une tache en étoile. Elle faisait des commentaires sur les ramoneurs et les étoles de renard, et si elle passait une journée sans sortir, elle me lisait des contes et légendes des Indes qui me donnaient l'impression de voyager et de m'instruire. Les coins des meubles étaient garnis d'étoffes. On veillait à ne mettre à ma portée aucun objet en verre. Pour protéger mes dents, Millicent, notre bonne, faisait bouillir des fruits si longtemps qu'ils en perdaient leur forme et leur saveur, et il n'y avait pas plus moelleux que son pain d'épices.

Mais surtout, il y avait les livres. Ils étaient ma consolation. Je ne pouvais pas marcher dans le vent et la lumière, mais toutes les promenades m'étaient autorisées à travers la lecture. Lire, me disait-on, c'est découvrir le monde. Pour l'anniversaire de mes 7 ans, la salle à manger fut transformée en bibliothèque ; une pièce remplie de rayonnages, de cartes géographiques, de tapisseries, avec une lampe coiffée d'un abat-jour à franges et un piano à queue qui m'était interdit à cause de mes doigts et de mes poignets, mais dont ma mère jouait, à ravir d'ailleurs. Sa méridienne avait, au départ, été vert mousse, mais avec le temps, à mesure que j'additionnais les lectures, que j'étudiais les cartes, cette couleur intense et veloutée prit la teinte des ailes de colibri, de l'envie d'Othello ou de ces joyaux vivants dissimulés dans les terres humides de l'Équateur… de minuscules grenouilles tropicales d'un vert luminescent.

Ma mère, ma préceptrice. Elle était assez savante, avait-elle déclaré, pour faire l'école à son unique enfant. Et elle ne s'en est pas privée ! Chimie et tables de multiplication ; constellations et conjugaison des verbes français. Et, bien entendu, le squelette humain. Depuis ma naissance, elle avait appris de chaque os non seulement la position et la fonction mais aussi le nom latin ; le bruit qu'ils faisaient en se brisant ; la liste des articulations tels des continents.

Nous possédions des ouvrages sur la toundra arctique. Les coquillages. Les dinosaures. Comment les abeilles fabriquent le miel. La guerre de Crimée. Nous parlions après le dîner des cimes du monde, de la route ouverte par Magellan, des propriétés du mercure, des territoires des hiboux, de la suffragette Emmeline Pankhurst – « Tu m'écoutes, Clara ? » – et des dieux et des déesses grecs ; puis plus tard des mêmes mais sous leurs noms latins. Il m'arrivait de toquer à la porte de Patrick. Il levait les yeux et posait son stylo. « Qu'as-tu appris aujourd'hui ? » Et moi de lui répondre avec enthousiasme : « Saturne a des anneaux… Le roi Richard a mené les premières croisades. » « Incroyable ! » s'émerveillait-il, comme s'il ne le savait pas déjà.

Des romans, aussi. En tout cas ma mère les lisait. C'était une lectrice insatiable : Fielding et les sœurs Brontë, d'énormes bouquins traduits du russe dont le seul poids aurait pu me casser un os. Moi, je préférais les histoires vraies. J'avais soif de faits, décrits par ceux qui avaient escaladé, nagé, dansé, vraiment pratiqué ce sur quoi ils écrivaient, et pas seulement en imagination. Pour mon anniversaire, je demandais toujours des almanachs. J'aimais ces calendriers à cause de leur côté rigoureusement structuré. Avec le recul, je me dis que c'était peut-être en guise de compensation : ne pouvant pas compter sur ma propre ossature, je cherchais ailleurs la robustesse qui me manquait, dans les dictionnaires, sur les planches d'anatomie, partout. Le manuel de médecine, qui sentait si bon le cuir, ne me renseignait pas seulement sur les os, mais aussi sur les organes, les vaisseaux, les muscles et des mots comme *ventricule*. Dessins botaniques. Encyclopédie des oiseaux.

C'est mon beau-père qui me les procurait. En fin de journée, Patrick rentrait les bras chargés de livres ; je l'entendais taper des pieds dans le vestibule, frapper sur le sol ses chaussures mouillées, et je me disais qu'il allait se briser, cet homme tellement maigre et osseux. Patrick : d'une pâleur exsangue ; timide derrière ses lunettes, qui s'exprimait à mots comptés. Son sourire atteignait rarement ses yeux. Ce n'était pas non plus un lecteur, et il ne quittait jamais Londres. A priori ce n'était pas son style de constituer une bibliothèque à l'attention de la fille fragile de sa femme ni de lui offrir un cheval à bascule. Mais peut-être éprouvait-il une sorte de sympathie. Comme moi, Patrick était un habitué des lieux clos.

Le jour, il travaillait dans une banque du côté de Charing Cross ; la nuit et le week-end, il restait dans son bureau lambrissé de sombres boiseries en acajou, aux rideaux toujours mi-clos, où une pendulette de voyage sonnait les heures. Là, il épluchait les journaux. Il fumait la pipe. Parfois, il jouait aux échecs avec ma mère en gardant la porte entrouverte, afin que je puisse voir ce qu'ils faisaient : une occupation calme et silencieuse ponctuée de brefs commentaires sur la partie en cours et, à l'occasion, sur mes os. Ils semblaient se contenter de ce qu'ils avaient, un mariage ménageant de vastes zones désertiques. Patrick jouait parfois aux échecs avec son seul ami, un personnage furtif qui répandait une odeur de brillantine. Je ne pouvais pas les regarder jouer parce qu'il fermait toujours la porte et que le trou de la serrure était trop étroit. Mais je m'attardais dans le couloir et étudiais, fascinée, le trilby du monsieur accroché au portemanteau.

Ma mère, Charlotte, c'était tout autre chose. Elle était la lumière, la vitalité, la curiosité. Elle, elle préférait la vie au grand air. Je la surprenais souvent pieds nus dans le jardin, sans raison particulière. Elle n'était pas grande, mais elle avait de la prestance. Charlotte était combative, elle avait le sens de la repartie ; elle défilait pour revendiquer le droit de vote des femmes et, à son retour, s'étalait sur la méridienne verte, les joues rouges de colère, de fierté ou d'épuisement. Elle me racontait de son enfance des choses tellement étranges et exotiques que ces histoires me hantaient pendant des jours : les sorbets à l'hôtel Peliti ; les fleurs qui s'ouvraient la nuit et perdaient leur parfum au lever du soleil ; les léopards assoupis dans les arbres, pattes et queue pendantes.

Un drôle de couple, disait Millicent en éliminant avec un couteau la croûte du morceau de pain qui m'était destiné. Et comment aurais-je pu la contredire ? Ils étaient aussi différents que le soleil et la lune. L'un se retirait dans une chambre obscure, l'autre préférait le petit matin et semblait faite de lumière.

Mon petit monde tapissé de papier peint. Studieuse, choyée, je gazouillais parfois comme un oiseau, quand j'étais de bonne humeur. Mais il m'arrivait aussi d'avoir le cafard. Je pouvais me retirer des semaines avec mes livres, sans rien manger ou presque ; je me plaignais alors de mon confinement comme de la pire cruauté qui soit. J'essayais d'ouvrir les fenêtres ou de lancer des livres à travers la pièce, rien que pour faire rager ma mère. « Tes os, Clara ! Tu oublies ? » Un jour, je lui annonçai que je n'avais rien, que j'allais parfaitement bien, que je n'avais plus besoin de rester enfermée, et je m'habillai pour sortir dans les rues de Londres ; j'enfilai l'écharpe et le bonnet de Millicent, priai ma mère de s'écarter, mais elle tint bon. Elle resta plantée devant la porte, l'index levé et le visage courroucé. Elle prononça un mot : « luxation ».

Millicent me qualifiait d'effrontée – je l'avais entendue marmonner en plumant un poulet. C'était un mot nouveau. Le dictionnaire m'en livra la définition : une enfant qui se plaint sans cesse. Voilà qui allongeait la collection des qualificatifs me concernant : têtue, gâtée, infortunée, mal élevée, triste, difficile… La pauvrette. Je souffrais également de fatigue chronique, un symptôme lié à ma maladie qui, le soir, pénétrait jusque dans la moelle de mes os comme un gant humide. Mais j'étais aussi lasse de mon mode de vie, de ces longues journées monotones où mon seul contact avec le vent était le souffle que j'entendais dans la cheminée, où mon expérience de la vie ne se faisait que par le biais de pages imprimées. Ma mère en était consciente. Elle savait quand il fallait me prendre dans ses bras avec douceur. Et la nuit, en ajustant les couvertures autour de moi, elle évoquait l'adulte que je serais, robuste, rapide, sans un seul hématome. « Un jour, tu monteras à cheval. »

Mon corps continuait de se fracturer. Tous les coussins et tous les mots tendres ne pouvaient empêcher une dent ébréchée, un orteil cassé contre un meuble. Mes genoux cédaient sous mon poids. Je me brisais les côtes sous l'emprise d'un mauvais rêve ou d'un éternuement irrépressible au milieu de l'hiver ; un après-midi, alors que j'étais déjà adolescente, je me cognai la hanche contre la rampe. On entendit un crac sonore ; la douleur fut si fulgurante, si vive, que ma bouche se remplit d'une eau amère et que le monde devint, temporairement, noir. Fracture du fémur : trois mois d'un épais sommeil artificiel, attachée à une planche de bois qui me privait de ma dignité. Je perdis du poids. Quand j'en étais capable, je pleurais, en silence, face au mur. Ma seule consolation : les soins que me prodiguait ma mère et ses histoires formidables de son ancien pays où il pleuvait à chaque heure tapante et où, sur les marchés, les hommes se servaient de glaçons comme monnaie d'échange.

De son nom de jeune fille, Charlotte Pugh. La fille d'un colonel de l'armée des Indes et de son épouse conforme aux préceptes bibliques, une femme de devoir qui détestait Calcutta, détestait la chaleur et les bazars, détestait l'odeur du port et les lézards tiktiki filant sur les meubles et laissant des crottes sur les assiettes. Chaque année, durant les mois de forte chaleur, ils montaient à Shimla, tout au nord, au pays du *high tea* et du tennis sur gazon. Des parties de whist.

— Tu te plaisais là-bas ?

Un sanctuaire consacré à un dieu singe au sommet de Jakky Hill. Des chiens errants endormis sous les branches d'un casuarina.

— Je m'y plaisais beaucoup.

— Alors pourquoi tu es partie ?

Elle évoqua un mainate que l'on avait frappé à coups de bâton avant de le relâcher pour avoir prononcé un blasphème – et c'est d'une manière semblable qu'elle avait été, me semblait-il, sommée de partir. Pour quelle raison ? Sa réponse fut évasive. Elle révéla seulement qu'elle avait eu trop d'audace et de plumes noires, au goût de ses parents, qui prônaient la foi chrétienne et la discipline ; ils refusaient de lui pardonner. Et qu'importait, au fond ?

— Je suis très heureuse, maintenant.

Elle souriait, mais je restai dubitative.

— Qu'est-ce qu'ils ne pouvaient pas te pardonner ?

Mais ma mère se tut. Elle me borda délicatement et, en me disant que Millicent l'appelait, se leva et sortit de ma chambre. Et moi je contemplai son fauteuil vide en me disant : Elle m'a menti.

Je lui posai de nouveau la question et, cette fois, ne lui permis pas de s'esquiver. Par une soirée étouffante de fin d'été, alors que j'étais étalée sur ma planche et que ma mère, assise une jambe repliée sous elle, me faisait la lecture, je tentai :

— C'était à cause de mon père ?

Elle leva un regard étonné.

— Ce pour quoi ils t'ont chassée. Tes plumes noires. C'était lui ?

Je vis son expression : traquée, sidérée. Elle ferma lentement le recueil de poèmes et le posa à côté d'elle ; resta un moment en contemplation devant le mur puis me fournit une réponse incomplète :

— J'avais 19 ans, Clara. J'étais jeune, mais persuadée que j'étais plus vieille que ça, plus sage… J'ai embarqué à bord du *Persia* et, du pont arrière, j'ai regardé rapetisser Calcutta.

Des heures cramponnée à la rambarde. Elle avait mal au cœur mais pas seulement parce que la mer était agitée. Je comprenais vaguement ce qu'elle me racontait.

— Ils t'ont fait partir à cause de moi ? Parce que je grandissais dans ton ventre ?

— Toi ? Oh non, pas à cause de toi. Comment ce pourrait être toi ? Tu es ce que j'ai de meilleur, tu te rappelles ? Non… Je n'avais pas d'alliance.

— Pourquoi pas ?

— Je n'en avais pas, voilà tout.

— Qui était-il ? Mon père ?

J'avais posé la question comme si c'était un détail mineur.

Mais il n'avait rien de mineur. Ma mère se referma sur elle-même, aussi brusquement qu'une porte qui claque dans un courant d'air. Elle se leva, le livre à la main.

— Ton père, c'est Patrick. Ton nom de famille est Waterfield. Clara, tu veux encore un peu d'eau ?

Ce soir-là j'ai compris quelque chose. C'était un drôle d'échange : une villégiature en altitude, des frangipaniers, des parents… Contre quoi ? Londres. La vie en gris. Un homme qui la touchait rarement, indifférent à la littérature et n'ayant pas connu la mousson. Et pourquoi ? Par respect des convenances, supposai-je. Une femme avec un enfant ne pouvait pas rester célibataire ; elle devait devenir épouse. Une enfant avait besoin d'un père. Et je me disais : Pas étonnant qu'elle manifeste pour les droits des femmes. Pas étonnant qu'elle me dise que la force d'une personne ne dépend pas, en fait, de la robustesse de ses os.

Tandis que le jour se levait, je sus que ma question l'avait blessée, et que j'aimais trop ma mère pour insister. De toute façon, quelle importance ? J'étais une Waterfield. Patrick se souvenait de mes premières semaines, comme tout père digne de ce nom. C'est ainsi que je me promis de ne jamais plus lui parler d'oiseaux aux plumes noires ni d'alliances. Je chassai de mon esprit le *Persia* cinglant vers le sud.

De ma fracture du fémur, je ne guéris pas. Ou plutôt elle se consolida sans tenir compte de mes mensurations. Ma jambe gauche devint plus courte que la droite. J'y gagnai une claudication.

— Ça s'améliorera peut-être avec la marche, dit ma mère. À condition de parcourir des distances suffisantes.

Car il n'y avait pas de quoi faire plus de trois pas entre ces murs enduits de papier peint. Les médecins lui accordèrent que le moment était venu. Et par un jeudi matin froid et ensoleillé de la fin octobre, trois jours après l'anniversaire de mes 18 ans, je fus jugée assez robuste, enfin, pour sortir avec elle.

Je me réveillai aux aurores. Ma mère m'attacha les cheveux avec des épingles, versa quelques gouttes d'eau de rose sur mes poignets et admira mon reflet dans la glace ; elle se tint derrière moi dans le vestibule, les mains posées sur mes épaules – nous nous ressemblions tellement à cet instant.

— Tu es prête, Clara ?

Je pénétrai dans un monde qui sentait le feuillage et la pipe, avec au-dessus de ma tête les cris des oies sauvages de passage. Un monde rempli de ponts enjambant la Tamise, d'omnibus, d'orgues de barbarie, et d'un air si délicieux que j'avais l'impression de boire une eau fraîche, si bien que j'en oubliai ma claudication. Jusqu'à ce qu'elle se rappelât à moi quand je vis mon reflet dans une vitrine de magasin. Alors je me mis à marcher en faisant un effort de volonté pour l'atténuer ou oublier que je boitais. Peine perdue. Jamais je ne pourrais avancer aussi vite que les autres. J'avais du roulis. J'étais une boiteuse.

Infirme. Ça aussi, c'est entré dans ma vie ce jour-là. « Tu as vu cette infirme ? » Ma mère tenta de faire diversion en attirant mon attention sur une grille en fer forgé et une affiche de cirque. Mais j'avais entendu, et ces mots je ne les ai jamais oubliés.

Le soir, je ne fus guère bavarde. J'avais mal dans les os. J'étais épuisée, le nez imprégné d'une odeur de charbon. Et surtout, j'étais en deuil ; il m'était insupportable de savoir que j'allais boiter toute ma vie. Une infirme, rien de plus ; jamais je ne serais comme les autres. Où était à présent ce grand jour que ma mère m'avait fait miroiter pour me consoler ? Ce jour où je pourrais monter à cheval ? Cela n'arriverait jamais.

Je fus obligée de m'aider d'une canne. Patrick m'en acheta une ; un bel objet, dans son genre : pommeau en argent sur bâton en noyer. Au début, elle imprima un hématome au creux de ma paume. Elle accompagna ma claudication d'un discret *toc toc*.

Je pris la résolution de ne pas me retirer dans des pièces aux rideaux tirés. Il n'était pas question de me dérober devant le mot « infirme » ni de pleurer le soir – de pleurnicher en cachette –, parce que les explorateurs et les reines ne se conduisaient pas ainsi. J'allais de l'avant. Je sortais voir les tableaux, les rues et les monuments dont j'avais entendu parler ; je parcourus à pied le plan de Londres. Ma mère m'accompagnait. Elle faisait de son corps un rempart entre le bord du trottoir et moi ; fusillait du regard les passants qui s'approchaient trop près ou marchaient trop vite et, quand il pleuvait, hélait un fiacre afin de m'éviter de glisser. Mais surtout, elle mettait un nom sur tout ce que nous croisions, pour mon instruction, pour que je comprenne. Un cabriolet. Une jupe entravée. Le théâtre de l'Alhambra sur Leicester Square. Les marchandes de violettes et les prédicateurs baptistes, et ces tourtes à la viande que vendaient au coin des rues des garçons deux fois plus petits que moi qui avaient l'air aussi deux fois plus jeunes. Elle m'expliquait la monnaie. Elle me récitait les noms des fruits sur les étals du marché. Et à la National Gallery, elle me menait devant des peintures représentant les Rois mages à genoux ou Vénus allongée, ou encore Samson à qui l'on coupe les cheveux, si bien que peu à peu les livres me parurent insignifiants, inconsistants.

Après une visite du musée, elle m'emmena prendre le thé sur le Strand.

— Qu'as-tu pensé des peintures, Clara ? me demanda-t-elle.

La dentelle des serviettes avait une délicatesse aérienne ; les gâteaux étaient piqués de roses en sucre. Et alors que ma mère versait le thé, j'eus cette révélation : la beauté réside dans la perfection, dans le décor finement ciselé d'entrelacs des cuillères à thé, comme dans les chairs rosées de la Vénus et ses épaules dénudées, ses cuisses grasses. Peu importait ce que les livres m'avaient apporté : être belle, pour moi, c'était être brune et pulpeuse, et je n'étais ni l'une ni l'autre.

Un autre jour, alors que ma mère soulevait la pince à sucre, j'eus cette révélation : mes os n'étaient pas ma seule étrangeté. J'étais aussi trop frêle. Trop petite – ma mère n'était pas grande et je mesurais moins qu'elle. Et puis j'étais trop pâle, beaucoup trop pâle : mes sourcils d'une blancheur de lait, tout comme mes cils et mes cheveux que ma mère avait comparés une fois au clair de lune. Ces histoires m'avaient plu, quand j'étais plus jeune, mais à présent je me demandais quels aspects de ma personne étaient acceptables. *Infirme*, *pâle*, *effrontée*. Je restai songeuse tandis que ma mère remuait son thé.

La nuit, dans la salle de bains, j'étudiais mes doigts qui refusaient de se tendre ; mes gencives nues et lisses, où mes molaires avaient logé avant de tomber. Dans le miroir, j'examinais ma peau translucide. Mon ossature petite et ferme. Les veines sur mes poignets, d'un bleu à nul autre pareil.

J'étais à cette époque si absorbée par ma propre apparence que je ne prêtais aucune attention aux changements qui s'opéraient dans la sienne. Je n'avais pas remarqué que ma mère maigrissait ni qu'elle s'était mise à marcher plus lentement. Plusieurs saisons passèrent. Je la trouvais souvent endormie ici et là dans des fauteuils. Elle se levait avec précaution en s'appuyant d'une main au mur ou à un meuble, des gestes qui ne lui ressemblaient pas, qui ne lui allaient pas.

Il y avait un sens à cela. Je voyais bien qu'une femme ayant traversé à la nage des fleuves indiens n'aurait pas dû être obligée de s'y prendre à deux mains pour soulever le couvercle du piano. N'aurait pas dû se plier en deux sans raison apparente. Et début septembre, au départ des hirondelles, tandis que je me promenais avec elle sur les quais de la Tamise les plus proches de chez nous, elle mit des mots sur son état. Utérin. Fibrome.

— Ils disent que j'en ai pour quelques mois, peut-être.

Elle sourit comme si ce qu'elle venait de dire était acceptable, comme si je l'avais déjà accepté. Je hochai la tête et regardai sur la rive opposée les arbres qui se déparaient de leur verdure.

En effet, ma mère eut encore quelques mois à vivre, mais pas plus. Ses cheveux devinrent gris, ses joues se creusèrent. Les médecins fermaient leur sacoche avec soin, comme pour la dernière fois. Et je me disais : Mais c'est pour moi que vous êtes venus. C'est moi, l'imparfaite.

Patrick rôdait sur le palier comme une âme en peine. Millicent officiait à la lisière de la maladie : elle changeait les draps, faisait couler des bains. Moi je renonçai à ma vie au grand air pour le fauteuil à son chevet ; à mon tour de la réconforter et de lui faire boire de l'eau. Les derniers jours, ma mère se tourna vers moi et me demanda de lui faire la lecture dans le livre qu'elle chérissait depuis sa jeunesse. *Contes et légendes des Indes*. Un recueil relié en toile bleue, aux pages usées, garni d'un ruban signet rouge et auréolé de moisissures. Sur la page de titre, son nom – *Mademoiselle Charlotte Pugh* – tracé d'une écriture enfantine. Entre ces pages, il y avait des histoires de princes dont le rire embaumait le jasmin, de tigres doués de parole. Les enfants grandissaient pour devenir adultes et les adultes, m'apercevais-je, retombaient en enfance.

Elle se décolorait, comme une étoffe mise à tremper trop longtemps.

Une fois, en se retournant, elle me sourit, je crus qu'elle était à Londres avec moi. Mais elle me dit :

— La mangue, Clara. Elle est trop haute pour moi.

Et je sus alors que ma mère était repartie ; au pays où le blanc était la couleur du deuil, où les singes pratiquaient l'art du vol à la tire. Et je me dis : Comment vais-je pouvoir, sans elle, naviguer dans les eaux de la vie ? Elle était au cœur de mon monde. Elle était tout pour moi.

— Je suis née pendant la mousson. Je t'ai déjà raconté ?

— Raconte encore une fois.

Mais elle avait fermé les yeux.

Aux premières heures de 1914, ma mère fit une grimace puis son visage s'adoucit ; croyant à un rêve qui la troublait, je lui caressai doucement la main. Elle venait de lâcher son dernier soupir.

Plus tard, je rejoignis Patrick au jardin. L'aube se levait. Il faisait froid ; au-dessus de nous le ciel se teintait de rose pâle. Nous nous tînmes longtemps sous le poirier, sans échanger un mot, les yeux levés.

— Ne crois pas que je ne l'aimais pas.

Sur ces paroles, il rentra. Quelque part dans la maison, Millicent priait. Je restai appuyée sur ma canne et observai la lumière changeante, les toits et les branches gagner en netteté, et je contemplai la réalité toute simple de sa mort. Elle avait été là, un certain temps. Une présence chaleureuse et parfumée. Elle jouait du piano, elle militait pour le droit de vote des femmes et elle était capable de siffler si fort que les chevaux lui répondaient. Où se trouvait-elle désormais ?

J'entendis la ville s'éveiller. Les oiseaux commencèrent à chanter. Je savais que les dictionnaires et les planches d'anatomie me diraient la vérité : son cœur avait cessé de battre. Ses poumons de se gonfler. Elle était morte et je ne la verrais plus jamais.

Au cours des jours qui suivirent, je vidai la bibliothèque de tous ses livres. Millicent m'aperçut occupée à remplir des cartons, passant mes mains sur les rayonnages pour vérifier qu'il n'en restait aucun, aucun susceptible d'être vu ou lu. Debout sur le seuil, elle avait l'air consternée.

— Qu'est-ce que tu fais ?

— On n'a plus besoin de livres, maintenant.

Je les avais tous lus, alors pourquoi les garder ? Pourquoi s'encombrer d'une bibliothèque ?

— Personne d'autre ne lit dans cette maison.

Je réunis les partitions de ma mère. Décrochai les cartes de géographie.

Millicent ne m'approcha plus de l'après-midi. Elle avait supporté de ma part deux décennies de sautes d'humeur mais là, lui semblait-il, c'était autre chose. Elle avait perçu l'intensité de mon chagrin et préférait s'en tenir éloignée. En entendant la clé de Patrick dans la serrure de la porte d'entrée, elle se précipita.

— Clara est…

Furieuse. Folle, même.

Patrick fit dans la bibliothèque une entrée prudente, comme s'il pensait y trouver un animal sauvage ; son chapeau serré contre sa poitrine, il contempla sans ciller les rayonnages.

— Que se passe-t-il, Clara ? Que fais-tu ? Arrête… Tu m'entends ?

Sauf que ce n'était pas son genre de donner des ordres ; il était trop maigre et mal dans sa peau, dépourvu de toute autorité. Aussi continuai-je à remplir les cartons. Je couvris le globe d'un bout de tissu. Patrick, c'est certain, aurait voulu m'en empêcher ; après tout, ces livres étaient à lui. Mais il ne pouvait pas me prendre par les poignets, même pas par le haut des bras. Tout ce qu'il pouvait faire, c'était énoncer un ordre, et cet ordre je choisis de l'ignorer. Si bien que, faisant machine arrière, il ferma la porte.

Il m'arrivait de regarder fixement le clavier du piano. De chercher des creux dans les fauteuils. Mais surtout, je marchais. Je marchais parce que je n'avais rien à faire d'autre ; parce que je voulais mettre de la distance entre moi et la maison où les coussins, les robinets de la baignoire, les cuillères retenaient sa trace. Où l'escalier résonnait de ses pas précipités quand elle en dévalait les marches. Je voulais aussi m'éloigner du chagrin des autres, qui m'était insupportable. Je ne pleurais pas, alors pourquoi pleureraient-ils ? Ma perte n'était-elle pas bien plus vaste que la leur ? Patrick regardait par les fenêtres. Millicent priait en errant de pièce en pièce ou mouillait de larmes ses paumes farineuses.

Alors je marchais – dans les jardins publics, sur les ponts. Je plongeais mes regards dans la lumière tamisée des chaudes cavités du métropolitain. Je restais plantée dans les salles rutilantes des grands magasins et des musées. Je parcourais en boitant des contre-allées si étroites que mes mains frôlaient les briques des murs de chaque côté, et j'émergeais sur des places. Je passais devant des cathédrales, des fontaines, des monuments commémoratifs, des manifestations, des arrestations, des étals de marché et, un après-midi, j'aboutis ainsi au bord d'un escalier dont les marches noires pourrissantes descendaient vers la Tamise. Le fleuve à marée basse. Ses berges glissantes d'herbe et d'humus ; sous les ponts, des hommes assis en rond autour de feux de camp. Elle me manquait tellement. Au bord de l'eau, j'aurais tant voulu l'entendre chanter ou faire des gammes au piano ou me donner des leçons, et je rentrai à la tombée de la nuit, l'ourlet de mon manteau souillé de noir, épuisée et grelottante de froid.

Millicent leva les bras en l'air.

— Regarde dans quel état tu t'es mise !

Patrick sortit de son bureau comme un fantôme.

— Où étais-tu ? Où es-tu allée ? Clara, est-ce que tu te rends compte ?

Hyde Park, répondis-je. Piccadilly. La Tamise.

— La Tamise ? Mais… et si tu étais tombée ? Et les gens… ?

— Quels gens ?

Ce soir-là, nous discutâmes jusqu'à minuit. Patrick chercha à me démontrer mon ignorance. Oui, en effet, j'étais capable de donner la liste des Plantagenêts et d'expliquer la réfraction de la lumière – mais le reste ? Comment traverser sans encombre Oxford Street ?

— Sais-tu même prendre l'omnibus ? Sais-tu pratiquer l'art de la conversation conformément aux règles de la courtoisie ? Le monde, Clara, est truffé de dangers.

L'art de la conversation ? Je n'en revenais pas, car avec combien de personnes Patrick pouvait-il être amené à converser selon les règles de la courtoisie ? Il ne côtoyait personne d'autre que son visiteur au trilby qui semblait tout aussi peu loquace que lui.

— Et toi, tu es un expert dans cet art ?

Une riposte du tac au tac qui m'étonna moi-même, mais j'étais furieuse, perdue, dévastée de chagrin ; je n'avais pas de mots pour dire son absence. Et puis j'étais fourbue. Aussi lui souhaitai-je une bonne nuit et, tout en abordant d'un pas raide les marches de l'escalier, réclamai une bassine d'eau chaude pour y baigner mes pieds ; j'entendis le mot « ingrate » marmonné dans mon sillage.

Pourtant je savais que Patrick avait raison. Je pouvais toujours aller voir les portraits dans les musées et tous les reconnaître, je n'avais pas de vrais amis. La conversation ne m'était pas naturelle. Et en effet, je n'étais jamais montée dans un omnibus. C'est ainsi que, par un jour de grand vent, je pris le chemin de Regent Street ; j'observai les gens grimper dans l'omnibus. Je regardai comment ils faisaient pour payer et m'efforçai de mémoriser les mots dont ils se servaient. Et puis, serrant le pommeau de ma canne, je me hissai à bord. C'est ainsi que je découvris l'intérieur de ces véhicules, les boutons en cuivre luisant des contrôleurs et cette sensation de proximité avec les autres, leurs haleines, leur chaleur corporelle, leurs odeurs. J'essuyais avec ma manche la buée sur la vitre. Parfois je m'assoupissais un peu, bercée par la cadence.

Je me mis à prendre l'omnibus tous les jours. Patrick me donnait de l'argent ; je lui démontrai que c'était un complément bénéfique à mon éducation, et il ne pouvait pas prétendre le contraire. Je repérai bientôt mes sièges préférés, et à quel moment tirer la corde pour demander l'arrêt ; je découvris les faubourgs de Finsbury et de Lambeth et l'observatoire de Greenwich. Et, un matin de février, je descendis à l'arrêt Kew. Un nom que je connaissais. Celui des fabuleux jardins, des allées de rhododendrons, des serres et des pagodes. J'en avais lu des descriptions dans les livres.

Je franchis le grand portail de Kew Gardens le douzième jour de février. Ma mère était morte depuis quarante-deux jours – enterrée depuis trente-neuf – et Kew n'était que grisaille et désolation. Ses pelouses râpées par les oies hivernantes ; son lac épaissi par le gel, de sorte que je me demandai : Qu'est-ce que cet endroit ? Pourquoi est-il si célèbre ? Pourquoi est-il mentionné dans les livres ? Rien ne le différenciait des autres jardins.

Je décidai de rentrer chez moi. Mais, en me retournant, je la vis : une extraordinaire construction tout en verre surmontée d'un dôme. Un temple, un palais. J'y pénétrai et oubliai février. L'Angleterre aussi. Car Palm House, la serre des palmiers, était pleine d'arbres tropicaux, de fougères, de bancs en bois imprégnés d'humidité ; des feuilles de palmier me caressaient les cheveux au passage. Des lianes s'entortillaient autour des poutrelles métalliques sur lesquelles de petites flaques de condensation s'écoulaient goutte à goutte, l'eau giclant sur mes épaules et le dos de mes mains. À la pointe d'une feuille je repérai une goutte si parfaite que j'attendis, fascinée, qu'elle tombe. Je lus sur de petites pancartes des mots écrits à la main comme *Indochine*, *Frangipanier*.

Désormais je ne voulais être nulle part ailleurs. J'en avais fini avec la foule et les rues londoniennes. Ici, j'allais renaître. Les feuilles pennées du palmier à bétel. Le corossolier et le calebassier. J'avançai de quelques pas pour lire leurs noms. Je me demandais aussi à quoi ressemblaient ces plantes sur leur terre natale – si des oiseaux aux plumes multicolores voletaient dans leurs branches, s'ils offraient un abri contre les averses qui se déversaient sur vous sans crier gare. Et je me mis à noter ce qui me plaisait chez chacune : les brèves et rares floraisons ou la manière dont, dans leur habitat naturel, les chauves-souris buvaient leur sève. Leurs noms latins : *Crescentia cujete*. *Ficus benghalensis*.

Parfois une torpeur s'emparait de moi ; la chaleur et la fatigue m'incitaient à m'asseoir sur un banc. J'étais à moitié endormie lorsque je le rencontrai la première fois. C'était un après-midi couvert du mois de mars. Il s'avança vers moi :

— Veuillez m'excuser.

Je me levai, brusque, gauche. Et j'agrippai ma canne pour me protéger. L'homme recula d'un pas et leva les mains, paumes en avant, pour me montrer qu'il n'était aucunement animé de mauvaises intentions. Il était coiffé d'une casquette en tissu ramollie par la chaleur ; cheveux gris, mal rasé.

— Pardonnez-moi, je ne voulais pas vous faire peur… Vous venez souvent par ici, me semble-t-il ?

Il m'avait aperçue plusieurs fois. Il voulait seulement savoir si j'avais besoin d'aide, vu ma démarche laborieuse et ma claudication. Par la suite, il m'avoua qu'il m'avait d'abord prise pour une petite fille.

Forbes. Le responsable de deux serres : Temperate House et Palm House. Ses bottes couinaient tandis que je lui emboîtais le pas.

— Ces plantes, dit-il, ce sont mes enfants.

Dans son sillage, j'observai la façon dont il faisait l'éloge des végétaux qui l'entouraient. Il évoquait leur origine et leur fonction, énumérait leurs caractéristiques.

— Cette cycadale-ci porte un cône mâle… vous le voyez ?

Et quand je l'interrogeais pour en savoir plus, d'un ton abrupt, goulûment, il ne paraissait pas s'en offusquer. Au contraire, il avait l'air heureux de pouvoir parler à loisir : le banyan avait une longévité supérieure à celle des dynasties, le brugmansia était susceptible de provoquer des états hallucinatoires. Certaines graines d'arbre, disait-il, pouvaient dériver sur les flots tels de petits bateaux bien ronds et polis pour trouver un nouvel habitat.

— Elles traversent des océans. D'un continent à l'autre. Et ces graines ont parfois affronté de nombreuses années de navigation par tous les temps. N'est-ce pas stupéfiant ?

« Des haricots de la mer », c'était ainsi qu'il les appelait.

Il écrasait légèrement les feuilles d'aloe pour me montrer combien elles sont tendres. Ou il attrapait en hauteur les pousses d'un jasmin pour les abaisser jusqu'à moi et me les présenter au creux de sa main.

— Sentez, mademoiselle. Ce parfum…

— Où pousse-t-il ?

— En Chine. Aux Indes. Partout en Asie.

Je ne m'étais pas rendue aux jardins botaniques en quête de relations sociales. Mais j'y vis une occasion, d'abord, de pratiquer ce fameux art de la conversation cher à Patrick. (Forbes était bavard, après tout : il préférait les paroles au silence ; quand on ne parlait pas, il fredonnait.) Ensuite, je souhaitais apprendre sur le tas grâce à un homme dont le savoir valait, peut-être, l'équivalent de 20 manuels. C'est ainsi que je me mis à rechercher sa compagnie. Je repérais son escabeau ou un mouvement dans les hautes branches ; je tendais l'oreille aux bruits ne venant ni de l'eau ni de l'air. Et quand je l'avais trouvé, je m'efforçais de cueillir un enseignement : la vérité sur ces plantes, leur milieu et l'usage qu'on en faisait.

Forbes ne me demandait jamais pourquoi je voulais savoir. Il se contentait de s'éclaircir la gorge et me montrait comment laver les fougères, il m'expliquait que les pélargoniums sont sensibles à la rouille et pourquoi le citrus a besoin de magnésium. Comment, deux fois par an, il allumait d'énormes feux de tabac dans Temperate House pour protéger les plantes des mites, des moucherons et de toutes sortes de bestioles.

— Et ça marche, me disait-il, même si après je tousse pendant deux jours.

En plus, il me prêtait des livres. Je les rapportais chez moi en omnibus. Des ouvrages anciens au papier épais où les caractéristiques et l'entretien des végétaux étaient décrits comme des personnages héroïques. L'onyanga des déserts du Sud-Ouest africain allemand consistait en deux feuilles et une racine et pouvait survivre sans une goutte d'eau pendant cinq ans ; l'hedysarum, la plante qui dansait ; le baobab, dont le feuillage était si bizarre et clairsemé qu'on le disait retourné la tête en bas par un dieu en colère.

— Tu n'as pas dormi, cette nuit ? me demanda un matin Patrick, qui avait vu ma lumière.

— Non. Je lisais.

— Un livre ? Lequel ?

Il était déconcerté, car il nous en restait si peu à la maison.

Linné. Les aleurodes du chou. Nos conversations étaient bien particulières. J'appris des choses sur lui. Edward Forbes. Ses mains épaisses et sales faisaient preuve d'une habileté prodigieuse quand il s'agissait de couper les fleurs fanées ou de faire un nœud sur de la ficelle. Lorsqu'il était concentré, il poussait sa langue dans sa joue. Il avait des tournures bien à lui – « Je vous donnerai pas tort » au lieu de « Oui » –, et un accent prononcé. On se trouvait à côté du banyan le jour où je lui demandai d'où il venait.

L'Écosse. Je savais la situer sur la carte et j'avais un peu étudié l'histoire des soulèvements ; les presbytériens et leur longue marche dans la neige. Mais, jusqu'à ce jour, je n'avais jamais entendu cet accent écossais et autant de musicalité m'émerveillait.

— Je suis d'Auld Reekie, me dit-il en époussetant ses mains pleines de terre. Pendant qu'il me racontait qu'on appelait Édimbourg « la Vieille Puante », je me dis que j'avais encore beaucoup de choses à apprendre.

Et j'avais si peu à offrir en retour. Je n'avais même pas d'anecdotes à lui raconter. Forbes, qui était fin, ne me posait aucune question. Sauf un après-midi. Alors que, perché sur son escabeau, il taillait le plumbago, il me demanda :

— Mademoiselle Waterfield ? Si je ne suis pas indiscret, votre mère vous ressemble-t-elle ? Aussi blonde, avec des traits aussi fins ? Et petite comme vous ?

Il l'avait aperçue, dit-il. Elle visitait les jardins de temps en temps, elle collait son oreille contre le tronc du manguier.

Je fis oui de la tête.

— C'était elle.

Il comprit. Il avait déjà deviné, peut-être, que j'étais en deuil. Il avait perçu ma colère rentrée. Il rabattit sa casquette.

— On n'oublie jamais, dit-il. On survit, vous survivez, mais ce n'est pas la même vie qu'avant.

Une autre fois, plus tard, il me demanda :

— Dites-moi. Qu'est-ce qui vous attend ensuite ?

Nous étions devant Temperate House. Fin avril, les tulipes brillaient dans la lumière ; debout côte à côte, nous les admirions. Voulait-il dire dans la demi-heure qui suivait ? Ou dans les semaines à venir ? Puis, soudain, je compris : il pensait en nombre d'années. Je fus prise d'un léger tournis. C'était une question que je ne m'étais jamais posée moi-même, et alors que je contemplais le parterre de tulipes, ce fut comme si je voyais mon avenir se dessiner sous mes yeux. Patrick me trouverait un mari. Il choisirait un homme fortuné et de bonne famille ; il offrirait une belle dot en guise de compensation pour mes os défectueux, ma nature obstinée et ma probable incapacité à enfanter. *Une épouse.* Un nouveau patronyme. Une femme soumise et reconnaissante. Je retournerais vivre entre des murs de papier peint, là où les seuls voyages sont ceux de la lecture.

Cette pensée me fit lâcher ma canne.

Forbes la ramassa.

— Mademoiselle Waterfield ?

Il me conduisit jusqu'à un banc avec vue sur les magnolias, et là je m'épanchai. Soudain, je brûlais de tout lui raconter : mes fractures, mes luxations. Mes rêves induits par les opiacés, les ecchymoses jaunâtres. Comment *osteogenesis imperfecta*, qui m'avait toujours paru tellement bizarre à prononcer, sonnait à présent comme une nomenclature botanique désignant une plante grimpante aux lianes tordues et aux fleurs sombres, une plante dépourvue de beauté et qui ne relâcherait jamais son emprise.

Je lui parlai des globes terrestres. Du papier peint. De mon espoir de monter un jour à cheval, de danser, de sauter d'une grande hauteur. J'évoquai les prières que Millicent faisait pour moi ; la ferveur avec laquelle elle avait prié pour ma mère, qui était morte dans les premières heures de l'année 1914. À quoi servaient les prières, de toute façon ? Elles n'étaient d'aucune utilité. J'étais toujours tordue ; elle était morte. Et je lui racontai la berge noire du fleuve. Et l'omnibus, et les musées et leurs beautés brunes aux yeux luisants. Je lui dis que ma mère aurait dû rester une Pugh, comme elle l'avait souhaité d'ailleurs, sauf qu'elle avait été embarquée de force sur un paquebot pour l'Angleterre et mariée à un inconnu, ce qui était tellement injuste. Une mascarade. Un gâchis. Pourquoi ne peut-on pas simplement vivre comme on en a envie ? Pourquoi toutes ces règles ? Encore plus contraignantes pour les femmes ?

Forbes m'écoutait sans bouger. Mes paroles n'étaient pas de celles qu'on reçoit à la légère, j'en étais consciente. Il poussa sa langue dans sa joue, regarda au loin et nous restâmes un moment silencieux.

— Clara ? Puis-je vous appeler ainsi ? J'ai quelque chose à vous montrer.

Il se leva, et je le suivis.

Il s'agissait d'une lettre. Un rectangle de papier bien plié et d'une blancheur immaculée. Une écriture exubérante inclinée sur la droite, décadente ; j'imaginais l'auteur portant à sa bouche les mots qu'il venait de coucher sur le papier pour souffler dessus. L'en-tête imprimé en relief était doré.

— Qu'est-ce que c'est ?

— Une missive d'un gentleman. Il veut nous acheter des plantes. Pour garnir de citrus et de succulentes sa serre du Gloucestershire. Nous recevons de temps à autre ce genre de commande.

Le gentleman s'appelait M. Fox. Dans sa lettre, il exigeait les plantes les plus belles. *« Un petit paradis privé sous ma verrière. »* En plus, il demandait un jardinier. Une personne des jardins de Kew qui voudrait bien accompagner les plants, les sortir de leurs caisses et les disposer selon leurs coloris et leurs parfums, de manière à constituer un spectacle floral. *« Je souhaite faire l'envie des autres grandes demeures de la région. »* Je levai les yeux et hochai la tête.

— Je ne suis pas assez expérimentée.

— Il ne s'agira pas de bouturer ni de faire des semis. Aucune tâche ne vous sera inconnue, vous avez tout vu faire de vos propres yeux ou dans les livres. Cela ne vous paraîtra pas compliqué.

— Mais pourquoi pas quelqu'un d'autre ? Vous, par exemple ?

— Moi ? Il y a Mme Forbes, je ne voudrais pas la laisser seule pendant un mois, ce qu'exigerait de moi M. Fox. Mais vous ? Vous voulez votre indépendance, non ? Il va bien falloir que vous gagniez votre vie, Clara. Regardez, dit-il en levant la lettre. La somme est soulignée. Pour un mois. Pas un jour de plus.

Je distinguai mon reflet dans ses pupilles. J'avais conscience d'avoir les mains qui tremblaient, qui s'ouvraient et se fermaient comme des calices charnus.

— Qui avez-vous perdu, monsieur Forbes ?

Car je savais que la mort était forcément pour quelque chose dans son refus.

— On a mis en terre une enfant de 19 mois, un hiver. Il y a des années, mais ce jour-là, on a mis en terre une part de nous-mêmes.

Il contempla les dalles du sol. Et je compris qu'il avait, comme moi, tenté d'adoucir sa peine à l'aide du plumbago et des citrus ; il avait puisé un peu de distraction dans les soins complexes que nécessitaient ces plantes. Quel âge aurait eu sa fille aujourd'hui ? Je ne lui posai pas la question. Mais je me demandai si ce n'était pas 20 ans. Et si elle n'aurait pas eu les cheveux blonds.

— Clara, je vous ai prise pour une petite fille quand je vous ai vue sur ce banc, puis vous vous êtes levée comme si vous vouliez en découdre avec moi. Vous possédez une force que beaucoup d'hommes n'ont pas.

Il plaça la lettre sur ma paume et replia mes doigts dessus.

— Le domaine s'appelle Shadowbrook.

Ce nom me sembla-t-il plus rutilant parce qu'il était inscrit en lettres d'or ? Ou parce que la lumière du jour y étincelait ?

Patrick, un peu plus tard le même après-midi, battit des cils comme si je parlais soudain une langue étrangère.

— Le Gloucestershire ?

— On viendra me chercher à la gare. Il y aura des femmes de chambre, une gouvernante, toutes les commodités. J'arriverai quelques jours avant les plantes, afin d'avoir le temps de m'installer et de me remettre du voyage. Je veux le faire, déclarai-je.

La bouche de Patrick se tordit en une petite moue. Je me demandai s'il allait essayer de s'y opposer. Mais peut-être était-il trop sage pour cela. Et puis, n'était-ce pas une aubaine ? J'allais voler de mes propres ailes, n'était-ce pas ce qu'il souhaitait ? Je me demandai aussi s'il ne songeait pas à ce que serait un mois entier déchargé du poids de mon deuil et de mon indignation rentrée, un mois sans mes bottines crottées dans l'entrée. Son soupir, quand il vint, fut interminable. Il ôta ses lunettes, ferma les yeux et se pinça l'arête du nez.

— Oui, Clara, si c'est ça qu'il te faut. Je sais que tu n'es pas heureuse ici.

Je m'attendais, je crois, à éprouver un sentiment de triomphe. Mais tout ce que je ressentis, en fait, ce fut du chagrin. Il cascada en moi comme une eau violente. Tandis que Patrick rechaussait ses lunettes et en accrochait avec précaution les branches derrière ses oreilles, je me rappelai le matin de Noël où il avait dévoilé le cheval à bascule, soulevant un brocart rouge. Je le revis rentrant les bras chargés de livres. Et je me dis que je n'avais jamais cherché à savoir pourquoi il avait épousé Charlotte Pugh. Cela ne m'avait même pas traversé l'esprit. Et à présent, je ne pouvais en imaginer la raison. Qu'est-ce qu'il y avait gagné ? Moins de liberté, une épouse très volontaire et vingt années passées à subvenir aux besoins, à prendre soin d'une enfant qui donnait bien du souci et n'était même pas de lui. Une petite infirme, en plus.

Plus tard, Patrick me proposa de prendre le train avec moi. Il frappa à la porte de ma chambre.

— Je pourrais te servir de chaperon.

Il m'aiderait à trouver le bon quai, à porter ma malle. À cet instant, j'étais plus réceptive ; je perçus sa lassitude. Je sentais que je lui étais à jamais redevable et que, dès lors, peut-être, je devais lui dire oui ; oui, accompagne-moi jusqu'à la gare de Cheltenham Spa. Sauf que ma mère, enceinte, avait fait seule le trajet

Calcutta-Londres et avait survécu. Les guerriers et les aventuriers de la littérature ne se faisaient pas ouvrir les portes par leur beau-père. Et puis je ressentais le besoin de voyager seule, d'amorcer ma vie de femme indépendante sans personne pour m'assister ni me tenir le bras. Comment, sinon, allais-je pouvoir ne compter que sur moi-même ? Mener une vie autonome ? Aussi je le remerciai, et je fis non de la tête.

Le 20 juin 1914. La veille du solstice d'été. Je me lavai les cheveux et fis mon chignon. Je déposai dans ma malle mes vêtements, ma brosse à cheveux et trois livres : une encyclopédie des plantes, un manuel d'anatomie – mes deux ouvrages factuels les plus fiables – et les *Contes et légendes des Indes*.

Patrick chargea ma malle dans la voiture. Il ferma la portière et me regarda à travers la fenêtre.

— Promets-moi de toujours te servir de ta canne. Clara ?

Je lui promis. Il se recula. Il frappa deux coups avec la jointure des doigts pour signaler le départ au cocher, et les chevaux s'ébranlèrent. Patrick ne fut plus qu'une silhouette immobile, bientôt hors de vue.

Forbes me fit lui aussi des recommandations. À Paddington, il fit tourner dans ses mains les bords de sa casquette et énuméra les différentes gares que j'allais traverser. Je ne devais pas me lever avant que le train soit totalement à l'arrêt. Je devais faire attention à la distance entre la voiture et le quai.

— Cheltenham Spa, me rappela-t-il. Son nom, c'est Fox.

Je descendis la vitre du train. Tandis que Forbes rapetissait sur le quai, je compris que les noms latins, tout comme les grandeurs et mesures, étaient inaptes à saisir l'instant présent. L'odeur du compartiment, le quadrilatère parfait dessiné sur le plancher par le soleil, la similitude entre la nervosité et l'excitation, qui toutes deux faisaient accélérer les battements de mon cœur. Paddington ne fut bientôt plus qu'un point puis disparut tout à fait.

Alors que le train roulait à travers la campagne, j'eus soudain envie de défaire mon chignon. Laisser mes cheveux libres. Cela me semblait un geste approprié. Bien qu'inaccoutumé, nouveau. L'une après l'autre, je retirai les épingles.

J'ai passé tout l'été ainsi coiffée. Je finis par être connue pour ma canne, mon franc-parler et cette abondante chevelure d'un blanc laiteux qui se balançait dans mon dos et se prenait dans les branches basses. Elle s'éclaircirait encore au soleil, de sorte qu'au mois d'août on me ferait remarquer que je luisais au crépuscule et que j'appartenais sans doute à l'espèce des phalènes du jardin blanc. Phosphorescents, voilà ce qu'on dirait de mes cheveux.

Bien entendu, c'étaient là des choses que je ne savais pas encore. Comme j'ignorais alors à quoi ressemblait le Gloucestershire. Mais ce que je savais, c'était que je n'avais pas peur, pas plus dans ce train que je n'avais eu peur sur la berge obscure de la Tamise. Qu'est-ce qui pouvait être pire, en effet, que de l'avoir perdue ? C'était un fait, au même titre que les pinsons de Darwin ou les phases de la lune : ma mère n'était plus là. Et les 42 fractures qui avaient à ce jour jalonné ma vie n'avaient aucune importance ; ni le blanc bleuté de mes yeux ni la liste de qualificatifs que j'avais dressée, ni ma petite taille. Seul importait que je n'avais plus rien à perdre. Aussi je regardai droit devant moi tandis que nous foncions sous les ponts et débouchions des tunnels dans la lumière.

2

Le train entra en gare de Cheltenham en début de soirée. Je suivis les conseils de Forbes : je demandai qu'on m'aide à descendre ma malle, remerciai le bon monsieur qui avait eu cette gentillesse et, une fois sur le quai, me reculai au moment où les portières claquaient. Le train cracha un panache de vapeur tiède et granuleuse puis glissa sur ses rails de sorte qu'au début je ne vis rien. Puis le voile s'éclaircit et je remarquai à l'autre bout du quai un personnage solitaire qui fumait une cigarette d'un air nonchalant.

Je préférai rester où j'étais : je ne pouvais pas traîner ma malle toute seule, il fallait que cet homme s'en charge. Évaluant la situation, il se débarrassa d'une pichenette de sa cigarette, se détacha du mur auquel il était adossé et se dirigea vers moi à pas lents, sans se presser.

— Mademoiselle Waterfield ?

Une grosse moustache en guidon de vélo. Des relents de tabac.

— Oui. Bonjour.

— Il fait déjà sombre. Votre train avait du retard. Je vous attends depuis plus d'une heure.

Si je m'étais attendue à un accueil pareil ! Je me crispai et dus me retenir de lui répondre. Ce n'était pas ma faute si le train avait du retard, après tout. Mais je supposai que cela n'arrangerait rien.

— J'ai besoin d'aide pour ma malle, s'il vous plaît.

— De mon aide ?

— La vôtre ou celle de quelqu'un d'autre. Je ne peux pas la soulever.

L'homme poussa un gros soupir et jeta un coup d'œil derrière lui sur le quai. Je crus qu'il allait refuser de m'aider ou me planter là mais il se baissa, souleva la malle par une poignée et la traîna vers la sortie à une vitesse telle que, incapable de le suivre, j'arrivai à la hauteur de son automobile bordeaux alors qu'il y était déjà installé, pianotant impatiemment sur le volant.

— Prête ?

Je fis oui de la tête et, montant maladroitement dans l'auto, je me cognai le poignet et l'entourai de ma main avec une grimace de douleur. Il avait vu que je m'étais fait mal mais, s'abstenant de tout commentaire, il se contenta de se racler la gorge et de me dire de fermer la portière. En chemin, je songeai que j'avais échoué sur de bien étranges rivages, faits de taches de tabac, d'impatience et, apparemment, d'une impertinence supérieure à la mienne. Et puis c'était la première fois que je roulais en automobile.

— Vous êtes monsieur Fox ?

— Non.

— Vous êtes à son service ?

La ligne de sa mâchoire était dure.

— Si on veut.

— Son majordome ?

Il émit un petit ricanement.

— Est-ce que j'ai l'air d'un majordome ? S'il a besoin que je le conduise quelque part, je l'y conduis. S'il a besoin qu'on lui apporte quelque chose, je lui rends parfois service.

— Pour moi, cela correspond à ce que fait un majordome.

— Pas un majordome. Mais on dirait que vous savez de quoi vous parlez.

J'examinai son profil. Je l'avais offensé, je ne sais comment. Il y avait eu le retard du train, certes, mais j'avais l'impression que son ressentiment avait des ressorts plus profonds. Peut-être m'étais-je montrée discourtoise. Ou alors il n'aimait pas les femmes, ou les femmes comme moi, à l'ossature de guingois ou aux cheveux lâchés. Celles qui voyagent sans chaperon.

Nous longions des haies. Par endroits l'herbe était si longue qu'elle griffait la carrosserie. J'aurais pu me taire. Il n'avait pas envie de bavarder ? Ça, au moins, c'était clair. Mais comment garder le silence alors que j'avais tant de questions à lui poser, tant de choses à apprendre ?

— Êtes-vous originaire du Gloucestershire ?

— De Londres.

— De quelle partie ?

— Est.

— Ah. Moi, je suis de Pimlico.

Il émit un grognement. Je repris :

— Alors que faites-vous dans le Gloucestershire ? Si vous êtes londonien ?

— Et vous ? Le travail. L'argent. M. Fox m'a fait venir.

— Vous habitez Shadowbrook ?

Il eut un rire sec. Puis il resserra ses mains sur le volant comme s'il voulait le casser mais sa voix, cependant, me parut moins hargneuse.

— Non. Je ne pourrais pas habiter dans cette baraque.

— Pourquoi ?

Il jeta un coup d'œil à une barrière que nous croisions avant de répondre :

— Les autres vous le diront.

— Les autres ? Mais c'est à vous que je m'adresse.

Il tiqua – mon ton ne lui plaisait pas.

— Il y a eu un problème à Shadowbrook.

— Un problème ?

Je crus qu'il allait me renseigner, car il ouvrit la bouche. Mais il la referma aussitôt en serrant fort les lèvres, comme pour montrer qu'elles resteraient scellées.

Je tentai de trouver d'autres sujets de conversation. J'énonçai le nom latin du rosier des chiens. Je fis quelques commentaires sur l'habitacle de l'auto, sur la vitesse, demandai quelle était sa marque. Je me disais qu'un peu de flatterie briserait la glace. Mais je ne pus rien tirer de plus à propos de ce fameux problème. Il paraissait en avoir assez, et penser à autre chose.

Il faisait de plus en plus sombre. Les phares éclairaient des tourbillons de phalènes, des fondrières creusées sans doute par des roues de charrette, des panneaux indiquant Winchcombe et Stow et d'autres noms de lieux qui ne me disaient rien. À un croisement, il plongea la main dans la poche de sa veste et en sortit une papillote dorée dont il fourra le contenu dans sa bouche : une confiserie dure qui craqua sous ses dents, ce qui me fit penser à mon enfance de compotes et de pain de mie. Même à présent, je n'aurais pas pu en manger. Je voulus savoir comment ça s'appelait ; c'est ainsi que j'entendis pour la première fois prononcer *butterscotch*. J'écoutai le frottement des longues herbes sous le châssis de l'auto ; « problème » était un mot qui papillonnait dans ma tête.

20 heures. Les arbres et les champs étaient plus obscurs mais toujours visibles. L'auto se balançait sur le sol inégal.

— On y est.

Et soudain, Shadowbrook ne fut plus seulement une suite de lettres d'or mais une maison de pierres pâles. Était-ce une clématite qui grimpait aux murs ? La cour était bordée de buissons noirs et touffus d'où s'échappaient des sons – oiseaux ou souris. Deux étages, pas plus. Une extension d'un côté. Flanquant la porte d'entrée, deux chiens de pierre assis au milieu d'une profusion de capucines.

— Les bonnes s'occuperont de votre malle.

Sur ces mots, il se détourna.

— Ce n'est pas vous ? Vous ne voulez pas la porter ? Comme vous l'avez fait tout à l'heure ?

— Non, il est tard.

— Qu'est-ce que ça peut faire ?

Sans un mot, il remonta dans son automobile, tourna le volant en faisant crisser les pneus sur le gravier, sortit par le portail et disparut.

Je n'entendis bientôt plus le bruit du moteur. Je me tournai pour faire face à la maison.

Plus tard, j'apprendrais que cette pierre pâle à la teinte onctueuse comme du miel n'était pas propre à Shadowbrook. C'était la pierre de ce pays ; je la retrouverais dans les bordures, sur les murs de la cabane de rempotage – et par la suite je devais m'apercevoir que toutes les constructions dans les collines des Cotswolds étaient de ce même minéral aussi tendre que de la terre cuite. Les édifices et les ponts. Les églises. Les corps de ferme et les maisons de taille plus modeste. Mais, ce premier soir, je crus que ces tons chauds n'appartenaient qu'à Shadowbrook ; une maison de poussière solidifiée, de feuilles d'automne et de vieux soleil.

Je contemplai les murs. J'examinai les tuiles moussues, la pierre dorée et les gouttières aux crochets rouillés, et je regardai les fenêtres à l'étage, ouvertes, les rideaux à moitié tirés.

Je m'arrêtai sur la girouette. Elle se découpait sur le ciel crépusculaire ; un lièvre aux oreilles collées au corps, aux membres étirés, planant au-dessus du sol. Un animal horizontal, entre deux points cardinaux – un lièvre au maximum de sa célérité –, et j'étais tellement absorbée par cette girouette que je ne vis pas tout de suite la silhouette qui traversait la cour à ma rencontre. Elle portait une lanterne et m'appela par mon nom.

— Mademoiselle Waterfield ? Est-ce bien vous ?

Elle leva la lanterne pour mieux me regarder.

Un petit visage, dévoré de curiosité. Et ce visage se pencha vers moi, vif, indécis, avec quelque chose de juvénile dans l'expression. Pourtant cette femme n'était plus jeune. Elle avait les cheveux gris – un gris foncé, métallique – coiffés en une unique tresse qui lui passait sur l'épaule et dont la pointe lui balayait la taille. Ses mains avaient la même patine que celles de Millicent. Devant son sourire, je me dis qu'il avait fallu au moins cinquante ans pour acquérir tous ces plis et ces sillons.

— Soyez la bienvenue à Shadowbrook. Nous nous réjouissons de votre arrivée. J'espère que le trajet n'a pas été trop pénible. Car vous venez de loin. Londres ! Dieu du Ciel. Vous devez être épuisée… et affamée. N'est-ce pas ? Il y a de la soupe, si vous en voulez.

— Ma malle, je ne peux pas la porter. Et le chauffeur a refusé de la traîner plus loin. Je crois lui avoir déplu. Même si, franchement, il ne m'a pas paru sympathique non plus. Quel rustre ! Nous avons à peine échangé deux mots.

Elle ne s'était pas un instant départie de son sourire.

— Oh, je suis sûre que vous lui avez plu. Et je suis désolée d'apprendre que vous n'avez pas été accueillie comme vous vous y attendiez. Entrez donc, mademoiselle Waterfield. Hollis la montera dans votre chambre. Je vais l'appeler, il n'est pas encore couché à cette heure et sera ravi de rendre service. Laissez votre malle où elle est, il la trouvera. Venez ! Il faut manger et vous reposer.

Mme Bale. Tout à la fois jeune et vieille. Elle traversa la cour à petits pas rapides ; du fait de l'agitation perpétuelle de ses mains, elle gesticulait sans cesse.

— Cette porte est en vieux chêne ; au printemps, il y a des tulipes tout du long, je les aime tellement que j'en coupe toujours une ou deux pour la maison et…

Je n'arrivais pas à suivre. Je tanguais dans son sillage, roulais. Devant la porte elle marqua une pause, regarda derrière elle en fronçant les sourcils comme si elle était étonnée de ne pas me trouver à ses côtés. Je fus le témoin de son embarras. À la vue de ma démarche, elle rougit, et je me demandai si elle avait été prévenue que l'envoyée de Kew serait boiteuse ; je me demandai aussi si elle allait me gratifier d'un commentaire. Mais lorsque j'arrivai à sa hauteur, elle se borna à m'adresser un sourire éblouissant.

— Par ici.

L'entrée de Shadowbrook était éclairée par une seule lampe. Je distinguais l'escalier et une pendule mais le plancher se devinait à peine, et les boiseries dont était lambrissé le bas des murs renforçaient cette impression qu'il était déjà minuit. Je suivis Mme Bale le long d'un corridor. Je la discernais à peine ; je voyais à peine mes propres pieds. Pourtant l'obscurité ne semblait pas la gêner tandis qu'elle trottinait devant moi sans cesser de parler, la tête légèrement tournée sur le côté.

— Vous finirez pas connaître la maison comme votre poche, vous verrez. Elle n'est pas si grande que ça. La cuisine, la salle à manger et les chambres de service se trouvent de ce côté-ci. Une salle de bains et un W.-C., aussi. Voici la porte de la bibliothèque. Et là, le salon, où il fait bon s'asseoir, dit-elle en poussant un battant qui s'entrouvrit, quoique pas assez pour laisser le passage. La porte-fenêtre donne sur une terrasse et la pelouse de croquet, l'après-midi c'est inondé de soleil. À mon avis la pièce la plus charmante de Shadowbrook, du moins de celles du bas. Aimez-vous la lecture, mademoiselle Waterfield ? C'est très agréable de lire un roman dans ce salon. Si nous avions un gramophone, il y aurait tout à fait sa place, je crois. Tout de même, il faut que vous dîniez, continuons par là… Une soupe aux pois, cela vous ira ? Maud a cuit le pain ce matin et elle qui a tendance à le brûler, pour une fois il est très réussi. Par ici, mademoiselle Waterfield, ensuite je vous montrerai votre chambre.

Je n'avais pas eu le temps d'ouvrir la bouche. Son débit était incroyablement rapide, un vrai flot de paroles, et peu lui importait que je lui réponde ou non. En entrant dans la cuisine – casseroles en cuivre, carrelage à motif, grand évier –, elle continua sur sa lancée, enchaînant sur le jour du marché à Stow et le garçon boucher de Chipping Campden qui livrait la viande à bicyclette et faisait tinter sa sonnette à tout bout de champ. Elle remplit un bol à ras bord et le posa devant moi.

— Et le jardin ! Vous n'êtes ici que pour un mois, mais vous l'avez bien choisi ! Le jardin est de toute beauté en ce moment. Les roses sont une merveille. Et imaginez-vous que nous avons un rouge-gorge qui a fait son nid dans la cabane. Ce n'est pas très malin de sa part, il faut bien le dire, et je suis sûre que ça embête les garçons, mais moi ça me fait plaisir. Je le vois entrer et sortir, et j'entends piailler les petits pendant que je fais ma lessive. Ça sèche bien en ce moment. J'étends le linge le matin et il est parfaitement sec l'après-midi, mais c'est souvent comme ça ici, on est exposé au vent sur la colline, comme le reste du village. Les grands hêtres nous protègent du pire, c'est vrai, mais le vent arrive toujours à se faufiler. Vous l'entendrez la nuit. Quelquefois, à cause du vent, on se croirait à bord d'un bateau à l'ancre dans cette maison. Et pendant les foins, c'est une odeur qui parfume la bise, une odeur enchanteresse. Oh oui, mademoiselle Waterfield. Vous arrivez à Shadowbrook au meilleur moment de l'année.

Elle marqua une pause, la louche en l'air :

— Encore un peu de potage ?

Elle s'attendait, apparemment, à une réaction de ma part. Au moins à ce que je lui réponde. Mais j'étais épuisée. Le bleu sur mon poignet commençait à me faire mal ; le potage était tiède, aqueux, et j'avais besoin de repos.

Quelque part dans la maison, une pendule sonna neuf coups.

— Madame Bale, je suis fatiguée. Où est ma chambre, s'il vous plaît ?

J'avais fait de mon mieux pour me montrer polie, mais je vis une ombre passer sur son visage et un bref changement dans son regard m'indiqua qu'elle était déçue. Pourtant son sourire ne vacilla pas. Elle posa sa louche.

— Bien sûr, mademoiselle Waterfield. Par ici.

Comme elle reprit le couloir en sens inverse vers l'entrée et la cage d'escalier, je m'attendais à monter à l'étage. Mais au lieu de gravir celui-ci, elle baissa un peu la tête et passa en dessous, devant un porte-parapluie et une chaise, puis elle se tourna vers moi.

— C'est ici.

Je vis une porte dérobée dans un coin. Une chambre au rez-de-chaussée ? C'était inhabituel.

— Madame Bale, c'est à cause de mes os ? M. Forbes vous a-t-il dit que vous deviez me réserver un traitement de faveur ? Je suis tout à fait capable de gravir un escalier. Je ne suis ni une enfant ni une invalide.

Elle accusa le coup, pinçant les lèvres.

— Je le sais fort bien, mademoiselle Waterfield.

Une repartie rapide et sèche, mais elle se ressaisit promptement.

— Cela n'a rien à voir avec vos os. Cette pièce a toujours été une chambre d'ami. Enfin, au temps des Pettigrew, c'était je crois la salle à manger du matin, parce qu'elle est orientée à l'est. Ils prenaient sans doute leur café dans cette pièce, d'ailleurs vous serez peut-être réveillée par la lumière, quoique des rideaux aient été installés pour pallier cet inconvénient. Quand Monsieur a acheté Shadowbrook, il a décidé qu'il en serait autrement car il trouvait que ce serait une chambre splendide. Les pièces du haut lui sont exclusivement réservées, voyez-vous, ce qui est un excellent arrangement.

Sur ces paroles, elle poussa la porte pour révéler une lampe de chevet dont le halo ambré révéla un lit blanc. Une table accueillant un broc bleu dans une cuvette assortie. Une serviette. Une rose pâle dans un vase.

Ma malle était posée par terre.

— Cela vous plaît ? J'espère que vous trouverez tout ce dont vous avez besoin. Il y a une armoire et une coiffeuse. La fenêtre s'ouvre, si vous voulez.

Je vis combien tout avait été soigneusement lavé et repassé. Je songeai à la soupe qui m'attendait, et je compris que Mme Bale s'était donné beaucoup de mal pour moi. J'eus honte soudain.

— Merci.

Elle sourit, cette fois sans commentaire. Puis elle me souhaita une bonne nuit, pivota sur ses talons et sortit. Comme la porte se refermait, je pensais qu'elle était partie. Mais c'est alors qu'elle revint, rentrant dans la pièce d'un pas ferme.

— Je vous demande pardon, mademoiselle Waterfield. Une dernière recommandation, si vous voulez bien. Je vous ai parlé du vent, n'est-ce pas ? Surtout ne vous inquiétez pas. Quelquefois, la nuit, la maison craque. C'est une vieille bâtisse, et vous avez peut-être l'habitude des vieilles maisons à Londres où les poutres bougent, même si je suis sûre qu'elles sont mieux entretenues que Shadowbrook l'a été. Vous savez que M. Fox ne l'a achetée que l'année dernière ? Elle était en très mauvais état, son entretien avait été affreusement négligé. Il y avait des souris sous les parquets, des feuilles dans les coins et les gouttières étaient trouées par la rouille. Et des corbeaux, a-t-il dit, des nids de corbeau dans la bibliothèque… Des corbeaux ! Je ne les ai jamais vus. En revanche j'ai vu ce qu'ils ont laissé derrière eux, et je peux vous dire que ça n'a pas été facile à nettoyer. Il y avait un travail énorme. On a lavé, frotté, remplacé les vitres cassées, et vous m'accorderez, je pense, que le résultat est plaisant et qu'on ne penserait pas qu'elle est restée si longtemps inhabitée. Il y a encore à faire ici et là. Alors je vous prie de nous pardonner si vous voyez des draps sur les meubles ou des traces d'humidité sur les murs… Ces affreux hivers du Gloucestershire… Je vous raconte tout cela parce que je ne voudrais pas que vous vous affoliez si jamais la nuit vous entendez une porte claquer… Ce sont les courants d'air, voyez-vous. Et Monsieur pense que la charpente est attaquée, ce qui n'est guère réjouissant.

Elle marqua un temps d'arrêt.

— Alors, oui. Si jamais il y a des craquements cette nuit, ou les autres nuits… Eh bien, c'est tout simplement comme ça à Shadowbrook. Vous comprenez ?

Je fis oui de la tête.

— Bon, eh bien, bonne nuit, mademoiselle Waterfield.

Ses pas s'amenuisèrent dans le couloir.

Je restai longtemps assise, confortablement installée dans un fauteuil tendu d'un tissu à fleurs. J'examinais le bleu qui se formait sur mon poignet. Un silence immobile régnait dans la maison.

Je défis ma malle lentement. J'observai tous les petits rituels qui accompagnent une arrivée : déplier les vêtements, classer ses affaires, ouvrir et fermer les tiroirs. C'est ainsi que cela se fait. Il y avait quelque chose de rassurant à voir mon peigne en écaille de tortue sur la coiffeuse. Mes trois livres sur la table de chevet.

Londres me semblait à des milliers de kilomètres. Presque un souvenir, un lieu qui n'existait plus vraiment ; seul existait l'endroit où je me trouvais désormais, à cet instant. Cette chambre, à Shadowbrook ; ces coussins et ces rideaux brodés. Cette rose solitaire dans son vase.

Je me peignai, l'oreille aux aguets. Mais les seuls craquements que j'entendis cette nuit-là furent ceux de mes os de voyageuse alors que je grimpais dans mon lit et éteignais ma lampe.

Une salle à manger du matin, c'était tout à fait cela. Ils avaient beau être tirés, les lourds rideaux laissèrent filtrer de bonne heure la lumière du jour. Je restai allongée à regarder la chambre s'éclairer progressivement. Je vis apparaître les fissures dans le plâtre des murs, les efflorescences causées par l'humidité.

Je n'étais pas pressée de me lever. Mais en tirant les rideaux, j'ouvris à un torrent de lumière qui se déversa dans la pièce et m'obligea à me protéger les yeux. Je mis du temps à accommoder. Derrière la vitre apparut peu à peu un jardin de simples, de forme carrée, bordé par un petit muret en pierre ; en son centre un cadran solaire, de la lavande, de la menthe. Là aussi régnait une sorte de silence immobile.

Être dehors. C'était mon désir le plus cher. Je ne voulais plus ni habitacles de voiture, ni compartiments de train, ni intérieurs de maison ! Je m'habillai et, munie de ma canne, ouvris la porte. La pendule sonna six coups. J'essayai la porte d'entrée : fermée à clé. La veille, Mme Bale avait dit du salon que c'était la plus belle pièce de la maison ; n'avait-elle pas ajouté que la porte-fenêtre donnait sur une pelouse de croquet ?

J'enfilai le couloir et pénétrai dans une grande pièce meublée de canapés et de lampes à pied. Les rideaux, rouges, étaient retenus par des embrasses dorées. Je vis sur une table d'appoint une carafe de brandy, un bol plein de roses qui répandaient leurs pétales sur le rebord de la fenêtre… Et Mme Bale. Car elle était là aussi, assise bien droite dans une bergère. Les mains croisées sur les genoux. Le regard dirigé vers la pelouse. Sa tresse comme une corde de chanvre.

— Madame Bale ?

Elle sursauta en se tournant vers moi comme si je l'avais saisie par le bras. Ses mains s'écartèrent l'une de l'autre et elle s'exclama :

— Oh ! Mademoiselle Waterfield. Vous m'avez fait une de ces frousses !

Elle trembla un peu, posa sa main sur sa gorge et poussa un soupir. Puis elle se leva en lissant sa jupe.

— Vous êtes aussi discrète qu'une souris, ma parole ! Peut-être parce que vous êtes si menue qu'on ne vous entend pas aller et venir, ou parce que votre canne vous ralentit. Et, mon Dieu, quelle chevelure ! Cette couleur, cette abondance, mademoiselle Waterfield ! J'ai failli vous complimenter hier soir mais j'ai eu l'impression que j'avais déjà assez parlé alors que vous aviez fait ce long voyage. Mais cette teinte, c'est extraordinaire, n'est-ce pas ? Et que vous les portiez dénoués comme cela... Très original. En tout cas pour ici. C'est la mode, à Londres ?

Son sourire s'effaça, et elle se rapprocha de moi.

— La lumière vous a réveillée ? Nous pourrions vous trouver des rideaux plus occultants. Ou je pourrais demander à Hollis de chercher du tissu pour...

— Ce n'est pas la lumière. Je suis plutôt matinale.

— Oh, moi aussi ! N'est-ce pas le meilleur moment de la journée ? Je réfléchissais, assise ici. C'est si silencieux, vous ne trouvez pas ? À part les oiseaux, bien sûr, qui ne se laissent jamais oublier ! Voulez-vous quelque chose pour patienter avant le petit déjeuner ? Les filles ne s'y mettront pas tout de suite, comme c'est dimanche, mais je peux vous préparer du thé, peut-être, et...

Je la suivis en m'efforçant de m'intéresser à ses secrets pour faire un bon thé – de l'eau bouillante, une tasse de porcelaine fine – et au fait qu'elle n'avait jamais acquis le goût du café. Mais surtout, je l'observais. C'était sa gestuelle qui retenait mon attention : sa façon de tripoter le crucifix en argent qu'elle avait autour du cou au bout d'une chaîne, la fréquence avec laquelle elle battait des cils. Je remarquai aussi qu'elle était fatiguée. Des cernes gris-bleu se dessinaient sous ses yeux comme un saupoudrage de poussière, et je supposai qu'elle avait mal dormi, sinon pas du tout.

Mme Bale appelait les femmes de chambre « les filles », comme si elles étaient beaucoup plus jeunes que moi. Elles ne l'étaient pas tellement ; l'une avait 16 ans, l'autre un an de plus. Mais c'était ainsi qu'on les appelait, et toutes les deux avaient un côté effarouché ; une nervosité dans le regard et la gestuelle, une façon de baisser les yeux quand elles parlaient.

— Je vous présente Mlle Waterfield. Des jardins botaniques de Kew… Vous vous rappelez ? Elle est venue nous installer la plus belle serre du Gloucestershire, nous devons tout faire pour qu'elle se sente la bienvenue.

Les filles firent une petite révérence, sans prononcer un mot. Je me demandai quelle réaction on attendait de moi. En matière de domestiques, je n'avais connu jusqu'ici que Millicent, et nos relations avaient oscillé entre glaciales et chaleureuses. Elle ne faisait jamais la révérence ; connaissant Patrick depuis qu'il était petit, elle était considérée comme un membre de la famille, si bien que sa mauvaise humeur et ses petites manies devaient être supportées au même titre que les miennes. Millicent n'avait jamais fait de courbettes. Comment était-on censé saluer des bonnes que l'on n'avait encore jamais vues ? Je restai plantée là. On s'examinait en silence.

— Je suis sûre, dit Mme Bale, que Mlle Waterfield est ravie de faire votre connaissance.

Sur ce, elle tapa deux fois dans ses mains. Elles s'égaillèrent aussitôt autour de la table de la cuisine, la première se mettant à couper du pain, la seconde à casser des œufs dans un bol. Tout en buvant à petites gorgées mon thé dans une tasse ébréchée, je les détaillai. Elles ne se ressemblaient pas. Harriet, l'aînée, était grande, rousse et maigre ; je devinais la forme de ses os en la voyant bouger : ses poignets, ses vertèbres cervicales. Même sa mâchoire était apparente ; la peau y paraissait plus pâle, comme si elle avait été tendue entre les deux arcs osseux. Malgré cela, elle semblait forte. Elle était adroite, avec des gestes précis, pétrissant la pâte à pain tout en y ajoutant de la farine petit à petit.

Maud, en revanche, était petite. Ma taille, environ ; et, comme moi, elle se déhanchait en marchant. Elle ne boitait pas, mais elle faisait osciller son corps, qui était robuste, trapu, en une espèce de roulis. Fille d'éleveurs de bétail, devais-je apprendre par la suite (et il me serait aisé de l'imaginer), Maud sortait par tous les temps. Ses os n'étaient pas saillants. Elle n'avait pas non plus la dextérité de Harriet ; elle avait la main lourde, elle était méfiante et rechignait manifestement au travail, aussi m'étudiait-elle tout en battant ses œufs.

— Pourquoi vous avez une canne ?

— Et la politesse, Maud ? Pour l'amour du Ciel !

Mme Bale, horrifiée, tapa du pied. Moi, je posai ma tasse.

— Je me suis cassé la jambe il y a deux ans et elle ne s'est pas bien remise.

— Comment vous vous l'êtes cassée ?

— Je suis tombée.

— Les vieux tombent et se cassent. Vous êtes pas vieille pourtant. Et vos yeux sont…

Ce regard avec lequel elle me toisa plusieurs fois, des pieds à la tête, n'était pas nouveau pour moi. Si le mot « infirme » ne fut pas prononcé, je l'entendis quand même. Je me levai de ma chaise pour me mettre à la même hauteur qu'elle. J'espérais qu'ainsi elle verrait mieux mes yeux. J'avais envie de lui donner le nom latin de ma maladie, de retrousser ma lèvre supérieure pour découvrir mes gencives sans dents, parce que je ne voulais pas qu'on chuchote n'importe quoi dans mon dos. Si elle devait parler de moi, autant que ce qu'elle raconte corresponde à la vérité.

J'allais donc m'exécuter lorsque Mme Bale s'avança en levant les mains pour s'interposer.

— C'est assez, Maud ! Mon Dieu, ta mère ne t'a jamais appris les bonnes manières ? Je t'ai déjà dit d'être polie avec elle, mon petit !

Elle se tourna.

— Mademoiselle Waterfield, je vous prie d'excuser ces familiarités. Voulez-vous visiter la serre ? L'endroit où vous allez œuvrer ?

Et, comme pour se rassurer elle-même, elle murmura :

— Oui, c'est ce qu'on va faire.

Entre le fourneau et un vaisselier rempli d'assiettes décorées, la porte s'ouvrait sur une cour. Dès que nous fûmes dehors, Mme Bale se mit à justifier l'impertinence des petites bonnes. C'étaient, disait-elle, des filles de paysans du coin. Harriet venait de Lower Barcombe, à moins de 2 kilomètres de la maison, la famille de Maud habitait de l'autre côté de Stow, et ni l'une ni l'autre n'avaient encore été placées. Harriet était plus travailleuse ; elle était discrète et d'une nature accommodante, elle n'avait pas fait d'histoires pour apprendre à dresser le couvert, à lever les filets de truite et accomplir toutes ces tâches auxquelles Maud, disait-elle, était réfractaire.

— Je ne sais plus quoi faire avec celle-là, hélas. Elle n'est pas ponctuelle, pour commencer… Si Monsieur demande son thé pour 16 heures, elle ne met la bouilloire sur le feu que lorsque la pendule sonne quatre coups. Et elle est bavarde comme une pie. Vous n'avez pas encore eu droit à son babillage, elle vous a montré son côté taciturne, plus une bonne dose d'insolence, je le crains... Mais, oh, quand elle veut, elle cause ! Elle est mauvaise langue comme tout, et n'est pas capable de travailler et de parler en même temps. Il m'est déjà arrivé de la laisser le chiffon à poussière à la main et de revenir une heure plus tard pour la trouver toujours en train de parler, le chiffon encore immaculé. Elle vient d'une famille de commères, il faut bien le dire. Je les connais de vue et j'avoue que parfois je traverse pour les éviter.

Mme Bale parlait avec ses mains tout en marchant. Au bout de dix pas, elle se retourna.

— Regardez-moi ça. Vous ne trouvez pas que Shadowbrook est une bâtisse splendide ? Simple, certes, et pas très grande... J'espère que vous ne vous attendiez pas au palais de Blenheim, mademoiselle Waterfield ! Mais belle, n'est-ce pas ?

Je ne pouvais pas le nier. Il y avait beau y avoir des taches d'humidité sur les murs et des moutons de poussière sous les meubles, la façade ne manifestait aucun de ces signes d'abandon dont Mme Bale m'avait parlé. Une architecture simple, oui, mais je la préférais ainsi : ni colonnes ni stucs ; pas de nymphes grecques dans des alcôves, comme dans les belles demeures londoniennes. J'aimais ce dépouillement. J'aimais aussi certains ajouts : les coupes de terre des nids d'hirondelles ; les gouttières en acier dont le ruissellement se déversait dans des bacs à fleurs. J'aimais la façon dont la partie ouest présentait une aile courte en biais couverte par les vertes arabesques d'une glycine qui en obscurcissait en partie les fenêtres. *Wisteria floribunda.* Voilà la langue que je comprenais : la nomenclature botanique.

— La glycine se plaît ici.

— Trop, diraient certains. La floraison est passée, bien sûr, mais vous la verriez en fleur… Cette aile de la maison est notre quartier à nous, aux filles et moi. Vous voyez la petite fenêtre, là ? À moitié cachée par le feuillage ? C'est ma chambre. On pourrait trouver ça embêtant d'être dans l'obscurité, avec la glycine, mais j'aime la lumière tamisée, et en avril et mai cela sent tellement bon que je dors parfois la fenêtre ouverte pour sentir les fleurs. Sur la façade sud, vous verrez, il y a Rêve d'or, un rosier grimpant qui est en ce moment dans toute sa splendeur. Il grimpe jusqu'à l'étage ! C'est peut-être la plante que je préfère de tout le jardin.

Je levai les yeux.

— M. Fox doit avoir vue sur ces roses, de ses appartements.

Elle suivit mon regard.

— Oh oui. Il a une vue imprenable sur tout : le jardin, les champs, et jusqu'au village. Je me suis même demandé s'il ne voit pas, par beau temps, les collines de Malvern. Je ne lui ai jamais demandé. Je suis sûre qu'il voit la tour de Broadway, on l'aperçoit de toutes les hauteurs du Gloucestershire et du Warwickshire. Oh, il a de très beaux appartements.

— Ferai-je sa connaissance aujourd'hui ?

— M. Fox ? Oh non, mon petit. Il n'est pas ici en ce moment. En fait, il est souvent absent.

— Mais les fenêtres sont ouvertes.

— C'est lui qui les laisse ouvertes comme ça. Moi aussi, d'ailleurs. Le vent aère la maison et souffle le plus gros de la poussière, même si nous devons faire attention que les oiseaux n'entrent pas. C'est arrivé une fois, un pigeon. Quel cirque, je vous assure ! J'ai passé des jours à ramasser ses plumes !

Nous restâmes quelques secondes immobiles : deux femmes le nez en l'air.

J'aurais voulu en savoir plus. Son silence me disait qu'elle s'attendait à des questions, ou qu'elle avait encore des choses à dire mais n'osait pas. J'eus la sensation qu'elle se méfiait de moi.

— Allons à la serre, mademoiselle Waterfield. Par ici.

De ma démarche singulière, je la suivis. C'était comme un tangage, un déhanchement d'un seul côté, comme si une main invisible soulevait l'articulation pour la faire tourner. Je la suivis au-delà des anciennes écuries, d'une cabane à outils, de la cabane de rempotage où nichait un rouge-gorge. Ces corps de bâtiment accusaient davantage leur âge que la maison. Les toits étaient édentés ; une clématite étranglait la gouttière de la cabane à outils et descendait si bas qu'il fallait sûrement se baisser pour y entrer. Mais peut-être y avait-il un certain charme à ce délabrement, me dis-je en passant devant une vieille roue en bois appuyée contre un mur, dans un lit de pissenlits.

Mme Bale, apparemment, était de mon avis.

— Oh, c'est bien paisible parce que nous sommes dimanche. Mais la semaine, à partir de 11 heures, il y a un tintamarre, je ne vous dis pas. Ils crient comme des brutes, ce n'est pas du tout paisible. Tous ces garçons… Ils sont sept en tout. Sept garçons, ça fait du bruit ! Plus Hollis, bien sûr, qui doit être au service de cette maison depuis le double de votre âge. C'est le jardinier et il connaît son affaire, il sait tout sur ce jardin. Mais évidemment il ne peut pas tout faire lui-même… Attention à la marche ! Vous la voyez ?

Nous descendîmes au niveau inférieur du jardin, passant sous un houx.

— Et si jamais ces garçons vous disent quoi que ce soit qui vous déplaît, dites-le à Hollis. Il a bon cœur, cet homme, et il ne tolère pas qu'on parle mal à une dame. Certains de ces garnements doivent être rappelés à l'ordre, c'est à se demander parfois si on ne les paie pas pour paresser et faire des bêtises plutôt que pour ratisser les feuilles et tondre le gazon…

Je savais qu'ils verraient chez moi la même chose que Maud : ma claudication et mes yeux étranges. Je préparais une repartie – je n'avais pas besoin qu'on me protège des regards et des ragots – quand je vis la serre.

Mme Bale se coula à côté de moi.

— Impressionnant, non ?

Ce n'était pas la grande serre des palmiers de Kew, cette cathédrale de verre où le regard n'en finit pas de monter, monter… Mais tout de même, celle-ci offrait un spectacle stupéfiant. Je sentis ma bouche s'ouvrir ; je m'approchai doucement de la structure de métal et de verre réfléchissante. De brique, aussi. Le mur du fond était entièrement fait de briques d'un rouge orangé, il devait avoir été dressé là longtemps avant la construction de la serre. Par endroits, il était comme ébréché. Conséquence des intempéries et de l'usure du temps. Je me demandai s'il n'avait pas servi de tuteur à des arbres fruitiers. Poiriers ou pruniers.

Mais, pour le reste, ce n'était que du verre. Une verrière coiffait le tout ; les vitres des parois latérales, le porche et la façade étaient d'une transparence presque absolue.

— Elle est neuve ?

— Oh oui, elle a été terminée il y a à peine un mois. Au début, nous pensions que Monsieur allait construire quelque chose d'assez banal sur la terrasse. Une petite orangerie, peut-être, à laquelle on accéderait par la porte-fenêtre. Mais il a fait arracher les groseilliers à maquereau, qui de toute façon n'avaient jamais donné de fruits…

Et qui voudrait garder des groseilliers à maquereau, je vous le demande ? C'est un arbuste sans intérêt aucun, vous n'êtes pas de mon avis ? Bref, il les a fait arracher et il a fait niveler le terrain. Il voulait absolument se servir du vieux mur en brique. Et voilà, fit-elle avec un soupir d'aise, il a construit ça.

— Lui-même ? M. Fox l'a construite de ses propres mains ?

— Oh non. Il a engagé des artisans. Ils sont venus de Banbury, ç'a été toute une affaire. Les garçons aussi ont mis la main à la pâte, bien sûr.

J'étais éblouie. Je ne pouvais détacher les yeux de ce palais de verre.

— Ce n'est pas chauffé. Mais elle est exposée plein sud, et Hollis dit que la brique retient la chaleur du soleil. Les plantes seront à l'abri du froid même en hiver. Les vitres de la façade peuvent s'ouvrir pour la ventilation. Et il y a des stores… vous les voyez ?… en cas de grosse chaleur. Vous trouverez tout ce qu'il vous faut à l'intérieur : il a pensé à tout.

Mme Bale marqua une pause.

— Ça vous plaît, j'espère ?

Je fis signe que oui, j'étais sans voix.

Elle éclata de rire, comme si elle était soulagée.

— Je le dirai à M. Fox. Il sera ravi de l'apprendre, vu tout le mal qu'il s'est donné.

Elle annonça qu'elle devait s'habiller pour aller à l'église et veiller à ce que les filles fissent de même. Se trompait-elle en pensant que j'étais encore trop fatiguée par mon voyage pour assister à l'office ?

— Je ne vais pas à l'église.

Comme obéissant à un ordre supérieur, elle se figea.

— Du tout ?

— Du tout. Je ne crois pas en Dieu.

Mme Bale manifesta des signes de désarroi : elle papillonna des paupières et son visage eut comme une petite contraction de douleur. Mais elle ne tarda pas à se ressaisir, hocha la tête d'un air grave et m'adressa un sourire avant de prendre congé et de passer sous le houx pour remonter vers la maison.

Je n'avais encore aucune plante, bien entendu. Elles étaient toujours dans les jardins de Kew, en train d'être placées dans des caisses que l'on scellait avant de me les envoyer. Pourtant l'intérieur n'était pas vide. J'y trouvai un air plus doux, plus dense, comme dans tout espace qui retient la chaleur du soleil. Et une odeur de peinture fraîche. Sans parler du mobilier : des fauteuils à haut dossier en bambou garnis de coussins de teintes brunes ; des tabourets brodés ; des tables à plateaux de verre et d'autres plus petites, en bois, sur tréteaux ; et poussé contre un mur, un long banc en fer forgé dont je caressai au passage la spirale de l'accoudoir.

Il y avait aussi des rayonnages, contre le mur du fond ; des douzaines d'étagères, tablettes, socles et niches, ainsi que des filins pour y faire grimper les plantes. Des suspensions pendaient de la verrière. Et contre le mur, on avait disposé des pots et des vasques de toutes les formes et de toutes les dimensions, qui n'attendaient qu'à être remplis de terreau, ce terreau d'un noir surnaturel que je découvris dans un tonneau. À côté, une bêche. Non loin, dans un grand coffre muni d'un fermoir doré, je découvris tous les outils de jardin dont je pourrais avoir besoin. Des bêches en quantité, des fourches, des couteaux, une petite scie, un marteau, de la ficelle. Debout contre le mur en brique, des balais et des brosses. Par terre, sous un robinet, des arrosoirs de toutes les tailles. Mme Bale avait raison : j'étais parée.

Je trouvai, en outre, une lettre. Une enveloppe carrée blanche était posée contre le bord de la fenêtre. Adressée à « *Mademoiselle Waterfield* », dans une écriture que je reconnus immédiatement.

Chère mademoiselle Waterfield,

Bienvenue à Shadowbrook. J'espère que vous approuvez cet environnement, et que vous en profitez. Je me réjouis de faire votre connaissance en temps voulu.

R. E. Fox

Je me laissai lentement choir dans un fauteuil. Le *x* était petit et dur, mais le *F* de Fox était une majuscule décorative reposant sur une ligne sinueuse, à la manière d'une liane déliée ou d'une queue d'animal. Ce qui me donnait une petite idée du personnage. Chaque filin de palissage était tendu, mesuré. Les balais étaient espacés de façon régulière contre le mur de brique. Il était, supposai-je, un homme méticuleux. Prévoyant, amoureux de la précision. Mais aussi un homme pour lequel les plantes et le jardin avaient la priorité. Indiscutablement. Il avait acheté une maison où la plomberie se cabrait chaque fois qu'on ouvrait un robinet, une maison où avaient niché des corneilles, et pourtant, plutôt que de la restaurer correctement, il avait dépensé son argent, son temps et ses soins à ceci : une grande serre pour palmiers et plumbagos. En outre, le personnel de maison se résumait à trois personnes – une gouvernante ingénue qui souffrait d'insomnies et deux petites bonnes maussades –, tandis que, pour le jardin, il y avait sept garçons et Hollis, qui travaillait ici depuis quarante ans.

« *En temps voulu.* » Je levai brièvement les yeux sur la façade de la maison. Les fenêtres de l'étage, ouvertes, regardaient le paysage du Gloucestershire. De là-haut, on voyait sûrement, au-delà de la cour et des dépendances, les champs et les bois. Une petite brise agitait les rideaux, les aspirant parfois vers l'extérieur.

Je songeai : si seulement elle pouvait me voir. Dans cette serre, les cheveux libres. Oh, comme sa méridienne verte me paraissait loin.

Et je pensai à l'heure. On était aujourd'hui dimanche ; ils étaient tous à l'église, assis sur des bancs de bois encaustiqué, personne n'errait dans les jardins. Je me levai, pris ma canne et m'en fus explorer le domaine de Shadowbrook.

La pelouse de croquet tenait lieu de point de départ. La maison – sa porte-fenêtre, sa terrasse, ses vasques de lavande – en marquait un côté. Mais les trois autres étaient bordés de haies d'ifs et de hêtres. Et ces haies étaient immenses, deux fois plus hautes que moi. Au cours des semaines à venir, j'observerais que leurs ombres portées en fin d'après-midi s'allongeaient en travers de la pelouse avec une précision mathématique. Quant au croquet, je n'en vis même pas une trace. Mais par la suite, j'assisterais à la version sauvage et bruyante du jeu telle que la pratiquaient les garçons. Les maillets faisaient office d'armes, la règle du jeu était prescrite par des cris de guerre, et les boules roulaient sous les haies dans des craquements de rameaux, des jets de pétales ou l'envol d'un oiseau surpris. Un passe-temps dangereux pour mes os. En outre, je trouverais parfois au hasard de mes promenades des arceaux enfoncés dans le gazon ; des arceaux rouillés déformés par l'usage, qui a priori n'avaient rien de menaçant. Pourtant il m'aurait suffi d'en heurter un avec mon gros orteil pour provoquer une catastrophe. Je le savais. Aussi je les déterrerais et je les abandonnerais sur les bancs.

Des passages voûtés avaient été ménagés dans ces murs de verdure. Et chacune de ces portes débouchait sur des sentiers différents, certains pavés de briques, d'autres de dalles en pierre, d'autres encore d'herbes folles. Ces sentiers s'enfonçaient dans les profondeurs du jardin. Leurs méandres, un vrai rêve de promeneur, menaient dans des recoins ou à de larges allées ensoleillées, à des bancs, des vergers, des points de vue sur la campagne. Ils contournaient des bassins ou des tas de compost, des ruches ou des citernes d'eau de pluie, des robinets défiant la rouille, qui se secouaient de leur torpeur quand on les tournait.

Il y avait aussi d'autres jardins nichés à Shadowbrook ; en marchant au petit bonheur, je découvris ces espaces clos, carrés, à l'écart du monde, fermés de quatre côtés par des haies, où l'on pénétrait comme dans des pièces qui accueillaient chacune des essences particulières. Le jardin blanc uniquement des plantes aux fleurs blanches ou aux feuilles pâles : phlox, acanthes, lamiers blancs. Le jardin des fuchsias se parait de rose. Le jardin des bains présentait en son centre, comme il se doit, un grand bassin circulaire, et sur le côté un portique où étaient peints des visages sortis de l'Antiquité romaine qui me mirent mal à l'aise, me donnant l'impression d'être épiée. Je lui préférai la voûte de verdure faite de tilleuls et, plus loin, les bordures qui d'ici quelques semaines flamboieraient d'un rouge écarlate : lobélie vivace, dahlia et, déjà, une rose d'un rouge si éclatant que j'aurais pu m'y réchauffer les mains. C'étaient des bandes de terre foisonnantes, couleur de feu. Et moi j'étais là, les oreilles remplies par le bourdonnement des abeilles.

Nulle part ailleurs n'existait un lieu pareil. Même si je n'avais rien vu du monde, j'en étais convaincue. Je touchai la barrière qui me séparait du bois de hêtres. Sous le cèdre du Liban, j'inspectai les creux dans les branchages où nichaient des pigeons ramiers qui me rendaient mes regards avec curiosité. J'émergeai ensuite dans une lumière éblouissante pour y contempler les vestiges d'un jardin de topiaires : quatre troènes jadis taillés en forme d'oiseaux. Le passage du temps avait allongé leur plumage ; le vent, la sécheresse et la pluie anglaise les avaient troués et dégarnis, mais ils composaient toujours un univers de sculptures végétales. Émerveillée, j'en fis le tour. Imparfaits, oui, mais toujours là.

Un court de tennis. Un pavillon sombre au toit de chaume où des meubles achevaient de rouiller.

Un bois de hêtres fendu d'une allée centrale, à la manière d'une nef.

Un verger à l'abandon, livré aux graminées et aux boutons-d'or, à l'exception d'un sentier étroit. Au bout de celui-ci, un monticule de terre rectangulaire qui me fit penser à une tombe. Mais si c'en était une, aucune pierre ne la marquait.

Et enfin le potager. Celui-ci couvrait peut-être un quart du domaine de Shadowbrook : un terrain plat à découvert où s'alignaient les rames à haricots en noisetier, les pots à blanchir la rhubarbe en terre cuite et des rangées et des rangées de plants bruissant dans la brise. Un coin que je finirais par bien connaître. J'y recevrais une poignée de pommes de terre à rapporter à la maison ; j'y retrouverais les aides-jardiniers. Pour l'heure, toutefois, il n'y avait que moi et les légumes. Au bout de petits bâtons piqués dans la terre, des noms : *Haricot d'Espagne*, *Sureau noir Black Beauty*, *Pomme de terre British Queen*, *Artichaut impérial.* Je repérai des traces de passage récent. Des empreintes de pas. Des binettes contre la cabane à outils. Une bêche, plantée toute droite à la manière d'un arbre.

J'avais de nouveau la curieuse sensation que l'on m'épiait. Comme si, à l'instant où je débouchais dans le verger ou la voûte de tilleuls, quelqu'un se hâtait d'en sortir ; l'impression que, si je posais ma main sur une chaise, le métal aurait conservé la tiédeur d'un corps. Cette pensée me perturbait. Et je me la reprochai – n'étais-je pas sotte ? – sans pour autant parvenir à m'empêcher de scruter les haies sur toute leur longueur. Pour en avoir le cœur net, je fis le tour complet de la pelouse.

Plus tard, à la cuisine, j'en fis la réflexion à Mme Bale.

— Dans le jardin, tout à l'heure, j'ai cru que l'on m'espionnait. Cela vous est-il déjà arrivé ?

— Que quelqu'un m'espionne ? Non, mon petit.

Je lui demandai aussi quand M. Fox serait de retour à Shadowbrook.

— J'ai des questions à lui poser. Quel âge a le bois de hêtres, par exemple ? Qui a peint ces visages romains ? Et…

— Vous n'avez qu'à demander à Hollis.

Elle avait répondu avec trop de précipitation. Puis elle se détendit, retrouva son sourire et me répéta d'une voix plus joyeuse, presque nonchalante :

— Hollis… pas M. Fox. Hollis est ici depuis beaucoup plus longtemps, c'est à lui qu'il faut vous adresser. C'est lui qui sait.

Je découvris les jardins silencieux et déserts. Mais le lendemain, tout avait changé : je fus réveillée par un sifflotement. En m'habillant, je m'aperçus que ce n'était pas le seul bruit, loin de là. Les garçons débarquaient à 9 heures chaque matin, sauf le dimanche. Et alors que je ne pouvais pas encore les voir – ils étaient au potager, m'informa Harriet ; ils commençaient toujours par là –, je me tins sur le seuil, ma tasse de thé à la main, l'oreille aux aguets. Des insultes volaient comme des projectiles.

Des ordres fusaient, apparemment ignorés et, tout d'un coup, un hurlement : un coup de poing envoyé ou reçu.

J'aurais volontiers marché en direction de ces bruits. Mené l'enquête. Mais quelque chose m'arrêta. Le fait d'ignorer tout de ce monde-là, faute de ne jamais avoir eu affaire à un jeune homme, m'aurait plutôt poussée à satisfaire ma curiosité et à aller me présenter. Mais la prudence m'incitait à me tenir à l'écart de toute forme de commotion. J'entendis des claquements de métal, bêche contre bêche. Un éclat de voix, sonore et rieur : « Lâche-moi ! » Machinalement, je baissai les yeux sur mon poignet où le bleu de mon hématome s'assombrissait : le moment était mal choisi pour faire leur connaissance.

Je sortis à la recherche de Hollis. Le jardinier attitré de Shadowbrook depuis quarante ans, qui avait transporté ma malle dans ma chambre à mon arrivée sans se plaindre. Une vie entière passée dans ces jardins. J'étais donc à l'affût d'un homme au dos voûté à force d'avoir poussé sa brouette. La peau aussi dure que de l'écorce. Et sur la tête, une fine touffe de cheveux blancs ébouriffés comme la fleur du pissenlit.

Je l'aperçus sous un magnolia. C'était lui, à ne pas s'y tromper : le bruit net et régulier de sa bêche qu'accompagnait un fredonnement monocorde. Il s'appliquait avec le soin et la précision qui, je supposais, étaient ceux de tout chef jardinier. Il semblait totalement absorbé par sa tâche : il posait un pied sur le bord du rectangle de métal, y pesait de tout son poids afin que la lame s'enfonce, puis il soulevait son pied, pliait les genoux, changeait sa main de place sur le manche et retirait la bêche comme si la terre dormait et qu'il ne voulait pas la réveiller. Je me dis alors : C'est ainsi qu'il a toujours fait. Autour de lui sautillait un rouge-gorge gourmand de vers de terre.

— Vous êtes monsieur Hollis ?

Il se redressa.

— Ah ! J'ai été averti de votre arrivée. Oui, c'est moi, quoique je ne me rappelle plus quand on m'a donné du monsieur pour la dernière fois. Toute ma vie j'ai été Hollis, pour mes voisins, mes amis. Ma femme, même.

Il planta sa bêche à la façon d'une hampe de drapeau.

— Je trouve que votre nom est beaucoup plus beau.

— Vraiment ?

— Waterfield, n'est-ce pas ? Un champ d'eau ? Oui, tellement plus beau. Voilà un vrai nom de jardinier.

— Il est trop long.

— Trop long ? Les plantes en ont de bien plus longs.

Hollis sortit de sa poche un mouchoir dont il se tamponna délicatement le nez.

— Eh bien, mademoiselle Waterfield. J'espère que vous êtes confortablement installée.

— Oui. Tout le monde est très gentil. Et ces jardins sont…

Hollis sourit.

— Vous les aimez ? Pour moi il n'y a pas d'endroit plus magnifique sur Terre. J'ai fait mes premiers pas dans le verger, en tout cas c'est ce qu'on m'a dit. J'ai vu de jeunes pousses devenir des arbres énormes. Je me rappelle mon père plantant ces haies, et voyez comme elles ont poussé. Et, bien sûr, tout cela s'est passé en un clin d'œil.

Il plia son mouchoir, renifla une fois.

— Votre père était jardinier ?

— Oui. Jardinier des Pettigrew pendant plus de cinquante ans, comme son père avant lui. Mes premiers souvenirs, c'est mon grand-père balayant les feuilles de la terrasse. L'hiver où il est mort.

J'avais déjà entendu ce nom.

— Les Pettigrew. Ils habitaient ici ?

— Oui. Pendant des années. Le dernier des Pettigrew est mort en 1901, et depuis… Bon, il n'y a pas vraiment eu de propriétaire jusqu'à M. Fox. Mais vous devez être au courant.

— Mme Bale m'a dit que la maison était abandonnée.

— Abandonnée ? reprit Hollis, qui parut réfléchir. Le mot est un peu fort. Vous aurez sans doute remarqué que Mme Bale a tendance à exagérer. Je ne dirais pas à l'abandon. Mais négligée, oui, en effet. Un lointain cousin des Pettigrew venait de temps à autre. Il m'est arrivé de causer un peu avec lui. Il ne restait jamais longtemps. Une semaine ou deux par an, peut-être. C'est lui qui a fini par vendre à M. Fox. Il paraît que vous venez de Londres ?

J'étais déconcertée.

— Ainsi l'entretien de la maison a été négligé, mais pas celui du jardin ? Cela n'a aucun sens.

— Ah. C'est qu'à la mort du dernier des Pettigrew il fut entendu, et c'était une clause du testament, qu'un jardinier demeurerait attaché à Shadowbrook. Je vois que ça vous surprend, mademoiselle Waterfield ! Je sais, c'est étonnant. Le jardin a toujours été entretenu, même quand la maison menaçait de tomber en ruine. Personnellement, je n'y voyais pas d'inconvénient. Sauf qu'il y avait trop de travail pour un seul homme. Même avec l'aide de mon fils, je ne pouvais pas m'occuper de tout.

Hollis marqua une pause.

— Albert, mon fils. Il est jardinier ici. Vous le verrez… il est grand.

Il leva la main au-dessus de ma tête pour m'indiquer « grand comme ça ».

— Treize ans seul avec Albert ? Dans ce jardin ?

Je n'en revenais pas. Cela semblait extraordinaire qu'un jardin continue à être entretenu alors que la maison était laissée à la merci des corneilles et des feuilles mortes.

— Personne pour apprécier le fruit de votre travail ? Ce n'est pas du gâchis ?

— Non. Albert et moi, on était là pour admirer. Voir les bulbes fleurir au printemps. Et puis on avait le potager.

Hollis avait l'air perplexe.

— Mme Bale m'a dit que vous aviez votre franc-parler. Eh bien, pour une fois, elle n'a pas exagéré.

Mon franc-parler. Piquée au vif, je me redressai.

— Pourquoi ? C'est juste que tout ça m'intéresse. Je trouve dommage de ne pas savoir tout ce qu'il y a à savoir. M. Fox a quand même acheté la maison ?

— Oui. Il a engagé les aides-jardiniers. Il nous a fournis en nouveaux outils, et il nous paie généreusement.

— Il doit adorer ce jardin. Vous le voyez souvent ?

Hollis regarda sa main droite. Il la ferma et la rouvrit lentement, comme si d'avoir manié la bêche avait déclenché une douleur.

— Je devrais vous présenter Albert, mademoiselle Waterfield. Nous sommes assez contents, sa mère et moi, de voir qu'on a élevé un jeune homme travailleur et honnête. On a aussi un aîné, mais il est marié et habite maintenant Moreton, nous le voyons peu.

Il n'avait pas répondu à ma question. Peut-être l'avait-il comprise de travers. Ou bien ma question l'agaçait et il cherchait à faire diversion. Ce qui m'incita à m'approcher un peu plus de lui.

— Vous le voyez beaucoup ? Je veux parler de M. Fox.

— Non. Il est souvent absent.

— Quand rentrera-t-il ?

— Je ne sais pas. Il le sait rarement lui-même, je crois.

Ce rapprochement me permit de l'examiner de plus près. Les fins vaisseaux violet foncé sur son nez. Les gruaux de salive aux coins de sa bouche. Et lui me vit de même plus nettement. Ma clavicule déformée et mes cils de fantôme. Le blanc lunaire de mes yeux.

— Leur membrane est transparente. Les capillaires et les veines se voient à travers, ce qui explique leur teinte bleutée. Qu'avez-vous entendu à mon sujet, Hollis ? Que je suis une infirme ?

Je pensais à la petite bonne.

Pris de court, il déglutit, embarrassé.

— Pardon. Je... Infirme ? Non. Personne n'a dit ça. Votre sexe, mademoiselle Waterfield, a été une surprise : nous attendions un jardinier de Kew. C'est ce dont nous avons discuté entre nous, du fait que vous êtes venue toute seule sans personne pour vous accompagner, et nous nous sommes demandé comment vous aviez acquis vos connaissances. Votre chevelure a été mentionnée, mais c'est normal. Des cheveux lâchés comme ça, ça se voit rarement...

— Qu'avez-vous entendu d'autre ?

— Les aides-jardiniers sont jeunes, vous comprenez. Ce sont de fortes têtes, et ils n'ont pas la langue dans leur poche.

— Qu'avez-vous entendu ?

Il se balança sur ses pieds, indécis.

— Que vous avez eu un accident, votre voiture a versé, une roue vous est passée dessus, ou vous avez été piétinée par un cheval. Ou vous avez été une enfant mal nourrie. Les jumeaux prétendent que vous êtes une femme battue par un mari cruel. Je leur ai tiré les oreilles, mademoiselle Waterfield, je puis vous l'assurer. Mais c'est ainsi... Les nouvelles vont bon train, par ici.

J'étais rougissante, désarçonnée.

— Pouvez-vous leur dire que je n'ai jamais manqué de nourriture ? Et qu'il n'y a eu ni voiture ni mari. Pouvez-vous le dire aussi à Mme Bale ?

Car je savais qu'elle se prêtait à ces ragots.

Hollis acquiesça. Et je me demandai à quelle vitesse cette information allait circuler dans ces jardins ou si, semblables aux mauvaises herbes, les rumeurs de dénutrition et de violence conjugale continueraient à proliférer et étoufferaient la vérité.

— Si je puis me permettre… n'est-ce pas dangereux pour vous ? Voyager seule, c'est louable, mademoiselle, je ne le nie pas. Mais il n'y a pas trop de risques pour vos os ?

Je songeai d'abord à me défendre, répliquer que j'en étais tout à fait capable, qu'une fracture faisait moins souffrir que la perte d'un parent et que je n'avais pas peur de la vie. Mais son expression était tendre, son intonation traduisait de l'inquiétude, il ne méritait pas une repartie cinglante.

— Quelques-uns. Je dois faire attention aux sols inégaux. Aux chemins mouillés. Aux arceaux de croquet.

— Aux sols inégaux ? Ah ! Je me permets dans ce cas de vous conseiller d'éviter le jardin du bas. Le connaissez-vous ? Il est à moitié caché par les taillis et tellement en pente qu'on ne peut pas se servir des brouettes. J'y ai moi-même fait une chute et, depuis, je refuse d'y descendre. Dès qu'il pleut, le ruisseau déborde et provoque des inondations.

— Et le verger ?

— Le verger ?

— Le terrain y est accidenté là-bas aussi. Le monticule de terre dans le fond.

— Bon, c'est vrai, j'ai tendance à laisser le verger vivre sa vie. Mademoiselle Waterfield… ?

Hollis baissa les yeux sur le massif de fleurs et se gratta le menton.

— Si je puis me permettre d'ajouter quelque chose. Ces rumeurs ne doivent pas vous affecter. Je n'aurais jamais dû vous en parler, mais comme vous me posiez la question sans détour... Il n'y a pas de mauvaise intention de la part de ces garçons ; ils n'en causeraient pas s'ils n'étaient pas intrigués. Et vous avez dit « infirme » mais, mademoiselle, n'y a-t-il pas des plantes qu'il faut relever par du bambou ? Elles n'en sont pas moins ravissantes. Alors, je vous en prie, n'écoutez pas les racontars de ceux qui n'ont pas de cervelle.

Je restai interdite. Seule ma mère m'avait déjà fait des compliments. Elle m'avait qualifiée de « radieuse », une fois. D'après elle, cette blancheur qui était mon signe distinctif faisait que j'irradiais de la lumière et que je ne devais pas en avoir peur. Elle disait aussi que la perfection chez l'être humain n'existait pas ; que si aucun défaut ne transparaissait dans les apparences, c'est qu'il se logeait au-dedans, ce qui était bien pire. Ça, je voulais bien le croire. Mais je ne m'attendais pas à ce que d'autres qu'elle me flattent. Cela me paraissait même assez suspect.

— Bien, mademoiselle Waterfield, je ne voudrais pas prendre trop de votre temps. Et puis l'heure tourne et il y a ma plate-bande...

Il me donnait congé, pourtant je restai à l'observer pendant qu'il bêchait : son attitude digne et mesurée ; il tenait compte du manège du rouge-gorge et il y avait ce « han » qu'il se murmurait à lui-même en soulevant sa bêche lourdement chargée.

— Hollis ?

Je lui demandai ce qu'était une groseille à maquereau. En dépit de mes lectures, et même si j'avais vu Millicent faire bouillir ces fruits pour les adoucir, j'étais intriguée. Le jardinier sourit. Il appuya la bêche contre lui et en parlant avec les mains me la décrivit, sa taille, sa forme. Une peau poilue. Une chair dont on voyait les veines quand on la regardait à contre-jour. Et oui, il fallait rajouter du sucre, parce que ces petites choses étaient acides.

— Mme Hollis en fait une excellente confiture.

La cueillette s'effectuait de fin juin jusqu'aux moissons.

Ce soir-là, nous étions assises toutes les quatre dans la cuisine. Il y avait du mouton, des pommes de terre et une poignée de petits pois que Harriet avait écossés l'après-midi même. Le pichet à eau était ébréché. Les serviettes repassées mais souillées de taches anciennes.

— Il paraît que vous avez rencontré Hollis, tout à l'heure, me dit Mme Bale. Près de la bordure rouge ? N'est-il pas gentil ? C'est un vrai gentleman. Et il travaille tellement dur... Ces jardins appartiennent bien sûr à M. Fox, mais ils sont l'œuvre de Hollis et de son père avant lui, et du père de son père... Il vous a dit ? Ces jardins sont un enchantement, n'est-ce pas ?

Elle énuméra d'une voix émue ses coins préférés : le banc de l'allée de roses ; les bois de hêtres en automne ; les troènes autrefois taillés en forme de paons. Elle accompagnait ses paroles de grands gestes. Les bonnes se taisaient, le nez dans leurs assiettes.

En entrant dans ma chambre, je remarquai deux choses. Pour commencer, quelqu'un y était passé pendant mon absence. On avait touché à mes livres, interverti mes *Contes et légendes des Indes* et mon manuel d'anatomie. On avait aussi touché à la rose. Le soir de mon arrivée, l'avant-veille donc, elle était en bouton. À présent, elle avait perdu la totalité de ses pétales ; l'eau du vase était gluante et grise. Cela n'avait aucun sens. Comment une fleur en bouton avait-elle pu se faner aussi vite ? Les pétales avaient été arrachés. Délibérément.

Je rapportai le vase à la cuisine.

— Quelqu'un est entré dans ma chambre ?

Harriet était seule. Elle sortit ses mains de l'évier en ouvrant de grands yeux.

— J'ai fait votre lit ce matin.

Mais non, elle n'avait pas touché à mes livres. Quant à la rose, elle secoua la tête.

— Ça arrive à Shadowbrook. Les fleurs ne durent qu'une journée ou deux.

— Une seule journée ? Mais pourquoi ?

— Mme Bale fait des bouquets et les pétales tombent très vite, parfois en quelques heures. Un jour, elle a posé des pivoines dans l'entrée et, en dix minutes, toutes les tiges étaient cassées. Elle dit que c'est la faute aux courants d'air. C'est une très vieille maison…

J'eus envie de riposter que je n'avais pas senti un seul courant d'air. Et quand bien même il y en aurait eu, depuis quand un coup de vent fait-il tomber les pétales d'une fleur à peine éclose ? Depuis quand fait-il croupir l'eau d'un vase ou brise-t-il des tiges de pivoine ? Sauf qu'à ce moment-là j'étais épuisée ; j'avais récolté plusieurs hématomes en explorant le jardin, et mes articulations me faisaient mal. Je me contentai donc de lui souhaiter une bonne nuit.

Le soir même, j'écrivis à Patrick pour le rassurer : j'étais bien arrivée, ma chambre était confortable et non, je n'oubliais pas ma canne. Je signai : *Bien affectueusement, Clara.*

Après, impossible de dormir. J'appelai le sommeil de mes souhaits, en vain. Je songeais à mon beau-père et aux kilomètres que ma lettre devrait parcourir pour se glisser entre ses mains fraîches et pâles. Je pensais aussi au jardin du bas. Et à l'étrange destin de ma rose.

Je finis par m'assoupir. Pour rouvrir les yeux un peu plus tard, réveillée par les coups de la pendule sonnant 3 heures dans l'entrée. Je soulevai ma tête de l'oreiller. C'est alors que j'entendis le craquement. Un bruit doux, mais suffisamment net pour m'inciter à m'asseoir dans mon lit. Je retins ma respiration, guettant si le son se reproduisait.

Il se reproduisit. Un deuxième craquement. Puis un troisième, et un quatrième. La tuyauterie ? La maison bougeant, sous l'effet d'un refroidissement de la température extérieure ? Ou quelqu'un marchant au-dessus de ma tête ; un renard reniflant l'air ?

Quatre craquements, et puis plus rien. Je m'effondrai dans mon nid de couvertures et les arômes émanant de mon corps. Et je fis un rêve étrange : je mettais mes mains en coupe et des pétales en débordaient. Des pétales de la même couleur qu'un os ; ils avaient aussi la même texture poudreuse, et ma mère se mouvait quelque part à la périphérie. Je sentais sa présence, je reconnaissais le bruit feutré de ses pieds, mais je ne la voyais pas, alors que je l'appelais. J'appelais maman, et j'appelais son prénom.

3

Ma vie londonienne avait été hantée par les mauvais rêves. Ma crainte diurne des fractures se transformait la nuit en songes où mes dents me pleuvaient dans les mains ; j'étais un clavier de piano sur lequel couraient des doigts inconnus. Mais c'était le laudanum qui suscitait chez moi les rêves les plus noirs. On me retirait mes os ; des hommes sans visage me démantelaient, ils sortaient mes côtes par mon nez, mon fémur par ma bouche comme dans un rituel ancien contre lequel j'essayais de résister. Et je me réveillais avec une soif terrible. De l'eau… Je cherchais à tâtons mon verre sur ma table de chevet.

Avec le temps, ces rêves s'étaient estompés. Je redoutais moins les fractures et les luxations, et l'opium avait disparu de ma vie. Les rêves s'étaient faits rares et je les oubliais au réveil.

Pourtant, celui-là, je m'en souvins. J'y pensais encore en m'habillant. Je me coiffai, regardai mon reflet dans la glace et j'eus l'impression, brièvement, que ma mère passait derrière moi, je crus voir son image glisser sur le miroir. Mais il n'y avait dans mon dos que l'armoire.

Je me levai, ouvris les rideaux et découvris la pluie, ruisselant sur le lierre, crépitant contre les carreaux. Je soulevai le panneau inférieur de la fenêtre pour respirer le parfum du jardin mouillé, sortis ma main, et mon rêve s'éloigna.

Mme Bale me réserva un accueil empressé – « Ah ! La voilà ! » – comme si elle m'avait attendue avec impatience. Je cherchai des yeux les petites bonnes mais elle était seule à touiller une casserole.

— Bonjour, mademoiselle Waterfield. Je crains que la journée ne s'annonce bien grise. J'avais espéré que le beau temps persiste, mais il semblerait que nous devions nous contenter de la pluie.

Sur ces paroles, elle servit le thé et se lança dans une liste des avantages d'un temps pluvieux : ça lavait les carreaux, ça renouvelait l'eau du bassin qui commençait à verdir, ça ravivait le ruisseau et, en fin de compte, les plantes du jardin s'en féliciteraient toutes. Évidemment, au village, il y en aurait qui maugréeraient, toujours les mêmes : la mère Rudd et son arthrose, le forgeron de Lower Barcombe qui répugnait à ferrer des bestiaux mouillés.

— Il y a des gens qui ne sont jamais contents.

Je bus mon thé à petites gorgées en essayant de déterminer si c'était là son mode coutumier, si cette voix chantante et cet air affairé lui étaient vraiment naturels. Difficile à dire. Il y avait encore en elle une petite fille. Elle gesticulait comme si elle voulait soupeser l'air de ses deux mains, elle écarquillait les yeux, souriait constamment. De deux choses l'une : ou bien toute cette gaieté et cette animation étaient innées, conformes à sa nature profonde ; ou bien tout était calculé. Je n'arrivais pas à me décider. Ma seule certitude, c'était qu'en dépit de son babillage elle était éreintée. Elle avait toujours ses bourses foncées sous les yeux.

Je tenais ma tasse à deux mains.

— J'aurais aimé visiter un peu plus le jardin aujourd'hui.

— Oh, mais il faut ! Il y a tant de recoins à explorer ; c'est ce que je dis toujours aux filles. On pourrait passer des semaines à s'y promener et on n'aurait jamais tout vu. Ça change tout le temps, bien sûr. Les boutons en fleurs et les fleurs en baies. J'aime beaucoup le massif d'hydrangeas. Vous l'avez trouvé ?

— J'aurais aussi voulu poster une lettre.

— Ça, ce n'est pas compliqué. Barcombe se trouve à 800 mètres d'ici et il vous suffit de la déposer chez Jarvis, l'épicier. Il la postera pour vous.

Mme Bale entreprit d'essuyer les miettes sur la table du tranchant de la main.

— C'est une promenade agréable. Vous descendez l'allée, vous passez devant chez les Hollis, devant l'arbre pourri et vous longez les champs d'orge ; vous serez là-bas en un rien de temps.

— Sauf que je ne pourrai pas aujourd'hui. À cause de la pluie.

— Il y a un ciré dans la cabane des jardiniers. Je ne garantis pas sa propreté, hélas. Les garçons le prennent parfois, et Dieu sait ce qu'il y a dans les poches. Mais si vous voulez, n'hésitez surtout pas, vraiment.

Son éternel sourire.

Ce n'était pas la pluie elle-même que je redoutais. Des vêtements trempés, après tout, cela séchait. C'était le sol mouillé. Tout comme je craignais les parquets cirés, l'huile, le verglas, ainsi que je le lui expliquai. Pour moi, c'était périlleux.

— Hollis dit que le jardin du bas est en pente.

— Oh, mademoiselle Waterfield ! C'est un endroit horrible. Il a raison. C'est tellement raide que j'ai toujours refusé d'y aller. Et puis ça sent mauvais. Ça grouille d'escargots. Vous croiriez qu'avec toute cette eau il y aurait de la lumière ? Pas du tout. Il y fait noir, et il y a de la mousse partout.

Un souvenir parut revenir à Mme Bale. Elle se tut et se sécha les mains sur un torchon, se tourna vers la pluie, me présentant son profil. Cils courts, bas du visage légèrement affaissé. J'en avais une vision si nette que j'aurais pu en tracer les contours ; un camée que j'aurais porté sur une broche. Mme Bale avait-elle été belle ? L'était-elle encore ? Elle avait des cheveux châtain foncé. Des yeux ronds et noirs. Un homme au moins avait dû la trouver belle : son alliance étincela quand elle posa son torchon.

— Pourrais-je faire la connaissance de M. Fox aujourd'hui ? Il est rentré, je l'ai entendu marcher à l'étage tard dans la nuit. Vraiment tard, vers les 3 heures du matin.

Mme Bale se tourna vers moi et, l'espace d'un instant, elle changea de physionomie : elle perdit son sourire et ses mains se figèrent. Elle me dévisagea comme si mes paroles recelaient un sens caché qu'elle cherchait à déchiffrer.

— M. Fox ? Non. Il n'est pas encore de retour.

— Pourtant, si. J'ai entendu des bruits de pas.

— Non. Je vous l'ai dit, mademoiselle Waterfield : la maison est vieille, elle craque de partout. Il ne faut pas y prêter attention.

— Les courants d'air ?

Elle me gratifia de son beau sourire.

— Les courants d'air. Exactement. Je peux demander à Hollis de vous poster votre lettre, si vous voulez. Ou à un des garçons. Ils traversent Barcombe en rentrant chez eux et il y en a un ou deux en qui on peut avoir confiance.

Je fis non de la tête, sur mes gardes. C'étaient bien des pas que j'avais entendus. Et je tenais à visiter Barcombe-on-the-Hill et à apprendre à poster moi-même mes lettres.

Ce jour-là, je me cantonnai à l'intérieur. J'aurais adoré endosser le ciré, m'aventurer dehors et regarder la pluie rider l'eau du bassin et alourdir les branches. Écouter le crépitement des gouttes sur la capuche du ciré, comme dans la description que ma mère m'avait faite de Londres sous l'averse. Mais je n'oubliais pas le risque de chute. Une seule fracture, et c'en était fini de mon ambition de créer le paradis privé pour lequel on m'avait passé commande.

J'optai dès lors pour une exploration de la maison. Je longeai le couloir en laissant ma main caresser les boiseries, tourner les poignées des portes. Treize années à l'abandon ? Des dégradations étaient visibles un peu partout. Le salon était la pièce la plus colorée, la plus aérée ; on voyait qu'elle était habitée et entretenue, et pourtant subsistaient des toiles d'araignées entre les meubles, de l'humidité dans les coins et dans l'âtre un tas de feuilles d'automne qui n'avait pas été déblayé. Dans la bibliothèque, je ne trouvai pas le moindre bouquin. Seulement des rayonnages où des livres avaient dû être rangés à l'époque des Pettigrew, des rayonnages qui à présent collectionnaient la poussière et les frêles dépouilles, fines comme du papier, d'araignées aux pattes recroquevillées dans la mort. Il y avait un bureau fendu mais pas de chaise. Un carreau de fenêtre fêlé et des plantes grimpantes tellement touffues sur le mur extérieur que la vue était bouchée par des feuillages noirâtres. Comment une bibliothèque pouvait-elle ne contenir aucun livre ? Et s'appeler quand même bibliothèque ?

Les autres pièces étaient tout aussi nues. Le tapis de la salle à manger portait des marques de pieds de table. Sur le manteau de la cheminée, une potiche en porcelaine contenait un bouquet de lavande séchée dont le parfum n'était plus qu'un souvenir. Dans ce qui portait le nom de fumoir, les murs étaient jaunâtres, la rosace du plafond marron. Et le cèdre que l'on apercevait par la fenêtre assombrissait encore la pièce de sorte que, lorsque je fermai la porte derrière moi, je sus que je n'y retournerais pas.

Je n'envisageais pas de visiter les chambres des bonnes ni celle de Mme Bale. En revanche, je pénétrai dans toutes les pièces du rez-de-chaussée. Pour conclure que seules quatre d'entre elles possédaient un semblant de vie : la cuisine, le salon, ma chambre et la salle de bains avec son carrelage bleu et blanc et sa peinture écaillée. Nous étions quatre à nous en servir, si bien qu'il m'arrivait de trouver sur le sol des empreintes de pied humides. De la savonnette parfumée à la rose je retirais des cheveux roux, ceux de Harriet.

Il en restait une. Au début, je crus que la porte lambrissée de panneaux de bois, en face de la mienne, au bout du couloir, n'était qu'un placard. Mais, à l'intérieur, il y avait un lit. Ainsi qu'un bureau assez volumineux poussé contre la fenêtre, comme placé là pour un écrivain qui puiserait son inspiration dans la vue des topiaires et du houx. Alors que j'étais debout sur le seuil, Maud passa derrière moi. Elle avait une serpillière à la main et n'y alla pas par quatre chemins :

— Qu'est-ce que vous cherchez ?

— Rien. Quelle est cette pièce ?

Elle pinça les lèvres.

— Le billard. Enfin, c'était. Quand M. Fox a acheté, il y avait une table de billard là-dedans. Les souris avaient grignoté le tapis et il était plein de taches que Mme Bale ne s'expliquait pas mais refusait d'essayer de faire partir. Du sang, qu'elle disait. On l'a brûlée près du tas de compost.

Elle haussa les épaules et s'éloigna.

Je restai là quelques instants. Une seconde chambre d'amis ? Apparemment. Comme elle était plus grande que la mienne, je me demandai pourquoi on ne me l'avait pas proposée. Cela dit, la mienne me plaisait davantage : j'aimais sa porte dérobée sous l'escalier, et le fait qu'elle recevait le soleil au petit matin. J'avais pris en affection l'odeur d'herbes aromatiques et ma vue sur le jardin de simples.

Pettigrew. Je me répétais ce nom tout en visitant la maison. Le domaine leur avait-il toujours appartenu ? J'imaginais la vie qu'ils y avaient menée : les jeux de carte, les tapisseries, les cols doublés de fourrure, le froufrou des longues jupes balayant le sol. En hiver, l'odeur de la cannelle. Et les enfants ? Je les voyais courant dans le long couloir sous les crochets où n'était plus suspendu aucun tableau. Des crochets qui avaient supporté le poids de portraits, de paysages, de natures mortes de gibier et de fruits. Je discernais la trace des toiles sur le mur. Leurs fantômes. C'est ainsi que, par cette journée pluvieuse, j'eus la vision d'une famille réunie autour d'un grand sapin de Noël installé dans le hall d'entrée. L'argenterie brillait à la lueur des chandelles.

Et je pensai à Mme Bale.

Certes, il y avait chez elle quelque chose d'enfantin. Même un côté espiègle, dans ses gestes, ses chuchotements et ce sourire permanent, comme vissé sur son visage, et trop large. Mais je décelais aussi en elle une noirceur. Une part d'ombre. Et c'était cette ombre, me semblait-il, qui l'empêchait de dormir.

Des courants d'air, avait-elle dit. Mais ces bruits au-dessus de ma tête n'avaient pas pu être causés par un déplacement d'air. Ce que j'avais entendu, au milieu de la nuit, c'était quelqu'un qui faisait lentement, précautionneusement, passer le poids de son corps d'un pied sur l'autre. J'en étais sûre.

Je levai les yeux.

Un escalier sombre. Une rampe en bois polie par le frottement des mains.

Je m'en emparai et gravis les marches. Une ascension rectiligne jusqu'à un palier réchauffé par un petit tapis. Et là, je tombai nez à nez avec une peinture. Je m'arrêtai net : c'était la première œuvre d'art que je voyais dans cette maison. Une femme étendue sur un tissu drapé dans un cadre doré. Une femme nue. Entièrement nue. Son bras gauche reposait sur le haut de sa cuisse et c'est seulement grâce à un léger déhanchement que sa posture conservait un semblant de pudeur. Mais le reste était exposé : un corps beige rosé, bien en chair, tout en courbes, dont les os paraissaient absents. Elle était brune, évidemment, comme toutes les beautés. Et son teint opalin accentuait par contraste la palette sombre de sa chevelure, tout comme derrière elle le fond évoquant un monde nocturne ; elle était éclairée par une seule source lumineuse provenant d'une lanterne. Ombres et secrets.

À ma gauche, un couloir s'ouvrait, obscur. Le pendant identique de celui du rez-de-chaussée mais qui, je ne sais pourquoi, me parut plus étroit.

« Il a ses appartements. » J'essayai la poignée de la porte la plus proche, et elle s'ouvrit. Mais j'entrai dans du néant. Comme la bibliothèque et le fumoir, c'était une pièce sans vie. Peut-être même était-elle encore plus vide, car il n'y avait ni rayonnages sur un tapis de feuilles mortes ni décolorations sur les murs à l'emplacement de tableaux disparus. Dehors, le murmure de la pluie. Et puis cette douce lumière bleutée qui vient avec la pluie, de sorte que la pièce paraissait encore plus mystérieuse. Le sol était couvert d'une épaisse couche de poussière que personne n'avait foulée et où je laissai l'empreinte de mes pieds. Mes deux pieds, et l'œil rond de ma canne.

— Que faites-vous ici ?

Les mots me firent l'effet d'une gifle. Piquée au vif, je me retournai.

Son côté femme enfant s'était volatilisé, tout comme son éternel sourire.

— Je vous l'ai dit pourtant. C'est l'étage de M. Fox.

— Oui. Mais je ne savais pas que je n'avais pas le droit d'y monter.

— Pourtant c'est bien ce que cela veut dire ! Vous n'avez aucune raison d'être ici ni le droit de fouiner… À ouvrir les portes, à rôder comme une goule ! Sortez d'ici tout de suite.

— Mais je ne touche à rien.

— Sortez ! Ouste !

J'obtempérai, mais pas de bon gré. Sans me presser, je pivotai.

— Pourquoi toutes ces pièces vides, madame Bale ? Sans mobilier. Pas même des malles ou des cartons.

Elle plissa des yeux méfiants.

— Puis-je, à mon tour, vous demander en quoi cela vous regarde ? Descendez, maintenant, s'il vous plaît.

— Et le nu ? Il y a une histoire derrière ce tableau, la connaissez-vous ? Je suis étonnée que ce soit le seul dans la maison alors qu'ailleurs il y a partout des crochets sans rien…

— Mademoiselle Waterfield.

Elle articula mon nom en levant la main comme si elle brandissait une pierre : un avertissement clair, et sévère.

Je sentis son regard sur moi alors que je rebroussais chemin dans le couloir.

Espiègle ? Je n'étais plus de cet avis. Son grand sourire n'était pas non plus crédible. Oui, il y avait en elle une part d'ombre. Au milieu du couloir, je me retournai pour lui faire face.

— Vous ne m'avez pas dit que je n'avais pas le droit. Vous ne m'avez pas dit que c'était interdit, et pourtant vous me réprimandez.

Je la mettais au pied du mur, sans ambages.

Ses yeux lancèrent un éclair avec au fond une lueur particulière... De quoi ? De colère ? Je n'aurais su le dire.

— Eh bien maintenant, vous le savez.

Ce soir-là, le repas se déroula dans un silence indiquant qu'elles étaient toutes au courant. Maud et Harriet avaient été avisées de mes vagabondages, et étaient mieux au fait de ma nature franche et directe.

La pluie tombait. On reposait précautionneusement les verres d'eau.

— Toute cette pluie nous réserve un beau mois de juillet, au moins.

La gouvernante sourit avec une gaieté forcée.

Je n'en croyais pas un mot. Elle était fort capable de taper avec une règle sur les doigts d'un petit écolier. D'abattre son maillet de juge et de poser un carré d'étoffe noire au moment de prononcer le verdict de la peine capitale. Plus tard, alors que je me retirais pour la nuit, j'entendis les pas légers de Mme Bale derrière moi et elle appela mon nom de sa voix d'avant, mélodieuse, enfantine. Je me tournai pour la trouver souriante. Elle avançait les épaules rentrées, comme penaude, et tenait son visage en coupe entre ses mains, à croire qu'elle voulait cacher ses joues rouges de honte.

— Oh, j'espère que vous ne m'en voulez pas pour tout à l'heure, mademoiselle Waterfield. Je ne sais pas ce qui m'a pris et je crains de vous avoir surprise d'une vilaine façon. Vous m'avez lancé un de ces regards ! Je qualifierais votre attitude d'effrontée, si je puis me permettre. Bien sûr, je comprends pourquoi. C'est ma faute, totalement, je ne vous avais pas informée des usages de la maison. En fait, la seule chose à retenir, c'est que l'étage est le domaine réservé de M. Fox, un point c'est tout. Nous autres n'avons pas le droit d'y mettre les pieds. Même les filles pour y faire le ménage. Alors, je vous en prie, ne le prenez pas mal. Il souhaite être tranquille, voyez-vous.

— Mais vous, vous y montez. Forcément. Vous lui ouvrez et fermez ses fenêtres.

Elle saisit sa tresse à deux mains, comme si elle voulait s'y accrocher.

— En effet, j'y monte. Il m'y a autorisée. Quand il est là, je lui apporte ses repas. Son linge et, de temps en temps, le journal.

— Vous dites qu'il occupe là-haut un ensemble de pièces.

— Oui, et une salle de bains.

— Mais la pièce que j'ai vue est vide. Étant donné la quantité de poussière, elle n'a pas été occupée depuis des années.

— Ses appartements, dit-elle sans se départir de son sourire, donnent sur le côté sud. Les pièces au nord sont désaffectées, comme vous avez pu le constater. Mais un jour il les fera restaurer, j'en suis sûre, et alors elles seront splendides, comme le sera le reste de cette maison.

Elle prenait soin de me fournir des explications, mais je demeurais perplexe.

— Donc quand M. Fox est à Shadowbrook, il ne lui est pas nécessaire de quitter son étage ? Il peut rester là-haut tout le temps ?

— Oui.

— Pourquoi ? Pourquoi faire une chose pareille ? Cela n'a pas de sens.

J'avais beau me rendre compte qu'elle n'en pouvait plus de cet interrogatoire, je tenais à savoir, quitte à me montrer impolie.

— Souffre-t-il de quelque mal ? Vit-il en reclus ?

Ma question la fit rire. Un éclat de rire cristallin et railleur, déplaisant. Je me sentis vexée.

— Oh, mon petit ! En reclus ? Alors qu'il n'est pas chez lui en ce moment ? Non, mais quand il est à Shadowbrook, il aime profiter de sa tranquillité et de sa propre compagnie. Et pourquoi pas ? N'a-t-il pas mérité le droit de faire ce qui lui plaît ? Il a tout ce qu'il lui faut dans ses appartements, qui sont très confortables.

Je réfléchis à sa réponse, qui ne me satisfaisait pas.

Elle attendit. Sans doute se préparait-elle à une autre question de ma part. Comme rien ne venait, elle fit porter le poids de son corps sur l'autre jambe et tripota le petit crucifix en argent qu'elle avait autour de son cou.

— Je suis chargée de tenir sa maison, voyez-vous. Je suis obligée de le faire selon ses désirs, et de penser avant tout à ce qu'il souhaite. Est-ce assez clair pour vous ? Mais, à vrai dire, mademoiselle Waterfield, je pensais aussi à vous.

— À moi ?

Son sourire s'était évanoui. Son visage était grave, son regard fixe.

— À votre sécurité.

— Ma sécurité ? Vous voulez parler de mes os ? Madame Bale, j'ai 20 ans et…

— Pas à vos os ! s'exclama-t-elle d'une voix sifflante et précipitée en jetant un coup d'œil derrière elle, comme si elle craignait qu'on l'entende. Ce que je veux dire, c'est qu'il n'est pas prudent de monter à l'étage ! Ni de marcher dans ce couloir, ni de gravir l'escalier.

Mme Bale secoua la tête.

— Je ne peux pas vous en dire plus, du moins pas pour le moment… Dieu sait ce que vous penseriez de moi. Vous me prendriez pour une folle, c'est certain, et retourneriez vite à Londres. Mais croyez-moi, je vous en prie, mademoiselle Waterfield, il vaut mieux que vous vous absteniez. À moins qu'il ne vous y invite expressément.

— Qu'il ne m'y invite expressément ?

— Oui. Car je suis sûre qu'il voudra vous voir. Mais autrement, restez là où vous n'avez rien à craindre. Les jardins, votre serre. Cantonnez-vous au rez-de-chaussée.

Un peu plus tard, je m'assis au bord de mon lit et comptai mes nouveaux hématomes en retenant mon souffle, l'oreille tendue vers le craquement qui trahirait le tâtonnement d'un pied sur une latte de plancher.

On n'entendait que le bruit de la pluie. Je me couchai et tentai de me plonger dans mon manuel d'anatomie. Je lus à voix basse les fonctions du foie, ayant soif de faits réels, aspirant à des certitudes. Mais au bout de quelques minutes, je posai le livre. Tout cela avait-il un sens et, si oui, quel était-il ? M. Fox choisissait de mener une petite vie étriquée à l'écart du monde au premier étage de sa maison. Et pourtant, quelle propriété il avait ! Quel jardin à explorer ! Ses roses couleur pêche, ses sculptures végétales, un grand bassin… Pourquoi acheter une aussi belle demeure si on n'aimait pas les jardins ? Et pourquoi, dans ce cas, construire une serre ?

« Je pensais aussi à vous… À votre sécurité. » Me revint aussi à l'esprit le mot « problème » prononcé par le chauffeur dont les dents étaient assez solides pour supporter le choc répété de ces caramels durs appelés *butterscotch*.

Je me tournai sur le côté. Bientôt, la pluie cessa. J'entendis le cri du hibou, deux fois, en provenance du bois de hêtres, et il y eut un bruissement de feuilles. Mais ce fut tout.

La pluie de la veille avait déposé son souvenir dans les creux du sol et les toiles d'araignées, si bien que le jardin de simples était incroyablement lumineux. Étincelant de reflets d'argent.

À la cuisine, Harriet surveillait l'œuf qu'elle faisait bouillir. Elle tenait sa cuillère en bois levée, comme si elle attendait un ordre.

— Où est Mme Bale ?

Comme il était 8 heures passées, j'avais été sûre de la trouver là.

Harriet jeta un regard derrière elle.

— Elle dort.

— Elle dort ? À cette heure ? Elle est souffrante ?

— Je n'en sais rien. On a frappé à sa porte et elle a dit qu'elle avait besoin de dormir. Elle dort mal.

— Elle a de la fièvre ?

— Non. Je lui ai demandé si je devais envoyer chercher le docteur Warrimer mais elle a dit non, qu'elle avait juste besoin de dormir un peu plus. Et… Mademoiselle ?

Harriet plongea une main dans son tablier dont elle délogea une feuille de papier pliée qu'elle me présenta.

— Elle m'a priée de vous donner ceci… Car vous allez à Barcombe, je crois ?

Je pris la feuille. Une liste de courses.

Œufs (une douzaine). Farine. Thé.

— Il ne nous reste plus que quelques feuilles de thé, et on ne sait jamais quand M. Fox va rentrer. Il arrive toujours sans s'annoncer, et il tient à son thé de l'après-midi.

Elle se tourna de nouveau vers la casserole.

— C'est une bonne épicerie. On peut y moudre ses grains de café. Quelquefois ils ont même des chocolats fourrés à la menthe.

— Vous l'avez rencontré ? Vous l'avez vu ? M. Fox.

— Non, jamais. Maud non plus. Il n'y a que Mme Bale qui s'occupe de lui. Elle pose son plateau sur une table à côté de sa porte.

— Et vous ne trouvez pas ça étrange ?

La bonne se fit prudente.

— Peut-être. Mais tout ce qu'il veut, c'est être tranquille, et il est tellement rarement là que ça dérange personne. Il nous paie de bons gages.

Je contemplai la liste. La curieuse écriture irrégulière de Mme Bale. Le *f* de « œufs » formait une boucle étirée exagérément vers le bas ; le *o* de « douzaine » était vaste comme le monde. Mais je ne m'y arrêtai pas. J'envisageais la tâche qui m'attendait. Je me rappelais les heures passées sous les flocons de neige à regarder les passagers descendre des omnibus, grâce à quoi j'avais appris à le prendre moi-même. Mais faire des courses ? Je n'avais jamais franchi le seuil d'un magasin.

— Harriet ? Comment dois-je faire ?

— Faire quoi ?

Elle leva les yeux de l'œuf en train de bouillir.

— Comment dois-je faire pour acheter toutes ces choses ? Ne vous moquez pas de moi, s'il vous plaît.

La bonne abaissa sa cuillère. Elle s'écarta du fourneau pour me faire face.

— On en raconte sur vous. Il paraît que vous avez vécu comme une princesse et que vous avez l'habitude d'être servie. C'est vrai ?

Comme une reine. Était-ce ainsi que j'avais vécu ? Avais-je été tyrannique, exigeante ? J'avais demandé qu'on me rapporte des feuilles d'automne. J'avais jeté les livres que Patrick m'avait offerts parce que je voulais pouvoir courir et me hisser sur la pointe des pieds sans me briser les os.

— Je ne suis pas restée enfermée par choix.

Harriet demeura un moment impassible. J'eus l'impression de lui avoir tendu des mots qu'à présent elle tournait dans tous les sens, les soupesant, évaluant leur niveau de bizarrerie. Puis elle posa sa cuillère, s'essuya les mains sur son tablier et se rapprocha de moi.

— Entrez dans l'épicerie. Au fond, il y a un comptoir, et vous y verrez M. Jarvis. Il vous regardera sévèrement mais faites pas attention, il est comme ça avec tout le monde. Et vous inquiétez pas, c'est pas à cause de vos cheveux lâchés ni de la raison pour quoi vous êtes ici, c'est parce qu'il a ses idées sur la place des femmes. Alors demandez-lui juste ce que vous voulez, ce qui est écrit sur la liste ; passez-la-lui si vous préférez. Dites-lui de tout mettre sur le compte de M. Fox.

— Et ma lettre ? Le timbre ?

— Ça aussi, dit Harriet en souriant. Mademoiselle Waterfield. Je me fiche pas de vous. Mais tout de même, c'est curieux que vous voyagiez seule et vous occupiez de plantes tropicales alors que vous ne savez pas acheter du thé.

Elle n'avait pas dit cela méchamment. Elle reprit sa cuillère et, tout en sortant l'œuf de la casserole, me précisa que l'épicerie se trouvait au sommet de la grande pelouse du village, après l'église et le banc, en face du vieux chêne.

Je ne devais pas m'étonner si j'étais suivie, Barcombe ne voyait pas souvent de nouveaux visages.

— Seulement en automne, quand les saisonniers débarquent. Alors vous allez vous faire remarquer, et ça va jaser. Mais faites comme si de rien n'était.

J'éprouvai une vraie gratitude à son égard. Un sentiment que je n'avais pas souvent ressenti. La dernière fois, c'était quand Patrick m'avait regardée par la fenêtre de la voiture à Londres, il y avait presque une semaine de cela. Et pendant les dernières heures de ma mère. Je m'étais dit : je ne l'ai jamais remerciée. Pour tous les verres d'eau qu'elle m'avait apportés, pour toutes ses descriptions de Londres. Je repoussai la pensée de ma mère et regardai plutôt la bonne qui plaçait l'œuf dans un coquetier. Elle avait trois ans de moins que moi, des mains larges et des joues piquées de taches de rousseur, et pourtant en ce qui concernait l'épicerie Jarvis, elle s'était comportée en aînée, ce pour quoi j'étais prête, à cet instant, à la remercier du fond de mon cœur. Mais je préférai prendre un crayon et ajouter à la liste des chocolats à la menthe. M. Fox les paierait.

Le chemin creux entre Shadowbrook et le village de Barcombe-on-the-Hill était, au début, ombragé par une voûte de verdure ; il traversait un bois de hêtres. De chaque côté, mes regards plongeaient dans les profondeurs d'une haute futaie. Quand le bois s'arrêta, assez rapidement en fait, le chemin continua, dégagé, entre deux talus couverts d'orties, de pissenlits, d'églantiers, de vesces sauvages et d'une fleur blanche vaporeuse dont j'ignorais le nom. Au-dessus, un ciel traversé de minces nuages. Sous mes pieds, un sol creusé d'ornières par les roues et les intempéries, de sorte que je faisais bien attention où je posais les pieds.

À des années-lumière de Kew. À une vie entière, me semblait-il, de ma carte géographique punaisée au mur et du tic-tac de la pendulette de voyage égrenant les heures. J'avançai entre des haies sauvages beaucoup plus grandes que moi. Je passai devant des nouveaux points de repère : un arbre mort enveloppé de lierre ; un creux où la terre bien tassée et lisse témoignait du passage d'un animal qui s'était reposé à l'abri de la végétation. Je croisai un peu plus loin la maison des Hollis. Je devinai que c'était la leur à la rangée de bottes à côté de la porte d'entrée. Au pommier du jardin pendait une longue corde effilochée terminée par un nœud : la balançoire de ses fils. Des enfances au grand air.

À la barrière, je marquai une halte. Je me tendis d'un côté puis de l'autre, curieuse de voir à quoi ressemblaient les champs. De l'orge, supposai-je. Mme Bale en avait parlé. Je parcourus des yeux la large et plate étendue d'épis vert doré que faisait onduler une petite brise et articulai le mot, rien que pour l'entendre. Orge. Elle m'arrivait à la taille. J'eus envie de me pencher pour caresser les barbes des épis à travers les barreaux et, avec mille précautions, j'étais en train de mettre mon projet à exécution quand j'entendis des éclats de voix. Des voix masculines qui se rapprochaient, montaient par le chemin en sens inverse. Je savais à qui elles appartenaient. Il était presque 9 heures ; les aides-jardiniers convergeaient de Barcombe et ses environs pour accomplir leur tâche journalière, bêcher, tailler. Reconnaissables à leur façon de s'exclamer, de râler un peu, de s'esclaffer. Soit je me cachais derrière les hautes herbes du talus, soit je restais plantée là et les attendais la tête haute. J'optai pour la seconde option, car en dépit de ce qu'ils racontaient sur ma prétendue malnutrition, ils n'avaient fait que m'apercevoir, sans compter les ragots.

Et puis j'avais envie de voir de quoi ça retournait, des garçons.

Le premier à me repérer fut un garçon brun qui marchait en tapant dans un caillou. Le petit caillou roula dans les herbes à mes pieds, si bien que le garçon me vit et agrippa aussitôt le bras de son camarade le plus proche, lequel à son tour donna un coup de coude à un autre ; et ainsi de suite jusqu'à ce que les uns après les autres lèvent les yeux. Ils ralentirent le pas.

— Ce serait pas… ?

Et à cet instant, ce qui me traversa l'esprit, ce furent les oies sauvages survolant les ponts londoniens, toutes semblables et pourtant toutes un peu différentes, et le roulement doux des cris qu'elles échangeaient alors qu'elles se dirigeaient, en formation, dans la même direction. Les huit garçons me regardaient fixement. Et comme à peine un mètre nous séparait, je savais ce qu'ils voyaient : mes yeux, mes doigts qui ne s'étaient jamais vraiment redressés, mes cils d'un blanc laiteux. Je les voyais, eux, tout aussi nettement. Dents en avant, lunettes. Duvets disgracieux. Nez morveux.

— Bonjour ! leur lançai-je.

La réaction se fit attendre. Puis, soudain, le plus grand me salua et marmonna quelque chose aux autres, qui grommelèrent un bonjour. La petite troupe se remit en marche. Coups d'œil par-dessus leurs épaules. Ils se chuchotaient des choses qui les faisaient rire.

« Les nouvelles vont bon train, par ici. » C'est ce qu'avait dit Hollis. Si on chuchotait dans mon dos à propos de mon apparence – en tombant juste ou pas –, des bruits sur M. Fox devaient aussi circuler autour des tasses de thé et derrière la croupe des chevaux. Et que se disait-il ? Cet homme ne quittait jamais ses appartements.

Se montrait rarement. Était-il défiguré, avait-il le cœur brisé ? Un passé d'espion ?

Je repris ma canne bien en main et continuai ma route.

Un petit panneau en acier planté dans une haie annonçait Barcombe-on-the-Hill.

Au centre du village verdoyait une grande pelouse, ronde, avec un banc en bois, un panneau d'annonces et un chêne si vieux et si massif que les branches les plus basses, qui étaient aussi les plus grosses, étaient étayées par des tuteurs en bois ou bien s'étaient d'elles-mêmes allongées sur le sol où elles étaient restées couchées. Une branche semblait avoir plongé dans la terre et être ressortie un peu plus loin ; une autre avait, avec le temps, intégré son support en l'enveloppant, en faisant de lui une part de l'arbre vivant. Et si ancien. Aimé, aussi, car l'écorce de la branche la plus basse était lisse, polie, sans doute par les mains et les fesses de robustes enfants aux joues roses, peut-être des Pettigrew, qui y avaient grimpé au fil des ans.

De petites maisons de brique et de cette pierre des Cotswolds couleur de miel dominaient la vaste place plantée de gazon. Certaines couvertes de chaume. D'autres sanglées d'ardoise et de lierre. Des chiens se grattaient sur le pas des portes, des bicyclettes étaient appuyées contre les murs et les jardins foisonnaient de roses trémières et d'orties. Des signes de vétusté apparaissaient çà et là. Le chaume des toits par endroits dégarni. Des barrières au bois fendu ou bien sorties de leurs gonds, calées par les herbes hautes. Et les femmes qui me regardaient avaient déjà l'air fatiguées ; elles se redressaient sur mon passage derrière leur essoreuse ou leur balai.

Une église, à peine visible au milieu des ifs. Un abreuvoir regorgeant de plantes aquatiques, au point qu'on n'y voyait plus l'eau. Un cheval s'y désaltérait pourtant, pas attaché, sans maître. Et puis une taverne, The Bull, plantée au bord de la route descendant vers Lower Barcombe. Sur son enseigne délavée par la pluie et le soleil, on voyait un taureau aux cornes pointues.

L'épicerie du village était bien là où Harriet l'avait dit. Une grande maison parfaitement symétrique de part et d'autre de sa porte d'entrée. Sur une plaque émaillée, on lisait : *Prenez un Pepsi-Cola. En vente ici !* Sur sa façade noire, *JARVIS'S* ressortait en grandes lettres dorées. Et lorsque j'ouvris la porte, j'entendis carillonner ; un son clair, métallique. La porte se referma en déclenchant un deuxième carillon.

Je m'arrêtai sur le seuil, étonnée par la fraîcheur et le silence de cette caverne pleine de bocaux, de langues de porc et de bonbons à l'anis. De journaux. De savonnettes Pear's.

M. Jarvis avait entendu le carillon. Il fit son entrée au fond du magasin, le torse bombé, l'air méfiant. Jamais je n'avais vu de moustache aussi extravagante ; d'un blanc très pur avec des pointes travaillées à la cire pour qu'elles se recourbent vers le haut, si bien que je ne pus m'empêcher de penser à l'enseigne de la taverne. Il arborait son tablier comme s'il en était particulièrement fier.

— Mademoiselle Waterfield ?

Il observa ma claudication tandis que je traversais son magasin. Une fois plantée devant lui, je lui présentai ma liste.

— J'ai besoin de ceci. S'il vous plaît.

Il prit le papier sans se presser.

— Il y aura autre chose ?

— Puis-je vous confier une lettre à mettre à la poste ? dis-je en la posant sur le comptoir.

Il étudia la liste. Inspecta l'adresse sur l'enveloppe.

— Vous venez de Kew, paraît-il. Ils vous ont envoyée ici ?

— Oui.

— Des jardins eux-mêmes.

— Oui. Des jardins.

Cette information, semblait-il, le dérangeait. Il aspira de l'air entre ses dents et sortit de derrière son comptoir.

— Vous êtes chargée de faire des bouquets, je suppose ? Des arrangements floraux ?

Il allait d'une étagère à l'autre.

M. Jarvis était un homme de forte corpulence. Quand il s'avança entre les rayons, les lattes du plancher bougèrent sous mes pieds et mes oreilles tintèrent du bruit des bocaux qui s'entrechoquaient.

— Des bouquets ? Non. M. Fox souhaite avoir une serre et je suis venue l'installer.

— Vous ?

Il me dévisagea, entre deux boîtes de biscuits en fer-blanc.

— Comment pourriez-vous ?

— J'ai appris, à Kew.

Il leva un sourcil et passa à l'étagère suivante.

— M. Fox vous verse un salaire ? Vous êtes payée pour ça ?

— Oui. C'est mon travail.

— Le vôtre ? Vous faites ça toute seule ?

Quelque chose de sombre et de douloureux pointa au fond de moi.

— Oui, toute seule.

M. Jarvis reparut avec un petit sac de farine en jute marron, qu'il posa sur le comptoir. À côté, il plaça une boîte de feuilles de thé en vrac.

— Ça ne devrait pas m'étonner, j'imagine. Pas avec les problèmes que causent les femmes de nos jours.

— Quels problèmes ?

— Avec leur hystérie. Ces manifestations dans les rues. Leur accorder le droit de vote ? Aux femmes ? Elles n'ont pas l'intelligence qui permet de voter. La plupart ne savent même signer leur nom. Il serait stupide de croire qu'on pourrait leur confier une telle… – il marqua un temps d'arrêt, les yeux sur la liste – … responsabilité.

Sur ce, il murmura « œufs » et redisparut dans les rayons.

J'avais été prévenue que ce genre de sentiment était répandu. Harriet elle-même n'avait-elle pas fait allusion aux opinions de cet homme ? Mais de les entendre proférées pour la première fois, c'était tout autre chose ; ses paroles me blessaient autant que s'il m'avait agressée physiquement. Je serrai instinctivement le pommeau de ma canne. Je me retins d'en frapper le sol. J'avais tout d'un coup envie de renverser le présentoir à journaux à côté de moi ou de balayer d'un geste tout ce qu'il y avait sur le comptoir. Tout en sachant que cela n'arrangerait rien : il se bornerait à me regarder par-dessus ses moustaches, la mine satisfaite. J'aurais apporté de l'eau à son moulin.

— Nous savons signer, merci.

— Peut-être vous, même si je ne sais pas comment, avec vos doigts tordus. Mais les femmes de Barcombe n'ont pas de livres d'anatomie sur leur table de chevet, ni le temps ni le goût d'écrire. Alors voter ? C'est une mauvaise idée et elle ne passera pas. Je vous posterai votre lettre. Et avec ça ?

Il se recula un peu. Il me paraissait plus massif à présent, comme si ses paroles l'avaient gonflé d'air. J'entendais le bruit de sa respiration, le ronflement de ses poumons sous son tablier et sa chemise, et, à cet instant, j'aurais voulu avoir des os plus solides. J'aurais voulu être capable de trouver les mots justes, cinglants.

— Nous sommes les égales des hommes. Nous devrions avoir les mêmes droits qu'eux, dans tous les domaines.

L'épicier émit un petit rire dédaigneux.

— Les égales des hommes ? Ça, ça m'étonnerait. De toute façon, ça fait longtemps qu'on n'a pas entendu parler de ça dans le coin.

— Du vote des femmes ?

— D'égalité. De cette histoire d'être égaux. Vous allez me demander pourquoi, forcément. À cause de la maison où vous travaillez, mademoiselle. Ils se prenaient pour des rois dans leur château. Pour eux, on n'était que des chiens bons à recevoir des coups de pied.

Je me crispai.

— Les Pettigrew ?

— Oui, les Pettigrew.

Jarvis cueillit le crayon derrière son oreille et écrivit dans un carnet.

— Personne ne les aimait. Il n'y en a pas un à Barcombe à qui cette famille manque ou qui en garde de bons souvenirs. Si cette maison est restée vide aussi longtemps, c'est que personne ne voulait l'acheter. Leur tombe n'est pas entretenue parce que personne ne les pleure. Certains au village vont jusqu'à refuser de prononcer leur nom… leur nom ! Et la maison, hein ? Avec ses jolis jardins et ses haies ? Elle a beau avoir un nouveau propriétaire, c'est toujours la maison des Pettigrew. C'est toujours la terre des Pettigrew. L'air qu'on y respire à l'intérieur sera toujours l'air des Pettigrew.

Je sortis du magasin chargée de mes commissions et le cœur battant de rage. Ses propos sur le droit de vote des femmes m'ulcéraient. Je détestais l'idée d'avoir été dépêchée de Kew pour « faire des bouquets ». Et puis cette façon qu'il avait eue de me toiser, avec une insolence nonchalante. Je frappai d'un coup de canne des orties au bord du chemin et me jurai de ne jamais plus remettre les pieds chez ce Jarvis.

Quant aux Pettigrew, l'épicier avait craché plutôt que prononcé ce nom. Et avec un de ces regards, en plus, comme saisi de fureur. Instantanément, l'image que je me faisais de cette famille – cols de dentelle et argenterie, manières parfaites – s'était envolée. « Pour eux, on n'était que des chiens bons à recevoir des coups de pied. »

Je dirigeai mes pas vers l'église. Involontairement. Absorbée par mes pensées, consciente de la rapidité de mon pouls, je franchis le portail en bois sans réfléchir et ne compris où j'étais qu'en voyant qu'il faisait plus sombre, brusquement. J'étais entourée d'ifs et de marronniers. J'avançai entre des tombes de tailles et d'âges variés. Certaines étaient bien conservées, avec seulement quelques touffes de pissenlits ou de chardons sur le côté, et le nom de leurs occupants toujours lisible en dépit du lichen et des années. D'autres avaient perdu toute dignité. Elles s'affaissaient ou avaient été brisées. Certaines penchaient en avant, parce qu'on s'était souvent assis dessus ou qu'elles étaient vieilles ou endommagées par les intempéries ; d'autres encore disparaissaient sous les ronces et les mauvaises herbes.

Pas entretenue, avait dit M. Jarvis. Comment reconnaître la tombe des Pettigrew alors qu'elles étaient si nombreuses à être rongées par le temps ? En plus, il n'était pas commode de progresser dans ces allées envahies par la végétation, avec ma canne et mon sac à commissions, et cet étrange miroitement qui effaçait les contours des dalles de pierre et me donnait l'impression, tant l'ombre semblait glisser sous mes pas, de marcher dans de l'eau. De patauger.

Leur tombe, avait-il dit. Une tombe pour plusieurs morts. Je cherchai donc parmi les plus grandes sépultures. C'est ainsi que je retombai souvent sur les mêmes patronymes : Bayley, Cartwright, Preedy, Rudd. Je vis des squelettes de fleurs, fins comme du papier, des fleurs qui avaient été cueillies et déposées au pied des pierres tombales. Je vis les endroits où des chaussures avaient laissé leur empreinte sur l'herbe.

Collier. Flint. Pas de Pettigrew.

Enfin, au bout d'une heure, peut-être plus, je la trouvai. Dans le coin le plus reculé du cimetière, au milieu des mûriers, des orties et des ronces, se dressait une colonne rectangulaire en pierre sculptée d'angelots à son sommet, un monument funéraire doté d'une certaine allure. Sauf qu'il était abandonné. Festonné de lierre et de liseron ; les morceaux de pierre encore à découvert étaient tapissés de mousse ou blanchis par les oiseaux qui se perchaient sur les branchages en surplomb et lâchaient leurs déjections. Aucune inscription n'était visible. Pourtant, je sus que ce devait être la leur.

Je m'écartai de l'allée, posai par terre le sac en papier kraft et, avec ma canne, entrepris d'aplatir les orties à la base de la pierre tombale. Les ronces, je les tassai ; je me baissai pour arracher le lierre. Je mis au jour un mot : *PETTIGREW*. Gravé dans la pierre, verdi par la mousse. Et ce mot, semblable à un visage, me regardait.

Je dégageai un peu plus la pierre.

Ici gisent les restes consacrés de THOMAS RUTLAND PETTIGREW, né dans cette paroisse le 5 juin 1771, mort le 4 mai 1852. Son épouse, CATHERINE, morte le 12 janvier 1790. Son fils unique MORTIMER PETTIGREW, né le 12 janvier 1790…

Je trouvai d'autres noms sous les ronces.

Ses fils FRANCIS (1838-1882) et HUGO (1840-1884). Béni soit leur souvenir alors qu'ils s'élèvent vers...

Je reculai d'un pas. *Son épouse.* Catherine, morte le jour de la naissance de Mortimer. Une mort sanglante, effrayante. Rien n'était dit de plus, et pas de nom de jeune fille.

Pas entretenue, en effet. Pas le moindre vestige de fleurs. Pas la moindre trace de passage dans la végétation.

« Ce sera toujours l'air des Pettigrew. »

J'entendis un bruit derrière moi. Une brindille craquant sous un pied ; *crac !* Sec, sonore. Au début, je crus que ce n'était personne, que la silhouette que je voyais était, en fait, une statue – la sculpture très réaliste d'un homme particulièrement svelte. Il tenait un livre contre sa poitrine, la moitié de son corps était éclairée par les rais de lumière tombant du feuillage, il était totalement immobile.

Puis il bougea. Il recula son pied ; il ajusta sa prise sur le livre. Et je vis ses cheveux partagés par une raie au milieu, à la couleur indéfinie. Je vis l'éclat de ses lunettes rondes ; je vis aussi ses yeux derrière. Gris, fixés sur moi comme si j'étais une apparition tout aussi inattendue et bizarre que la sienne. Je vis le col blanc à son cou.

Plus vieux que moi mais pas de beaucoup.

— Vous êtes le pasteur, fis-je.

Il ne réagit pas. Ce qui m'agaça au plus haut point. Il m'avait entendue, c'était évident, alors pourquoi ne me répondait-il pas ?

— Je vous ai demandé si vous êtes le pasteur.

— Oui. Oui, c'est moi. Veuillez m'excuser. Et vous êtes de Kew Gardens, je crois ?

— Oui. Et le monsieur de l'épicerie estime que les femmes ne comptent pas autant que les hommes. Si vous êtes le pasteur, vous devez être d'accord. Pour vous, sans doute, nous ne valons pas mieux qu'un morceau de côte.

Cela m'était sorti comme ça. Spontanément. Les mots avaient jailli de ma bouche. Pourtant, même si j'avais pu les retenir, je n'aurais pas forcément choisi de le faire. Car ma mère n'avait jamais rien eu de bon à dire sur l'Église. Patrick n'en avait jamais rien dit. Et d'après ce que j'avais compris, un corps imparfait était pour les croyants une forme de châtiment divin ; mon imperfection signifiait que ma valeur était moindre. Je détestais cette idée. Et puis je n'étais pas un morceau de côte !

Le pasteur baissa les yeux sur son livre. Il ne répondit pas tout de suite, ni de manière audible. Ses lèvres remuèrent, comme s'il essayait les mots avant de me les présenter.

— Tout le monde est bienvenu ici. Mademoiselle Waterfield, si vous voulez bien m'excuser. Je... dois voir quelqu'un, bafouilla-t-il en levant son livre. Un paroissien.

Sur ce, il s'en fut. Il se faufila en toute hâte entre les tombes, passa sous les ifs, et je vis avec quelle rapidité il marchait, son livre serré contre la poitrine. Deux pensées me traversèrent à cet instant. D'abord, que si j'avais commencé ma journée en songeant au propriétaire reclus de Shadowbrook, j'étais à présent beaucoup plus intriguée par le nom de Pettigrew que par celui de Fox. Maintenant que je connaissais ce tombeau dans la jungle, j'avais l'impression que ce nom m'attirait comme l'éclat de la lumière attire la phalène ; les Pettigrew grandissaient dans mes pensées. Et ensuite, il y avait le fait que le pasteur connaissait mon nom. Comme l'épicier avant lui, il m'avait d'emblée appelée mademoiselle Waterfield. Sans doute Mme Bale, avec son crucifix en argent et sa nature cancanière, leur avait-elle communiqué mon patronyme en plus de mon signalement, ainsi que la liste de mes livres de chevet. Ou bien c'était la plus petite des bonnes, Maud, et sa famille de commères. Quoi qu'il en soit, j'avais compris qu'à Barcombe les secrets étaient vite éventés.

Je ramassai mon sac et rentrai à Shadowbrook. En chemin, je réfléchis à la méfiance que l'Église inspirait à ma mère. Sans doute avait-elle pris racine dans son enfance. Je savais peu de choses à propos de ma grand-mère, sauf qu'elle aimait citer l'Ancien Testament ; elle haïssait les mécréants, les autres confessions que la sienne et la touffeur de la mousson à Calcutta. En outre, Eugenia Pugh avait renvoyé sa propre fille pour m'avoir conçue. Un péché aux yeux de Dieu, si bien que ma mère n'avait eu que faire de la religion. À Londres, la seule personne croyante dans mon entourage avait été Millicent. Elle accueillait toute mauvaise nouvelle par un signe de croix dans les airs, tracé d'un doigt enfariné, et parfois, pour rassurer ma mère, l'informait qu'elle priait toujours pour les os de Clara dans l'espoir d'une guérison. « Un de Ses grands miracles. » Il arrivait que ma mère la remercie d'un ton sec. Mais en général, elle s'en abstenait.

Charlotte Waterfield, née Pugh. Nous l'avions mise en terre bénite avec un prêtre évoquant des bergers et des vallées de la mort. Et j'avais su, tout comme Patrick, la tête baissée, qu'elle n'aurait pas souhaité être inhumée ainsi. Dans un cimetière, en janvier, sous le grésil.

Tandis que je m'approchais, je vis que Shadowbrook luisait. Côté sud, la maison était en plein soleil, et je pouvais voir la totalité du rosier grimpant Rêve d'or, aux fleurs d'un jaune éclatant. Immense. Touffu, tentaculaire, magnifique. Il avait escaladé le mur par la gouttière et s'était épanoui en éventail jusqu'au premier étage, si bien que par endroits des rameaux balayaient les carreaux des fenêtres, et je me demandai si son parfum était décelable depuis les pièces du haut.

Elle aurait aussi voulu cela à son enterrement. Des fleurs dont émanaient des arômes, une vibration. Elle aurait réclamé du jasmin ou des fleurs de frangipanier, et ses dernières volontés auraient été que nous ne portions pas le deuil mais que nous respirions et allions de l'avant vers le jour suivant et celui d'après, sans un regard en arrière. Elle aurait souhaité des chants d'oiseaux. Elle aurait préféré être enfouie dans une terre rouge et dure qui tachait le bout des doigts et conservait les empreintes des pattes d'animaux et la chaleur du jour.

À mon retour, je n'avais envie de voir personne. Je posai les commissions sur la table de la cuisine, me coulai dans le jardin et, tout le reste de l'après-midi, je le passai dans des coins où Hollis et les garçons n'étaient pas : l'allée de hêtres, la voûte de verdure des tilleuls menant vers un unique siège en fer forgé. Là, je m'assis jusqu'à ce que l'air fraîchît.

J'aurais pu rester assise sous les tilleuls jusqu'à la tombée du jour. Les oiseaux ne semblaient pas avoir peur de moi et chantaient dans les branchages proches, ou venaient picorer des insectes presque à mes pieds. Jarvis avait parlé de la terre des Pettigrew, de la crainte que leur nom avait inspirée à certains, et je me disais qu'enfant je me serais tournée vers les livres pour en savoir plus sur eux. J'aurais consulté des index en suivant les lignes du doigt, j'aurais parcouru des notes de bas de page. Mais à Shadowbrook il n'y avait pas de livre. Ici, la seule source de connaissance semblait être un homme qui retournait la terre comme si celle-ci avait des sentiments, qui communiquait avec les rouges-gorges. De sorte qu'en cet après-midi finissant je me levai et traversai la pelouse de croquet pour gagner la cour, où j'espérais tomber sur Hollis en train de rentrer ses seaux et ses binettes, sa journée de travail terminée.

Il n'était pas dans la cour. Je le trouvai sur le côté sud de la maison. Il redressait une branche de rosier qui avait piqué du nez sous le poids de ses fleurs ou de la dernière pluie.

— Il grimpe bien, dis-je.

— Vous avez raison, acquiesça Hollis en faisant un nœud à la ficelle et en reculant d'un pas pour l'admirer. Il a toujours été un bon grimpeur. Je l'ai planté pour ça, il y a longtemps maintenant.

J'étais contente de le voir. La terre sous ses ongles, la pelote de ficelle dont un long fil dépassait de sa poche. Il ajusta sa casquette pour mieux me voir.

— Il y a eu un drame ici ?

Sa main resta en suspens au bord de sa casquette.

— Un drame ?

— Je veux dire, un problème. C'est ce que m'a dit l'homme qui est venu me chercher à la gare de Cheltenham. Mme Bale était affolée quand elle m'a surprise au premier étage. Et cet après-midi, j'ai fait la connaissance de l'épicier Jarvis, qui a eu des mots durs pour les Pettigrew. Il paraît qu'ils traitaient les gens comme des chiens. Que les villageois se réjouissent qu'ils soient tous morts.

Il leva les mains en signe de protestation.

— Moi, c'est le jardin, mon domaine. La maison, j'y suis rarement entré.

— Mais vous avez passé toute votre vie ici. Une lignée de jardiniers. Vous devez avoir vu ou entendu quelque chose qui pourrait s'appeler un drame. Ou votre père, peut-être.

Hollis enleva sa casquette. Il passa trois fois la main sur son crâne avant de s'en recoiffer. Je voyais bien qu'il réfléchissait. Il soupesait ce qu'il pouvait ou non me révéler.

— Mademoiselle Waterfield, vous vous rappelez que j'ai grondé les aides-jardiniers qui avaient raconté sur vous des histoires… Des histoires fausses. C'est parce que je n'aime guère les rumeurs. À mon avis, il vaut mieux employer son temps plus utilement.

— Oui. N'empêche, Jarvis honnit le nom de Pettigrew.

— Jarvis a mauvais caractère. Il a des idées bien arrêtées et en fait part trop volontiers.

— Vous êtes en train de me dire qu'il a tort ? J'ai vu leur tombe, elle est négligée.

Hollis expira bruyamment. Nous étions debout sous Rêve d'or ; au-dessus de nous il y avait des fenêtres ouvertes, le lièvre de la girouette qui tournait doucement dans la brise légère. Je le dévisageai alors qu'il répondait :

— Ma famille est à Shadowbrook depuis près d'un siècle, c'est vrai. Mais nous nous sommes cantonnés au jardin. Nous sommes familiers avec les haies et le potager et c'est tout ce que je sais… Évidemment, d'autres connaissent Shadowbrook, et les Pettigrew, depuis encore plus longtemps. Les champs d'orge, entre ici et Barcombe, appartiennent aux Preedy. Ils sont là depuis bien plus d'un siècle et il doit en savoir plus long que moi.

— Il ?

— Kit. Le dernier descendant.

— Lui saurait s'il s'est produit un drame ici ? Il en aurait entendu parler ou en aurait été témoin ?

Hollis consulta sa montre de gousset. Il fit mine d'être stupéfait de l'heure qu'il était et s'en fut rapidement, traversant la cour en traînant derrière lui un long bout de ficelle. Il n'avait pas répondu à ma question. Il s'était contenté de me jeter en pâture le nom d'un fermier et m'avait plantée là après m'avoir saluée d'un coup de casquette. Son attitude m'avait toutefois fourni une réponse. Oui, il y avait eu un drame à Shadowbrook. Même si c'était difficile à croire en cet instant. Les roses sentaient bon, un merle chantait de tout son cœur au sommet du cèdre et, plus tard, je trouvai Mme Bale seule, fredonnant alors qu'elle composait un bouquet de dahlias.

— Comment était Barcombe ? Merci pour le thé ! Et les œufs et la farine, bien sûr. Tout est parfait. Quant à ces dahlias ! Avez-vous déjà vu cette nuance de rose ? On ne voyait qu'eux au bout du potager…

Elle avait l'air reposée, en meilleure forme.

Pourtant, la mention du mot « problème » avait inquiété Hollis, c'était évident. Le soir, dans mon bain, je repensai à la façon dont ses yeux s'étaient écarquillés et à leur éclat quand je l'avais interrogé, et j'eus une impression de déjà-vu. La puérilité de Mme Bale. L'attitude du chauffeur devant Shadowbrook. Le pasteur, même, debout sous les ifs, un pied en avant, figé sur place alors qu'il m'avait fait sursauter. J'avais beau ne pas avoir beaucoup d'expérience pour déchiffrer les états d'âme, je me demandai, en me levant prudemment dans la baignoire, si ce n'était pas de la peur que je décelais chez eux. Si l'effroi ne se manifestait pas ainsi : un tas d'excuses, des mains levées, et des yeux si brillants que j'y voyais mon reflet.

Mon corps était marqué. J'avais, peut-être, plus de bleus que jamais : mauves, rouge foncé et jaunes. J'inspectai les uns après les autres mes hématomes. Je tentai pour chacun de m'en rappeler la cause. Une branche ou l'encadrement d'une porte, ou la pression de mes doigts. Et je me dis que, peu de temps auparavant, j'en aurais souffert. Mais à présent je les considérais comme la preuve que j'étais vivante. Je ne contemplais plus la vie depuis une fenêtre londonienne, mes mains sur la vitre ; j'en faisais partie.

4

Les plantes arrivèrent le sixième jour. Un vendredi ensoleillé et chaud. Je me débarbouillais la figure dans la cuvette quand des coups impatients furent frappés à la porte de la salle de bains. Et ils ne s'arrêtèrent, ces 10 ou 20 petits coups, que lorsque j'ouvris. Harriet, essoufflée.

— Elles sont là.

Ce fut l'occasion de mieux connaître les aides-jardiniers, leurs noms, leurs caractères. Car la livraison des plantes les fit sortir des jardins. Ils abandonnèrent sécateurs, binettes et brouettes ; ils voulaient voir quelles curiosités avaient été envoyées de Kew Gardens – de Londres ! Un endroit dont ils avaient entendu parler mais où ils n'étaient jamais allés. Ils se donnaient des coups de coude alors que s'abaissait le hayon du camion, et ils s'exclamèrent en voyant apparaître les caisses.

Debout à côté de Harriet, je surveillais les opérations. Et tandis que les garçons tournaient autour du véhicule, elle me donna leurs noms. Charlie Rudd était robuste, bronzé ; par la suite, je devais apprendre qu'il s'occupait exclusivement des légumes, les fleurs provoquant chez lui des éternuements à n'en plus finir, à en tremper sa manche. Le jeune Collier avait des dents manquantes. Les jumeaux, les fils Mayhew, se chamaillaient quand ils ne restaient pas collés l'un à l'autre.

— La seule différence entre eux, dit Harriet, c'est qu'il y en a un qui a une tache de naissance sur le front, mais avec cette frange, comment on peut la voir ?

Ils avaient l'habitude de faire des farces : fumier ou crapaud dans les poches, un bol d'eau en équilibre sur le battant d'une porte.

Quant à Albert Hollis, il ressemblait à son père par la lenteur et la précision de ses gestes.

— Vous le voyez, mademoiselle Waterfield ? Celui-là, là ?

Une tignasse, un dos légèrement voûté. Un sourire en coin, comme si la commissure de ses lèvres était tirée vers le haut par un fil. Et, en qualité d'aîné, il affichait un air d'autorité, les appelant pour qu'ils le rejoignent.

— Regardez ça ! lança-t-il.

Le jeune Collier s'agenouilla devant la caisse et regarda entre les lattes ; un gros garçon aux joues rouges l'imita et introduisit ses doigts à l'intérieur. Et le plus petit des aides-jardiniers, genoux couronnés et frange dans les yeux, essaya de porter seul une caisse, chancela, tituba. En maugréant, il tenta de se rétablir.

— Quel âge a-t-il ? demandai-je.

— Fred ? 14 ans. Mais il a l'air plus jeune, vous trouvez pas ? Ses parents sont pas gentils avec lui. Son père boit. Regardez ses bras, à l'occasion.

Ils transportèrent pour moi la totalité du chargement. Les garçons allaient et venaient entre la cour et la serre ; ils marchaient penchés en arrière, comme s'ils portaient des tonneaux, soufflant, les muscles bandés, et se taquinaient à propos de leurs biscoteaux. Harriet retourna à la cuisine. Moi je fis le tour des caisses, inspectant leur état. Alors qu'elles passaient devant moi, dans les bras des garçons, j'apercevais leurs feuilles familières, les piquants verdoyants des succulentes ; les cannas et pélargoniums. La fougère arbustive était trop grande pour tenir dans une caisse. Ses racines et son tronc étaient enroulés dans de la toile de jute, mais ses feuilles étaient libres, et les jumeaux se disputèrent en la portant à deux.

Kew. Cette arrivée, c'était comme si j'accueillais une famille.

Mme Bale s'approcha de moi sans bruit. Elle se coula à mon côté et, bien qu'elle me parût en meilleure forme que la veille, je ressentis de nouveau sa fatigue. Ces épais cernes gris. Une femme qui ne dormait pas.

— Comment allez-vous ? dis-je.

— Moi ? Très bien, merci. Hier matin, j'avais un stupide mal de tête, c'est tout… À cause du soleil, peut-être, il fait tellement chaud. Oh, regardez-moi ces garçons ! Vous imaginez leur excitation pendant la construction de la serre. J'avais peur qu'il y en ait un qui casse un panneau de verre. Ç'a été un moment exténuant, je peux vous le dire. Hollis a dû élever la voix plus d'une fois, ce qu'il fait rarement, surtout contre ces Mayhew à qui personne n'a enseigné la discipline.

— Les tours qu'ils jouent, dit Harriet.

— Ah, ça oui. Tout ce qui leur passe par la tête…

— Madame Bale, a-t-on des nouvelles de son retour ?

— Le retour de qui ?

Elle savait parfaitement, bien sûr.

Nous regardâmes Albert soulever une caisse les genoux pliés. Il poussa un grognement ; ses joues se gonflèrent.

— Il ne prévient jamais. M. Fox revient quand ça lui plaît… Ce n'est pas comme s'il était dans le commerce, voyez-vous. Il ne peut jamais prévoir où ses affaires l'emmèneront, c'est pourquoi je vous ai demandé l'autre jour d'acheter quelques petites choses. Je dois toujours être en mesure de lui préparer un repas roboratif, ajouta-t-elle en me jetant un coup d'œil. Vous avez aimé le village ? Il paraît que le chêne a 800 ans. C'est tellement vieux que mon cerveau n'arrive même pas à l'imaginer. Et la place, avec sa grande pelouse, c'est si joli, vous ne trouvez pas ? En décembre on y chante des chants de Noël, et en août il y a une grande fête du village, avec de la musique, et on y danse. Ah, on s'amuse tellement pendant ces soirées. Serez-vous encore là début août ? Et n'est-ce pas un beau magasin ? Nous avons beaucoup de chance, je trouve, car si jamais il fermait, nous serions obligés de faire 5 kilomètres de plus pour poster une lettre ou faire les courses, ce qui est vraiment trop loin…

J'ouvris la bouche pour l'interrompre. Je voulais l'interroger sur le drame. Savoir comment le pasteur avait appris mon nom, comment Jarvis avait eu vent de mon manuel d'anatomie. Et que savait-elle sur le tombeau des Pettigrew ? Caché sous un tas d'orties et de la mousse ? Car elle devait en connaître long, j'en étais convaincue. Pourtant elle avait l'air souffreteuse. Son teint me rappelait la couleur de la poussière. Et mes plantes étaient venues de loin jusqu'à moi ; je souhaitais à présent être avec elles.

Agapanthe. Plumbago. Le néflier dont le fruit avait inspiré la poésie de la Chine ancienne. J'avais sous les yeux tout ce que je comprenais, en deux douzaines de caisses ou plus.

Hollis m'offrit son aide. Il se proposa d'enlever les couvercles des caisses en arrachant les clous au marteau. « C'est pas un problème, mademoiselle Waterfield », et je sus qu'il pensait à mes poignets et à mes épaules ; à comment, à coup sûr, j'aurais du mal à manier le marteau. Mais c'était mon travail. Ma raison d'être et mon plaisir ; j'avais attendu ce moment pendant six jours.

Toutes ces gâteries. Des fougères minuscules et d'autres énormes ; les euphorbes, et un citronnier qui, lorsque je le libérai, parut pousser un soupir, comme s'il s'épanchait. J'adorais ce geste, plonger les mains dans la caisse, palper la forme à l'intérieur et l'agripper. J'adorais la texture et la fraîcheur des plantes. Et je pensais, aussi, aux mains de Forbes qui les avaient déposées dans ces mêmes caisses quelques jours plus tôt.

Les plantes étaient emballées dans du papier kraft ou du tissu. Ces paquets de racines et de tiges étaient à leur tour attachés par des ficelles, et en hissant chaque plante à la lumière, je regardais les étiquettes de carton marron sur lesquelles apparaissaient leurs noms : *Cobaea scandens* (la cobée grimpante). *Callistemon. Agave.*

Forbes avait étiqueté chacune d'entre elles. Et sur certaines il avait écrit plus. *Soyez attentive aux chutes de feuilles* ou *Mettez des gants quand vous la manipulez* ou encore *(Variété à floraison hivernale).* Je les lus les unes après les autres, et me demandai combien de temps cela lui avait pris : l'étiquetage, l'emballage et le ficelage. Je l'imaginais dans son atelier de Kew. La minutie du graphisme ; chaque point, chaque mot souligné.

Les derniers jours de juin et les premiers jours de juillet furent occupés et riches en couleurs. Je passais toutes mes heures de veille dans la maison de verre. Je prenais mon petit déjeuner, je traversais la cour jusqu'à la cabane vitrée où la chaleur était retenue prisonnière, et ne rentrais qu'au crépuscule. Harriet venait me rendre visite, avec du thé et des sandwichs sur un plateau. Ou elle m'apportait des bonbons, sans commentaire sur l'endroit où elle les avait trouvés parmi mes sacs de farine et de thé, même si on le savait toutes les deux. Nous mangions alors assises l'une à côté de l'autre.

— Et c'est ça que vous faites ? Vous faites pousser des fleurs ?

Je lui récitais leurs noms latins. Les propriétés toxiques du brugmansia ; comment les citronniers ont besoin de magnésium pour favoriser leur croissance, et qu'il y avait des graines qui traversaient de vastes océans et que l'on appelait des haricots de mer. « L'agave est chez elle dans le désert. Ses feuilles contiennent de l'eau. »

Elle avait dû y trouver un intérêt puisque, un soir, elle voulut en savoir davantage. À la table de la cuisine, elle posa sa question avec une douceur sensuelle.

— Quelle est celle qui a le meilleur parfum, à votre avis ?

Alors je décrivis à Harriet, Maud et Mme Bale le jasmin de nuit, le magnifique gel vert à l'intérieur des feuilles d'aloe, je leur racontai la légende du baobab estimé si beau que les dieux l'avaient retourné, racines vers le ciel. Elles réclamèrent que je leur en dise plus, l'une après l'autre, souhaitant que je leur parle de plantes venues d'autres continents et d'autres climats, comme si, en dépit de Rêve d'or et des tonnelles de chèvrefeuille, elles avaient envie d'être ailleurs.

Ces histoires éveillèrent peut-être quelque chose en Mme Bale. Car deux jours plus tard, j'entendis des bruits de pas devant la serre.

— Toc toc ?

Sa longue tresse était attachée par un ruban de velours ; son crucifix en argent brillait sur sa gorge. En entrant, ses yeux se promenèrent d'étagère en étagère, de caisse en caisse. Elle contempla leurs couvercles abandonnés, les sacs de terre, les pots de terre cuite émaillée, les frondes des fougères arbustives, et le palmier déjà libéré de sa caisse qui commençait à se déployer. La hauteur du lieu. La lumière.

— Oh là là… Regardez-moi tout ça !

— Ce sera mieux une fois installé.

Elle tripota la feuille la plus proche d'elle.

— C'est quoi, celle-là ?

— *Streptosolen jamesonii.* Ses fleurs foncent, elles passent d'orange à rouge.

— C'est son nom ? Pourquoi est-il si long ?

— Parce que c'est un nom scientifique. Il nous indique à quelle famille une plante appartient et nous permet de l'identifier par sa couleur ou son habitat naturel. *Fuchsia boliviana* est originaire d'Amérique du Sud.

Elle leva les mains et prit une grande inspiration.

— Oh ! C'est laquelle ?

Je la lui montrai du doigt.

— Elle ne fleurira qu'à l'automne, mais ses fleurs seront rouges.

Un peu de tristesse affleura dans son sourire.

— L'Amérique du Sud ? Je ne suis allée à Londres qu'une seule fois. Une seule. Quand j'étais jeune, j'étais curieuse de voir le monde. Je regardais par les trous de serrure. Mais il y a ce que nous voulons et ce que nous devons faire, et souvent ce n'est pas la même chose.

Je découvrais une autre Mme Bale. Toujours aussi bavarde mais avec des intonations graves de femme plus âgée. En outre, depuis qu'elle m'avait surprise à l'étage, elle était moins agitée ; ses gestes étaient plus lents, comme alourdis, et je me demandais si j'avais à présent devant moi la vraie Mme Bale. Une femme d'âge mûr. Mélancolique, pleine de regrets, fatiguée jusque dans la moelle de ses os.

Elle s'installa dans un fauteuil en bambou.

— J'ai toujours trouvé le mot « Afrique » mélodieux. Mystérieux, lointain.

— Vous pourriez encore voyager.

— Oh, mademoiselle Waterfield, dit-elle en riant. J'admire votre audace, c'est vrai. Ce n'est pas très convenable, bien sûr, mais tout de même, être venue ici seule, quel courage. Mais moi, voyager ? Comment cela me serait-il possible ? Avec quoi ? Et j'avoue que le courage me manque… Surtout en ce moment. La guerre des Balkans, récemment, et la rébellion en Irlande. Et vous avez entendu, pour le prince ?

— Quel prince ?

— Ou il n'était peut-être pas prince. Archiduc ? Ou les deux ? J'oublie de quoi il était archiduc mais en tout cas quelqu'un lui a tiré dessus… Il est mort. Son épouse aussi. Le journal ne parle que de ça, ce matin. C'est trop stupide, à quoi sert ce genre de chose, sauf à semer le désarroi et la soif de représailles ? Enfin, au moins, ça s'est passé loin de chez nous.

Je me demandai pourquoi elle était là. Elle n'avait ni instructions à me donner ni nouvelle particulière à m'annoncer. Elle semblait ne rien vouloir de moi en particulier, et pourtant elle triturait nerveusement l'extrémité de sa tresse et regardait la fougère sans la voir. J'eus alors envie de la forcer à s'ouvrir, elle aussi. De cueillir ce qu'il y avait en elle, ce feuillage noir et secret ; de retirer ce que j'y sentais remuer et de le brandir à la lumière. J'étais persuadée qu'elle savait ce qui se cachait derrière le « problème ».

— Vous dormez bien, madame Bale ?

Un petit sourire.

— Oh… Eh bien, c'est la malédiction de la gouvernante, n'est-ce pas ? C'est ce qu'on dit. Toujours un souci en tête. Toujours à organiser les tâches du lendemain.

— Dormiez-vous bien avant de devenir gouvernante ?

— Oh, oui. Je dormais la nuit et m'éveillais à l'aube. Mon mari disait que je restais dans la même position tout le temps et ne bougeais même pas une fois. J'avais le sommeil lourd, à l'époque.

— Vous êtes veuve ?

Son regard était braqué droit devant, à travers la vitre.

— Oui. Veuve depuis seize mois. Mariée trente-quatre ans, si bien que je me rappelle à peine la vie que j'avais avant de le connaître. Je l'ai rencontré quand j'avais l'âge de Maud. À un marché aux moutons, figurez-vous. Pas d'enfants. On a essayé mais aucun enfant ne nous est venu, et c'est peut-être tant mieux.

— Tant mieux ?

— J'étais plus une infirmière qu'une épouse, à la fin. Comment aurais-je fait pour m'occuper d'enfants en plus ?

— De quoi souffrait-il ?

— Quelle brusquerie, mademoiselle Waterfield… Le soir de votre arrivée, je pensais que c'était à cause de la fatigue du voyage et que vous seriez plus douce au matin. Mais je ne peux pas vous reprocher vos manières, je suppose. Vos os, ça doit être difficile. On apprend à vivre avec, n'est-ce pas ? Ernest avait la tuberculose.

Oui, on apprend à vivre avec. On supporte la perte, le gâchis ou la colère. Et j'avais étudié les poumons, je savais que la tuberculose tuait lentement, repliait parfois la colonne vertébrale sur elle-même. Qu'elle teintait l'haleine de sang.

— Avez-vous toujours vécu près de Shadowbrook ?

Son visage resta un moment sans expression. Les yeux ouverts, elle regardait dans le vide. Elle était peut-être absorbée par des visions de son passé ; elle tenait à explorer les chambres de sa mémoire avant que celle-ci ne lui échappe.

— Pas tout près d'ici, non. Du moins pas au village. Nous habitions Chipping Campden, où j'ai grandi et donc que je connais bien. J'y ai passé toute ma vie, jusqu'à ce qu'il meure. Puis je suis venue ici. Ma sœur habite près d'ici, dans le cottage isolé à côté du pont bossu sur la route de Stow. Comme elle aussi est veuve, nous avons décidé de vivre ensemble quelque temps. Puis j'ai entendu que le propriétaire de Shadowbrook cherchait une gouvernante, et me voilà. Oh, je vois encore souvent Elspeth. On se retrouve à l'office du dimanche. Parfois je me rends à pied chez elle et nous prenons le thé dans son jardin.

Mme Bale leva les yeux vers moi.

— Puisque nous parlons à cœur ouvert, je me permettrai de vous demander pourquoi vous n'allez pas à l'église, mademoiselle Waterfield. Cela m'a surpris quand vous m'avez dit ça.

Que lui répondre ? À cette veuve qui n'avait jamais voyagé, qui tenait son crucifix d'argent entre pouce et index ?

— Parce que je préfère ce qui peut être prouvé. J'ai toujours préféré ça. Pourquoi accepter quelque chose comme vrai alors qu'on n'en a aucune preuve ? Et il me déplaît de penser que l'on vous dicte ce qu'il faut aimer et comment vivre. J'ai été élevée par des gens qui étaient contre tout ça.

J'avais peut-être déjà été trop loin. Sa réaction fut d'abord physique – elle appuya une main à plat sur son sternum, leva l'autre à ses lèvres –, et j'eus l'impression qu'elle avait pâli.

— Et pourtant votre mère est décédée, je crois ?

— Comment le savez-vous ?

Car je ne l'avais dit à personne. Puis je compris : Forbes. De la même écriture claire et précise avec laquelle il avait écrit « *Éviter le soleil direct* » et « *Mettez des gants quand vous la manipulez* », il avait informé M. Fox de la mort de ma mère. Et je regrettais qu'il l'ait fait. À quoi cela servait, sinon à leur donner une raison de plus de me prendre en pitié et de chercher à me percer à jour ? À me présenter sous un jour encore plus faible ? Cela avait alimenté les commérages des aides-jardiniers. La mère défunte. Les os défectueux.

— Et l'âme, mademoiselle Waterfield ? Vous l'oubliez ? Ce qu'il y a au-delà de la vie sur Terre ? Vous devez y avoir réfléchi.

— Je pense qu'elle est dans une boîte à six pieds sous terre. Que l'âme n'existe pas... Si elle existait, ne la trouverions-nous pas sur les dessins anatomiques ? N'aurait-elle pas été extraite, comme n'importe quel organe ou tissu ?

— Peut-on extraire le souffle ? Peut-on le tenir ?

— Non. Mais le souffle fait se soulever ma poitrine. Éteint la flamme de ma lanterne. Me permet de vous parler. Ce sont des preuves de son existence.

— Il y a aussi des preuves pour l'âme, à condition d'ouvrir les yeux.

Mais j'en avais assez de cette conversation.

Je retournai à mes plantes. Je m'attendais à ce qu'elle s'en aille, fâchée, mais elle resta. Elle contempla le vieux mur en brique. Elle ferma un moment les yeux et je levai les miens, ralentie dans mon travail. « On apprend à vivre avec. » Le crucifix au bout de sa chaîne l'avait soutenue. La Bible lui avait peut-être apporté le même réconfort qu'à moi les cartes géographiques, les dictionnaires et autres livres. Et je me sentis coupable, brièvement.

— J'ai rencontré le pasteur. Au cimetière.

Elle ouvrit les yeux, ranimée.

— Vraiment ? Le révérend Dunn ? Oh, j'en suis bien contente. C'est un gentleman. Tellement jeune, et pourtant il a la sagesse, l'érudition et la présence consolatrice d'un homme qui a deux fois son âge. Et ses sermons... Quelle amélioration par rapport au révérend Stout. Il était plus intéressé par sa place devant la cheminée au Bull et par sa pipe que par sa mission divine. Que faisiez-vous au cimetière ? Si vous ne croyez en rien ?

— Je voulais voir le tombeau des Pettigrew.

Une ombre sembla glisser sur elle, la frôla comme un oiseau.

— Leur tombeau ? Pourquoi ?

— Parce qu'ils étaient les propriétaires de Shadowbrook. Et aussi parce que M. Jarvis m'a dit qu'ils sont toujours haïs à Barcombe, que leur tombe n'est pas entretenue, personne ne regrettant qu'ils soient morts. Qui étaient-ils, madame Bale ? Et ne m'envoyez pas interroger Hollis ; il s'esquive chaque fois et trouve un prétexte pour me planter là.

— Et vous croyez que je vais vous en apprendre plus ? Que parce que je suis bavarde je suis prête à vous parler d'elle ? De ces horribles types ?

— Elle ?

Mme Bale se figea. Son regard ne dévia pas : elle en avait trop dit. Mais peu à peu, elle se détendit. Se frictionna le front du bout des doigts.

— Oui. Elle. La dernière des Pettigrew était une femme, voyez-vous.

— Une femme ? Non. Le dernier nom inscrit sur la pierre tombale était celui d'un homme.

— Hugo ? Oui. Les deux frères sont enterrés là, Francis et Hugo, et à mon avis la terre est encore trop bonne pour eux. Mais ils avaient une sœur, qui leur a survécu à tous. Elle avait dix ans de moins que le cadet des fils. Elle a hérité de cette maison.

— Elle a hérité de Shadowbrook ? dis-je en abaissant mon déplantoir.

— Ça vous fait plaisir ? Personne à 80 kilomètres à la ronde n'a applaudi, je peux vous le dire.

— Pourquoi ? demandai-je en me rapprochant d'elle, essuyant mes mains sur mon tablier. Pourquoi est-ce que personne n'a été content ?

Mme Bale contempla ses mains. Doigts entrecroisés, pouces parfaitement immobiles.

— Parce qu'elle ne le méritait pas. Parce que, pour beaucoup de gens, elle était la pire du lot. Toutes sortes d'histoires couraient sur le compte de ses frères. Bagarreurs, ivrognes, considérant que tout leur appartenait. Ils tiraient des lapins et ne se donnaient même pas la peine de les ramasser. Mais son côté maléfique à elle était différent.

— Différent ? Comment cela ?

Elle leva vivement les yeux.

— Oh, je préfère ne pas en parler. Ce qu'elle a fait à Shadowbrook ? La façon dont elle s'y est conduite ? Non. Pas même vous, mademoiselle Waterfield, n'aimeriez entendre ça. Mais je dirai ceci : on s'accorde souvent à penser qu'en fin de compte elle a été punie pour ses péchés. Car les dernières années de sa vie, elle a perdu la tête. Elle a hérité de la maison et peu après elle est devenue folle et a renvoyé les domestiques. La maison était devenue un taudis, elle ne mangeait plus que ce qu'elle trouvait dans les jardins, de l'herbe et des oiseaux morts. Des pommes de terre crues qu'elle prenait dans le sol. Certains racontent qu'elle avait les dents verdâtres, à cause de l'herbe.

Mme Bale renifla, lissa sa jupe.

— Manger des oiseaux morts ? Ramassés par terre ? Ce n'est pas possible.

— Non ? Comment pouvez-vous en être sûre ? Aucune personne sensée ne ferait une chose pareille, bien sûr. Mais vers la fin elle était vraiment égarée, comprenez-vous ? Sa dépravation a été sa perte. Et si Hollis ne souhaite pas parler des Pettigrew et s'esquive, c'est sans doute parce qu'il a été témoin de sa folie : nue dans le jardin, à quatre pattes pour laper l'eau du ruisseau. Un vrai animal, fit Mme Bale en frissonnant. Mais c'est assez sur ce sujet-là.

Elle se leva, continuant à lisser sa jupe du plat des mains, comme si le mot Pettigrew y restait accroché et qu'elle voulait en retirer chaque lettre. Elle était rouge. En colère.

— Comment savez-vous tout cela ? Vous habitiez Chipping Campden il y a encore deux ans.

— Vous doutez de ma parole ? Sachez, mademoiselle Waterfield, que les échos de sa conduite se sont propagés bien au-delà de Barcombe-on-the-Hill ! À Oxford et Banbury, on sait qui était Véronique. Prononcez son nom à Stratford-upon-Avon et on vous priera d'être polie. Parce que, oui, on parle d'elle. Mais toujours en privé… En famille, vous comprenez. Très peu de gens accepteraient d'en discuter ouvertement, alors même vous, avec votre franc-parler, vous aurez du mal à obtenir des réponses.

Véronique.

Je réfléchissais à ce qu'elle venait de me révéler.

— Le dénommé Preedy en saurait-il plus ? Accepterait-il de me parler d'elle ?

Ses yeux brillèrent.

— Preedy ? Kit Preedy ? Si quelqu'un se montre disposé à vous parler d'elle, ce serait bien lui. Lui aussi a le sang pourri, après tout, et il suit ses propres règles. Mais, mademoiselle Waterfield, je vous conseille de ne pas l'interroger. Si j'étais vous, ici pour un mois, ignorante de ce qui s'est passé dans cette maison autrefois, je m'occuperais de ma serre, je profiterais des jardins qui sont à leur plus beau à cette saison et j'oublierais les Pettigrew. Et, je vous en supplie, ne prononcez pas son nom à l'intérieur.

Je suppose qu'elle était animée des meilleures intentions. S'apprêtant à prendre congé, elle fit un commentaire sur l'abondance extraordinaire de ma chevelure ; je pris ce compliment comme une sorte d'offrande, une manière de s'excuser d'avoir craché ce mot, Pettigrew, et de m'avoir manifesté son mécontentement. Elle se sentait gênée, peut-être.

Pourtant, Mme Bale avait échoué. Effrontée. Cet adjectif que Millicent avait utilisé à mon sujet tout en plumant son poulet, et têtue, ce que ma mère elle-même avait marmonné parfois. Les deux me revinrent à l'esprit alors que je la regardais s'éloigner. Car comment pouvais-je m'en tenir là ? Ignorer ce qu'on m'avait dit ? Cela m'était impossible. Ma mère était déjà comme ça : elle poussait la porte où s'affichait un *Interdit d'entrer*, marchait à contre-courant des foules. Elle n'allait pas à l'église parce qu'elle n'en avait pas envie.

Cette nuit-là, le sommeil se déroba obstinément. Mon squelette était endolori par ma journée de travail, trop de choses me trottaient dans la tête. Je prononçai son nom dans le noir.

Le papier peint de Londres me paraissait bien loin. Pourtant j'étais persuadée que, si j'avais eu un crayon en main, j'aurais pu en dessiner son motif répétitif de nœuds de ruban. Avait-elle connu la même chose ? Charlotte Pugh ? Avait-elle étudié ce dessin, toujours le même, en se demandant où les Indes étaient passées ? Neuf mois plus tôt, elle contemplait l'Himalaya à l'aube. Elle était assise sur la balançoire à côté d'un rhododendron et se balançait en se poussant du bout des orteils. Et à présent, voilà qu'elle avait une fille nouveau-née et un patronyme comprenant six lettres de plus que le sien. Deux versions d'elle-même.

Le sommeil ne venait décidément pas. Je rallumai la lampe à mon chevet, m'assis et ouvris mon manuel de botanique. Étamines et anthères.

Je lus. Quelque part, un hibou hulula.

J'entendis aussi un craquement.

J'abaissai mon livre. Quelle heure était-il ? Comme pour me répondre, la pendule de l'entrée se ranima avec un grincement asthmatique et sonna trois coups.

J'attendis.

Un deuxième craquement. Puis, très doucement, un troisième. Et à cet instant, je n'eus plus aucun doute : c'était bien quelqu'un qui marchait. Quelqu'un au-dessus de moi. Un quatrième craquement, puis un cinquième m'avertirent que cette personne descendait l'escalier. Très lentement. Elle pesait de tout son poids sur chaque marche, comme si elle souhaitait se déplacer sans faire de bruit. Traverser la maison sans réveiller les dormeurs.

Un sixième craquement. Un temps d'arrêt.

Je posai mon livre, me levai.

Je ne pris pas ma canne mais ma lampe, si. Je la levai assez haut pour éclairer mes pas ; le plancher devant moi, les plinthes, la porte. L'oreille aux aguets, je me m'arrêtai pas. Mais il n'y avait plus que le silence. Tout devint si tranquille que je crus que la personne était partie ; elle n'était plus là. Puis cela se reproduisit : un septième craquement ; celui-là beaucoup plus fort. Plus fort parce que plus proche ; si proche que la latte de plancher sous mes pieds bougea. Je sentis le bois se soulever. Un poids l'enfonçait à l'autre extrémité.

Quelqu'un se tenait debout derrière ma porte.

Je me pétrifiai.

J'ouvris grandes mes oreilles. Et je sus alors, avec certitude, que l'autre écoutait aussi. Je retins mon souffle, sachant que l'autre le retenait également. Comme j'étais sûre que sa main, comme la mienne, était posée sur la porte ; son oreille collée contre le bois usé du battant, à l'affût, et je sus que nous sentions nos présences réciproques.

Dans l'entrée, la pendule tictaquait.

Toc-toc ! Le bruit d'un ongle contre ma porte. Ou contre mon oreille, c'est l'impression que j'avais. Les petits coups rapides d'un doigt fureteur.

Avec une légère exclamation, je fis un pas en arrière. Encore une série rapide de craquements, le plancher eut comme des soubresauts sous mes pieds, et je sus qu'il – M. Fox – s'en allait, qu'il avait entendu ma voix et détecté ma présence et que par conséquent il s'écartait de ma porte. Comme j'avais envie de le voir, de savoir à quoi il ressemblait, j'ouvris et sortis dans le couloir, levai ma lampe et murmurai :

— Oui ?

Un courant d'air frais.

J'avançai tout doucement en tenant la lampe devant moi. La sphère de lumière faisait surgir les bords des lambris et la pendule. J'appelai. Je fouillai du regard le couloir. Rien que des ténèbres à l'autre bout. Ma lumière fit apparaître quelques mètres de mur lisse et, alors que j'écarquillais les yeux, j'imaginai une silhouette dans l'obscurité ; je l'imaginai marchant d'un pas ferme vers moi. Et je criai :

— Je sais que vous êtes ici !

Mais personne ne bougea ni ne répondit. Seule une paire d'yeux me rendit mes regards. Depuis le palier, elle m'observait, couchée sur son lit de velours, la peau nue, rose. Elle l'a vu, me dis-je, elle l'a vu passer devant elle. Elle l'a vu frapper à ma porte.

Je me demandai si je n'étais pas en train de rêver et si, en réalité, je n'étais pas endormie. Mais les rêves, je le savais, n'étaient pas matériels. Les rêves ne faisaient pas bouger le parquet sous vos pieds, ne pouvaient pas frapper sur du bois verni.

De retour dans ma chambre, je pris une feuille blanche sur le secrétaire, la pliai plusieurs fois et la glissai sous le battant de ma porte. Je me remis au lit, remontai le drap et surveillai le cadre sombre de la porte ; la poignée, au cas où. Mais il ne se produisit plus le moindre incident.

Je restai éveillée jusqu'au matin, songeant à l'impression bien particulière, et indéniable, que m'avait faite la proximité d'un corps à quelques centimètres du mien. Dans le couloir, l'air avait eu un parfum qui n'était pas seulement un mélange de poussière, de cire d'abeille et de bois. Plutôt celui du savon à la rose. Et puis une autre odeur, plus forte ; pas de menthe, mais proche.

Le lendemain matin, je les trouvai réunies à la cuisine.

— Je l'ai entendu. Hier soir.

— Entendu qui ?

— M. Fox. Je sais qu'il est de retour. Je l'ai entendu descendre l'escalier. Il est venu jusque dans le couloir et il s'est arrêté à ma porte.

Les bonnes se tournèrent vers Mme Bale ; la gouvernante me regarda.

— M. Fox n'est pas ici.

— Si. Pourquoi le nier ? Je l'ai entendu. Il a frappé deux fois à ma porte.

Mme Bale émit un petit bruit et laissa échapper un souffle, comme si elle s'était vidée d'un seul coup de son air. Et démantelée. Soudain son attitude s'adoucit ; elle s'appuya à la table, laissa tomber ses épaules comme si elles étaient devenues trop lourdes pour elle, et Harriet se précipita pour la prendre par la taille.

— Madame Bale ? Madame Bale ?

Elles la firent asseoir sur une chaise. Sa tête dodelinait comme un pantin à la nuque brisée ; ses mains semblaient trop lourdes pour ses poignets. Je me reculai, consternée.

— Elle va mourir ?

— Mais non, elle est évanouie. Maud, apporte de l'eau. Asseyez-vous, mademoiselle. Elle a besoin de place pour respirer.

Je m'assis sur la chaise en face d'elles. Mme Bale posa sa tête sur la table. Peu à peu, sa respiration se fit plus régulière ; son teint reprit des couleurs.

— M. Fox est en voyage, déclara-t-elle, les yeux fermés. Je vous l'ai déjà dit.

Je consultai les filles du regard. J'ignorais si je devais lui répondre, mais je le fis quand même.

— Ce n'était pas la tuyauterie. Ni des courants d'air. C'était un être humain.

— Il est en voyage…

— Alors qui d'autre ? Maud ? Harriet ?

Elles secouèrent la tête. Maud pinça les lèvres et son regard fuyant glissa vers le coin de la pièce comme si elle ne m'avait pas entendue. Celui de Harriet croisa le mien et sembla me supplier ou me mettre en garde, ce qui m'incita au contraire à continuer à poser des questions. J'étais déterminée à découvrir ce que dissimulait le mot « problème ».

— Alors qui d'autre dans la maison ? Ça doit bien être quelqu'un. On marche la nuit et on se cache le jour. Pourquoi ne pas me le dire ?

— Je vous ai dit, répliqua Mme Bale en levant les yeux, de ne pas vous en préoccuper… c'est comme ça. Je l'ai réveill…

— Vous avez réveillé qui ?

Harriet avait la main sur l'épaule de Mme Bale : une main blanche constellée de taches de rousseur sur le chemisier gris. Elle hocha la tête, se pencha et secoua tendrement la gouvernante.

— Madame Bale ? Je suis d'avis qu'on la mette au courant.

Mme Bale but de l'eau à petites gorgées. Ses mains tremblaient toujours. L'une d'elles tenait le verre ; l'autre fit un va-et-vient entre son crucifix, sa bouche et ses cheveux avant de se poser finalement sur son sternum.

— Vous voulez savoir s'il y a quelqu'un d'autre dans la maison. Eh bien, oui. Oui, mademoiselle Waterfield, il y a une autre personne… mais elle n'est pas comme nous.

— Comment ça ? Elle est souffrante ?

Elle eut un petit sourire, comme si j'avais dit quelque chose d'amusant. À croire qu'elle était épuisée par ce qui était, somme toute, une mauvaise plaisanterie, une mascarade. Elle retira sa main de sa gorge.

— Il n'a jamais été question de vous en parler. Nous espérions ne pas y être obligées. Après tout, vous n'êtes ici que pour quelques semaines ; nous pensions qu'il n'y aurait pas d'autre incident pendant votre séjour, et que nous n'aurions pas à vous faire part de ce que je m'apprête à vous dire. Il nous est aussi apparu depuis votre arrivée que vous avez… votre franc-parler et l'esprit scientifique… Et en plus vous êtes athée, bien sûr… Ce qui nous a persuadées que vous nous prendriez pour des folles si nous vous révélions la vérité. Vous risquiez de retourner à Londres, de refuser de rester une minute de plus dans cette maison de fous. De sorte que la serre resterait vide, et que tout ce temps et cet argent auraient été dépensés en vain. Il est aussi possible que par moments nous ayons douté de ce que nous avions vu et entendu, douté même de notre santé mentale et, en pleine lumière, soyons parvenues à nous convaincre que ce qui se passait la nuit n'était que le fruit de notre imagination. Il faut avouer que les nuits sont souvent calmes… Sans cette personne qui marche, si on peut l'appeler ainsi… Et qu'il peut nous arriver de croire que le problème n'existe pas. Voilà toutes les raisons pour lesquelles nous ne vous avons rien dit jusqu'ici… Les filles, elles, voulaient le faire.

Je me taisais. Elle lâchait un torrent de paroles et je n'avais aucune intention d'en arrêter le flot.

— J'ai été engagée à l'automne de l'année dernière, vous savez. J'avais ouï dire que M. Fox avait besoin d'une gouvernante. Je cherchais un emploi. La maison n'était pas en bon état, cela vous le savez. Les courants d'air, les fuites dans le toit… Les souris. Alors, au début, je n'ai pas trop fait attention à ces bruits nocturnes ; je pensais à une corneille qui aurait réussi à nicher quelque part, ou tout simplement que la maison bougeait maintenant qu'on s'en occupait. Je balayais, j'encaustiquais. Les trous dans le toit ont été colmatés. Les filles sont arrivées. Et c'est là que j'ai commencé à m'apercevoir du problème. Au début, il y a eu les peintures. Vous avez remarqué les crochets vides sur les murs ? Vous m'avez même interrogée à ce sujet… Vous vous rappelez ? Il y avait des tableaux accrochés. Mais la nuit, tout d'un coup, ils se sont mis à tomber, un à un. Les plus petits sans bruit, et je les trouvais par terre le matin. Au début je me suis dit que ce devait être à cause des courants d'air, ou qu'ils étaient mal fixés. Puis ce sont les grands qui se sont mis à tomber, et cette fois, ça nous réveillait. Un fracas pareil, on sautait du lit. Il y avait une peinture…

— Parlez-moi des bateaux.

— C'est ce que je suis en train de faire. Une marine… La mer, des bateaux, un rivage… Une belle toile, énorme ; plus large que mes bras ouverts… Quand elle s'est décrochée, ça a fait un tel bruit qu'on a toutes bondi de notre lit. Même Monsieur s'est levé. Vous ne le connaissez pas, alors vous ne pouvez pas savoir comment il est… Mais quand il est descendu aussi… Eh bien, il était livide. En plus, le tableau n'avait pas fait que tomber. Sinon, comment se serait-il retrouvé à 3 ou 4 mètres de l'endroit où il avait été accroché ? On aurait dit qu'il avait été lancé. Vraiment lancé !

— Un mouvement de terrain, peut-être ? Il peut se produire n'importe où dans le monde de légères secousses de la croûte terrestre.

Mme Bale rit ; un rire brusque, éclatant, qui se changea peu à peu en soupir. Elle posa son verre d'eau. Puis elle leva cette main, tremblante, et la porta jusqu'à son autre main, qui serrait sa tresse.

— Vous pensez que ça s'est arrêté là ? Eh bien non. Tous les tableaux sont tombés. Et il y avait les fleurs, aussi. Elles perdaient leurs pétales en une seule nuit, ou je retrouvais leurs tiges brisées net. Et les bruits de pas… Comme ceux que vous avez entendus cette nuit… Au-dessus de nos têtes. Au début, j'ai cru que c'était M. Fox. Puis ça s'est produit alors qu'il n'était pas à Shadowbrook ; des pas encore plus précautionneux. Je les ai entendus dans le couloir et, à l'époque, c'était au tout début, j'avais encore assez de courage pour enfiler ma robe de chambre et ouvrir la porte pour voir qui c'était. Mais chaque fois, le couloir était vide. Chaque fois. Et des coups étaient frappés aux portes. À la mienne, à celle des filles.

— On les a entendus, dit Maud. Juste deux… Très doux, mais qui s'entendaient…

Maud tapota deux fois sur la table du bout de son index rougeaud.

— Comme ça, expliqua-t-elle.

Mme Bale me dévisageait.

— Je vois que vous changez d'attitude. Avez-vous, vous aussi, ouvert votre porte et découvert qu'il n'y avait rien ? Rien que l'impression d'être épiée, et une légère odeur d'herbe coupée ? Votre expression me dit que oui.

Je restai parfaitement immobile.

— Et puis il y a eu la marque sur la porte. Si vous pensez toujours que nous avons trop d'imagination et qu'il y a des mouvements de terrain, je vous montrerai la porte de ma chambre. Deux jours avant votre arrivée, mademoiselle Waterfield, j'ai entendu les pas descendre l'escalier et s'approcher dans le couloir. Il était 3 heures du matin… J'en suis sûre, puisque la pendule a sonné trois fois, et qu'elle paraît aimer particulièrement cette heure… Et les pas se sont arrêtés derrière ma porte.

Mme Bale se pencha vers moi et posa sa main sur mon poignet.

— Elle n'a pas frappé. Je m'attendais pourtant à ce qu'elle frappe ! Vous savez ce qu'elle a fait ? Elle a tailladé ma porte. À coups de couteau. J'ai entendu le bruit et vu la porte bouger sur ses gonds.

Ses yeux brillaient.

— Deux nuits avant votre arrivée.

— Elle ? Mais non. Ce devait être M. Fox.

— Vous croyez vraiment ? Qu'il irait donner des coups de couteau dans ses portes et jeter ses tableaux par terre ? Pourquoi ferait-il une chose pareille ? Et c'est encore pire là-haut, à son étage. Il dit qu'on a frappé à sa porte, une nuit. Pas toqué, frappé avec le poing. Comment pouvez-vous penser que c'est lui ?

— Dans ce cas, pourquoi n'est-il pas allé le signaler à la police ?

— À la police ?

Mme Bale se redressa un peu et ses yeux s'arrondirent.

— Et qu'est-ce qu'il leur aurait dit, mon Dieu ?

— Qu'il y avait un intrus. Que quelqu'un entrait chez lui la nuit et vandalisait…

Elle ouvrit les bras, manifestement exaspérée par mon obstination.

— Mais il n'y a pas d'intrus. Personne n'entre dans cette maison ! Il n'y a ni serrures forcées ni carreaux cassés. À Shadowbrook, il n'y a ni passage secret ni porte secrète, mademoiselle. Et que ferait un policier, sinon nous regarder avec les mêmes yeux que vous en ce moment ? Comme si nous étions aussi fous qu'elle ? Ce n'est pas un intrus.

— C'en est forcément un.

— Non ! s'écria-t-elle, de plus en plus irritée.

La paume de Harriet retrouva le chemin de l'épaule de la gouvernante. Mme Bale lui tapota affectueusement le dos de la main puis, la serrant quelques secondes dans la sienne, elle reprit :

— Sachez que je me considère comme une femme parfaitement raisonnable. Pas du style à avoir des lubies. J'aurai 55 ans en mai prochain et j'ai vu beaucoup de choses dans ma vie. Je pense que la plupart des événements, si étranges soient-ils, trouvent une explication rationnelle. Mais pour celui-ci, j'ai eu beau chercher une réponse…

Je sais qui est derrière ces manifestations, assena-t-elle en me regardant droit dans les yeux. Et vous aussi.

Je soutins son regard.

— Vous pensez que c'est la fille Pettigrew ? Véronique ?

À ces mots, Maud s'affola :

— Ne dites pas son nom ! Vous ne devez pas dire son nom dans la maison !

Mme Bale se leva. Elle prit la jeune fille par le bras, la tira vers elle et se saisit de sa main ; elle la fit taire, la rassura. Par des petits mots maternels. « Là là, ça va aller. » Et une fois qu'elle eut réussi à la calmer, elle tourna vers moi un regard vitreux, glacial, qui allait droit au but ; il n'y avait plus chez elle trace d'agitation.

— Je vous ai dit que je ne voulais plus parler d'elle. Mais le problème dont vous avez eu des échos, par le chauffeur, et ailleurs… C'est elle, mademoiselle Waterfield. C'est Véronique Pettigrew… Même si elle est morte il y a treize ans. Même si ça paraît impensable à un cerveau aussi bien instruit que le vôtre et qui ne se fie qu'à sa raison. Vous n'êtes pas croyante : vous pensez que lorsqu'une personne meurt, elle n'est plus rien, qu'il ne reste plus rien d'elle, que ce qu'elle a été n'existe plus que sous la forme de fragments épars dans une boîte. Mais moi je vous le dis… Elle est toujours dans la maison.

Je sortis, traversai la cour, passai devant la cabane à outils et la lessiveuse, entrai dans la serre et fermai la porte. Je m'assis dans un fauteuil en bambou et pris ma canne à deux mains, comme une houlette de berger.

Ce que je savais : des graines pouvaient traverser des océans au gré des courants pour germer sur un autre continent ; j'étais née avec des os fragiles, qui protesteraient toujours quand je m'étirais, m'agenouillais ou essayais de marcher vite ; ma mère était morte en janvier ; les journaux parlaient des grèves, du problème irlandais et du fait que les femmes ne devraient pas avoir le droit de vote ; il existait huit planètes dans le système solaire, le Nil est le fleuve le plus long, la chouette effraie est blanche. Et ceci aussi : la vie humaine prend fin lorsque le cœur cesse de battre. La mort s'installe quand le corps s'immobilise et devient froid. Mon manuel d'anatomie, et l'histoire, et les sciences, me l'avaient démontré. Et les autres parties, celles qui étaient intangibles ? Le tempérament, la mémoire, les sentiments, la voix ; qu'advenait-il d'eux une fois le corps défunt ? Ils se logeaient dans le cerveau. Comme ils étaient causés par des réactions chimiques et électriques, ils cessaient aussi avec la mort. Aucun fragment d'un être humain, à l'exception des os, ne survivait.

Fantôme. Le mot n'avait pas été prononcé mais nous l'avions entendu quand même. Il avait plané au-dessus de la table de la cuisine ; il avait tourné autour de nous, lorsque Maud avait toqué sur la table. Un mot sans consistance, sans conséquences, relevant de la fiction. Il n'avait pas sa place sur une planche d'anatomie.

Jugeant qu'il valait mieux rester active, je décidai de remplir l'arrosoir en fer. Une cataracte dont le fracas s'amplifia en un son strident alors que je m'efforçais de penser aux plantes. Mais je ne pouvais m'empêcher de me demander qui pouvait bien se moquer de Mme Bale d'une façon aussi retorse. Car quelqu'un de méchant était derrière tout cela. Quelqu'un abusait de sa naïveté. Cette personne marchait pesamment sur le parquet, brisait les tiges des fleurs, elle était allée jusqu'à donner des coups de couteau dans une porte. Et je tenais absolument à savoir qui c'était, sans plus tarder. Mme Bale n'était pas assez solide, me semblait-il, pour supporter plus longtemps cette plaisanterie stupide.

Mme Bale. Effrayée depuis mon arrivée. Je n'avais plus aucun doute là-dessus. Ce grand sourire qui s'étirait sur son visage me rappelait un papillon piqué sur du velours. Conservé dans une boîte.

J'abaissai l'arrosoir et me séchai les mains sur un chiffon.

Elle était dans la cour. Courbée sur la lessiveuse, mais je voyais qu'elle avait pleuré. Joues rouges, cils mouillés. En me voyant, elle se redressa, porta le dos de sa main à son nez.

— Je suis allée trop loin, lui dis-je. Je regrette.

Elle hocha la tête, lâcha un linge trempé dans la cuve.

— Je ne vous tiens pas rigueur de ce que vous pensez. Je sais l'impression que ça fait.

Des paroles bien pessimistes.

— On a donné des coups de couteau dans votre porte ?

Leurs chambres – la sienne et celle que se partageaient les filles – se trouvaient à l'extrémité ouest de Shadowbrook. Cette petite extension enfouie sous la glycine, aux fenêtres plus petites, plus hautes, était une excentricité dans la topographie de la maison. Je l'avais vue de la cour mais n'y étais jamais entrée.

— Par ici, me dit-elle.

C'était une estafilade profonde, délibérée. Sur 25 centimètres. Et elle n'était pas rectiligne : ça commençait vers le haut, sur la gauche du battant ; en s'allongeant, elle s'abaissait vers le centre, comme si le bras s'était fatigué et avait relâché la pression. Puis, à la hauteur de la poignée, ça remontait avant de s'arrêter.

— J'ai entendu le bruit que ça a fait. J'étais assise dans mon lit et je m'attendais à ce qu'on frappe, mais elle n'a pas frappé. Ça a secoué la porte quand elle a tailladé vers le bas. Mais je vous l'ai déjà dit.

— Deux nuits avant mon arrivée ?

— Deux nuits, oui. Le jeudi. Vous allez sûrement me demander pourquoi je n'ai pas ouvert parce que vous, vous êtes courageuse, mademoiselle Waterfield. Moi, j'ai trop peur maintenant.

Je posai deux doigts sur l'entaille. On aurait beau accumuler les couches de cire, elle se verrait toujours ; la porte était définitivement esquintée.

— M. Fox était présent cette nuit-là ?

Mme Bale fit oui de la tête.

— Mais il est parti le lendemain. Le vendredi.

— Il ne s'est pas dit qu'il ferait mieux de rester ? Après ce qui vous était arrivé ?

— Il y a pensé. Mais il y a ses affaires, voyez-vous.

Je me tournai de nouveau vers la porte.

— Qu'est-ce qu'il fait ? Quel genre de travail ?

Elle eut un petit geste évasif.

— Il m'avait dit, mais j'ai oublié.

Sa réponse me déplut. Mais ce qui me déplut encore plus, beaucoup plus, c'était qu'il les avait laissées seules, elle et les filles. Quelqu'un s'était introduit dans la maison, l'avait vandalisée et avait terrifié la gouvernante. Et malgré tout il était parti. Ses affaires étaient peut-être importantes. Mais sa maison ? Son personnel ?

— Madame Bale, qui ferme la maison le soir ?

— Moi. J'ai les clés. La porte d'entrée, celle de la cuisine et la porte-fenêtre du salon.

— Pas d'autres portes ? D'autres fenêtres ?

— Aucune autre porte. Quant aux fenêtres, elles se verrouillent de l'intérieur ; je vérifie souvent, et elles ferment toutes parfaitement. Leurs châssis sont parfois tellement déformés par l'humidité qu'elles ne s'ouvrent plus du tout ; même une force colossale ne pourrait les décoller de leur encadrement. Mademoiselle Waterfield, je sais ce que vous pensez.

— Et les fenêtres de l'étage ? Elles sont en permanence ouvertes, nuit et jour ; vous dites que c'est le souhait de M. Fox. On peut les atteindre, n'est-ce pas ? On pourrait entrer par là ?

— Pas sans une échelle, et ça ferait du bruit, non ? La gouttière et le rosier grimpant s'effondreraient sous le poids d'un homme. Écoutez-moi, je vous en prie : ce n'est pas un être humain qui a fait ça. Vous perdez votre temps et votre énergie. Après tout, pour quelle raison quelqu'un ferait une chose pareille ? Qu'y aurait-il derrière des actes aussi dérisoires et destructeurs ? Des coups frappés au milieu de la nuit… Les gens qui entrent dans une maison par effraction volent des objets, mademoiselle Waterfield ; c'est ce qu'ils font, et rien n'a été pris. Regardez cette maison : qu'est-ce qu'il y aurait à prendre ? Un vieux fauteuil défoncé ? Un vase avec un bouquet fané ? Personne n'a laissé quoi que ce soit non plus : aucune trace de pas dans la poussière, ni bouton ni mégot. Et puis, il y a aussi ceci : si c'était un homme, ou deux hommes, d'autres seraient au courant. Ça jase au village ! Voyez comment ça se passe pour vous. Votre taille, vos yeux, votre tempérament, tout ça a alimenté les conversations au Bull dès le lendemain de votre arrivée. Si quelqu'un s'introduisait à Shadowbrook la nuit… Eh bien, ça se saurait. Quelqu'un au moins le saurait.

Elle ne m'avait pas quittée du regard en prononçant ces paroles. Pour ma part, je ne pouvais ni m'esquiver ni répliquer. Quel autre mobile pouvait-il y avoir que le vol ?

— Je vois pourquoi vous dormez mal.

— Oh, si seulement je pouvais faire une seule nuit complète. Juste une, sans bruits de pas et sans la peur de les entendre…

Brusquement, elle sortit. Nous nous retrouvâmes dehors, où le jardin me parut soudain extraordinairement sonore : le chant d'un rouge-gorge, les grincements répétitifs d'une roue de brouette. Des sons inoffensifs, doux.

Nous débouchâmes sur la pelouse de croquet.

— Le pasteur est-il au courant ?

— Matthew ? Il sait ce qu'il se passe ici, oui. Le révérend Stout avant lui s'en désintéressait ; c'est lui qui était là quand ça a commencé, et il ne voulait rien avoir à faire avec ça. Il connaissait l'histoire de Shadowbrook et refusait d'en discuter, voyez-vous. Mais, depuis, Matthew l'a remplacé et lui a toujours été à l'écoute. Il n'a jamais mis ma parole en doute, il ne s'est jamais moqué de moi ni ne m'a critiquée. Il prie pour que j'aie assez de force ou que je sois à l'abri du danger, et ça me rassure un peu. Mais j'aimerais qu'il puisse faire plus, mademoiselle Waterfield. Qu'il lui parle à elle… Qu'il lui demande de partir au nom de Notre-Seigneur, qu'il accomplisse un rituel. Sauf qu'il prétend qu'il n'est pas habilité. Il a été ordonné il y a à peine un an. Et ce n'est pas ma maison, bien sûr.

Je contemplai les fenêtres de l'étage.

— Comment est-il, ce M. Fox ? Bizarre ?

— Je ne dirais pas bizarre, non. D'autres penseraient que oui, mais ne faites pas attention ; ils ne l'ont pas rencontré donc ils n'en savent rien.

— Mais son absence est en soi étrange, non ?

— Pas pour un homme qui a autant de responsabilités à Oxford et ailleurs. Vous verrez par vous-même, quand vous le rencontrerez. C'est un gentleman.

Ce n'était pourtant pas l'idée que je me faisais d'un gentleman. Pour moi, ce n'était pas un homme qui n'appelait pas la police pour signaler des intrusions sous son toit. Qui abandonnait son personnel de maison. Qui choisissait de se cantonner à l'étage, comme une chauve-souris.

— Quand le rencontrerai-je ?

— Quand il sera rentré.

— Et ce sera quand ?

— Bientôt.

Je me pelotonnai dans mon lit ce soir-là. Couchée sur le côté, face au mur. La journée avait été meublée par des fantômes. Par le bruit d'un arrosoir qui se remplit. Par une estafilade sur une porte. Par un tableau jeté au sol.

Les morts revenaient nous rendre visite, oui. Mais uniquement dans nos souvenirs. Je voulais bien en convenir. Parfois, en effet, je voyais ma mère déplier une carte de géographie telle une feuille d'or, comme dans l'ancien temps. Ou je percevais ses traits, brièvement, dans les miens. Mais c'était tout. Je voulais prouver à ceux qui y croyaient qu'ils avaient tort. Les réveiller de leurs rêves infinis. Je comptais bien regarder dans les yeux l'être – réel, chaud, tangible – qui avait frappé à ma porte avant de se perdre dans la nuit. Car les fantômes n'existaient pas. Véronique n'existait pas.

5

Je décidai d'aller trouver d'abord les aides-jardiniers. C'était, me semblait-il, un bon point de départ : vu leurs commérages (ma malnutrition lorsque j'étais enfant, l'accident qui m'avait coûté d'être écrasée par une roue de voiture), ils avaient peut-être eu vent de quelque rumeur. Concernant des intrus, des renards, les Pettigrew ; peut-être consentiraient-ils à m'en faire part si je les interrogeais. Aussi contournai-je le potager ce matin-là, longeant les rangées de laitue, de radis, de tuteurs en bois de noisetier, dans l'espoir de surprendre leur conversation. À mon approche, les garçons se turent. Certains interrompirent leur travail et ajustèrent leur casquette pour mieux me voir. D'autres firent comme si je n'étais pas là.

Albert me salua.

— Bonjour, mademoiselle. Je peux faire quelque chose pour vous ?

Un duvet lui tenait lieu de barbe naissante. Il m'entretint de quelques commentaires sur le temps, me demanda si j'étais contente de mes progrès dans la serre : toutes ces questions, à mon sens, relevaient d'un effort conscient de sa part pour se conduire en homme et non plus en adolescent. Je l'interrogeai sur la saison des fraises, la pose des filets pour éloigner les oiseaux. Et peu à peu je me rapprochai de lui et finalement lui demandai s'il était au courant du remue-ménage nocturne.

— Y aurait-il une très grande échelle ici ? Qui permettrait d'atteindre le premier étage, mettons ?

Mais Albert se ferma comme une huître. Il se gratta le bras et grommela quelque chose au sujet du travail qu'il devait faire avancer.

Je tentai ma chance auprès de Maud. Je n'avais pas oublié le portrait qui m'avait été brossé d'elle, qu'elle avait hérité d'une nature bavarde en plus de ses cheveux et de ses yeux noirs. Elle était en train de laver la cour à grande eau, une eau qu'elle chassait à coups de balai.

— Je sais que vous n'avez pas rencontré M. Fox, lui dis-je, mais savez-vous quelle est sa profession ? Et aurait-il des ennemis qui chercheraient à lui nuire ?

Elle posa le seau et me regarda d'un air dédaigneux.

— Vous croyez vraiment que ça a à voir avec les affaires de M. Fox ?

— Pas forcément. Mais c'est un être humain, Maud. Soyez-en sûre et certaine.

Elle secoua la tête.

— Vous et vos bouquins… Vous croyez en savoir plus long que nous, bien sûr.

— Alors que savez-vous sur les Pettigrew que j'ignore ? Des tas de choses, sans doute.

Elle refusa d'entrer dans mon jeu et retourna à l'intérieur, sans un mot. Décidément, tout le monde ici semblait avoir fait vœu de silence. Par un accord tacite, ils dressaient devant moi un mur. Ils s'étaient tous ligués contre moi.

Les hirondelles volaient au-dessus de ma tête, la roue de charrette était bien calée contre le mur de la cabane à outils. Et le fermier voisin vivait autrement, suivant d'autres lois. Du moins à en croire la gouvernante. Je tournai le dos à la maison sans me poser d'autre question et passai sur les terres des Preedy.

Au sud et à l'ouest de Shadowbrook, la plaine se couvrait de vastes champs d'orge. À la fois verdâtre et couleur paille. Sans cesse agitée ; même par une journée sans vent les champs ondulaient. Et quand le vent soufflait, les épis s'aplatissaient brusquement, s'étalaient au sol ; je ne m'étais jamais tenue au sommet d'une falaise mais ce rythme, cet air me faisaient penser à une étendue d'eau libre.

Il y avait du vent, justement. Les hêtres bruissaient, leurs feuillages tout gonflés d'air, et les épis se frottaient contre moi. Mes cheveux claquaient dans mon dos comme un fouet.

J'ignorais où se trouvait la ferme des Preedy. Ni jusqu'où s'étendait son domaine ; ses champs roulaient à perte de vue jusqu'au fond du vallon. Un fermier, pensais-je, serait sûrement sur ses terres à cette heure de la journée. Mais il pouvait être occupé à n'importe quelle tâche dans n'importe quel coin. En plus, je ne savais rien de lui ; ni son âge, ni sa taille, ni à quoi il ressemblait. Ni comment il serait habillé. J'ignorais tout à fait à quoi m'attendre. Tout ce que je pouvais faire, c'était longer les champs d'orge.

Au bout de ce sentier, dans une haie d'ifs et de mûriers sauvages, une barrière s'ouvrait sur l'arrière du cimetière de l'église. Quand je tournai à droite et suivis le tracé du mur, le sentier disparut. Les herbes étaient hautes désormais, vierges de toute intrusion humaine. Et je songeai soudain que, là aussi, des dangers me guettaient : des renards ou des blaireaux avaient fait des trous dans la terre et, par endroits, le mur s'était éboulé, de sorte que des pierres devaient être enfouies, à moitié cachées dans les broussailles. Je pensai à mes os.

C'est lui qui me vit en premier. Moi, j'étais concentrée sur mes pieds et où je les mettais dans toute cette végétation. Lui avait dû m'entendre approcher, ou j'avais fait envoler des oiseaux piailleurs d'un îlot d'orties. Cela avait suffi pour qu'il suspende son travail pour me regarder. Il était sans doute resté parfaitement immobile, car ce sont ses souliers que je vis d'abord. Leur bout râpé, blanchâtre.

Je levai les yeux. Il a la couleur de la terre, me dis-je. Ce fut ce qui me traversa l'esprit : il était de la même teinte que le paysage ; un homme poussiéreux, brûlé par le soleil, avec de la terre sur le front et le dos des mains. Ses bretelles pendaient. Ses cheveux et sa barbe évoquaient aussi le terreau : marron foncé, avec des reflets roux. Il avait dans une main, serrée contre sa poitrine, une énorme pierre blanchâtre et, l'espace d'un instant, il me fixa d'un regard plein d'hésitation. Mais il dut renoncer à ce qu'il avait eu l'intention de faire, car il lâcha sa pierre. Un son mat, sans écho.

Un fermier. Pas grand ni épais. Même si sa façon de se tenir le faisait paraître plus massif.

— Êtes-vous monsieur Preedy ? On m'a parlé de vous.

Il se frotta la barbe et le front avec l'intérieur du poignet.

— Je n'en doute pas. Qui ? Mme Bale ? Je parie qu'elle a chanté mes louanges.

Il baissa les yeux. Il était entouré de pierres. Le mur à sa gauche était effondré ; les intempéries, ou l'âge, ou un acte délibéré, en avaient abîmé une partie, et il reprit son travail comme si je n'avais pas été là. Il s'accroupit, palpa les pierres. Il les retourna, les unes après les autres, tâtant de la main leurs arêtes et leur base. Quand il les penchait, il découvrait des creux tapissés d'une herbe décolorée.

Je ne savais plus quoi dire. Je remarquai que sa chemise était trop juste dans le dos. Et que ses cheveux, trop longs, balayaient son col, que la sueur les collait à son cou. Je vis les veines saillantes sur ses avant-bras et ses tempes. Et je vis aussi les cicatrices : ses mains et ses bras en étaient couverts. Bourrelets de chair. Croissants de lune blancs.

— Qu'est-ce que vous voulez ?

Inutile de lui répondre que j'étais tombée sur lui par hasard. J'étais sur une propriété privée. J'avais dévié du sentier ; c'est volontairement que j'avais longé les terres des Preedy, et pour quelle autre raison que celle de le trouver ?

— On m'a dit que vous connaissiez les Pettigrew. Sinon vous, du moins votre famille.

Ma question lui fit lever les yeux. Toujours accroupi, il tourna la tête vers ses champs, posa ses avant-bras sur ses genoux, en équilibre sur ses talons. Jamais je ne pourrais me tenir ainsi sans tomber, me dis-je : sur la pointe des pieds, le regard au loin. Pourtant cette posture d'équilibriste semblait lui être coutumière. Et de cette façon, je voyais son profil. Quarante ans tout au plus. Difficile d'être plus précise face à un homme fatigué, tanné par le grand air, un homme qui devait, toute sa vie adulte, avoir marché dans la neige, plissé les paupières dans le vent, le soleil et la pluie. Les rides de son front étaient marquées. Celles au coin de ses yeux, gravées dans sa chair. Et sa barbe n'avait rien d'affecté, contrairement à celle de certains ; la sienne paraissait naturelle, comme nécessaire. Négligée, sans symétrie ; elle faisait office de haie protectrice. Un refuge sur lequel il pouvait compter. Ses manches étaient roulées jusqu'au-dessus de ses coudes ; ses avant-bras rougis par le soleil.

Je n'aurais jamais cru, ni imaginé, qu'un jour je rencontrerais un homme comme lui. Éprouvé par la vie, durci. Capable. En sueur.

— Qui vous a dit ça ?

La question était simple. Il l'avait posée doucement, le regard toujours sur ses champs malmenés par le vent, et pourtant j'y percevais un danger. Je sentais que ma réponse lui importait, que je m'étais aventurée sur un territoire obscur et que ce que j'allais lui dire risquait de le rendre encore plus ténébreux. Mais je refusais d'avoir peur. Je m'étais cassé des os et j'avais perdu ma mère.

— Hollis. Il dit que vous cultivez cette terre depuis plusieurs générations. Cent ans ou plus. Est-ce vrai ?

Kit se leva. D'un seul mouvement. Sans effort, souple et agile.

— Oui. Et oui, nous connaissions les Pettigrew. Pourquoi cette question ?

— Parce que je veux savoir.

Mon aplomb sembla le prendre de court. Il me regarda dans les yeux pour la première fois et, en quelques secondes, vit tout ce qu'il y avait à voir : les cheveux et les cils blancs, les yeux pâles. Je remarquai chez lui une cicatrice supplémentaire, sous un œil, et un peu de gris sur ses tempes. Nous nous observions mutuellement.

— Qu'est-ce que vous avez entendu d'eux ?

— Que personne ne les regrette. Qu'ils ont traité les gens comme s'ils étaient des chiens. L'épicier les a appelés les rois dans leur château.

— Des rois ? C'est généreux. Les Pettigrew pensaient qu'ils avaient tous les droits. Ils pensaient être au-dessus des lois. Comme des chiens ? Pire que des chiens. Qu'avez-vous entendu d'autre ?

— Ils considéraient que tout leur appartenait. Ils tiraient des lapins et ne les mangeaient pas. Même si cela ne me semble pas un crime justifiant tant de haine… Et puis il y a la fille…

— Comment vous appelez-vous ?

C'était inattendu. Et, à mon sens, indiscret, impoli. Quoique, bien sûr, raisonnable. Et puis je me dis : Il ne sait pas. Tout le monde semblait connaître mon nom, sauf cet homme.

— Clara Waterfield.

— Mademoiselle Waterfield, vous devriez faire attention. Aux commérages. Ça pousse comme du chiendent par ici et je peux vous assurer qu'il n'y a pas grand-chose de vrai.

— Je sais. On raconte que je boite parce que j'ai souffert enfant de malnutrition, ce qui est totalement faux. Mais je suis quand même curieuse de savoir ce qu'on raconte sur les Pettigrew.

Il poussa un caillou du bout de son soulier.

— Eh bien, vous ne tirerez rien de moi. Je déteste les ragots. Je ne comprends pas ce que les gens peuvent leur trouver d'amusant. Je ferme mes oreilles à tout ce qui se dit à la taverne et sur les marchés. Ils n'ont rien de mieux à faire ? Ils ne peuvent pas parler de choses plus intéressantes ? Pettigrew n'est plus qu'un nom en bout de course. Usé, fini. Alors à quoi ça rime de vouloir en savoir plus ? Si vous manquez de distractions, mademoiselle, interrogez plutôt Jarvis ou n'importe quelle ménagère de Stow. Tous vous diront des mensonges, c'est presque certain, mais au moins vous ne pourrez plus vous plaindre de vous ennuyer.

Il s'accroupit et souleva une énorme pierre en grimaçant sous l'effort ; il écarta bien les doigts pour s'assurer une meilleure prise, fit cinq pas lourds en direction du mur, posa la pierre. Je le suivis des yeux. Il venait de prononcer des paroles brutales. Il m'avait traitée avec plus de mépris que Maud ou l'épicier ou même Mme Bale, et cela me mettait en colère, accélérait les battements de mon cœur. Il croyait donc que je cherchais seulement à me divertir. Que je voulais me distraire de mon ennui. Il plaça son caillou, l'examina. Il se gratta l'arrière de la tête d'une main noire souillée de terre, couverte de bleus, et la vigueur de ce geste trahit une rage intérieure au moins aussi véhémente que la mienne.

— Je ne suis pas en quête de divertissement. J'ai plus qu'assez pour m'occuper, croyez-moi. Si je me renseigne, c'est parce que quelqu'un s'introduit de nuit à Shadowbrook. On jette des tableaux par terre, on frappe aux portes à 3 heures du matin. La gouvernante est terrorisée ; elle maigrit à vue d'œil, elle ne dort plus. Elle est convaincue qu'il s'agit du fantôme de Véronique Pettigrew. Et à mon avis, celui qui est à l'origine de ces manifestations la mène en bateau. Il voudrait que tout le monde croie que Véronique marche la nuit dans la maison. Il a gravé un *V* au couteau sur une porte. Par ailleurs, il répand derrière lui une odeur végétale parce qu'on raconte qu'elle mangeait de l'herbe jusqu'à avoir les dents vertes, ce qui selon moi est impossible. Pour ma part, je pense que cet individu transporte sur lui des herbes aromatiques, un point c'est tout. Voilà, monsieur Preedy. C'est un mauvais tour qu'on nous joue et que je ne tolérerai pas. C'est pourquoi j'essaie de voir ce qu'il y a derrière tout ça. Et pourquoi je vous pose ces questions.

Le fermier contemplait son mur. Debout, les mains sur les hanches, il me tournait le dos. Je voyais cependant qu'il m'écoutait ; je savais qu'il ne pensait pas à ses cailloux.

Quelque part, un pigeon roucoula.

— Je n'écoute pas les ragots mais je sais que cette histoire de fantôme dure depuis déjà un an. Il y aurait eu des bris d'objets.

— Les fantômes, ça n'existe pas.

Il tourna la tête, de sorte que je vis de nouveau son profil. Un nez cassé ; un front ridé.

— Je ne me soucie pas de la rumeur selon laquelle vous avez votre franc-parler et peur de rien. Quoique ça, au moins, ait l'air de correspondre à la réalité.

Le vent faisait onduler l'orge et battre lentement ma jupe. Le fermier retourna à ses pierres, en choisit une deuxième qu'il souleva en soufflant – un exploit à mes yeux. Une fois la pierre calée sur le mur, il recula d'un pas.

Je n'existais tout simplement plus pour lui. Mon franc-parler. Pourquoi pas aussi ma difformité, mon étrangeté, mon effronterie ? Et il ne m'avait pas dit un mot sur les Pettigrew. À croire qu'il était de ce point de vue semblable aux autres, alors que tant de choses semblaient l'en distinguer. Aussi je me détournai. Déçue, frustrée, blessée. Et solitaire, tout d'un coup. Je me pris à regretter mes livres, la méridienne verte, la main de ma mère sur mon front, qu'elle posait là lorsque j'étais énervée et que je n'arrivais pas à me calmer.

Je commençai à m'éloigner quand il me rappela. Il ne prononça pas mon nom ni n'éleva la voix ; il s'adressa à moi comme si j'étais encore debout à côté de lui. Comme si, en fait, je n'avais pas disparu. Et, lorsque je regardai en arrière, je vis qu'il m'observait. Son humeur s'était apparemment adoucie. Je perçus chez lui une lassitude ou de la résignation ; peut-être regrettait-il de s'être montré trop brusque et me manifestait-il ses excuses à sa façon.

— Si vous voulez en savoir plus, revenez me voir.

— En savoir plus sur les Pettigrew ?

— Sur les fils, oui.

— Et Véronique ? La fille ?

— Non. Seulement les hommes.

Je me redressai instinctivement. Pourquoi pas elle ? Comme si elle n'était pas digne d'intérêt. Parce que c'était une femme ? Mais je savais aussi que dans cette histoire, s'il y avait eu un cœur triste, c'était le sien. C'était son nom, après tout, qui ne devait pas être prononcé entre les murs de Shadowbrook. Il n'avait pas été gravé sur le tombeau des Pettigrew. Et même si un compromis, ce n'était pas vraiment ce que j'avais souhaité, j'acquiesçai d'un signe de tête. Parce que qui d'autre s'était déclaré disposé à me parler ? Et qui d'autre avait fait comme s'il ne voyait pas ma canne ?

Pas un mot de plus ne fut échangé entre nous. Sur le chemin du retour, je songeai que ses cicatrices étaient de toutes les teintes, les plus blanches ayant sûrement été acquises à un très jeune âge.

Au dîner, je mangeai pour la première fois du foie de veau. Je ne trouvai pas ça bon, moins à cause du goût que de la texture. Je jetai un coup d'œil aux filles qui terminaient leurs assiettes. Mme Bale, quant à elle, meublait le silence en racontant combien elle aimait le foie de veau, même petite, quand sa mère le préparait avec du thym et des échalotes, et que ce mets était resté un luxe. Elle avait aussi toujours eu un faible pour la langue en conserve. Bien sûr, ce babillage avait pour seul but de faire diversion. De la gaieté pour camoufler les intrusions, des paroles pour colmater l'entaille en forme de V.

— Ah ! s'exclama-t-elle soudain, la mémoire lui revenant. Mademoiselle Waterfield, vous avez reçu une lettre. Je l'ai posée sur votre lit.

Une lettre de Patrick. Je reconnus son écriture : petite, appliquée, l'encre très noire. Elle n'eut certes pas l'effet consolateur du cheval à bascule ou du globe terrestre, mais elle évoquait un monde que j'avais connu et où je m'étais sentie en sécurité. Elle m'évoquait des souvenirs anciens : la chaleur dans les wagons de métro, les ponts, les arbres en fleurs à Hyde Park, le bruit des chaussures de Millicent dans le couloir. Je fus, en vérité, étonnée par sa beauté. Mon beau-père n'était pas un amateur de littérature. Il ne lisait pratiquement que le *Times*, et il avait encore moins l'habitude d'écrire. Et pourtant, là, en quelques lignes, il avait fait surgir tout Londres. Sur ce papier, je retrouvai l'écho des sabots des chevaux par temps pluvieux, et la vue de ma fenêtre. Je vis sa moustache avec une netteté telle qu'il me semblait que je pouvais la toucher.

Fais attention, je t'en supplie, à tes os.

Ses derniers mots, avant sa signature serrée, professionnelle.

Tout cela me manqua durant un bref moment. Mais quand, en chemise de nuit, je sortis une feuille de papier et mon stylo et m'assis à la table devant la fenêtre ouverte, je me rendis compte que j'avais énormément de choses à lui décrire : les hydrangeas, le court de tennis, la maison poussiéreuse. Comment j'avais passé un chiffon humide sur les feuilles du néflier du Japon sans l'aide de personne. Comment sa belle-fille difforme, dont la connaissance de la vie s'était résumée à ce qu'elle en lisait, conversait désormais avec des inconnus. Préparait elle-même son thé.

Cher Patrick...

J'écrivis jusqu'à ce que la pendule émette un unique carillon. J'écrivis sur mes rencontres, en tout cas certaines. Oui, je faisais très attention à mes os. Et il y avait, peints sous un portique, des visages de la Rome antique pleins de sagesse.

Je ne fis même pas allusion aux incidents dans la maison. Ni à ma découverte du jour, à savoir qu'il existait plusieurs degrés de force physique chez l'homme. Les plus forts n'étant pas obligatoirement les plus grands ni les plus solidement charpentés. Plus tard, dans mon lit, j'ouvris mon manuel d'anatomie afin de me rafraîchir la mémoire en matière de muscles et de ligaments. Nos os, évidemment, étaient bons ou mauvais, on ne pouvait pas les changer. Mais il en allait autrement des tissus conjonctifs et des muscles ; il était possible de modifier leur tonus par des activités quotidiennes, par le choix d'un mode de vie. En tournant les pages, j'articulai « deltoïde, *extensor digitorum* ».

Un sang pourri. C'était ainsi que Mme Bale m'avait décrit Kit. Cela n'avait pas de sens, tout comme on ne pouvait pas être littéralement « sans cœur » ni « perdre la tête ». C'étaient seulement des expressions. Je feuilletai pourtant les planches anatomiques représentant le cœur. Et je me demandai ce qui justifiait ces mots péjoratifs : sa force physique, ou son ton tranchant ? Peut-être était-ce aussi une rumeur sans fondement. Un mensonge murmuré tout bas.

Deux heures du matin. Je ne songeais ni à l'intrus, ni à Véronique, ni à ma mère. Ni au bureau de Patrick avec sa pendulette de voyage et son silence feutré. J'étais absorbée par mes sensations. Celle de ma peau caressée par la brise nocturne, celle de mon cœur bien à l'abri dans sa niche. Et je songeais, aussi, aux autres occupantes de cette maison, qui dormaient ou essayaient de dormir. Une jambe hors des couvertures ou les cheveux en éventail sur l'oreiller. Les genoux repliés contre la poitrine comme une enfant. Ou, privilège de celles qui ont des os solides, couchées sur le ventre, le poids de leur corps reposant sur leur sternum, leurs côtes, leurs genoux et les paumes de leurs mains, tandis qu'elles respirent calmement. Leur poids portant sur le bord de leur mâchoire, leur visage tanné par le grand air.

6

Début juillet, la chaleur s'intensifia. À 9 heures, le soleil était déjà brûlant : un air chaud montait du gazon du court de tennis. Le niveau de l'eau, dans le bassin comme dans les citernes de récupération d'eau de pluie, baissait dangereusement. Et les aides-jardiniers se ressentaient, eux aussi, des effets de la canicule. Visages rouges. Aisselles auréolées de noir. Vers 14 ou 15 heures, ils se renversaient sur la tête un arrosoir plein d'eau, et leurs chemises leur moulaient les épaules. Puis ils se reposaient à l'ombre. Assis le dos appuyé à la cabane de rempotage, ils fumaient, grignotaient, se faisaient passer une gourde d'eau.

Quant à ma serre, elle amplifiait la chaleur. Pénétrer dans cette étuve, c'était comme repousser un mur. La palmeraie de Kew avait beau être chauffée par une tuyauterie qui circulait sous le plancher, j'avais l'impression que l'air était plus étouffant encore ici. Il m'arrivait d'ouvrir les panneaux vitrés, d'abaisser le store de bambou afin de protéger les plantes les plus délicates du soleil zénithal. Et j'arrosais beaucoup plus, si bien qu'au cours de ces premiers jours de juillet, les plantes en profitèrent pour grimper plus haut et plus vite, jusqu'au sommet des espaliers. Les fleurs du plumbago s'ouvrirent comme des mains. Le parfum du brugmansia se coula jusqu'à la cabane de rempotage. Et je me rendis compte que Forbes avait eu raison : je n'avais pas grand-chose à faire. J'arrosais, je coupais les fleurs fanées ; je vérifiais sous les feuilles si elles n'étaient pas victimes de parasites ou de moisissures. Sinon, elles s'occupaient d'elles-mêmes et n'avaient pas besoin de moi. À 10 heures, je sortais de la serre pour y retourner seulement à l'heure où les ombres s'allongeaient.

Mme Bale supportait mal la chaleur. Elle en souffrait physiquement ; elle baignait ses poignets sous le robinet d'eau froide et, en traversant la cour, elle rasait les murs pour bénéficier de la maigre ombre qu'ils dispensaient. Et elle était beaucoup moins bavarde. Certains – Hollis, ou le garçon boucher qui aimait tellement actionner la sonnette de sa bicyclette – auraient accusé la canicule. Et ils n'auraient pas eu totalement tort. Mais c'était surtout l'insomnie qui la rongeait.

Je m'en ouvris à Harriet.

— Elle est bien silencieuse.

Nous écossions des petits pois. Ou plutôt je regardais Harriet fendre les cosses de la pointe de l'ongle du pouce avant de déloger les grains et de les lâcher dans un bol émaillé.

— Je sais. Hier, je l'ai vue en train de prier… Dans le couloir, au pied de l'escalier. Et puis elle va à l'église presque tous les jours. Quand vous êtes à la serre, elle se dépêche d'y descendre et passe une heure avec le pasteur, je crois que ça l'aide un peu. Mais quelquefois elle pleure. On l'a entendue.

— Elle pleure ? Pourquoi ?

— Vous savez bien pourquoi. De fatigue. De peur.

Je ne voulais pas qu'elle pleure. Mme Bale s'était montrée lunatique, difficile, et il me semblait que nous avions peu de sympathie l'une pour l'autre. Pourtant, ce désarroi me peinait. Lorsque je la vis le lendemain matin, cueillant les roses jaunes de Rêve d'or avec un petit couteau d'office, je lui demandai ce qu'elle pensait du temps.

— Le temps ?

Ma question l'étonna. Joues creuses ; yeux agrandis, plus gris, ternes. Elle les baissa vers la rose jaune dans sa main.

— C'est de pire en pire. Depuis que je vous ai parlé d'elle… j'ai l'impression qu'elle est tout le temps proche. Je ne peux plus fermer les yeux sans me dire qu'elle va venir. La nuit, je vois son reflet dans les vitres. Hier matin, je me suis baignée dans le bassin. Son ombre a frôlé l'eau. Je l'ai vue.

Ce débit haletant était inhabituel. Ce n'était même pas la peine de la raisonner. Elle était épuisée. La tresse hirsute, elle se piquait les pouces aux épines de roses, ses pensées accaparées par la demoiselle Pettigrew.

— Vous m'avez dit, prononçai-je doucement, que son côté sombre était différent de celui de ses frères. Pouvez-vous m'expliquer en quoi ?

Elle ne répondit pas et se dépêcha de s'éloigner à petits pas chancelants. En entrant dans la maison, elle évalua mal la largeur de la porte et se cogna le bras au chambranle. J'imaginai l'hématome qui s'y épanouirait au cours des prochains jours. Un nuancier de couleurs telle une vague.

À la fin d'un long après-midi étouffant, les aides-jardiniers posèrent leurs brouettes. Rangèrent dans la cabane leurs sarcloirs, cisailles, bêches, et s'en furent d'un pas pesant rejoindre leurs domiciles, ramenant chez eux coups de soleil et fatigue. Les ayant regardés partir, je m'en fus en quête du chef jardinier.

Il parut content de me voir. Je le trouvai occupé à suspendre sur des clous et des fils de fer rouillés, un par un, avec une précision minutieuse, des outils plus ou moins vieux, plus ou moins grands, d'usage varié.

— Dites-moi que la fraîcheur arrive, mademoiselle Waterfield, ou que vous m'avez apporté une tasse de thé et l'avez posée sur la table dehors.

— Non. Désolée.

Il accrocha une bêche.

— Ah. Ça ne fait rien.

— Vous connaissez bien vos aides-jardiniers ?

— Si je les connais ?

— En tant que personnes. Comment ont-il été embauchés, par exemple ? Les avez-vous choisis vous-même ? Les connaissiez-vous d'avant ?

Il fronça les sourcils, s'approcha de moi en s'essuyant les mains sur un chiffon et me dit qu'il connaissait Albert depuis dix-huit ans, forcément. Teddy Collier aussi, étant donné qu'il était l'ami d'enfance d'Albert.

— Les autres ? Peter Bell, Charlie Rudd, les Mayhew, le petit Fred… C'étaient juste des gars du coin qui avaient besoin de travailler. Je ne les connaissais pas très bien avant, c'est vrai, mais leurs familles, si. Emily Rudd a aidé mon fils aîné à venir au monde. Les Bell vendent de la confiture faite maison au bord de la route et on leur en achète un pot de temps en temps, on bavarde un peu. Et ça ne date pas d'hier. Pourquoi cette question ?

— Il paraît que les jumeaux Mayhew sont des farceurs ?

— Ils sont capables de vous jouer des tours, oui.

— Seraient-ils capables d'inventer un moyen pour s'introduire la nuit dans Shadowbrook ? Par les fenêtres du haut, mettons ? Et faire semblant qu'ils sont des fantômes ?

— Les garçons ? Mes garçons ? Oh, ils sont malicieux, c'est sûr. Une sonnette de bicyclette qui disparaît, une araignée au milieu des draps propres… Pour ça, oui, je regarderais du côté des garçons. Mais donner des coups de couteau à une porte comme ça ? Causer tant de souci ?

Il secoua la tête.

— Vous en êtes certain ?

— Absolument. Ils ne sont pas cruels, mademoiselle Waterfield. J'aurais pas mal à redire sur leur compte mais cruels, méchants, ça, non, dit-il en lâchant le chiffon sur l'établi. De toute façon, comment ils s'y prendraient pour atteindre les fenêtres du haut ? C'est pas comme s'ils avaient des ailes.

— Vous devez bien avoir des échelles. Pour tailler les haies. Où les rangez-vous ?

Il eut l'air décontenancé et hésita.

— Levez le nez, mademoiselle Waterfield. Vous la voyez ? C'est notre échelle la plus longue, pleine de toiles d'araignées et d'échardes. Ça m'étonnerait qu'on s'en soit servi cette année, à dire vrai. On n'en a pas l'utilité. Les escabeaux suffisent pour les haies, et le rosier jaune pousse comme il lui plaît.

Il entreprit sa dernière tâche du jour : il décrocha le balai et se mit à balayer les feuilles, les plumes, les bouts de ficelle et la terre avant d'envoyer le tout dehors dans la cour. Il fredonnait, faux.

— Il paraît qu'elle était folle, la fille Pettigrew. Mme Bale dit qu'elle se promenait nue dans le jardin et mangeait des oiseaux morts.

Il ralentit le rythme de son balayage et poussa un soupir.

— N'assombrissons pas cette belle journée, mademoiselle. Et ne croyez pas tout ce qu'on vous raconte. Les rumeurs, ça pousse comme du chiendent par ici, la vérité est vite étouffée.

— Comme du chiendent ? C'est exactement ce qu'a dit Kit Preedy.

— Kit ? Vous l'avez vu ? dit-il en relevant les yeux.

— Il y a quelques jours. Je pensais qu'il pourrait me renseigner.

— Et… ?

— Et pas grand-chose. Je crois qu'il préférait la compagnie de son mur éboulé à la mienne. Il avait l'air furieux que je le dérange.

— Furieux, ah bon ?

Hollis remit le balai à sa place et pêcha une clé dans sa poche alors que je sortais de la cabane pour lui permettre de fermer pour la nuit.

— Je ne pense pas que ce soit personnel, mademoiselle. Kit n'a jamais été bavard. Je connais ce garçon depuis toujours et je ne l'ai jamais entendu dire du mal de personne. Il préfère peut-être ses murs de pierre sèche. Mais ce n'est pas moi qui le lui reprocherais.

Il glissa la clé dans la poche de sa chemise, qu'il tapota deux fois.

— Pourquoi dit-on qu'il a le sang pourri ?

Il s'immobilisa.

— Mme Bale, encore ? Je suppose que je peux vous parler de ce que tout le monde sait. Et il vaut mieux que vous l'entendiez de moi plutôt que de quelqu'un qui va embellir l'histoire de toutes sortes de mensonges. Son père a tué un homme, mademoiselle. Il a été pendu pour ça… Il y a une trentaine d'années. Kit avait 7 ou 8 ans. Sa mère est morte en lui donnant le jour. Son oncle s'est occupé de lui, mais après la mort de son père il n'a plus été le même. Le corps de Bill Preedy n'a pas été rendu pour qu'il soit enterré proprement. Il est dans une fosse quelque part… Ce qui fait que Kit n'a même pas une tombe où se recueillir. Ça fait une différence, dit Hollis en secouant la tête. Les gens auraient dû être gentils avec le garçon. Ce n'était pas sa faute, après tout. Mais ils l'appellent le fils de l'assassin. Dès qu'il y a un vol dans le pays, on entend prononcer son nom.

— Et c'est un voleur ?

— Kit ? Pas du tout. Mais il ne se rend pas service avec ce caractère colérique. Désagréable comme tout, et il cherche parfois la bagarre au Bull.

Hollis haussa les épaules.

— Il y en a qui y ont perdu des dents et leur dignité.

Des dents et la dignité. Cela expliquait les cicatrices. Cette ligne verticale sous l'œil n'avait donc pas été causée par une épine de ronce ou du fil de fer mais bien par un verre qu'on lui avait jeté à la figure, ou un coup de poing. Et sa haine des rumeurs était bien compréhensible ; toute sa vie, il avait dû se sentir encerclé. Il avait entendu « fils d'assassin » dans son dos, comme moi « difforme » ou « quel dommage » ; pas étonnant qu'il m'ait traitée en indésirable. Il avait prononcé le mot « divertissement » comme s'il lui laissait un mauvais goût dans la bouche.

— Vous le connaissez bien, vous, Hollis ?

— Aussi bien qu'il est possible de le connaître. C'est pas un loquace. Je connaissais beaucoup mieux son père. Nous étions amis, Bill et moi. Un homme massif, un ours, et le petit Kit faisait de son mieux pour le suivre, il sautait derrière lui dans les empreintes de ses pas…

Sang pourri. Kit éveillait les soupçons à Barcombe-on-the-Hill à cause de cela. Pourtant Mme Bale n'avait pas paru le soupçonner de s'introduire dans la maison. Il semblait en revanche éveiller son mépris, de la répugnance même. Aussi je me pris à lancer :

— Quoi d'autre ? Il doit y avoir autre chose.

— Autre chose ?

— C'est la façon dont Mme Bale a parlé de lui. Elle ne l'aime pas du tout.

— C'est une femme pieuse ; elle déteste la façon dont il a choisi de vivre. D'ailleurs, elle n'est pas la seule.

Cette réponse me parut étrange. Alors que nous commencions à nous diriger côte à côte vers l'allée pour que Hollis rentre chez lui, j'eus la sensation que les faits ne s'imbriquaient pas correctement les uns dans les autres ; il manquait un élément, le fragment d'une porcelaine ébréchée. Oui, Kit se bagarrait quelquefois. Mais les aides-jardiniers ne faisaient-ils pas de même ? Les coups de poing volaient facilement. Je les avais vus de mes yeux et j'en avais décelé la preuve sur leurs mâchoires ou leurs genoux meurtris, et cela n'empêchait pas Mme Bale de parler d'eux avec affection.

— Il a choisi de vivre comment ?

Hollis ralentit le pas, prit une brusque inspiration, ôta sa casquette et regarda dedans comme pour y lire la réponse.

— Quand on vieillit, on a tendance à dire ce qu'il ne faut pas… Je vois ça chez moi. Je n'aurais pas dû…

Il eut un soupir résigné, et la pause qui s'ensuivit se prolongea si longtemps que je me demandai s'il n'avait pas oublié ce qu'il avait commencé à dire, et si sa casquette mobilisait vraiment toute son attention.

— Kit voit des femmes.

— Que voulez-vous dire ? Il est ami avec elles ?

Il remit sa casquette, regarda le lierre.

— Plus qu'ami. Inutile de vous en dire plus, mademoiselle. Ce que j'en pense, c'est que la façon dont les gens choisissent de vivre, ça les regarde. Du moment que ça ne gêne pas la vie des autres, qu'est-ce que ça peut bien nous faire ? Comme je vous l'ai dit, la mort de son père l'a changé.

— Il ne s'est pas marié ?

— Kit ? Il ne se mariera pas. Je doute même qu'il se risque à avoir une vraie amitié avec quelqu'un, alors une épouse ! Et à propos d'épouse… La mienne m'attend avec du thé bien chaud. Enfin, j'espère qu'il le sera encore.

Il me souhaita une bonne soirée et partit en sifflotant, pour mon bénéfice peut-être, disparaissant bientôt sous les hêtres.

Jusqu'au crépuscule, je me promenai sous les arbres, sous les arceaux de verdure. Je m'arrêtais parfois. Le jardin, à cette heure, accueillait des sons nouveaux. Les corolles des fleurs se fermaient graduellement. Un froissement trahissait un animal se faufilant sous une haie.

C'était l'heure du jour contre laquelle ma mère m'avait mise en garde. Le clair-obscur, m'expliquait-elle, pouvait altérer l'apparence des choses, de sorte que les distances étaient susceptibles de vous sembler moins grandes. Les yeux enclins à détecter des mouvements là où il n'y en avait pas ; les ombres prenaient l'aspect de formes vivantes. En somme, je risquais plus de faire une chute à la tombée du jour qu'à un autre moment de la journée. *Rappelle-toi bien ça, Clara.* Ce qui ne l'empêchait pas d'aimer cette heure au charme puissant. Aux Indes, c'était celle à laquelle le léopard se réveille, l'heure où le jasmin décuple la fragrance de son parfum. Je me figurais ma mère traversant les pelouses fraîchement arrosées par les serviteurs, laissant l'empreinte de ses pieds nus sur le sol.

Ces pensées me tenaient compagnie tandis que je déambulais entre les arbustes taillés en topiaire. Mais je songeais aussi à ces nouvelles informations qui m'avaient été communiquées. Aussi sombres qu'une fleur inconnue. Un bagarreur ? Cela ne m'étonnait pas. Ses bras en étaient le vivant témoignage : des cicatrices larges comme mes ongles de pouce, des hématomes dans toutes les teintes familières, et ce nez cassé. Mais ça ? « Il voit des femmes. » Il avait été à l'école de la vie, à force de côtoyer des femmes, tout comme il avait évalué l'usage qu'il pouvait faire des pierres en les caressant, en les retournant. Ainsi, me dis-je, certaines femmes voyaient des hommes. Et cet univers de contacts m'apparaissait aussi vaste et inexploré qu'un paysage désertique. Inimaginable.

Je me dépêchai de m'en écarter. Mon pouls s'était accéléré au point que je tenais soudain mal sur mes jambes et je me forçai à diriger mes pensées vers une version de lui plus petite, plus jeune. Je le voyais sautant derrière son père, s'élançant d'une empreinte de pas à une autre dans un champ labouré ; faisant de son mieux pour l'imiter. Et cela, je le comprenais tellement. Il m'arrivait de ressortir son écharpe de suffragette, lilas, vert et argent, qui gardait le souvenir de la chaleur de son corps, et de m'en couvrir. J'y retrouvais son odeur d'eau de rose, un long cheveu blond foncé.

Ce soir-là, je me passai de dîner. Je restai dans le jardin jusqu'à la nuit, toute à mes souvenirs de Londres et à mon deuil. Lorsque la pendule sonna dix coups à l'intérieur de la maison, je me levai de mon banc. J'avançai en tapotant le sol avec ma canne, au cas où il y aurait une boule de croquet égarée ou un trou dans le sol et, en débouchant sur la pelouse, je fus surprise par la subite clarté. Le haut de Shadowbrook était illuminé ; les fenêtres de la façade sud étaient toutes allumées. Je voyais les lampes, les tapisseries et des rayonnages de livres. Et un homme. Juste une silhouette. Debout, les mains dans les poches, il regardait en bas vers la pelouse.

Nous restâmes pétrifiés comme deux animaux se jaugeant du regard. Ce fut M. Fox qui bougea le premier. Il passa d'une pièce à l'autre, éteignant les lumières qui n'étaient pas nécessaires et fermant les rideaux les uns après les autres.

Son arrivée eut des répercussions sur l'humeur de Mme Bale. Elle avait beau ne pas être tout à fait remise, le lendemain matin je trouvai la cuisine en pleine effervescence, les casseroles fumantes, les vitres embuées et, si ses joues n'avaient pas repris leurs couleurs, elle semblait au moins à son affaire. On n'avait plus le temps de penser aux fantômes quand on devait préparer des repas pour cinq personnes. Elle ne pouvait se permettre de se languir alors que M. Fox attendait son petit déjeuner à 7 h 30 tapantes, avec un œuf poché à point et une serviette blanche empesée. Elle ne parut même pas s'apercevoir de ma présence. Marmonnant qu'elle n'avait pas encore fait les bouquets, elle se précipita au jardin avec des sécateurs, revint avec de la lavande. Les bonnes coupaient des tranches de jambon, grillaient du pain. Elles touillèrent une sauce jaunâtre dans une casserole et arrangèrent l'argenterie sur un plateau que, deux minutes avant la demie, Mme Bale monta à l'étage en le tenant devant elle d'un air cérémonieux, comme si elle s'apprêtait à présenter une couronne.

Les filles étaient, elles aussi, différentes. Alertes, disposes, prêtes à être appelées d'un instant à l'autre par M. Fox, de sorte que les mèches de cheveux qui, la veille encore, avaient été autorisées à dépasser de leurs bonnets étaient désormais bien cachées. Harriet allait et venait de l'évier au fourneau à la chambre froide. Et quand elles n'étaient pas dans la cuisine, elles s'affairaient dans la cour, à faire tremper et à frotter son linge, à actionner l'essoreuse et à suspendre les draps sur la corde pour les offrir à la caresse du vent. Plus tard, elles les repasseraient.

En bref, la configuration physique du lieu s'était modifiée, et je pris le parti de me mettre à l'écart. Je passai la journée dans la serre. Mais en dépit de mes efforts pour me distraire – j'arrosai les citronniers, je tournai les pots de manière à exposer aux regards la plus jolie partie de la plante –, je ne pouvais m'empêcher de penser à M. Fox : à quoi il ressemblait, ce qu'il était en train de faire à cet instant précis. Je levais souvent les yeux ; je surveillais l'étage supérieur de la maison en espérant l'apercevoir de nouveau, et cette fois de voir plus de détails. La couleur de ses cheveux, les traits de son visage, les vêtements de cet homme qui abandonnait si régulièrement son domicile.

— Il reste combien de temps ?

Je posai cette question pendant que Mme Bale préparait son déjeuner. Les filles étaient occupées ailleurs. Je m'appuyai au plan de travail alors qu'elle rinçait des carottes sous le robinet, puis les coupait en rondelles avec dextérité.

— Il ne nous prévient jamais. Il peut aussi bien repartir demain que rester une semaine.

— Et sait-il ce qui s'est passé ici en son absence ?

Pendant un instant, on n'entendit que le bruit sec du couteau contre la planche à découper.

— Il sait qu'il y a eu des problèmes, oui. Je lui ai parlé hier soir. Je lui ai dit qu'elle a frappé à votre porte ; ça ne lui a pas fait plaisir.

— Qu'est-ce qu'il compte faire ?

— Ce qu'il compte faire ? Je n'en sais rien, mon petit.

— Et quand pourrai-je le voir ?

— Je ne sais pas. Mademoiselle Waterfield, je vous rappelle que son travail l'épuise. Je vous l'ai déjà dit.

Cette réponse ne me satisfaisait pas. Un gentleman, lui déclarai-je, me recevrait immédiatement. Après tout, n'étais-je pas venue de Londres pour cela ? On n'était pas en sécurité dans la maison. Et moi, à sa demande, n'étais-je pas au travail dans la serre en plein été ? Je lui fis part, entre autres, de ces réflexions. Mais Mme Bale se contenta de murmurer des platitudes d'une voix éteinte, monocorde, grise. Puis elle me tendit des épluchures de légumes.

— Vous seriez bien aimable de les emporter dehors.

Je les jetai sur le tas de compost qui fumait à l'ombre des hêtres. En revenant vers la maison, je levai les yeux. Je ne l'avais encore jamais vue sous cet angle. Je discernai le buffet dans la grande salle et les crochets sans tableaux. Mon regard pénétra aussi dans des pièces de l'étage supérieur. Entre les rideaux, je distinguai des rayonnages de livres, des vitrines sombres au bois encaustiqué et une lampe avec un abat-jour vert debout dans un coin. Je n'arrivais pas à croire qu'un homme tel que lui – cultivé, méthodique, à la tête d'une riche bibliothèque – puisse croire aux fantômes comme les autres semblaient le faire. Il avait sûrement l'esprit pratique. Et s'il était éreinté par son travail, cela ne signifiait-il pas que ce travail nécessitait des efforts intellectuels, des responsabilités ? Soudain, je lui en voulus moins. M. Fox pouvait devenir pour moi un allié dans le camp des personnes pragmatiques. Un lecteur. Un soutien dans cette maison sous l'emprise du mensonge et de la poussière.

Cette nuit-là, je tendis l'oreille, guettant les bruits en provenance du premier étage. Ses pas, irréguliers, parfois pesants, parfois légers. Des meubles que l'on déplaçait de quelques centimètres ; une chaise que l'on repoussait ou une table que l'on soulevait. Parfois, le grincement prolongé d'une latte de parquet directement au-dessus de ma tête, comme si on en éprouvait la solidité.

La pendule de l'entrée sonnait les heures, et nous nous endormîmes.

Mais à 3 heures du matin, je me réveillai en sursaut ; je cherchai à tâtons ma lampe.

C'est alors que je l'entendis : un terrible cri se déversa dans ma chambre comme un torrent d'eau vive. S'ensuivit un grand fracas qui fit trembler la porte sur ses gonds, puis un bruit de verre brisé. Je bondis de mon lit, trouvai mes pantoufles et, levant la lampe, j'ouvris la porte et me précipitai dans le couloir.

— Madame Bale ?

Car c'était elle qui avait crié. Et à présent, dans la demi-obscurité, j'entendais d'autres sons, doux, faibles, répétitifs.

— Madame Bale ?

Les gémissements provenaient du bas de l'escalier. À la lumière de ma lampe, je la découvris recroquevillée, tremblante. Elle était en chemise de nuit, sa longue chevelure grise s'étalait autour d'elle, jusqu'au sol, et elle avait les genoux sous le menton. Une petite fille, un poing dans la bouche.

Je voulus m'asseoir à côté d'elle mais mes articulations étaient ankylosées au réveil et j'avais oublié de me munir de ma canne. Puis je sentis sous mes pantoufles craquer les bris de verre de sa lampe ; je ne pouvais même pas m'agenouiller.

— C'est moi, madame Bale. C'est Clara. Que s'est-il passé ? Vous êtes blessée ?

Elle continua à gémir. Comme elle se tenait tournée vers la gauche, je ne voyais que ce côté de son visage, son bras gauche, sa hanche gauche. Il n'était pas question de la laisser ici. Le verre brisé était dangereux.

— Il faut vous lever. Vous m'entendez ?

Mais lorsque je touchai son épaule, elle poussa un hurlement.

— Oh ! Ne me touchez pas, ne touchez pas mon bras !

— Vous pouvez vous asseoir normalement ? Madame Bale ? Essayez.

Elle hurla de plus belle, mais j'insistai. Elle s'aida de son bras gauche et de ses hanches pour se redresser, appuya sa tête à la rampe, et je vis qu'elle était livide. On aurait dit que le sang ne circulait plus sous sa peau flasque. Elle gardait son bras droit replié contre elle, le poignet contre son sternum. Une posture qui ne m'était que trop familière.

— Vous vous êtes fait mal ?

Les yeux fermés, elle fit oui de la tête.

Il fallait la ramener dans sa chambre. Sauf que je ne pouvais ni la forcer à se lever ni la soutenir ; je sentais déjà les bleus que je m'étais faits en bondissant du lit. Aussi j'appelai les filles. Je criai, mais elles arrivaient déjà. Courant dans le couloir nu-pieds en chemise de nuit, leurs cheveux lâchés, me faisant penser à ces légendes où accourent les jeunes vierges ou les anges. Maud plaqua ses deux mains contre sa bouche.

— Harriet, pouvez-vous aider Mme Bale à se lever ? Elle est tombée et elle s'est peut-être cassé le bras droit, alors ne le touchez pas. Et attention au verre brisé.

Mais Harriet ne fit aucun cas du verre. Elle s'agenouilla, posa une main sur l'épaule de la gouvernante et lui souffla quelque chose ; les yeux de la gouvernante s'arrondirent et elle chuchota « oui ». Alors Harriet se mit en position et compta jusqu'à trois.

Soudain, elles étaient toutes les deux debout, dans un cri tremblant. Harriet la prit par la taille et me jeta un coup d'œil.

— Sa chambre ?

J'acquiesçai. Nous suivîmes la lueur de sa lampe. La pièce sentait le talc. La gouvernante se coucha sur son lit en respirant très fort, péniblement. Et alors que Harriet et Maud s'affairaient autour d'elle, je regardai la chambre. Je n'étais jamais entrée dans cette pièce. Modeste et propre, comme elle. Un couvre-lit en dentelle, une croix en bois au mur. Sur sa table de chevet, des lunettes pour voir de près posées à côté d'un roman dans lequel était fiché un marque-page et, à côté de son lit, un fauteuil en rotin garni d'un coussin brodé d'une fleur impossible à identifier. De vraies fleurs, aussi, dans un vase sur le rebord de la fenêtre. Des pois de senteur fanés aux têtes tombantes. Un cardigan était accroché derrière la porte.

Les filles étaient aux petits soins. Elles lui prodiguaient des conseils à voix douce, la rassuraient. Elles arrangèrent ses oreillers, lui proposèrent du thé tout en jetant des coups d'œil dans ma direction, sollicitant mes encouragements. Peu importait que Maud et moi entretenions une méfiance mutuelle ; à présent, elle avait peur et besoin de moi. Moi, au moins, je savais ce qu'était une fracture.

— Maud ? Allez lui chercher du brandy. J'en ai vu sur le buffet. Et Harriet, vous pouvez peut-être balayer le verre cassé dans le couloir.

Je me rapprochai de la gouvernante. Elle était à bout de forces, frissonnante, son poignet n'avait pas quitté le creux de sa gorge. Ses lèvres bougeaient comme si elle voulait dire quelque chose.

— Ouvrez les yeux, madame Bale.

Elle obtempéra. Mais son regard resta seulement une fraction de seconde posé sur moi, comme une phalène se heurtant à un carreau.

— Que s'est-il passé ? Que faisiez-vous dans l'escalier au milieu de la nuit ? Il est 3 heures du matin.

Elle commença par déglutir plusieurs fois de suite, et je crus qu'elle allait vomir. Je savais quelle douleur on éprouvait lorsqu'on se cassait quelque chose, et que le corps réagissait en cherchant à l'expulser violemment. Je m'apprêtais à filer à la cuisine pour rapporter un bol, un torchon et de l'eau chaude. Mais elle ne vomit pas.

— Vous avez nié l'existence de l'âme, vous vous rappelez ? Vous avez dit qu'il fallait des preuves, que l'âme ne pouvait pas se manifester comme le souffle ou un organe. Eh bien, je voulais des preuves, moi aussi : je voulais la voir de mes propres yeux pour pouvoir vous dire que vous avez tort de penser que Dieu n'existe pas. Je voulais voir Véronique. Alors quand je les ai entendus ce soir… les mêmes bruits de pas… je me suis levée, je suis sortie de ma chambre, j'ai monté l'escalier. J'avais peur. J'étais fatiguée et je me sentais bête. J'en avais assez que les gens me prennent pour une femme fragile à l'esprit confus. Et là, alors que j'étais sur le palier… je l'ai entendue marcher.

— Où ?

— Dans sa chambre ! Sa chambre à elle ! La pièce où vous êtes entrée le jour où il pleuvait si fort. Je l'entendais aller et venir, alors j'ai ouvert la porte. Au début, il n'y avait rien. Rien ! Mais quand je me suis retournée vers le couloir… elle était là. Devant moi. Entre moi et la porte, comme si elle m'avait suivie dans la chambre. Et n'allez pas me dire que c'était une illusion ou un trucage habile, parce que je l'ai vue ! Elle était de profil. Ensuite elle s'est tournée tout doucement, comme un automate ou un de ces horribles jouets d'enfant… Ces jouets que l'on remonte, mécaniques… Et elle m'a fait face en découvrant des dents vertes, et je peux vous dire ceci : je n'oublierai jamais ses yeux, car ils brûlaient de haine. Des yeux de folle, je vous assure… Noirs, brillants, furieux. Je n'ai jamais eu aussi peur ; je n'ai jamais craint pour ma vie comme ça. Je me suis ruée dans le couloir sans regarder en arrière, mais elle m'a suivie…

— Comment savez-vous qu'elle vous a suivie si vous n'avez pas regardé en arrière ?

Elle m'attrapa par ma chemise de nuit et serra le poing.

— J'ai senti ses mains sur moi. J'ai senti sa force ! Elle m'a poussée ! Pourquoi refusez-vous de m'écouter ?

— Poussée ?

— Oh !

Elle gémit, relâcha l'étreinte de ses doigts.

— C'est insupportable. Comment pouvez-vous être aussi têtue ? Comment pouvez-vous douter de ma parole, après ça ?

Elle s'allongea, détourna son visage et se mit à pleurer. Son crucifix s'élevait et s'abaissait sur sa gorge ; son poignet droit toujours niché contre son sternum. Dépassée par la fatigue et le désarroi, elle semblait avoir oublié que j'étais assise à côté d'elle, car elle murmurait des mots que je ne comprenais pas. Une prière.

Elle était aussi pâle que la dentelle. Aussi friable qu'une aile tombée du corps d'un insecte.

Je restai auprès de Mme Bale effondrée, anéantie par le choc et la douleur. Il fallut l'aider à s'asseoir pour lui faire boire un peu de brandy. Elle souleva péniblement la tête de l'oreiller tandis qu'Harriet portait le verre à ses lèvres.

Les filles ne pouvaient plus rien faire. Je leur dis qu'on enverrait chercher un médecin dès les premières lueurs du jour ; qu'une fracture, c'était réparable. Elles me regardèrent avec des yeux ronds mais ne me contredirent pas. Main dans la main, elles retournèrent dans leur chambre à pas feutrés, et je me calai dans le fauteuil en rotin. Je pris quelques minutes pour bien regarder le visage de la gouvernante. Ce visage qui avait été aimé par son mari. Ce visage qui avait prêté serment devant un autel et pleuré devant la tombe de l'aimé. Puis je regardai le livre de poche à son chevet, le coussin brodé et l'alliance à son doigt et, déployés autour de sa tête, ses cheveux gris portant encore la marque du ruban qui les avait attachés. Je la supposais endormie. Mais ses yeux étaient ouverts, elle m'observait.

— Elle était la pire du lot. Vous l'ai-je déjà dit ?

Sa colère avait disparu ; elle s'était consumée comme une flamme, laissant une femme couleur de cendre à la voix douce.

— Oui.

— Je ne voulais pas que vous sachiez. Et puis je craignais qu'elle m'entende… Mais peu importe, maintenant. Que pourrait-elle me faire de plus ?

— Racontez-moi.

La gouvernante soupira.

— Elle ne fréquentait pas les tripots et ne chassait pas comme ses frères. Elle ne sortait pas de la maison. On la voyait rarement hors des limites de Shadowbrook, et pourtant elle est la seule dont ils causent encore…

— Pourquoi ne quittait-elle pas la maison ?

— Par dédain. Par orgueil. Je pense qu'elle n'avait pas envie de voir comment les autres vivaient sans perles ni fourrures de renard. Elle préférait ne pas être offusquée par la vue des pauvres. Les villageois ne la voyaient pas mais, oh ! les histoires qui circulaient. Des histoires d'hommes. Ses hommes. N'importe quels hommes. Ses amants, pourrait-on dire. Mais l'amour n'y était pour rien. C'était seulement l'affaire du désir. Elle était dévergondée, dépravée… Il y a eu des fêtes. Elle donnait des fêtes auxquelles jamais une seule femme n'était invitée. Seulement des hommes, à sa demande à elle. Et elle…

Mme Bale se tourna vers le mur.

— Je refuse de dire ce qu'elle faisait. Je refuse. Mais c'était une diablesse, mademoiselle Waterfield. Une créature abjecte, insatiable, qui a mérité la folie qui l'a gagnée. Et c'est sa folie qui l'a empêchée d'entraîner ces hommes et… Elle méritait de terminer ainsi. À dormir dans les bois comme un rat.

Mme Bale jeta un coup d'œil derrière elle, croisa un instant mon regard.

— Vous allez me demander des preuves, je suppose. Je doute qu'il y en ait encore. Ces hommes qui se vautraient dans la fange avec elle, ils sont vieux ou enterrés depuis longtemps. Et de toute façon ils nieraient tout. Pourtant tout le monde savait ce qu'elle était. Ce sont là les histoires qui ont été colportées. Malfaisante, impie. Et elle…

Mme Bale leva au plafond un regard à la fois effrayé et imprécateur.

— … elle doit être furieuse que des femmes se soient installées dans son domaine. Sous son toit. Et il y a aussi ceci : elle déteste que je m'occupe de M. Fox. Elle le veut pour elle toute seule.

Sur ces paroles, Mme Bale ferma les yeux. Je pensais qu'elle avait marqué une pause dans son récit, mais elle semblait s'être endormie tout d'un coup, comme aspirée par son matelas. Je restai où j'étais, avec le livre de poche, l'odeur de talc et le tapis élimé. Poursuivie par des mots comme « insatiable ».

J'avais besoin d'air et de repos, aussi je ne tardai pas à retourner dans le couloir, éclairée par ma lampe. La pendule se mit à sonner alors que je passais devant. Au cinquième coup, je ralentis l'allure. L'escalier s'élevait devant moi. Les marches montaient vers les ténèbres et l'éclat d'un cadre doré. Je discernai une forme pâle et courbe qui était, je le savais, une cuisse nue. Je posai la main sur la rampe, gravis l'escalier jusqu'au palier et levai ma lampe pour mieux voir. L'arrondi de son ventre. Sa main détendue, colorée, qui semblait indiquer une direction. Les différentes nuances de rose de ses seins modelés par des ombres. Elle me rendit mon regard d'un air entendu.

Le couloir s'ouvrait sur ma gauche. Si j'avais été dans un état d'esprit différent, j'aurais peut-être ouvert la première porte côté nord et pénétré dans la pièce poussiéreuse, comme Mme Bale l'avait fait. Je n'avais certainement pas peur des fantômes. Mais je n'avais aucune envie d'ouvrir cette porte. Pas à cette heure, alors que la maison n'avait pas retrouvé sa quiétude, que les murs semblaient retenir leur souffle.

Je songeai aux bibliothèques qu'il y avait derrière les portes côté sud, à l'abat-jour vert, à la vitrine, à la grande carte de géographie sur le mur. À Londres, ces objets avaient composé un monde où je connaissais ma place, où je me sentais à l'abri. À présent, j'avais très envie de retrouver tout cela. Je voulais une pièce pleine de livres d'où dépassaient des rubans. Respirer l'odeur du vieux papier en ouvrant un volume. Je tournai la poignée de la première porte. Fermée à clé. Comme la suivante, et celle d'après, et celle d'après. La dernière était flanquée d'une petite table d'appoint. Je regardai par le trou de la serrure et vis une lumière tamisée. J'appelai son nom.

Il devait forcément être réveillé. Il devait avoir entendu le cri. Alors pourquoi ne s'était-il pas précipité en bas ?

Pourquoi cette lumière qui brillait dans sa chambre à 5 heures du matin ?

— Monsieur Fox ?

Je tournai la poignée

— Monsieur Fox ? Je sais que vous m'entendez.

Silence. Dehors, les oiseaux commençaient à piailler. Inutile de continuer à l'appeler.

Je redescendis prudemment, chancelante et troublée, sans ma canne, en plus. J'examinais chaque marche avant d'y poser le pied. C'est ainsi que je remarquai un éclat argenté, un scintillement au bord d'une latte.

Du verre, pensai-je, un éclat de la lampe brisée ayant échappé au balai. Ou bien peut-être une pièce de monnaie. Je posai ma lampe, tendis le bras et ramassai un objet qui roula au creux de ma main, rond et frais.

Quelques minutes plus tard, je levai ma trouvaille à la lumière. Un pendentif. Sans sa chaîne, mais c'était manifestement un bijou. En argent, poli, sphérique. Sur la face, bombée, était gravé un dessin de plante : des feuilles piquées de petites fleurs. Il y avait aussi un fermoir, et quand j'y appliquai le bord de mon ongle, la sphère, avec un minuscule soupir, s'ouvrit comme une trappe miniature. Le médaillon était garni de velours rouge. Pas plus grand que le gras de mon pouce. À l'intérieur, rien. Ni mèche de cheveux, ni billet doux, ni parfum.

Mme Bale ? Elle portait un crucifix en sautoir au bout d'une chaîne. Mais peut-être y ajoutait-elle parfois ce médaillon. Une croix contre un bijou. Ou alors elle le gardait dans sa poche. Elle avait dû le laisser tomber lors de sa chute. C'était la seule explication. Avant d'éteindre ma lampe, je retournai l'œil d'argent.

Son revers était plus plat, conçu pour adhérer à la gorge d'une femme ou à la peau douce entre ses seins.

Et quelque chose y était gravé, en tout petit, de sorte que je dus le lever pour mieux voir. Je tâtai avec mes doigts.

Ça ressemblait à cet os du poulet que l'on appelle la fourchette. Ou à la forme délicate et aérienne d'une paire d'ailes, comme un oiseau en vol. Ou bien à l'extrémité de la tige de la plante qui en ornait la face ; une liane tenace, peut-être. Ou un V. Une initiale. Mon cœur fit un bond mais je me raisonnai : beaucoup de noms commençaient par V. Celui de notre défunte reine. Le V de vérité, ou de vaillance. Le V de Vénus.

Je rangeai le médaillon dans un tiroir, que je fermai.

Et je me dis soudain : C'est pour rire ! On est en train de nous jouer un tour ! Car si l'intrus cherchait à nous faire croire que Véronique marchait la nuit dans la maison, n'était-ce pas le meilleur moyen d'y parvenir ? En plaçant en haut des marches un pendentif avec son initiale, un médaillon acheté sur un marché ou chapardé quelque part ? Pour qu'on le trouve au matin ?

Mais je n'étais pas dupe, et je pris la résolution de taire l'existence du médaillon. Ce n'était pas la peine d'encourager la crédulité des autres, leur conviction hystérique qu'il existait une vie dans l'au-delà. Quelle idée absurde ! J'avais vu les transformations qui altéraient un visage au cours des instants suivant la mort : le regard qui s'éteint, les mâchoires qui s'affaissent. Et j'avais supplié ma mère de rouvrir les yeux, de ne pas me quitter ; je l'avais suppliée de rester encore un peu plus longtemps, même une heure de plus. Mais elle était quand même partie. Je savais donc sur la mort une chose dont j'étais sûre et certaine, c'est qu'elle était irrévocable. Elle vous prenait tout et il n'y avait pas de retour.

7

Je ne m'attendais pas à dormir après tous ces événements. Il y avait eu trop de remue-ménage ; trop de matière à réflexion. Aussi j'ouvris mes rideaux, m'allongeai sur mon lit et attendis que le soleil se lève. Mais quand j'entendis de nouveau la pendule, elle ne sonna pas six ou sept coups, comme je m'y attendais, mais dix. Oui, j'avais dormi !

Je ne pensai pas à m'habiller. En chemise de nuit, je traversai la chambre, pris ma canne et sortis dans le couloir sans me coiffer, sans même me laver la figure. La porte de Mme Bale était entrouverte. Je toquai deux fois avec ma canne pour être polie, mais n'attendis pas d'y être invitée pour entrer.

— Madame Bale, je…

Elle était assise au bord de son lit, tout habillée, sa tresse impeccable, les joues roses et le bras droit en écharpe. Mais elle n'était pas seule. Il y avait aussi un homme assis dans le fauteuil en rotin ; il se leva en me voyant.

— Ah, bonjour, mademoiselle Waterfield, dit Mme Bale. Nous étions justement en train de parler de vous, n'est-ce pas, Matthew ?

Il était moins pâle que dans mon souvenir. La première fois que je l'avais vu, c'était dans une demi-obscurité sous les ifs du cimetière ; à présent il était en pleine lumière. Sinon, il paraissait inchangé. Ses cheveux étaient toujours coiffés en arrière, il portait des lunettes rondes et son habit de clergyman. Le même col blanc.

Il ouvrit la bouche pour parler. Puis il baissa les yeux, s'éclaircit la gorge et se balança d'un pied sur l'autre. Je devinai pourquoi. Ils étaient sidérés par mon allure débraillée. Ma chemise de nuit blanche en coton découvrait mes clavicules ; j'avais les cheveux en bataille et ma claudication était plus prononcée parce que je n'avais pas marché depuis cinq heures. Je me demandai si mon oreiller n'avait pas en plus imprimé ses plis sur mon visage, si je n'étais pas nimbée de la chaleur de mon lit.

J'aurais pu faire machine arrière, mais je me plantai devant eux.

— Clara ? Puis-je vous appeler ainsi ? demanda Mme Bale en tendant vers moi sa main gauche, sa main valide. Venez vous asseoir à côté de moi. Je n'arriverai plus à vous appeler mademoiselle Waterfield, après ce que vous avez fait pour moi. Je vous suis tellement reconnaissante.

Je me rapprochai mais ne pris pas sa main.

— Je n'ai pas vu l'heure. J'ai dormi comme une souche.

— Bien sûr. Vous êtes restée avec moi jusqu'à… quoi ? 4 heures du matin ? 5 heures ? Vous devez être épuisée. Matthew, il y a un cardigan accroché à la porte. Pouvez-vous le lui donner ?

J'avais l'impression qu'elle me traitait comme une petite fille. Quand le pasteur me présenta le gilet ouvert, je le lui arrachai presque des mains ; je n'avais pas envie qu'il m'aide. Je l'enfilai seule, puis je libérai mes cheveux du col.

— Clara, je racontais à Matthew combien vous avez été gentille. Vous m'avez secourue, vous m'avez soignée… Et, ne niez pas ! Vous m'avez bel et bien soignée ! Vous avez été calme et efficace ; vous avez été à mon côté à un moment horrible et je ne vous remercierai jamais assez.

Je n'avais donc pas rêvé. Le bras en écharpe et ces paroles en étaient la preuve tangible. J'étais fascinée à la pensée que cette femme – pétillante, aimable – était la même que celle qui, cinq heures plus tôt, agitait un index désapprobateur en vitupérant contre la vie de débauche.

— Le médecin est passé, comme vous voyez. Il est arrivé à l'aube, M. Fox l'a fait venir. Et vous aviez raison, Clara. Vous pensiez qu'il était cassé, n'est-ce pas ? J'ai entendu ce que vous disiez. J'ai une fracture de l'avant-bras.

— Le radius ou le cubitus ?

— Oh, mon petit, je ne sais pas. Mais le docteur Warrimer m'a donné quelque chose contre la douleur, j'ai beaucoup moins mal. Et il a immobilisé mon bras, comme vous voyez. Il dit que je dois le bouger le moins possible, ce qui est vraiment assommant parce que je me sers presque uniquement du droit.

— Il n'a pas envisagé de vous conduire à l'hôpital ?

— À quoi bon ? Il suffit que je garde mon bras sur cette attelle, que je me repose, et surtout que je ne le bouge pas. C'est un bon médecin, j'ai confiance.

— M. Fox l'a fait venir ?

— Ne vous avais-je pas dit que c'est un vrai moulin à questions, Matthew ? Elle veut tout savoir. En me réveillant ce matin j'ai trouvé M. Fox à mon chevet, l'air très soucieux. C'était un peu avant 6 heures, je crois, mais il a dit qu'il était là depuis un moment déjà. Il a appelé le docteur Warrimer à 7 heures, et à 8 h 30 j'étais fagotée comme ça, dit-elle en indiquant le bras en écharpe. J'ai eu beaucoup de chance. J'ai été très bien soignée.

Il s'était donc réveillé. Il devait l'être quand je l'avais appelé et que, en regardant par le trou de la serrure, j'avais vu sa lumière allumée. En somme, j'avais chauffé pour lui le fauteuil en rotin. Mais alors pourquoi ne m'avait-il pas répondu ? Même si c'était pour me prier de le laisser tranquille ? Le pasteur était adossé au mur.

— M. Fox vous a-t-il fait venir, vous aussi ?

Sa réponse se fit attendre, comme s'il n'était pas très sûr de lui.

— Oui. Il m'a fait appeler vers 8 heures. Je suis arrivé après le médecin.

— C'est moi qui ai demandé à ce que Matthew vienne me voir. J'avais besoin de lui, voyez-vous. Un docteur soigne le corps, Clara, mais c'est le prêtre qui soigne l'âme, car c'est dans notre âme que résident la force et le bonheur, et notre bien-être en général. J'avais plus besoin de la présence de Matthew que d'une attelle.

— Peut-être ferais-je mieux de vous laisser toutes les…

— Oh, restez, Matthew ! s'écria Mme Bale. Restez encore un peu. J'espérais que vous m'accompagneriez à Willowbank, car je suis trop faible pour aller seule à pied jusque là-bas.

Je tournai mon regard vers elle.

— Où allez-vous ?

Soudain son expression changea, ses traits reflétant un nuancier d'émotions : bonté, regret, détermination. Comme si elle s'adressait à sa main gauche qui caressait son couvre-lit, elle répondit :

— Je pars, Clara. Je souhaite m'en aller. Je vais vivre chez ma sœur.

— Vous partez ? En attendant d'être guérie ?

— Je guérirai là-bas, oui. Mais ce n'est pas pour ça que je pars, dit-elle, sa voix adoucie. Mon petit, vous savez pourquoi je ne peux pas rester. Matthew aussi. Les filles aussi, je leur ai déjà annoncé mon départ. Elles comprennent parfaitement. Je serai bientôt en route pour chez Elspeth et j'y resterai tant que le problème ne sera pas réglé. Le temps qu'il faudra.

— Six semaines en général. Parfois huit.

— Arrêtez de faire semblant, Clara. Vous savez fort bien de quoi je parle. Je vois bien que vous n'êtes pas plus prête à me croire qu'il y a cinq heures, mais moi je sais ce que j'ai vu. Je sais qu'on m'a poussée et je sais qui. Je pars parce que c'est devenu intolérable. Je ne resterai pas plus longtemps sous le même toit qu'elle.

Je me tournai vers le pasteur, mais celui-ci inspectait le parquet.

— Je resterai là-bas le temps qu'il faudra pour qu'on se débarrasse de Véronique. Qu'on en libère Shadowbrook. Peu m'importent les moyens. J'en ai assez d'avoir peur, assez de ne plus pouvoir dormir.

Sa résolution était prise. Mais son sourire… Pas plus aujourd'hui qu'hier, je n'étais dupe de son sourire – un rictus faisant office de cuirasse. J'avais l'impression qu'un mot de trop de ma part et elle éclaterait en sanglots, que si je soufflais doucement, elle tremblerait.

— M. Fox est au courant ?

— Oui. Je le lui ai annoncé ce matin. Il s'est montré très compréhensif. Comment ne le serait-il pas, lui qui a eu à pâtir directement de Véronique ? Et, de toute façon, à quoi je servirais avec mon bras droit cassé ? Les filles feront le travail à ma place. Harriet sait faire la cuisine, au moins.

Le sourire de la gouvernante n'aurait pas pu être plus large.

— Matthew ? On y va ? Je suis prête.

Le pasteur devait être dans la lune, car cette invitation sembla le prendre par surprise ; il redescendit sur Terre.

— Oui, oui, bien sûr.

Mme Bale prit le bras du pasteur ; il marchait lentement, adaptant son pas au sien. En les suivant, j'avais encore une foule de questions à poser mais je ne parvenais pas à les formuler.

Comme je ne pouvais pas marcher pieds nus sur les graviers, je m'arrêtai à la porte. La gouvernante se retourna.

— Clara ? Avant de partir, je tiens à vous présenter mes excuses. Je suis désolée de vous avoir parlé aussi durement ce jour-là... Dans la pièce du haut, le jour où il a plu. Vous voyez bien pourquoi, maintenant ? Vous étiez dans sa chambre à elle. J'avais peur pour vous, car si jamais elle vous poussait vous... Si elle vous prenait par les épaules et vous précipitait dans l'escalier... Vous vous seriez brisé tous les os du corps que cela ne m'aurait pas étonnée. Je me suis toujours dit qu'un jour elle aurait recours à la violence.

Mme Bale marqua un temps d'arrêt.

— Et puis, ce n'était pas convenable. Avec tout ce qui s'est passé dans cette chambre... Vous ne deviez pas respirer cet air vicié.

Je n'avais rien à ajouter.

Mme Bale m'invita à lui rendre visite.

— Vous viendrez, n'est-ce pas ? Cela me fera plaisir. Le cottage avec une porte bleue, après le pont bossu sur la route de Stow. Il y a un sorbier des oiseaux.

Je les suivis des yeux tandis qu'ils franchissaient le portail de Shadowbrook, bras dessus bras dessous.

Un merle chanta. Une brise légère secoua le lierre, la girouette grinça. Je me rappelai que j'étais en chemise de nuit. Les pétales de Rêve d'or étaient presque transparents, en plein soleil.

La serre me servit, temporairement, de refuge. Là, au moins, les événements étaient régis par le bon sens et la logique. L'eau et la lumière du jour sont indispensables à la croissance des végétaux. Les plantes sont vertes à cause de la chlorophylle. Le calice des fleurs s'ouvre avec le jour et se ferme la nuit. Et j'aimais tomber par hasard sur les étiquettes de Forbes. *Ne pas trop arroser.*

Sur quels éléments pouvais-je appliquer ma réflexion ? Un intrus devenu violent. Une gouvernante qui avait de la chance d'être encore en vie – elle aurait pu se briser le cou dans sa chute. Un maître de maison qui faisait la sourde oreille quand on frappait à sa porte à 5 heures du matin. Un pasteur dans les nuages. Un fermier qui depuis des années vivait en ermite et connaissait les formes du corps féminin. Et même si Véronique Pettigrew était morte – disparue, plus de ce monde –, il était entendu qu'elle avait vraiment existé. Que, pendant sa vie, elle avait traité les villageois avec mépris. En grande dame hautaine. Que cette vie avait été menée dans des tintements de bijoux et de glaçons. Et qu'elle avait déshabillé des hommes, ou demandé à des hommes de se déshabiller devant elle.

Finalement, je partis à la recherche de Harriet. Je jouai les étonnées, comme si j'étais tombée par hasard sur elle en train de frotter le linge dans la cour, le front trempé de sueur. Je lui demandai comment elle allait.

Ses gestes devinrent plus lents, elle regarda le savon dans ses mains.

— Je ne sais pas trop. J'ai peur. Je suis soulagée, aussi, parce que Mme Bale va pouvoir dormir, maintenant. Elle est proche de sa sœur. Quand elles étaient petites, elles partageaient la même poupée de chiffon qu'elles emmenaient partout avec elles… Au marché, à l'école, dans la baignoire. Elles marchaient en tenant chacune une main de la poupée et lui chantaient des chansons, dit-elle avec un petit haussement d'épaules. C'est elle qui m'a raconté.

— Vous allez avoir plus de travail.

— C'est possible. Pendant que M. Fox est là, en tout cas. Mais je ne déteste pas faire la cuisine, et c'est pas le choix qui manque au potager en ce moment. J'ai promis à Mme Bale que je lui porterais ses plateaux et que je les laisserais devant sa porte. Je lui ai dit que je m'occuperais de vous et de Maud.

Là-dessus, Harriet se leva, arrangea les plis de sa jupe et entreprit de transporter le baquet jusqu'à l'autre bout de la cour. Elle le traîna jusqu'à l'essoreuse, le tirant à une cadence régulière, à deux mains. En la voyant peiner ainsi, j'imaginais les muscles cachés sous son épiderme. Les tendons, les articulations, les ligaments.

— Harriet ?

Elle jeta un regard en arrière.

— Qu'est-ce que vous avez entendu sur elle ? Sur sa vie ?

— La Pettigrew ? Que c'était une égoïste. Une snob. Qu'elle n'allait pas à l'église.

— Et elle ne sortait jamais de la maison.

— Oui. C'est peut-être pour ça qu'elle ne veut plus partir ; elle y a passé trop de temps, dans cette maison.

— Et vous savez à quoi elle l'occupait, ce temps ?

Harriet me dévisagea de ses yeux ronds bleu pâle. Elle traquait sur mes traits des ombres passagères semblables à celles que je guettais sur son visage, et son expression me dit que oui, elle savait que je savais. Elle aussi avait eu vent des fêtes et des hommes.

Je restai à l'écart du potager, descendis les cinq marches en éventail menant au jardin des bains, contournai le bassin circulaire et entrai sous le portique. J'y fus immédiatement saisie par une impression de fraîcheur. Cet abri meublé de socles et d'urnes était ouvert sur trois côtés ; son toit soutenu par des colonnes ciselées rappelait la Rome antique, son forum et ses temples. Le quatrième côté était fermé par un mur dont le stuc était craquelé, peut-être délibérément. Il était décoré de scènes de genre ou historiques : des Romains buvant du vin, des Romains étendus sur des lits, des Romains contemplant le bassin avec des sourires sereins, presque approbateurs. Il y avait un homme assez âgé coiffé d'une couronne de laurier, des plus jeunes, la main posée sur le cœur. On y voyait aussi des servantes : elles présentaient des plateaux de fruits, des jarres de vin, les yeux brillants sous de noirs cheveux torsadés, avec aux poignets des bracelets d'or ; l'une avait l'épaule dénudée.

Il me semblait que des regards s'échangeaient entre ces empereurs placides et les servantes. En arrière-plan, un décor en trompe-l'œil. J'avais découvert ce procédé dans les livres : un effet d'optique, une image jouant sur la perspective pour donner l'illusion du réel. On aurait dit une fenêtre, étroite, verticale, incrustée dans le mur, encadrant un paysage d'oliviers où l'on devinait, dans le fond, une ville de la Rome antique ; elle faisait tellement vrai que je ne résistai pas à l'envie de la toucher. Mais ma main ne rencontra que du plat, aucune dimension. Je touchai un mur poudreux.

De quand pouvait bien dater cette fresque ? Je me demandai quel Pettigrew – Mortimer ? Son père ? – avait décidé de décorer ainsi cette paroi, s'était peut-être baigné sous le regard de leurs yeux sombres. Je sentais une présence, de l'attente, comme si, une fois que j'aurais tourné le dos, les personnages se remettraient à vivre et se rapprocheraient les uns des autres.

Le pasteur avait dû me découvrir dans cette posture songeuse, la main sur le trompe-l'œil. J'ignorais combien de temps j'étais restée là, en haut des cinq marches. Toujours est-il qu'en reculant d'un pas et en me retournant, je le vis debout dans le passage voûté de la haie d'ifs. Il n'avait pas son habit noir ; seulement un pantalon banal et une chemise gris anthracite. Mais son col blanc était bien là.

— Je ne voulais pas vous faire peur.

— Que faites-vous ici ? Mme Bale… ?

— Oui. Non. Je…

Il hocha la tête et remua les lèvres comme s'il mâchonnait ses mots avant de les prononcer.

— Elle est bien arrivée chez sa sœur. On s'occupe d'elle. Vous permettez ?

Il descendit les marches menant au jardin des bains. Il avait manifestement autre chose à me dire. Il s'arrêta à l'orée du portique, moitié à l'ombre, moitié au soleil, et prit une inspiration avant de se lancer. C'est alors qu'il vit la fresque et parut oublier ce qu'il avait l'intention de me dire. Il contempla les visages muets et j'en profitai pour mieux le regarder. Il avait les yeux gris, les cheveux d'une couleur indéterminée, ni blonds ni bruns, et ses lunettes étaient trop serrées, de sorte qu'il devait avoir une marque sur le nez. Une rougeur dans le cou. Le feu du rasoir ?

— Je ne savais pas qu'il y avait ça ici.

Il parlait de la fresque.

— Qu'est-ce qui vous amène ?

— Je voulais voir comment vous alliez.

— Comment moi je vais ?

— On se connaît à peine, c'est vrai. Mais Mme Bale m'a dit ce que vous aviez fait pour elle cette nuit. Je pensais que vous aviez été un peu bouleversée.

— Bouleversée ? Non. Fatiguée. Énervée.

— Énervée ?

Il se pencha d'un côté, émergeant tout entier au soleil, hormis une ombre qui dessinait une figure géométrique sur son épaule gauche et sa mâchoire.

— À cause de quoi ?

— De M. Fox, pour commencer. Il est ici, dans la maison, à l'instant même, mais il paraît qu'on ne peut le rencontrer que lorsqu'il a décidé qu'il est prêt à vous voir. Il ne s'est même pas montré cette nuit, alors qu'il a forcément entendu Mme Bale crier. Et ces histoires de fantômes… Mais où ont-elles mis leur bon sens ?

Je parlais comme une enfant. J'étais consciente de mon effronterie. Mes mots étaient plus durs que mes sentiments, mais j'étais face à un pasteur ; je n'aimais pas ce qu'il représentait.

— Vous pensez à un intrus, mademoiselle Waterfield ?

Il paraissait translucide dans cette lumière. Je distinguais les différentes textures de sa personne. Sa pomme d'Adam qui bougeait quand il déglutissait ; l'arc de Cupidon prononcé de sa lèvre supérieure ; la veine sur sa tempe. J'aurais presque pu détecter son pouls au bord de sa mâchoire, un minuscule tressaillement musculaire. Les pages de mon manuel d'anatomie me revenaient en mémoire, en particulier l'absence de couleur dans ces silhouettes humaines, leur absence totale d'identité. Sans son col blanc et ses lunettes, qu'est-ce qui le distinguait ? Était-ce injuste de se poser la question ? La pâleur était peut-être son trait distinctif. Mais je me rappelai que j'étais moi-même une créature pâle. Moi aussi, j'étais en mesure de compter les différentes nuances de bleu sur mes poignets, moi aussi j'avais ma propre forme de translucidité. Mais alors que la mienne avait été acquise à la naissance, la sienne, supposai-je, l'avait été à l'intérieur des églises, au chevet des mourants… sous la canopée des ifs du cimetière.

— Oui. Ou bien il y a un problème avec la tuyauterie de la maison, ou ce sont les courants d'air. En tout cas, ce n'est pas Véronique Pettigrew. C'est absurde de croire aux fantômes.

C'était de la provocation de ma part, bien sûr, pourtant il ne broncha pas. Il se borna à se tourner vers le trompe-l'œil. Ce qui m'agaça.

— Vous y croyez, vous ? dis-je.

— Moi ? Je crois à l'âme. Je crois qu'une part de nous ne peut être vue mais existe néanmoins. Et c'est notre part la plus précieuse. Je crois qu'elle survit à la mort physique.

— Et ces âmes vont au paradis ou en enfer quand nous mourons ?

— Oui.

— Vous croyez vraiment à ça ?

Il eut un petit sourire gêné, comme si j'avais dit quelque chose d'inconvenant.

— Je suis pasteur, mademoiselle. L'Esprit-Saint fait partie de la Trinité ; c'est une croyance fondamentale de considérer que les hommes sont plus que leur chair, plus que leurs os.

Ses paroles exprimaient une ferme conviction. Mais pas la manière avec laquelle il les avait prononcées. En butant sur les mots, comme s'il tergiversait ; dansant d'un pied sur l'autre, le regard baissé sur ses mains. Était-il différent quand il prêchait ? Se transformait-il en un ardent prédicateur prenant l'Évangile à la lettre, en dépit du bon sens et de la charité ? Menaçant les pécheurs du feu de l'enfer ? Déclarant que la difformité était un châtiment bien mérité ? Ou bien tremblait-il en entonnant les psaumes ? Rougissait-il en donnant la communion ?

— Mais il n'y a pas de preuve.

— C'est justement cela, croire ! Sans preuve. Croire, c'est prendre le risque, faire le saut de la foi. Faire confiance à son propre jugement.

— Et cela vous suffit ? Que faites-vous des livres ?

— Des livres ?

— Je ne vous parle pas des Écritures.

— Je connaissais un homme, dit-il en s'éclaircissant la gorge. Un pasteur, qui avait plus d'ancienneté que moi. Chaque année, le soir de la Toussaint, il disait une messe… Pour les âmes perdues, pas pour les vivantes. Il se tenait devant l'autel, levait le pain pour le bénir et, ce faisant, il voyait l'église se remplir.

— De fantômes ?

Je secouai la tête, abasourdie.

— Si les fantômes existaient, ne serions-nous pas capables de les voir à tout instant ? Ne les verrions-nous pas maintenant ? Des fantômes Pettigrew se baignant dans le bassin derrière vous ? Le fantôme d'un Pettigrew assis sur cette chaise ?

— Des âmes perdues, mademoiselle. Perdues. Les âmes de ceux qui ont eu des morts violentes, ou tellement égarés de chagrin ou de colère, ou d'un sentiment d'injustice, qu'ils sont… restés. Le pasteur dont je vous parlais, celui du soir de la Toussaint, c'était un érudit.

— Il cherchait une preuve ? Il faisait une expérience ?

— Non, il ne cherchait pas de preuve. Il n'en avait pas besoin, puisqu'il avait la foi, n'est-ce pas ? Il était convaincu, sans l'ombre d'un doute, qu'il existait une vie après la mort. Il croyait à l'âme.

Je regardai de nouveau le trompe-l'œil. J'étais toujours énervée, mais aussi fatiguée. Subitement accablée de chagrin. J'avais envie de m'asseoir et de dormir. Ce chagrin m'avait peut-être poursuivie toute la journée sans que je m'en aperçoive ; peut-être était-il là depuis des semaines et je m'étais efforcée de l'esquiver. Mais à présent, il s'imposait à moi ; son col de pasteur, ses discours sur la mort, sa profession de foi. Soudain je me rappelai que des gens s'étaient peut-être baignés autrefois dans ce bassin. Je pensai à leurs cheveux mouillés, leur peau chaude, leurs poignets aux veines apparentes ; eux aussi avaient dû avoir une opinion sur la vie après la mort. Où étaient-ils maintenant ?

— Mademoiselle Waterfield, pourquoi cette idée vous met-elle en colère ?

— Je suis allée à l'église une fois dans ma vie, monsieur Dunn. J'avais 5 ans. Ni l'un ni l'autre de mes parents ne croyait en Dieu. Ils avaient leurs raisons, et ils faisaient ce qu'ils voulaient de leurs dimanches. Mais notre gouvernante, elle, était croyante. Et quand on a diagnostiqué ma maladie – *osteogenesis imperfecta* –, que Millicent refusait d'ailleurs de prononcer, estimant que certains mots portaient malheur, elle a conclu que la prière était le seul espoir. Elle a voulu m'emmener à l'église ; des prières dites par l'assemblée des fidèles avaient peut-être une chance de me guérir. Ma mère, bien entendu, n'était pas d'accord. J'ai le vague souvenir qu'elles se sont disputées. Mais moi, je voulais y aller. Je n'avais jamais vu l'intérieur d'une église et à 5 ans j'étais déjà têtue. Alors j'y suis allée. Et vous savez ce qui s'est passé ? Le pasteur m'a appelée. C'était une grande église, beaucoup plus grande que la vôtre, et elle était pleine de monde. J'ai donc marché jusqu'à l'autel en m'attendant à de la compassion, je crois ; à de la gentillesse, en tout cas. Mais il s'est mis à parler des péchés que j'avais commis dans ma vie précédente. Il a déclaré que j'avais mérité ma maladie. Que chaque luxation, chaque fracture, chaque hématome, je les devais à ma mauvaise conduite. Ses ouailles voulaient-elles subir le même genre de châtiment dans leur vie suivante ? Renaître pauvre ou infirme ? J'étais un avertissement vivant. Et oui, ils devaient prier pour moi, mais pas pour mon corps, parce que c'était ma punition et qu'elle était bien méritée. Ils devaient prier pour mon âme, pour sa pureté. Sinon, je serais vouée à la damnation éternelle.

Je me retournai pour le regarder en face.

— Depuis, je n'ai plus remis les pieds dans une église. Ni voulu entendre parler de l'âme.

Un petit oiseau chanta dans la haie toute proche ; j'entendis aussi, au loin, les aides-jardiniers, et soudain je me surpris à les envier. Leur labeur, leur amitié. Les foyers où ils retournaient le soir venu. Leurs mères, vivantes. Ils pouvaient courir sans crainte.

— J'ai tellement pleuré cette nuit-là que ma mère a eu peur que je me brise une côte. Mais ça m'a menée aux livres. Les livres sont accueillants. Les livres ne sont jamais cruels. Ils vous montrent le foie, la rate, le cœur et le cerveau sur des planches anatomiques, mais jamais cet organe bien caché qu'on appelle l'âme. Il n'y est pas non plus question de revenants, sauf dans les romans ; dans les autres livres, les soldats meurent sur les champs de bataille. Les oiseaux viennent les picorer. Et si une telle chose que l'âme existait, celle de ma mère serait ici à cet instant, à côté de nous. Elle se montrerait à moi. Pas parce qu'elle serait perdue, comme vous dites, mais par amour pour moi et parce qu'elle saurait qu'elle me manque.

J'en avais trop dit. Ma gorge se serra et je me tus.

Matthew ôta ses lunettes. Il ferma les yeux et poussa un soupir, un seul, sec.

— Il vous a dit ça ? Ce pasteur ?

— Oui.

Il se passa la main sur la figure, comme si mes paroles y étaient restées collées et qu'il cherchait à les essuyer ; il rechaussa ses lunettes, rouvrit les yeux. Et il regarda les visages des Romains, le mobilier en train de rouiller et le bassin derrière lui.

— Il n'aurait jamais dû vous dire ça. Mon Dieu !

J'étais devenue mutique. En revanche, le pasteur semblait déborder de choses à dire, au point que ce trop-plein se manifestait physiquement ; il ne pouvait plus tenir en place. Il marchait de long en large, répétant tout bas « Mon Dieu ».

Finalement, il parvint à articuler quelques mots. Des platitudes. Un au revoir, une remarque sur le temps. Il partit vite, me laissant avec une sensation de vide, comme si ce secret, cet incident à l'église quand j'avais 5 ans, avait occupé en moi une place matérielle, tangible. Ce qui était impossible, bien sûr ; on ne pouvait pas plus localiser un secret qu'une âme sur une planche anatomique. Mais je me sentis changée par le simple fait de l'avoir lâché.

Un après-midi tranquille. Afin de tromper mon désœuvrement, je me rendis au potager. Je pris les poignées de radis terreux que m'offrit Albert ; debout au bout des lignes de légumes, j'observai les garçons, les aisselles trempées, en train de bêcher et de sarcler. Hollis me rejoignit un petit moment. Nous tombâmes d'accord pour trouver le sol parfait pour les brassicacées – choux, choux-fleurs – et je lui fus reconnaissante de se servir du lexique du jardinier.

Mais le pasteur revint. C'était la fin de l'après-midi ; les ombres s'allongeaient. J'étais retournée à la cuisine où je lavais des feuilles à grande eau lorsque j'entendis frapper à la porte qui donnait sur la cour.

Il était très essoufflé, comme s'il avait fait le chemin en courant.

— D'abord, nous ne sommes pas tous pareils. Nous n'avons pas tous les mêmes idées, et ce pasteur devrait avoir honte de vous avoir parlé ainsi. Ensuite, je veux que vous sachiez qu'en effet je suis prêtre. C'est un choix de ma part, j'ai la foi depuis l'enfance ; je suis croyant. Mais je suis aussi un homme. Je suis un homme, mademoiselle Waterfield, et il m'arrive de me dire que je ne peux pas être les deux, que je dois choisir, et alors je choisis d'être prêtre parce que c'est ma vocation. C'est ce qu'on attend de moi. J'ai des devoirs. Je ne peux pas cesser d'être pasteur à la fin de ma journée de travail… Et ça, c'est parfois compliqué. C'est difficile d'agir de manière pondérée, de cacher des pensées et des sentiments passionnés qu'un prêtre ne doit pas manifester. Mais je suis quand même l'un et l'autre. Vous pouvez comprendre ça ?

Je me levai. Non, je ne comprenais pas du tout. Je ne le reconnaissais plus. J'avais jusqu'ici eu l'impression qu'il était doux et affable, timide. Il bredouillait, il remontait ses lunettes sur son nez avec le dos de sa main et baissait souvent les yeux. J'avais devant moi un autre Matthew Dunn : un homme torturé, haletant, qui s'exprimait néanmoins avec clarté, sans la moindre gêne, et je percevais la chaleur qui se dégageait de son corps. « Je suis aussi un homme. » Prononcé d'un air de défi, comme s'il revendiquait un trône.

Il m'avait demandé sous le portique si je me sentais bouleversée. Et j'avais répondu non.

Mais peut-être y a-t-il des jours où les combattants se dépouillent de leur cuirasse. Nous ne pouvons pas porter tous nos fardeaux seuls, sans jamais nous reposer. Cette nuit-là, je me couchai sur le côté ; je repliai mes jambes contre ma poitrine, autant que j'osai le faire, et ne souhaitai qu'une chose : réentendre la voix de ma mère, la revoir entrant dans la maison en imperméable, ruisselante de pluie, et me décrivant ce qu'elle avait vu dans les rues de Londres. Le cheval du charbonnier lavé par l'averse, ou la brusque apparition d'un torrent. Je voulais tellement la retrouver.

Mais cela ne dura pas. À quoi cela aurait-il servi ? Je me redressai et examinai le médaillon. Un *V* comme il y en a dans *brave*, *agave*, *clavicule* et *dévotion*. *Vase* rempli d'une eau trouble. Je fis défiler ces mots dans ma tête jusqu'à ce que le sommeil me prît, et je ne rêvai pas d'elle.

8

J'aurais pu quitter Shadowbrook. D'ailleurs on me poserait plusieurs fois la question, au cours des mois suivants. Pourquoi, après ce grave incident, la chute de Mme Bale, poussée par une main criminelle, pourquoi n'avais-je pas décidé de partir ? Il me suffisait de refaire ma malle et de m'en aller. Après tout, ma mission était accomplie. La jungle privée qui m'avait été commandée était en voie de devenir luxuriante. Et les qualificatifs par lesquels on me désignait laissaient à penser que je ne manquerais à personne.

Pourtant, je restai. Je peinais à expliquer aux curieux ce qui me retenait. Harriet, un soir, déclara :

— Je retournerais chez moi, si j'étais vous. À Londres.

Nous étions en train de manger les premières framboises près de la cabane de rempotage, en regardant les oiseaux voleter autour de leurs nids. Je songeai à répliquer en lui donnant les mesures précises de chacune des pièces de ma maison natale, ou en lui disant comment ma mère me murmurait « Un jour, tu iras… ». Et peut-être ce jour-là était-il arrivé. Alors pourquoi retourner là-bas ?

Il y avait aussi d'autres raisons. Je m'étais attachée au jardin ; je voulais voir éclore certains boutons de rose, manger les quetsches et les cassis. Je me réjouissais d'être là pour la fête du village de Barcombe début août, je voulais voir l'orge à ses différents stades de maturité. Mais surtout, je tenais à rester parce que partir maintenant, sans savoir ce qui avait causé la chute de Mme Bale ni la profonde entaille en forme de lettre sur sa porte, sans avoir fait la connaissance de M. Fox, aurait été l'équivalent de quitter une bibliothèque sans avoir lu une seule ligne. Je m'interrogerais toujours.

Était-ce cela, l'éducation que Patrick souhaitait pour moi ? Un conformisme social ? Je n'avais guère fait de progrès, me semblait-il, dans l'art de la conversation. Mais j'avais rencontré plus de gens en trois semaines qu'en une vie entière. Et puis j'étais devenue sensible aux corps ; le souffle soulevant la poitrine d'un homme, les veines plus saillantes quand on portait quelque chose. Je comparais le corps de Harriet, lorsqu'elle s'étirait pour atteindre une casserole ou une toile d'araignée, à mes planches d'anatomie. Et qui était cette femme, morte depuis longtemps, qui avait mené une vie aussi libre ? S'accordant des privilèges réservés au sexe masculin, aussi arrogante que certains hommes peuvent l'être ? Je songeais à son corps tel qu'il avait dû être de son vivant. Sensuel, plein de taches de rousseur, chaud, accueillant, et non comme il était à présent.

Il n'y avait personne à la cuisine. Mais la théière en métal sur la cuisinière était encore chaude. Je me préparai donc du thé comme si j'étais chez moi. J'ajoutai un peu de lait, mangeai du pain et de la confiture.

Sur la table, je trouvai un mot.

Mademoiselle Waterfield,

Je serais ravi que nous nous rencontrions enfin. Je vous prie de monter frapper à la dernière porte du couloir à 17 heures. Je me réjouis d'avance de faire votre connaissance.

Avec mes meilleurs sentiments,

R. E. Fox

Je relus le message trois fois. C'était la même écriture, sans aucun doute : ornée, ostentatoire. La même adresse gravée en lettres dorées. Peut-être était-il vraiment un gentleman, finalement. Je trouvais son ton cordial. « *Je serais ravi…* » Comme s'il m'invitait à un cocktail.

J'étais tiraillée. D'un côté, j'étais prête à me faire un chignon, à enfiler ma plus belle robe et à me présenter à 17 heures tapantes. De l'autre, j'étais un peu vexée qu'il m'ait fait attendre aussi longtemps, aussi envisageais-je de monter avec au moins dix minutes de retard avec de la terre sur les pommettes et sous les ongles. Le toiser d'un air indifférent.

Au bout du compte, je frappai à sa porte – la dernière porte sud, celle flanquée de la petite table d'appoint – à 17 h 03. En retard, mais pas trop. Et alors que j'avais le visage et les mains propres, j'avais gardé ma robe habituelle. Je m'étais brossé les cheveux, sans les attacher.

— Entrez !

Je pénétrai dans un bain de lumière. Le soleil me sauta à la figure avec une telle force que je vacillai et levai la main devant mes yeux. Je ne voyais plus que du blanc.

— Oui, fit-il. On m'a dit que c'était surprenant, de passer du couloir à ici. J'ai choisi cette pièce parce qu'elle est toujours lumineuse, quelle que soit l'heure. Même en hiver. Les pièces qui donnent au nord sont tout aussi belles du point de vue de leurs dimensions, mais elles donnent sur les hêtres et sont donc privées de jour. Ce côté-ci est bien plus agréable. Mademoiselle Waterfield ? Je vous en prie, entrez.

J'abaissai ma main et fis un pas en avant.

Il se tenait en face de moi, les mains dans le dos. Au début, il ne fut qu'une silhouette debout à contre-jour devant la fenêtre, énorme, en saillie, décorée de ferronneries et au rebord garni de coussins. Ses traits étaient noyés d'ombre. Indistincts.

— Je vous dois des excuses. Cela fait plus de deux semaines, n'est-ce pas, que vous êtes ici. Dix-neuf jours. Et pendant tout ce temps, je n'ai pas trouvé le moyen de me présenter à vous. J'ai été retenu par des affaires ennuyeuses mais nécessaires, je le crains. Ce ne sont pas des manières de gentleman. Vous êtes venue de loin, après tout, et je vous demande pardon, très sincèrement.

Il me sembla qu'il baissait le front.

Moi, tout ce que je pouvais faire, c'était le regarder en ouvrant de grands yeux. Car à mesure que je m'accoutumais à l'intensité lumineuse, je distinguais de mieux en mieux son visage. Et il n'était en rien défiguré ni affligé de la moindre difformité physique susceptible de l'inciter à se terrer. Il avait l'allure d'un homme, un point c'est tout. Plus petit que la moyenne, mince, mais par ailleurs banal. Des cheveux grisonnants, peignés en arrière. Ni barbe ni favoris.

La cinquantaine bien sonnée. Impeccablement vêtu.

— Vous devez me prendre pour le dernier des malotrus. Comment ai-je pu vous engager à venir ici et ensuite négliger de vous accueillir ? Ce n'est pas une façon de recevoir une demoiselle.

— Ni personne.

Un hochement de tête, un acquiescement.

— Ni personne. C'est entendu. J'ai pris, je le crains, de vilaines habitudes. J'ai été trop gâté, au cours de ma vie, par des gens qui soit se fichaient de mes mauvaises manières, soit en avaient de tout aussi exécrables. Et puis j'ai été très occupé dernièrement, fit-il en m'indiquant d'un geste un fauteuil. Mais venez, entrez donc. On ne voudrait pas vous laisser sur le pas de la porte.

J'obtempérai. La pièce ne paraissait pas appartenir à Shadowbrook, une maison qui se distinguait par la rareté de son mobilier. Ici, il semblait y avoir plus de meubles que dans toutes les autres pièces réunies : un fauteuil bas tendu de velours aux accoudoirs dorés, une haute bibliothèque en bois lustré – celle que j'avais aperçue en revenant du tas de compost. Je regardai les titres : il possédait des ouvrages sur l'Empire byzantin, la sculpture, les oiseaux de proie. Je repérai *De l'origine des espèces*, dont les volumes à eux seuls occupaient toute une étagère. Ici et là, des bibelots. Une chope en argent, un coquillage ourlé de rose, une pierre où je distinguai le dessin d'un fossile.

Une grande tapisserie à motif floral couvrait le mur du fond. Une grosse potiche ronde en porcelaine trônait dans un coin. Sous mes pieds et ma canne chatoyait, dans des teintes rouges et brunes, un tapis d'Orient. Sur le mur le plus proche, trois gravures botaniques dans des cadres dorés ovales : des pavots, à différentes étapes de leur croissance. Sous ces tableaux, un rayonnage solitaire accueillait des fleurs vivantes, ou plutôt qui l'avaient été. Des pois de senteur dans un verre d'eau opaque ; une délicatesse de Mme Bale avant sa chute. Mais en dépit de cette abondance de distractions, ce fut sur son bureau que mon regard se fixa. Je le trouvais extraordinaire : une immense table en acajou mangeant le quart de l'espace. Ses flancs en bois miroitaient dans la lumière ; le plateau était recouvert de cuir vert foncé, maintenu en place par des clous et des équerres en laiton. Dessus, une lampe, des papiers, un encrier. Un stylo à plume au repos.

Et lui, il était debout derrière ce bureau. Tel un drapeau, planté là.

— Ce n'est pas ce à quoi vous vous attendiez ? Mon bureau ?

Je ne savais quoi lui répondre ni comment.

— J'ai vu votre bibliothèque du jardin. Je m'attendais donc à y trouver des livres et une tapisserie. Et je sais que vous aimez avoir vos rideaux et vos fenêtres ouvertes même quand vous êtes absent.

— En effet. J'adore la lumière. L'air frais. Je ne supporte pas les atmosphères renfermées… Il est vrai qu'à Shadowbrook, certaines pièces souffrent de cet inconvénient. Mais ce ne sera pas toujours ainsi.

Il m'inspecta. Ses yeux étaient toujours dans l'ombre, mais j'avais conscience qu'il prenait note de mes défauts. Mes cheveux, le blanc bleuté de mes yeux.

— Vous dites aimer l'air frais. Pourtant vous ne descendez pas au jardin. Vous restez à l'intérieur, monsieur Fox.

— Cela vous gêne ? Je voyage, mademoiselle Waterfield, comme vous savez. Mon travail l'exige, et cela est parfois tellement fatigant et lassant que lorsque je suis chez moi, en effet, je préfère profiter de ma propre compagnie et de mes distractions. Je me repose. Je lis… J'adore la lecture, comme vous pouvez le constater. J'ai un téléphone et un gramophone dans la pièce voisine.

— Ne pouvez-vous pas profiter de votre propre compagnie au jardin ? Lire dehors ? Vous avez amplement la place. Et les jardins sont ce qu'il y a de plus beau à Shadowbrook… Surtout avec le temps que vous avons.

— Les jardins seront toujours là. Je peux en profiter n'importe quand.

— Seulement vous n'en profitez pas. On ne vous y voit jamais, au point que je me demande pourquoi vous m'avez fait venir pour installer une serre qui ne vous intéresse manifestement pas.

— J'avais entendu dire que vous aviez votre franc-parler. Que rien ne vous effrayait, ce dont je vous félicite. La voix des femmes prend de l'ampleur, semble-t-il, et pourquoi pas ? Soyez assurée, mademoiselle Waterfield, que la serre m'intéresse beaucoup. J'ai toujours été un amateur de plantes. Mais c'est seulement maintenant à Shadowbrook que j'ai le temps et, n'ayons pas peur des mots, l'argent pour me faire plaisir. Je souhaitais avoir la plus belle serre afin de pouvoir y voir pousser une superbe végétation sous cet exécrable climat anglais. Ah, j'avoue que j'ai l'impression d'être sur la sellette. Comme si je devais me justifier devant vous, sans aucune raison pourtant. Je vous demande pardon de ne pas vous avoir reçue plus tôt. Mais mes affaires ne regardent que moi, n'est-ce pas ?

En me réprimandant ainsi, il avait changé de posture. Je pus ainsi voir qu'il avait une chemise empesée, un gilet en tweed avec une montre de gousset, une montre qu'il consultait de temps à autre avant de remettre ses mains dans son dos, et je me dis que si cela avait été Mme Bale qui s'était adressée à moi sur ce ton, j'aurais sans aucun doute répliqué. Je ne me serais pas laissé entamer. Mais face à M. Fox, je me tus.

— Voulez-vous boire quelque chose, mademoiselle Waterfield ? Pas du thé, bien sûr. Mme Bale n'est plus là pour nous en monter et, de toute façon, je crois qu'on a besoin de quelque chose de plus revigorant.

Il s'avança pour ouvrir un tiroir de son bureau dont il sortit deux verres et une bouteille de brandy. Il posa les verres sur le cuir du plateau et versa deux doses dans chaque. Il en prit un ; l'autre, il le laissa sur la table à mon intention.

— J'imagine que vous me prenez non seulement pour un hôte discourtois, mais aussi pour un patron au cœur de pierre, qui néglige son personnel par la fréquence de ses absences. D'autant plus en ce moment. N'est-ce pas ?

— Vous voulez que je vous dise le fond de ma pensée ?

— Absolument. Je préfère.

— Bon. Je ne comprends pas comment vous pouvez vous absenter aussi souvent alors qu'il y a ces intrusions dans la maison. Avec tous ces actes de vandalisme, Mme Bale vit dans la peur depuis mon arrivée. Et les bonnes de même. Vous n'avez pas entendu Mme Bale hurler au milieu de la nuit ? Si, forcément, parce que vous étiez réveillé à cette heure ; j'ai vu votre lumière, et vous lui avez rendu visite à l'aube. Seulement c'est à 3 h 30 que nous avions besoin de vous, quand il faisait encore noir… Pas après.

— Je vous félicite de votre franchise. Mais, mademoiselle Waterfield, me croirez-vous si je vous disais que non, je ne l'ai pas entendue ? Comme je dors très mal, je prends parfois un léger somnifère. J'en avais justement pris un. Je n'ai strictement rien entendu. Et ma lumière n'était pas allumée, je puis vous l'assurer. Quant à ma visite matinale, vous ne serez pas étonnée si je vous dis que Mme Bale est très attentionnée. Elle connaît mes habitudes et sait qu'elle doit m'apporter mon thé de très bonne heure ; elle me dépose mon plateau. Mais ce matin-là il n'y avait pas de plateau, pour la première fois depuis qu'elle est à mon service… De sorte que j'en ai conclu qu'elle devait être souffrante.

— Alors vous êtes descendu.

— Exactement, confirma-t-il en faisant tournoyer la liqueur dans son verre. Elle m'a parlé des soins que vous lui aviez prodigués. Je vous en remercie. Je l'ai confiée au docteur Warrimer. Je continuerai à lui verser ses gages le temps qu'il faudra. Et les bonnes sont d'ores et déjà augmentées à cause du supplément de travail qui leur échoit tant que Mme Bale n'est pas parmi nous. C'est le moins que je puisse faire pour elles.

— Parce que vous pensez qu'elle reviendra.

— Je suis bien décidé à tout faire pour l'en persuader. C'est une gouvernante remarquable… Une vraie perle.

M. Fox vida son verre d'une seule lampée puis le lança sur la table où il tourna sur lui-même. Face à la fenêtre, il mit ses mains dans ses poches et regarda au loin. Je savais ce qu'il voyait : le potager et le magnolia, la pelouse de croquet et l'allée de tilleuls. Et moi, je le voyais mieux ainsi. Il grisonnait, certes, mais il avait dû avoir des cheveux d'un roux clair, cuivré ; pas le roux foncé couleur rouille de Kit mais une teinte rappelant le pelage d'un vieux renard, usé et blanchi par l'âge et le soleil. Son nez était fort. La peau de son cou et de ses joues flasque. Toujours tourné vers l'extérieur, il me dit :

— Vous pensez que c'est une intrusion ?

— Forcément. C'est la seule explication.

Il contemplait son royaume.

— Tout à fait. Seul un esprit fantasque et dérangé croirait aux fantômes. Il n'y a aucune preuve de leur existence, pourtant il y a des gens qui consacrent leur vie à en chercher. Ils sont capables de prendre l'ombre d'un oiseau pour un spectre et refusent d'entendre raison. J'ai souvent été témoin de ce phénomène au cours de mes voyages. Ce sont des élucubrations auxquelles seul un enfant pourrait croire, et pourtant des villages entiers s'y laissent prendre.

C'est étrange comme le cerveau humain peut s'emparer d'une idée et refuser de la lâcher. Ne trouvez-vous pas ?

— Oui, monsieur Fox. Oui, c'est mon opinion.

Il jeta un coup d'œil derrière lui.

— C'était aussi la mienne. J'avais envie d'acheter cette maison. Elle était délabrée, c'est vrai, mais elle avait du potentiel et elle me convenait, si bien que j'ai ignoré les rumeurs à propos des propriétaires précédents. On ne revient pas sur le passé, et les fantômes, ça n'existe pas. Mme Bale, toutefois, n'était pas de cet avis. Elle les a évoqués dès le départ. Le premier tableau est tombé du mur en octobre, et déjà elle parlait de revenants en passant le balai. Je pense que j'ai dû être trop radical dans mes propos ; je lui ai dit que s'il y avait un au-delà, et que les morts avaient le pouvoir de revenir parmi nous, nous aurions les moyens d'en constater la preuve, n'est-ce pas ? Les scientifiques font des choses incroyables de nos jours. L'aéronautique, par exemple. Des engins plus légers que l'air, mademoiselle Waterfield ! Pouvez-vous concevoir quelque chose de plus remarquable que de faire décoller ces machines et de les maintenir dans les airs ?

— Vous pensez toujours ça ? Que les fantômes sont pure invention ?

Son profil se découpait si précisément à contre-jour que j'aurais pu le dessiner. Il est fatigué, me dis-je. Son regard était lointain et il répéta ma question tout bas. J'attendais sa réponse.

— Je ne le pense plus. Cela vous étonne ?

— Oui. Pour les raisons que vous venez de me citer.

— Je comprends. Mais, mademoiselle Waterfield, voici le fin mot de l'histoire : j'ai vu ici des choses, et j'en ai entendu aussi, qui n'ont aucune explication rationnelle, ni raisonnable, ni concrète. J'ai fait de mon mieux, croyez-moi. Au début, j'ai mis cela sur le compte de la maison elle-même ; les poutres pourries, les courants d'air, un affaissement des fondations. Puis ont commencé les pas la nuit. J'ai fait poser de nouvelles serrures sur toutes les portes du bas ; j'ai vérifié chaque fenêtre et, en entendant des pas dans le couloir, je suis systématiquement sorti pour surprendre l'intrus. En vain, il n'y avait jamais personne. Vous les avez vous-même entendus, je crois ? C'est un fait indéniable, non ? Mais ensuite, il y a eu pire.

— L'entaille sur la porte.

— Oui. Les coups, les poignées qui tournent toutes seules. Et comment expliquer, d'une manière conforme à la raison et à la rationalité, ces coups violents frappés à ma propre porte à 3 heures du matin ? Des coups qui ont secoué le verre de mes vitrines et émietté la peinture, alors qu'en ouvrant aussitôt la porte je n'ai rencontré que le silence ? Un couloir vide ! Ou bien le bruit distinct de quelqu'un entrant dans votre chambre, s'approchant de vous, frôlant votre lit ?

— Cela vous est arrivé ?

— Cela m'est arrivé, mademoiselle. J'ai entendu un froissement de tissu... le froufrou d'une jupe traverser la pièce. J'ai allumé ma lampe en toute hâte, vous imaginez bien, mais il n'y avait personne.

— Aviez-vous pris un somnifère ?

— Vous êtes en train de me dire que j'ai rêvé ? J'avais pris un somnifère, certes, mais je n'avais pas perdu la tête.

Je rougis et, en même temps, j'avais froid. Je sentais mon cœur battre sous mes côtes, fort. Mais ma voix était calme.

— Il n'y a pas de fantômes.

Il hocha la tête et baissa les yeux sur les coussins capitonnant le rebord de la fenêtre.

— J'ai passé ma vie à dénigrer ce genre de discours. Aussi est-ce difficile à croire aujourd'hui pour moi.

Pourtant, je me dis qu'il est possible que les fantômes existent. Cela m'embarrasse beaucoup. Je ne me reconnais guère. Comme vous, j'ai toujours mis en avant l'ordre des choses, les faits concrets et avérés. Mais je vous promets qu'il y avait quelqu'un dans ma chambre cette nuit-là. Et c'était une femme. Elle a tiré sur mes draps, mademoiselle ; j'ai senti une main qui les faisait glisser très doucement. Et quand j'ai allumé ma lampe, il n'y avait personne. Aucun bruit indiquant que quelqu'un venait de prendre la fuite.

— Elle vous a enlevé vos draps ?

— Essayé, oui. Un courant d'air ne fait pas ça. Pas plus que des souris, un affaissement de la maison, des poutres pourries.

Il se tut. Il paraissait épuisé, triste ; il souffla par le nez, les yeux sur le jardin, les grands hêtres et les champs d'orge. Je me tournai vers la bibliothèque à côté de moi. Vers les dos de cuir rouge des livres. Vieux, usés, fanés. Je regardai aussi la tapisserie, le coquillage et le vase décoré d'oiseaux bleus venus d'Orient, et je me répétai que M. Fox avait sûrement l'esprit rationnel et qu'il était donc peu enclin à être victime d'une illusion.

— Mais ce que vous avez dit reste vrai : il n'y a pas de preuve. Ne devrait-il pas y en avoir ? Nous sommes ici depuis deux cent mille ans, monsieur Fox.

Un petit sourire las.

— Je sais. Je suis d'accord. Mais je vous rappelle que jadis les hommes étaient persuadés que la Terre était plate. Que la Lune et les autres objets célestes tournaient autour de nous, qui étions un point fixe ; le centre de l'univers. Vanité des vanités. Mais on y a cru pendant des siècles. Mettons qu'un jour, dans un lointain avenir, des hommes et des femmes s'étonneront qu'au début du XXe siècle il existait des gens qui ne croyaient pas à l'âme humaine ?

Des gens convaincus que nous ne sommes qu'un corps physique ? Et si ces êtres humains du futur détenaient la preuve que les âmes et les fantômes ont autant de réalité que vous et moi et étaient stupéfaits de l'aveuglement dans lequel se complaisaient leurs aïeux ? Devant leur esprit obtus et leurs a priori ? Leur arrogance ? « Le sage est celui qui sait qu'il ne sait pas. » Je ne me considère pas comme particulièrement sage mais je reconnais que ce serait stupide de ne pas en admettre la possibilité. Ce n'est pas parce que nous n'en avons pas la preuve ici et maintenant que nous ne l'aurons jamais. Demain, ou l'année prochaine. Au prochain millénaire.

Il se détourna de la fenêtre.

— Mademoiselle Waterfield, à cette fin, je dois vous informer que j'ai invité quelqu'un à venir enquêter à Shadowbrook. Il va venir séjourner ici et, je l'espère, fera toute la vérité sur ce qui s'y passe. Et s'il règle notre problème, Mme Bale reviendra et nous pourrons tous retrouver un sommeil paisible. En attendant, je voudrais vous demander trois choses. Pour commencer, j'aimerais que vous restiez. Je vois d'ici, et je le sais par Mme Bale, que la serre est magnifiquement installée, et que vous avez rempli vos engagements de manière plus que satisfaisante. Cela vous incite sans doute à retourner à Londres, et les événements de ces derniers jours pousseraient en effet n'importe qui à partir. Mais, sans Mme Bale, je crains que les bonnes ne soient perdues ; elles sont jeunes en tempérament comme en âge et, à mon avis, elles apprécieraient que vous prolongiez votre séjour parmi nous. Vous avez un caractère volontaire et vous êtes vaillante, me semble-t-il, deux qualités précieuses en ces temps troublés. Bien entendu, je continuerai à vous verser votre salaire. En fait, je l'augmenterai pour compenser le dérangement. Resterez-vous ? demanda-t-il en me dévisageant.

Je fis oui de la tête.

— Merci. La deuxième chose que je veux vous demander, c'est que vous aidiez nos petites bonnes quand vous le jugez nécessaire. Je sais que ce n'est pas pour ça que vous êtes ici, et vous n'avez sans doute pas l'habitude de tenir une maison. Surtout ne croyez pas que je vous pense toute destinée aux travaux domestiques ou que les filles sont incapables de se débrouiller. Mais, voyez-vous, nous allons recevoir un gentleman de Londres. Il ne va pas tarder et son arrivée va entraîner une surcharge de travail pour elles et… Enfin, mademoiselle Waterfield, si vous pouviez leur prêter main-forte, je vous en serais extrêmement reconnaissant. Faites ce que vous pouvez et ce dont vous vous sentez capable. Je suis conscient que certaines tâches vous sont contre-indiquées.

— Quelle est la troisième chose ?

En guise de réponse, M. Fox se plia en avant. Il ouvrit un tiroir de son bureau, dont il retira un anneau métallique : un trousseau de trois clés. Il les posa sur la table et recula d'un pas.

— Mme Bale, en mon absence, s'occupait de fermer la maison le soir. Depuis son départ, c'est moi qui m'en charge. Mais je vais bientôt m'absenter, aussi je vous demande de vous assurer que toutes les portes sont bien verrouillées le soir, et de les rouvrir le matin. C'est très important, bien sûr. Je ne crois plus à cette histoire d'intrus, mais il faut quand même que la maison soit fermée.

— Vous repartez encore ?

Ses yeux étaient toujours baissés sur les clés.

— Je devine ce que vous pensez. Mais j'ai une affaire pressante à régler près d'Oxford et je ne peux pas en repousser l'échéance. Mademoiselle Waterfield, cela vous rassurerait-il si je fermais à clé toutes les chambres du haut ? Si l'étage était complètement fermé ? Je veux dire aussi bien les fenêtres que les portes ? Je peux faire ça, au moins. Et j'indiquerai aux bonnes la date de mon retour.

Je tendis la main vers le trousseau.

— C'est un prêtre ? Cet homme qui doit venir ?

— Non. Il appartient à une institution. La Société de recherche psychique. Laquelle, si j'ai bien compris, part du principe que tout est possible. Elle se borne à investiguer et, en tout cas j'y compte bien, à découvrir la vérité.

Le trousseau était lourd. J'éprouvai un curieux sentiment, nouveau pour moi. Par la fenêtre ouverte me parvenaient les roucoulades d'une tourterelle perchée dans le grand cèdre. Une brise légère souleva soudain les rideaux et en fit claquer délicatement les bords, et je songeai à ces mappemondes de l'ancien temps. La terre plate explorée par des navires qui tombaient lorsqu'ils allaient trop loin. Et aux femmes nées de la fameuse côte…

— On m'a dit que vous aviez récemment perdu votre mère ?

— Oui, d'une tumeur.

— Je vous présente toutes mes condoléances, mademoiselle Waterfield. Je suis sincère. La perte d'un être cher est une épreuve qui affecte tous les aspects de la vie. Et en ce qui concerne votre état de santé, n'hésitez pas à me faire savoir si vous avez besoin d'assistance. Je me doute que vous êtes sans doute trop fière pour accepter, mais tout de même, sachez-le. Ce sont des heures bien étranges que nous traversons.

La conversation arrivait à son terme. J'avais l'impression que nous n'avions plus rien à nous dire. Il me remercia d'avoir consacré autant de temps et d'efforts à sa serre et de me montrer aussi compréhensive malgré la situation. Puis il me souhaita une bonne soirée.

— Je pars demain matin. Mais nous nous reverrons, mademoiselle Waterfield.

Je longeai le couloir, descendis l'escalier et sortis dans le jardin où les hirondelles voletaient au-dessus du bassin. Toutes sortes de signes familiers témoignant des labeurs du jour s'offraient au regard : une brouette dressée contre la cabane de rempotage ; une fourche plantée dans l'herbe, qui serait humide de rosée le lendemain matin. Des choses matérielles, identifiables. Et puis un arceau de croquet que j'arrachai de la pelouse et posai sur le côté.

Je n'arrivais pas à cerner mes sentiments. Impossible de leur donner un nom. Si j'essayais, ils me semblaient contradictoires. L'anxiété et le soulagement. La peur et la tranquillité. L'impression d'être moins seule, et une plus grande solitude. Je m'étais sentie plus faible dans son bureau, comme parfois dans ma chambre la nuit. Trop fatiguée pour m'opposer à ce qu'il disait. Je le croyais. Si Mme Bale avait déclaré qu'un fantôme avait voulu lui retirer les draps de son lit, j'aurais poussé les hauts cris ; je me serais levée de table et serais sortie. Mais M. Fox ? Ce n'était pas parce qu'il était un homme. Et peu m'importait qu'il fût le propriétaire de Shadowbrook. J'étais frappée, il est vrai, par son soutien au droit de vote des femmes, par l'évocation de ses voyages ; par ses mètres de livres aux dos plissés et effrangés à force d'avoir été lus et relus. L'ouvrage de Darwin et, dans le coin, cette tête phrénologique en porcelaine. Toutes ces années d'étude.

« Le sage est celui qui sait qu'il ne sait pas. » Je me demandai si je résistais trop. Et en traversant le verger, je fus surprise par l'intensité de mon soulagement. Quelle explication avais-je pour le pendentif en argent ? Quel autre prénom commençait par un *V* ? On avait frappé à ma porte. Et cette pièce à l'étage, drapée de poussière et de silence, m'avait paru sinistre, lourde de menaces. Et les bouquets, qui se fanaient en quelques heures.

J'allais essayer de me montrer plus ouverte d'esprit. Pas au point de croire aux fantômes – ce n'était pas plus mon style que celui de M. Fox –, mais moins radicale. Plus réceptive. Moins méprisante envers ceux qui croyaient à ces sornettes. Oui, j'allais me conduire avec plus de modération.

Le dîner se composa d'une soupe aux légumes d'été. Des papillons de nuit se cognaient au carreau pendant que nous mangions, Maud, Harriet et moi.

— Comment il est ? demanda Harriet.

Ce monsieur dont elles blanchissaient le linge, dont elles préparaient les repas. Qui leur versait leurs gages.

Je leur en brossai un portrait succinct. Un monsieur poli. Volontaire. Pas grand. Des cheveux autrefois d'un blond-roux, mais tout gris à présent. Tout en le comparant à un renard vieillissant qui aurait perdu le lustre et la couleur de son pelage, je me rappelai comment il s'était tenu planté entre son bureau et la fenêtre. Une bêche au milieu d'un massif de fleurs.

— Qu'est-ce qu'il dit sur Mme Bale ? Comment il va la ramener ?

— Un homme va venir ici.

— Qui ça ? Qui va venir ?

— Quelqu'un de Londres. D'une société qui enquête sur ce genre de choses.

— Un chasseur de fantômes ? demanda Maud.

— Je ne crois pas. Ce n'est ni un pasteur ni un policier. Il vient sans idée préconçue, pour voir s'il peut trouver une explication.

Harriet abaissa sa cuillère.

— Quand ça ?

— Je ne sais pas précisément. Mais bientôt.

Ce soir-là, je verrouillai toutes les portes donnant sur l'extérieur : la porte de la cuisine, la porte-fenêtre du salon et la lourde porte d'entrée en chêne, qui grinçait quand on la fermait. Les portes des Pettigrew avec les clés des Pettigrew. Trois semaines plus tôt, j'y aurais puisé une certaine satisfaction ; j'aurais tourné les clés avec conviction, contrecarrant les intentions de l'intrus, et serais allée me coucher. Mais une porte est un objet que l'on partage. C'est une frontière entre deux mondes. Fermée à clé, elle interdit l'entrée aux indésirables tout autant qu'elle empêche de sortir. Tout cela m'apparut en un éclair.

Je posai le médaillon sur ma table de chevet et, couchée dans mon lit, je l'examinai. Je ne le touchai pas ; je me contentai de l'imaginer au bout de sa chaîne, posé contre l'os plat entre la gorge et les seins d'une femme. Et de fil en aiguille je songeai à toutes sortes de corps ; à ces corps cachés sous des vêtements, qui possédaient leur individualité. Taches, squames, blessures anciennes. Je songeai au pasteur, oui. Et aussi à Mme Bale, me figurant son corps allongé, doux sous une robe de chambre à fleurs, ses bleus s'épanouissant sous son attelle. Je me souvins des muscles de Harriet. Et, très brièvement, je me rappelai le fermier. Il devait y avoir une différence de couleur entre sa peau exposée aux intempéries et celle cachée à la vue. Des bras bronzés et un ventre d'un blanc laiteux.

On disait de lui qu'il avait le sang pourri à cause de son père, mais aussi de son propre mode de vie. Mais Véronique s'était-elle conduite autrement ? Elle avait connu des hommes, et était l'objet de propos insultants.

Une diablesse. Une folle dépravée. Son nom se murmurait comme une imprécation.

Je songeai aussi aux crochets sans tableaux. Mme Bale avait été témoin de la destruction de chacune de ces toiles, sans compter celle de la marine de l'entrée. Mais que fallait-il penser du nu ? Cette femme était restée suspendue dans son cadre doré. Elle n'avait pas été lancée dans l'escalier par une main invisible. Qu'est-ce que cela pouvait bien signifier ? Qu'elle s'était autorisée à prolonger son séjour sur le palier dans le plus simple appareil ? Avec son petit sourire narquois et sa main languissante ?

Je me reprochai instinctivement d'avoir validé cet argument. *Les fantômes n'existent pas*, rectifia intérieurement l'ancienne Clara. Mais si, rien que pour jouer le jeu, j'affirmais que l'âme existait ? Alors je pouvais peut-être l'admettre : Véronique avait épargné ce tableau parce qu'il illustrait ce qu'avait été sa vie, ou la représentait dans une pose qui lui plaisait. Pour avoir reçu son approbation – une femme aux yeux de braise, provocante, sans alliance au doigt –, le portrait avait le droit de trôner, intact.

Mi-juillet. La lavande bourdonnait d'abeilles. Je m'étais lavé les cheveux le matin et après dix minutes dans la serre, ils étaient secs. Hollis avait abandonné sa brouette.

Il régnait une chaleur torride. Une petite brise intermittente se déplaçait dans le champ d'orge comme l'aurait fait un être vivant. En chemin, je révisai les questions que je voulais lui poser, ce que je voulais savoir, et comment le formuler.

Le mur de Kit était entièrement restauré. Je le longeai, dépassai le dernier des ifs du cimetière puis franchis une barrière fermée par une corde. Des chevaux étaient passés par là. Je humais leur odeur ; la terre sèche et dure conservait l'empreinte de leurs sabots. Après la barrière, je levai les yeux et me demandai, brièvement, si c'était bien à cela que ressemblait une ferme dans mon imaginaire : patinée par le vent et la pluie, trapue, avec une cour encombrée de vieilles charrettes, de bouts de métal, de bûches et d'une charrue rouillée. Une grange où j'apercevais des jougs. Des balles de paille, des outils.

Et puis je le vis, lui. Kit Preedy sortait de la grange en enroulant une corde autour de sa main et de son coude. Attentif à ce qu'il faisait, il ne sentit pas mon regard sur lui. Puis, soudain, il me vit.

Nous ne nous saluâmes pas. Kit termina d'enrouler la corde, la suspendit à un piquet de clôture et se dirigea vers moi. Notre point de rencontre fut l'abreuvoir.

— Vous êtes au courant ? Mme Bale a été poussée dans l'escalier.

— Poussée ?

— C'est ce qu'elle dit. Et vous m'aviez promis de m'en apprendre plus sur les Pettigrew.

Kit se passa la langue sur les dents, comme aux prises avec un débat intérieur. Son visage doucement ridé ; cette cicatrice blanche comme une lune ascendante. Il semblait perdu. Pas désorienté, mais ailleurs. Finalement, il hocha la tête.

— Venez…

Je l'accompagnai jusqu'au bout de ses terres. Il me dit qu'il y vérifiait quotidiennement l'état des murs, des arbres, des cultures. Je comprenais. Je comprenais aussi que Kit Preedy était constamment, intensément, occupé. La première fois, il avait continué à retourner et soulever les pierres pour réparer son mur alors que je lui parlais. À présent, même le fait de marcher semblait insuffisant. Au passage, il tâtait les épis d'orge ; il caressait les murs, les arbres, les piquets. Ses chevaux somnolaient tous les deux à l'ombre et, quand nous fûmes plus près d'eux, Kit fit claquer sa langue et cela suffit à leur faire dresser la tête comme s'ils attendaient la suite. Mais il ne s'arrêta pas. Il continua à marcher. Je peinais à le suivre.

Je ne sais pas s'il l'a remarqué. Mais une fois au sommet de la pente, il marqua une halte. On y avait une vue à vol d'oiseau sur les toits, le clocher de l'église, jusqu'aux collines et aux bois dans le fond et, les bras le long du corps, il contempla le paysage. Je le rattrapai, à bout de souffle.

— C'est à vous ? Tout ça ?

— Aujourd'hui, oui. Mais cette terre appartenait autrefois aux Pettigrew. Mon arrière-grand-père en était le locataire, comme après lui son fils et son petit-fils. Quarante-huit hectares dont ils ont fait monter le prix comme ça les arrangeait. Ils nous détestaient et on le leur rendait bien.

— Pourquoi ?

— En général, les disputes tournent autour de l'argent, des femmes ou de la terre. Nous ne sommes pas des saints, on a dû vous le dire, mais les Pettigrew se conduisaient comme s'ils avaient le pouvoir absolu sur tout le monde. À leurs yeux, la vie des autres n'avait aucune importance. Vous avez vu leur tombeau. *Béni soit leur souvenir*... Des angelots et des tourterelles ?

Il secoua la tête.

— Qui était Mortimer ?

Kit poussa un caillou du bout du pied.

— Il est mort avant ma naissance. Il tirait sur les chiens sans raison, par exemple. Et si son cheval faisait une embardée ou le désarçonnait, il le tuait d'une balle et en prenait un autre. Ma grand-mère a été à son service, quoique pas longtemps.

— Vraiment ? Mais pourquoi ? S'il était comme vous le décrivez ?

— À votre avis ? Vous ne pouvez peut-être pas concevoir qu'on puisse être pauvre. Une jeune veuve avec deux petits garçons à nourrir et deux mauvaises récoltes. Et cette année-là, Mortimer avait augmenté le métayage. Il était veuf. Il chassait pour se divertir. Il voulait des queues de renard, des œufs d'oiseaux sauvages… Ma grand-mère a tenu un mois.

— Et ses fils à lui ?

Sa barbe, çà et là, était bouclée, comme s'il y avait fait distraitement tourner son pouce. Je remarquai aussi que de la terre, ou plutôt de la poussière soulevée par ses pas ou le vent, s'était incrustée dans les rides au coin de ses yeux, les creusant davantage. Il passa une main par-dessus son épaule pour se gratter le dos.

— Ses fils étaient pires. Des joueurs, des bagarreurs. Il n'y a pas que sur les chevaux qu'ils tiraient. Hugo Pettigrew a mis le feu à une ferme de Yabberton. Elle a brûlé jusqu'aux fondations, avec dedans le couple qui y habitait. D'après la police, c'était la faute d'une étincelle qui avait sauté de la cheminée. Mais tout le monde savait à quoi s'en tenir. On disait que Hugo les avait abattus avant de craquer une allumette. Il faut dire que les Pettigrew graissaient la patte aux policiers comme aux aubergistes, alors…

— Pour quelle raison les a-t-il tués ?

— Oh, pour pas grand-chose sans doute. L'ennui. Un pari. Ou il voulait peut-être leur reprendre leurs terres pour les louer plus cher à d'autres fermiers.

Kit reprit sa marche. Je le suivis, je voulais en savoir plus. Il était plutôt avare en paroles mais je me demandais si celles-ci n'étaient pas comme des braises. Peut-être qu'à force de souffler dessus ou de poser des questions, elles deviendraient incandescentes.

— Comment sont-ils morts ? Les Pettigrew ?

Kit ralentit le pas. Mais c'était parce qu'il avait repéré les traces d'un animal ou un coin d'orge aplati par une bête endormie, pas pour me répondre.

— Mortimer a poussé son dernier soupir dans son lit, une belle mort qu'il ne méritait pas.

— Et ses fils ?

— L'un a fait une mauvaise chute de cheval. L'autre a été découvert dans un fossé près du Black Swan, à Stratford. Une rixe.

— Vous les connaissiez ?

— Jamais vus. Le premier est mort avant ma naissance, le second quelques années après.

Sur ces paroles, Kit s'éloigna de nouveau à grands pas. Pas question de lui courir après, au risque de me casser une cheville ou de récolter un méchant hématome. Aussi je l'appelai. Je criai son nom à elle, sachant que cela l'arrêterait.

— Et Véronique ?

Il se figea instantanément, comme obéissant à un ordre. L'espace d'un instant, il demeura parfaitement immobile. Puis il se retourna et revint sur ses pas.

— Qu'est-ce qu'on vous a raconté sur elle ? J'ai beau n'avoir aucun goût pour le jeu, je suis prêt à parier que vous avez entendu des choses.

Il me mettait au défi, semblait-il. En me regardant droit dans les yeux. Je fus soudain hésitante. Devais-je lui répondre que oui, j'étais au courant pour les orgies, la luxure, la décadence ? Ou bien tâter prudemment le terrain ? Ses yeux ne lâchaient pas les miens.

— Qu'elle était casanière. On la voyait rarement au village. Votre grand-mère la connaissait ?

— Elle n'a travaillé là-bas qu'un mois, je vous l'ai dit. Et à l'époque Véronique était encore enfant. Elle avait peut-être 12 ans.

— Votre grand-mère l'a vue, alors.

Kit frotta l'intérieur de son poignet contre son front. Un geste machinal qui semblait coutumier ; un geste qui faisait partie de lui, autant que ses terres. Lorsqu'il abaissa le bras, son regard embrassa le champ d'orge et je sus qu'il était sur ses gardes.

— Vous vous doutez de ce qui me pousse à vous poser cette question, lui dis-je. Quelqu'un se fait passer pour elle. Et je m'en vais bientôt, je retourne à Londres, alors qu'est-ce que ça peut faire ?

Il éplucha un épi d'orge avant de répondre.

— Elle restait toujours dans l'ombre. Quand ma grand-mère entrait dans une pièce, elle en sortait. Elle s'asseyait derrière les rideaux ou dans les coins sombres. Elle jouait du piano. Elle était blonde.

— Blonde ?

Soudain on entendit le vent dans les hêtres ; l'orge se coucha puis se redressa, et Kit leva les yeux vers les branches. Je me demandai s'il savait de quelle direction le vent soufflait, et quel changement de temps il amènerait ; si ce bruit n'était pas pour lui comme les roues des fiacres de mon enfance. Familier, mais que l'on écoute encore parfois rien que pour se rappeler qu'on l'apprécie.

— Et vous ? Vous l'avez vue ?

— Deux fois, c'est tout. Et chaque fois de loin. Un jour, je l'ai aperçue à une fenêtre. Elle suivait la moisson… Un vieux souvenir de quand j'étais petit. Beaucoup plus tard, je l'ai vue dans le jardin. Ses frères étaient morts depuis longtemps, et elle est morte un an après.

— Comment est-elle morte ?

Kit serra les dents.

— Mon oncle l'a trouvée. Elle était couchée près d'un mur de la propriété, dans l'herbe. Aucune trace de blessure. On était en décembre.

— Elle est morte de froid ?

— Ou bien son cerveau s'est arrêté. Ou son cœur.

Un haussement d'épaules.

Son cerveau. L'organe de la logique. Elle se mettait à quatre pattes pour laper l'eau, comme un chat.

— Il paraît qu'elle était devenue folle. C'est vrai ?

— Ce mot a plusieurs sens. La réponse convenue est sans doute oui.

— Et la vôtre ?

Les réserves de patience de Kit étaient épuisées. Il jeta l'épi d'orge qu'il avait dans la main et lança un coup d'œil derrière lui aux champs qui l'attendaient, me signifiant qu'il mettait fin à cette conversation. Mais ses bretelles pendaient, son col de chemise n'avait plus de bouton, et je me rappelai ce que m'avait raconté Hollis sur la façon dont Kit suivait son père dans les champs labourés. Je n'avais pas envie qu'il s'en aille, pas encore.

— Je ne dirais pas ça.

— Il paraît qu'elle divertissait des hommes.

Kit se crispa. Une flamme sombre s'alluma dans son regard ; il fit un pas vers moi et je songeai que c'était ainsi qu'il devait s'approcher d'un cheval récalcitrant ou d'un client du Bull qui l'avait contrarié. Je ne bougeai pas d'un pouce.

— Divertissait ?

— Des hommes. Oui. Qu'elle se déshabillait devant eux et prenait son plaisir avec la même liberté qu'un homme, sans honte. Il paraît qu'elle organisait des fêtes.

Il pivota sur ses talons, faisant mine de s'éloigner.

— Ces commérages ne m'intéressent pas.

— Sûrement que si…

C'était clair pour tous les deux. Mon sous-entendu, ces trois petit mots que je venais de prononcer, et sur quel ton, en disaient bien plus que tous les autres. « Sûrement que si… » Ses conquêtes féminines. Les liaisons qu'on lui prêtait. Afflua d'un seul coup tout ce que j'avais imaginé depuis que Hollis m'avait dit « Il voit des femmes » : brèves rencontres et accouplements indifférents, sans autres paroles murmurées que l'indispensable. Sa connaissance des corps était basée sur autre chose que des planches anatomiques.

Kit riait sous cape. Comme il ne quitta pas le champ d'orge du regard, lorsqu'il reprit la parole, ce fut comme s'il s'adressait à lui et non à moi.

— Un jour, il sortira peut-être sur mon compte une histoire vraie… Pas en partie vraie ni totalement fausse. Qu'est-ce qu'on vous a dit ? Que j'ai mis dans mon lit la moitié des femmes du Gloucestershire ? C'est ça ?

— C'est vrai ?

— Comme vous y allez ! Décidément, vous ne vous gênez pas avec vos questions. Quelques-unes, oui. Voilà. Vous êtes contente ? Mais j'ajouterai ceci, mademoiselle Waterfield : elles étaient consentantes. Elles ont frappé à ma porte ou m'ont invité à frapper à la leur… Où est le mal là-dedans ? Est-ce cruel ? Est-ce un crime ? Au fait, elle était belle… Véronique. Ma grand-mère la surnommait sa ravissante enfant, et j'ai pu le constater, quand je l'ai vue à la fenêtre cet automne-là. Mon Dieu ! Jamais je n'avais vu de créature aussi belle.

Il s'éloigna rapidement en fouettant les épis d'orge sur son passage. Je le suivis des yeux tandis qu'il suivait les limites de son domaine en balançant les bras pour aller plus vite, passant de l'ombre au soleil. Je le suppliai intérieurement de se retourner. Mais il continua à marcher droit devant lui.

Jusque-là, elle n'avait pas eu de visage. Elle n'avait été qu'une rumeur, un courant d'air. Rien de substantiel. En entendant son nom, j'avais tendance à me taire ou à lever les yeux au ciel tant me paraissait absurde la possibilité que l'âme existe.

Et voilà que, subitement, Véronique était devenue une vraie personne. Morte, bien entendu, et cela n'avait guère changé depuis treize ans. Mais je rentrai de chez Kit en ayant l'impression d'avoir entraperçu celle qu'elle avait été dans la vie. Libertine ? Oui. Mais elle avait aussi été une petite fille timide. Blonde, et jouant du piano. Ces minuscules détails avaient suffi à lui donner une identité, si bien qu'elle possédait désormais un tempérament qui lui était propre. Un parfum, des désirs, des espoirs. Si elle avait posé sa main sur le carreau, elle y aurait laissé son empreinte.

Et belle, avec ça ! J'aurais dû le savoir. Car ils étaient venus à elle, ces hommes ; les uns après les autres, ils avaient gravi l'escalier. Au risque de s'exposer à la colère de ses frères – des brutes qui abattaient les chevaux et incendiaient les fermes – dans le seul but de la voir, elle, quelques instants. La beauté. Je l'avais trouvée dans les musées. Dans les omnibus. Chez ma mère qui, même si elle n'avait pas ma chevelure presque blanche, était très blonde. Et alors je vis Véronique à la fenêtre. Je la vis descendre l'escalier avec au coin des lèvres un sourire de connaisseuse ; une femme puissante, dans tous les sens du terme. Les os parfaitement formés sous sa peau brûlante et ses robes bordées de velours.

Ce soir-là, la maison resta silencieuse. M. Fox était parti ; les bonnes étaient allées se coucher sans un mot.

Comme le sommeil me fuyait, je rouvris mon manuel d'anatomie à une page qu'à Londres je regardais à peine ; en ce temps-là, j'étais davantage intéressée par d'autres planches. Les os, le cerveau, la dissection du globe oculaire. Mais, à présent, je tenais à l'étudier. Je me murmurai des mots nouveaux, tropicaux, comme *ductus deferens. Pubis*. Je les retraçai sur le papier du bout des doigts ; je rapprochai la page de mes yeux pour mieux voir l'appareil génital masculin. Puis j'examinai les planches des organes féminins qui s'y emboîtaient. Du moins, c'était ainsi que je le comprenais.

Une lecture qui me mena jusqu'à 2 heures du matin. J'imaginais comment ces formes s'assemblaient ; comment, une fois assemblées, elles remplissaient leur fonction. Et un peu plus tard, à moitié endormie, je me rappelai la question que Kit m'avait posée : « Où est le mal là-dedans ? Est-ce cruel ? Est-ce un crime ? » Aussi simple qu'ardue. Je n'avais pas su lui répondre, là-bas au milieu des orges. J'avais eu envie de dire non. Non, il n'y avait rien de criminel à accomplir un acte qui engendre la vie humaine ; je ne voyais pas où était le mal. Pourtant le monde, je le savais, était d'un autre avis. Véronique avait été haïe pour cela. Ma mère avait été embarquée à bord du *Persia* alors qu'elle aurait infiniment mieux aimé rester aux Indes.

J'éteignis. Je revis ses manches, roulées sur ses bras. Le tissu de sa chemise noirci par la sueur de chaque côté de son épine dorsale, sous ses aisselles, au creux de son dos. Et je me dis que les livres ne fournissaient que la nomenclature officielle. Même enfant, debout devant la carte des Indes, alors que j'apprenais le nom des fleuves, des chaînes de montagnes, des villes légendaires, je savais que ce n'était pas suffisant, que ce que j'avais sous les yeux n'avait rien à voir avec le pays lui-même. Je ne pouvais pas connaître le goût d'un fruit en étudiant une planche botanique de ce fruit coupé en deux. À quoi cela servait-il de lire sur quelque chose sans le vivre ? Connaître le tracé du Gange, ce n'est pas savoir ce que l'on éprouve en se tenant debout dans son courant.

9

En entrant dans la cuisine, j'y trouvai Harriet. Elle avait une feuille de papier à la main, qu'elle me tendit.

Chères Harriet et Maud,

Le gentleman de la Société de recherche psychique arrivera jeudi après-midi. Préparez-lui, je vous prie, l'ancienne salle de billard. Aménagez-lui toute la place qu'il faut pour son travail, je vous fais confiance pour lui fournir le meilleur service. N'oubliez pas que mademoiselle Waterfield est là pour vous aider.

Je reviendrai le samedi 1er août.

Je laisse la maison entre de bonnes mains, je n'en doute pas.

La signature fleurie habituelle : son *F* en forme de liane torsadée.

Harriet fronça les sourcils. « Psychique. » Un mot nouveau, semblable à un territoire inconnu. Je lui en expliquai le sens : un adjectif qualifiant les perceptions humaines, les choses mentales et spirites. En retour, elle me demanda si je savais repasser sans brûler ni le linge ni moi-même, car il y avait fort à faire avant l'arrivée du gentleman. Lorsque je répondis par la négative, elle eut un petit sourire et me fit signe de la suivre. Elle me montra où étaient rangés les deux fers et la table à repasser, m'expliqua comment les chauffer, et plier le linge.

— Comme ça, me dit-elle. Et comme ça.

Je repassai avec soin les draps du lit où bientôt dormirait le gentleman de Londres. Les bonnes passèrent tout le lendemain dans la salle de billard, à balayer, cirer, laver les carreaux au vinaigre, décrocher les rideaux pour les battre sur les cordes à linge. Elles récurèrent la baignoire pendant des heures. Elles firent tourner les serviettes dans la lessiveuse, dépoussiérèrent les étagères. Toutes ces tâches, je me contentai de les observer. Elles étaient trop rudes pour moi. Mais il y en avait d'autres à ma portée. Je cueillis et pelai les légumes, et Harriet me chargea aussi de faire des bouquets en l'honneur de notre visiteur.

— Je sais qu'ils ne durent pas dans cette maison. Mais Mme Bale aurait voulu qu'on lui souhaite la bienvenue avec des fleurs.

La tâche était plaisante. Le jardin, lumineux. Les roses étaient au summum de leur splendeur ; le long de l'allée, elles penchaient leurs lourdes têtes rose pâle ou pêche au-dessus des dalles ; Rêve d'or grimpait sur la façade sud jusqu'au toit. Autour du bassin rond, les delphiniums étaient indigo. Des violettes tapissaient les bords du socle d'une urne. Et au potager, les tuteurs des cassissiers craquaient sous le poids de leurs baies. Hollis me présenta une fraise.

— Dites-moi si ce n'est pas le goût le plus sublime de toute l'Angleterre.

Et je répondis que oui, ça l'était.

Le jardin agissait sur moi comme un baume. Soudain, je n'avais plus qu'une envie : embellir la maison de couleurs, de parfums. Même si je risquais dans quelques heures de retrouver des tiges brisées et de l'eau croupie. Je m'enfonçai dans la luxuriance des massifs et revins avec plus de fleurs que ne pouvaient en accueillir les vases, si bien que je remplis des bocaux, des pichets, des chopes. Je plantai même des marguerites dans la vieille théière dont l'anse et le bec étaient ébréchés.

Tout en m'affairant, je pensais à Mme Bale. Je coupais les tiges, les arrangeais, et me revenait à la mémoire son accueil si agité, la manière dont elle m'avait chanté les louanges du jardin. « Vous n'êtes ici que pour un mois, mais vous l'avez bien choisi ! » Et elle adorait les hydrangeas, ça, je le savais. Elle m'avait fait part de son admiration pour leur corolle ronde et fine comme du papier, si bien que je ressortis en cueillir d'autres. La couleur du talc avec des touches de vert ; je les tenais comme s'ils étaient en verre. J'en fis un bouquet que je liai au moyen d'une ficelle. C'était un cadeau que je lui destinais.

Je me rappelai ses directions : le cottage sur la route de Stow. Un pont bossu. Une porte bleue. Elle m'avait aussi dit le nom de sa sœur, mais je ne parvenais pas à m'en souvenir. Et je me demandai si elle – qui aimait tant les fleurs coupées, qui avait déposé une rose de bienvenue dans ma chambre le soir de mon arrivée – avait appris le langage des fleurs pendant ses années de mariage. Alors qu'elle s'occupait de son mari malade, avait-elle éprouvé du plaisir à remplir des pots de boutons-d'or, à piquer des delphiniums dans des bouteilles ? C'était une façon de se faire du bien.

En remontant la route de Stow, je pensai au mariage. À celui de Mme Bale, plus précisément. Comment elle et son époux s'étaient-ils connus ? Quelles qualités avaient attiré son mari ? Je voyais bien qu'elle avait dû être jolie. Une taille fine. Des hanches sur lesquelles il avait eu envie, peut-être, de poser les mains. Sa natte, pas grise mais d'une autre couleur alors, qui se balançait dans son dos quand elle marchait. Mais il y avait aussi son tempérament, sa façon de pépier, son côté petite fille ; avait-elle toujours été ainsi ? Ou avait-elle acquis ce sourire radieux, énorme, pendant ses années de mariage ? Peut-être était-ce devenu une nécessité ?

La tuberculose. Grâce à mes lectures, je savais ce que c'était. Une maladie qui atteint votre système respiratoire, déforme votre colonne vertébrale, charge votre souffle de sang. La mort blanche, c'était le nom qu'on lui donnait. Peut-être, une fois le terrible diagnostic posé, Mme Bale avait-elle développé ce talent qu'elle assumait avec panache : s'émerveiller devant un ciel couvert ou une tartine beurrée, fredonner gaiement en accomplissant toutes les corvées qui échoient aux épouses, aux infirmières. Vider des pots de chambre, laver des mouchoirs. Adoucir sa peine en se leurrant soi-même.

Et de son côté ? Peut-être avait-elle été séduite par sa bonté. Sa générosité, son intelligence. Ou bien le ressort de son attirance avait été d'une nature plus élémentaire, tout simplement physique : sa façon de danser dans les fêtes de village, ou de lever un objet au-dessus de sa tête en déployant sa musculature. La façon dont sa carrure remplissait sa chemise. Sa façon d'enjamber un échalier.

Le cottage ne fut pas compliqué à trouver. Le pont bossu aux briques tapissées de mousse ; la porte d'un bleu gris délavé garnie d'un heurtoir en laiton.

J'appuyai ma canne contre le battant et frappai trois coups.

Je patientai. La porte ne s'ouvrant pas, je frappai de nouveau. Un bruit. Une clé tourna dans la serrure ; un verrou fut tiré et le battant commença à s'ouvrir. J'entendis alors un bruissement doux, comme si la porte était bloquée par du bois gauchi ou le bord d'un tapis. Elle était tout juste assez entrebâillée pour me permettre de voir que, penchée en avant, elle me regardait avec des yeux ronds.

— Oui ?

Aucun doute possible. Elle ressemblait comme deux gouttes d'eau à sa sœur. Les mêmes cheveux acier, quoique sans la tresse passée par-dessus l'épaule ; les siens étaient coupés au niveau de la mâchoire. Une frange taillée au cordeau.

— Bonjour, je m'appelle Clara Waterfield et…

— Je sais qui vous êtes. Vous venez de là-bas.

Elle retenait fermement la porte à moitié fermée.

— Oui. Je viens voir Mme Bale. Je lui apporte quelques fleurs du jardin, ajoutai-je en montrant le bouquet que j'avais à la main. Je voulais voir comment elle va.

Je me félicitai intérieurement de ma politesse.

La sœur pinça ses lèvres.

— Elle dort.

— Dans ce cas, je reviendrai plus tard.

— Ce n'est pas la peine.

— Je souhaiterais la voir.

— Elle, par contre, ne souhaite pas vous voir, mademoiselle Waterfield.

Une rebuffade à laquelle je ne m'attendais pas. D'ailleurs, je crus avoir mal entendu. Mais elle me fixait d'un air hostile ; je soutins son regard. Pourquoi réagissait-elle ainsi ? Je venais avec des fleurs et des intentions amicales, et on refusait de m'ouvrir la porte.

— Laissez-moi entrer.

— Non. Elle ne veut plus rien avoir à faire avec vous ni avec cet endroit.

— Je ne vous crois pas. Elle a peur, et je le comprends. Mais elle m'a invitée à passer la voir. Elle m'a dit comment trouver votre maison, la porte bleue, la route de Stow. Sinon, comment aurais-je su quel chemin prendre ?

— Quelqu'un d'autre vous aura renseigné.

— C'est elle, enfin !

J'avais en face de moi un cerbère aux lèvres scellées par un fil invisible. Elle était en pantoufles et avait autour du cou le même crucifix en argent que sa sœur ; ses doigts étaient blancs aux jointures à force de serrer la porte, et je me dis que l'agressivité ne me mènerait nulle part.

Aussi je lui souris.

— Elle nous manque, voyez-vous. Aux filles et à moi… Pouvez-vous lui transmettre ce message ? Et si vous voulez bien lui donner ces fleurs, au moins ? Elle aime les hydrangeas, je crois.

Cela s'avéra une meilleure tactique. Tout d'un coup, la sœur de Mme Bale sembla rapetisser. Ses joues se colorèrent ; ses lèvres se descellèrent et sa main lâcha la porte tandis qu'elle acceptait le bouquet.

— Désolée, murmura-t-elle, je ne voulais pas être désagréable. Les événements… ce qui se passe à Shadowbrook… Tout ça a bouleversé Eleanor. Elle a toujours été la plus solide de nous deux. Oh, ce qu'elle a supporté ! Et avec ça, jamais malade ou triste. Mais elle a tellement maigri. Elle crie la nuit, d'horribles rêves la font hurler, même ici, alors que je suis près d'elle. Elle vous aura peut-être invitée à venir la voir mais seulement par courtoisie, mademoiselle Waterfield. En vérité, comme je vous dis, elle ne veut rien avoir à faire avec Shadowbrook. Elle ne veut pas vous voir, elle ne veut voir personne d'autre que moi… jusqu'à ce que le problème soit réglé.

Sur ces paroles, elle me remercia et commença à fermer la porte. Je glissai le bout de ma canne dans l'ouverture, ce qui la surprit.

— Pouvez-vous lui dire au moins ceci ? Un homme est attendu à Shadowbrook. J'ignore comment il s'appelle, mais il vient pour identifier le problème et nous en débarrasser. Et il est possible qu'il veuille lui parler. Dites-lui ça.

La sœur ouvrit la bouche, soudain hésitante.

— Quand est-ce qu'il arrive ?

— Demain... De Londres. M. Fox l'a fait venir.

— Elle refusera de le recevoir, j'en suis sûre. Elle a besoin de repos, loin de cette affreuse maison. Mais je le lui dirai, vous pouvez compter sur moi. Maintenant, mademoiselle, si vous voulez bien retirer votre canne ?

Je m'exécutai et elle referma. Je contemplai le bleu pâle de la porte avec l'impression d'avoir mal partout, comme si elle m'avait secouée. Elspeth, son nom me revint tout d'un coup.

« Elle ne veut plus rien avoir à faire avec vous. »

Je ne m'étais pas attendue à ça. Mais pour être honnête, je ne m'étais attendue à rien de ce qui s'était passé à Shadowbrook au cours de ces quelques semaines. Surtout pas à m'occuper d'une fracture qui n'était pas la mienne. Et puis jamais je n'aurais deviné que mes pensées se couleraient sous les vêtements pour examiner la chaleur et les défaillances des corps. Ni que j'admettrais qu'une personne morte et enterrée ne fût pas totalement absente de ce monde.

Je me sentais nerveuse. Je ne pouvais pas retourner à Shadowbrook comme ça. Je n'avais pas envie de me promener dans les jardins, ni de faire des courses à l'épicerie, ni de traverser les champs d'orge, et la serre n'avait pas besoin de mes soins.

Seize années s'étaient écoulées depuis que Millicent – potelée, les mains farineuses, les bottines lacées trop serré – m'avait emmenée à l'église. Seize ans, c'est le temps d'une jeunesse. Pourtant je me souvenais que le pupitre de cette église londonienne avait la forme d'un aigle en laiton ; les psaumes étaient chantés avec une telle ardeur que je m'étais retournée pour regarder les fidèles. Comme ce jour-là, j'avais une côte fêlée, ce geste avait été douloureux. Seize années qui étaient passées comme une heure.

Depuis, je fuyais les églises. Après cet incident, j'avais pleuré. J'avais beau n'avoir que 5 ans, je savais que je ne retournerais plus jamais dans une église. Le son de leurs cloches ne m'attirerait pas, j'ignorerais leurs prêtres ; je suivrais l'exemple de mes parents en rejetant les deux Testaments et en considérant Noël d'un œil supérieur.

Et voilà pourtant que je me retrouvai devant St Mary's à Barcombe-on-the-Hill, m'efforçant d'imaginer à quoi cette église ressemblait à l'intérieur. J'en connaissais l'aspect extérieur ; j'en avais franchi l'enceinte, j'avais écarté l'oseille sauvage et les ronces pour déchiffrer le nom de Pettigrew sur une tombe. Mais je n'étais pas allée plus loin. À présent, c'était l'église elle-même qui était au centre de mon attention. Des murs en pierre des Cotswolds, de la couleur du blé tendre. Elle n'était pas bien grande et, en dépit de la protection que lui assuraient les ifs, ses coins étaient rabotés par les intempéries et l'usure du temps.

Une chouette, paraît-il, nichait dans son clocher. L'horloge n'indiquait pas la bonne heure.

On y pénétrait par une porte latérale surmontée d'un avant-toit pointu. Par terre, à côté de la porte, un décrottoir et une gamelle pleine d'une eau herbeuse destinée, sans doute, aux chiens. À un clou sur le battant, au bout d'une ficelle, était accrochée une pancarte : *Les hirondelles couvent. Ne pas fermer la porte SVP*. Un fer à cheval rouillé la maintenait entrouverte.

J'entrai doucement, posant le pied sur une marche creusée et polie par le passage des générations. Mon regard tomba sur des dalles au sol : des tombes dont la présence à l'intérieur de l'église me troubla, des corps encastrés dans les fondations. Ces dalles se succédaient dans l'allée centrale, sombres et lisses. Elles avaient été gravées un siècle plus tôt, ou même à des périodes antérieures, du nom et des dates des défunts. Aux murs aussi étaient apposées des plaques mortuaires. Sobres, sauf pour quelques-unes, richement ornées de rouleaux de parchemin et d'anges. *M. Carrington Bell, regretté paroissien. M. John Bayley. Son épouse.*

Sur les prie-Dieu, des coussins brodés. Des missels, petits cubes verts effilochés, empilés à l'extrémité de chaque banc. Dressée sur l'autel, une statue en bois du Christ agonisant sur la Croix. Je me doutais que Matthew Dunn serait dans les parages, occupé à préparer un sermon ou à réconforter un paroissien, mais je ne m'étais pas attendue à le voir assis sur un banc, le dos tourné. Au début, je crus qu'il priait. Sauf que ses mains n'étaient pas jointes comme, à ma connaissance, elles auraient dû l'être, ni sa tête baissée. Il avait plutôt l'air de regarder les poutres du plafond. Aussi je suivis la direction de son regard, au-dessus de la chaire en bois vers le coin le plus élevé, où j'aperçus la coupe gracieuse et terreuse d'un nid d'hirondelles.

« Je suis aussi un homme. »

Ses cheveux étaient d'une teinte indéfinissable. Ses épaules étroites.

— Elles sont là depuis combien de temps ? dis-je.

Je l'avais surpris alors qu'il pensait qu'il était seul. Il se retourna à moitié, faisant mine de se lever. En me voyant, ses yeux s'arrondirent.

— Mademoiselle Waterfield.

— Les hirondelles ?

— Trois semaines, je crois. Peut-être un peu plus.

— Elles sont donc arrivées en même temps que moi.

Je me demandais quel Matthew j'avais devant moi. Le pasteur effacé et nerveux incapable de prononcer une phrase sans buter sur les mots ? Ou l'homme qui s'exprimait avec une parfaite aisance ? Sa posture, encore courbée, la main cramponnée sur le haut du banc, suggérait la première éventualité.

— Je peux vous parler ?

Sur son initiative, nous sortîmes. Peut-être à cause des hirondelles. Peut-être parce qu'il sentait que je préférais cela, l'herbe, la lumière dans les feuillages, à l'église silencieuse. Nous contournâmes l'édifice entre lichen et ronces.

— Je suis allée rendre visite à Mme Bale avec un bouquet d'hydrangeas. Sa sœur m'a dit qu'elle refusait de me recevoir. Elle ne veut voir personne. Mais vous, monsieur Dunn, vous avez dû la voir. Quand elle est tombée, elle a dit qu'elle avait plus besoin de vous que du médecin. Vous l'avez sûrement vue ?

— Oui, en effet.

— Comment est-elle ? Comment va son bras ? D'après sa sœur, elle fait des cauchemars.

Il remonta ses lunettes sur son nez de ce petit geste qui lui était particulier, en se servant du dos de la main.

— Je ne suis pas au courant pour les cauchemars. Je sais seulement qu'elle est soulagée d'être chez sa sœur… de pouvoir se reposer.

— Que vous a-t-elle dit d'autre ? A-t-elle ajouté quelque chose sur ce qu'elle a vu au premier étage ?

— Mademoiselle Waterfield…

Il eut un sourire prudent, achoppa sur un ou deux mots.

— Je suis pasteur. Les gens me parlent en confiance de leurs affaires intimes. Ils m'en parlent parce qu'ils savent que je n'en ferai pas part aux autres. C'est ma fonction.

Ce n'était pas la réponse que je voulais. Mais c'en était une quand même. Le pasteur en savait donc plus long que moi.

La lumière miroitante des ifs donnait la sensation de se mouvoir sous l'eau. Un ruissellement glauque s'écoulait le long de l'allée. Je jetai un coup d'œil à Matthew. Il marchait les mains dans le dos, comme un vieil homme. Et je songeai que je n'avais jamais, de toute ma vie, présenté des excuses à quelqu'un. Peut-être dans mon enfance. J'avais le vague souvenir d'avoir chuchoté « pardon » à ma mère. Pour avoir récolté un nouvel hématome, une possible fracture. Mais dans ma bouche, c'était un mot rare.

— Je tiens à vous demander pardon, dis-je.

— Pardon ? Mais pour quoi ?

— Au bord du bassin, près des portraits romains, quand on a parlé de l'âme. Ou plutôt, quand je vous ai déclaré qu'il était ridicule de penser que l'âme ne pouvait être prélevée sur un corps comme si c'était un organe. Je n'aurais jamais dû vous parler comme ça.

Il avait l'air déconcerté.

— Inutile de vous excuser. Tout le monde n'a pas la foi, c'est évident, et ce qui vous est arrivé dans cette église à Londres… C'est terrible. Ce que vous m'avez raconté m'a empêché de dormir, pour vous dire combien ça m'a révolté. Ce serait plutôt à moi de vous demander pardon.

— À vous ? Ce n'est pas vous qui m'avez traitée de pécheresse.

— Mais tout de même. Je ne suis pas comme ce pasteur, vous le savez ? À part le col…

Ces excuses réciproques acceptées, je me sentis plus à l'aise. Alors que nous abordions la façade sud de son église où proliférait le lierre, je dis :

— Vous avez mentionné un ami, un pasteur comme vous, qui, la veille de la Toussaint, en disant la messe, a vu les bancs de l'église se peupler d'âmes perdues. Est-ce vrai ?

— Oui, tout à fait. Je n'y étais pas, bien sûr. Mais c'est un homme foncièrement honnête. Il sait ce qu'il a vu ce soir-là et je l'ai cru. Je le crois toujours.

— Et qu'a-t-il vu exactement ? Des fantômes… ou des âmes. Ont-ils une forme humaine ? Ressemblent-ils à ce qu'ils ont été dans la vie ?

— Je lui ai posé la question. J'étais jeune, pas encore ordonné et avide de tout savoir. Il a dit que oui. Ils avaient l'air vivants, habillés comme à leur époque. De taille humaine, avec des traits d'hommes et de femmes. La seule différence, c'était qu'ils étaient diaphanes ; on voyait à travers eux le mur derrière et ils se passaient à travers les uns les autres comme s'ils n'avaient d'autre substance que de l'air.

Il n'y avait pas si longtemps, je lui aurais fait part de mon désaccord. Je lui aurais opposé des arguments scientifiques, j'aurais pris un ton railleur. Mais là, j'étais frappée par sa sincérité. Il en oubliait sa timidité ; il parlait de ce en quoi il croyait, ses gestes étaient précautionneux, il s'exprimait avec aisance.

— En avez-vous vu un de vos propres yeux ?

— Un fantôme ? De mes propres yeux ? Non. Mais je sens parfois des choses qui nous sont invisibles, bien sûr. Des choses bizarres, palpables, qui laissent à penser que je ne suis pas seul. Un changement dans la température ; la subite et absolue conviction que quelqu'un est debout à côté de moi. Tout ça, j'en ai conscience, peut sembler invraisemblable. L'esprit a des pouvoirs extraordinaires de persuasion, d'imagination, de…

— Avant, j'étais catégorique au sujet de l'au-delà. Ou plutôt sur son absence. J'ai dit que les fantômes n'existaient pas, et je n'ai pas vraiment changé d'avis. Sauf que j'ai fait la connaissance de M. Fox. On a cogné à sa porte une nuit, des coups brutaux, et quand il a ouvert, le couloir était désert. Il m'a aussi dit qu'une femme avait cherché à tirer les draps du lit où il dormait, et quand il a allumé, il n'y avait personne. Il pense qu'il faut être ouvert à tout. « Le sage est celui qui sait qu'il ne sait pas. » Je le cite… Et qui sait quelle preuve peut surgir à l'avenir ? Voilà pourquoi je vous demande pardon. Je peux être têtue, vous savez.

— Matthew, appelez-moi Matthew.

— Ces âmes, le soir de la Toussaint. Quelle raison avaient-elles d'être dans cette église ? Pourquoi n'étaient-elles pas… ailleurs ? Vous avez dit qu'elles étaient perdues.

— Leur vie ou leur mort a été solitaire ou injuste, ou bien elles ont connu une fin violente, ce qui les a empêchées de poursuivre leur chemin dans l'autre vie ; elles sont restées sur le seuil. On dit que l'intervention d'un prêtre peut les aider à franchir le pas, mais pas toujours.

Solitude ou injustice. Rien à propos de Véronique ne semblait indiquer qu'elle ait souffert de l'une ou de l'autre. Elle avait mené sa vie à sa guise, sans tenir compte des convenances et de ce qu'on attendait d'elle. Et sa mort n'avait-elle pas été paisible ? Dans le jardin, son cœur et son cerveau s'éteignant doucement ? Son corps nimbé d'un bleu glacial ? Voilà les pensées qui me traversèrent alors que je passais sous les ifs.

— Vous paraissez troublée.

— Pas troublée, non, dis-je alors que je l'étais peut-être. Vous avez entendu les rumeurs sur Véronique ?

Le rouge lui monta aussitôt au visage, un rouge framboise prenant naissance au creux de sa gorge. Je compris qu'il les avait entendues.

— Mme Bale m'en a parlé, repris-je. Et je connais son sentiment sur ce genre de conduite ; je sais aussi quelle est l'attitude de l'Église. Pourtant cela me semble injuste. Véronique est détestée bien plus que ses frères ou son père, alors qu'eux ont assassiné un fermier et sa femme, ont mis le feu à la ferme, ont soudoyé la police et tué des bêtes rien que pour le plaisir de tuer. Sans compter qu'ils ont dû accomplir le même acte qu'elle, des milliers de fois, avec qui et où ils voulaient. Qu'est-ce que c'étaient que ces gens ? Et pourtant c'est Véronique, qui jouait du piano et qui, autant que je sache, n'a jamais tué personne, qui est la plus haïe. C'est son nom qu'on ne prononce pas tout haut, au cas où il porterait malheur. Et il n'y a que son nom à elle qui ne soit pas inscrit sur le tombeau Pettigrew, comme si elle ne méritait pas d'y figurer. De mon point de vue, ce serait plutôt ceux de Hugo, Francis et Mortimer qui devraient être effacés. Des êtres malfaisants. Alors qu'elle… c'était tout le contraire !

Mes paroles étaient allées plus loin que ma pensée. En prononçant « le même acte », je m'étais sentie rougir à mon tour.

— Son nom ?

Le pasteur avait ralenti le pas.

— Oui. J'ai bien regardé sur la pierre tombale, son nom n'y est pas. Si elle hante Shadowbrook, serait-ce à cause de ça ?

— C'est qu'elle n'est pas enterrée ici. Sa sépulture n'est-elle pas à Shadowbrook ?

Quelque part, un oiseau poussa un cri d'alerte.

— À Shadowbrook ?

— Oui. Dans la propriété. À ce qu'il paraît.

Matthew ne pouvait m'en dire plus. Il ignorait à quel endroit Véronique était enterrée, il savait seulement qu'elle reposait en terre non consacrée. Toutefois, sur le chemin du retour, je m'aperçus qu'en vérité je connaissais l'emplacement de sa tombe. Pourquoi n'avais-je pas fait le lien avant ? Les hautes herbes du verger, le sentier menant tout droit à un monticule tapissé de fleurs sauvages.

« J'ai tendance à laisser le verger vivre sa vie », m'avait dit Hollis.

Le jardinier ne comprit pas pourquoi j'étais dans tous mes états. Pris de court, il leva les mains comme pour protester.

— Oui, elle est enterrée là. Dans le verger. Mais pourquoi cela vous fâche, mademoiselle Waterfield ?

Nous étions au milieu des carrés du potager. Radis, épinards, framboisiers à l'abri de leurs filets ; les creux imprimés par les genoux dans la terre ; les bêches plantées toutes droites, comme des piquets.

— Parce que vous ne m'avez rien dit, Hollis ! Pour quelle raison ?

— Je ne pensais pas que c'était important.

— Pas important ?

— Vous ne deviez rester qu'un mois. Et puisque vous insistez, sachez que j'étais au courant de votre deuil avant votre arrivée. Vous avez perdu votre mère, je me suis dit que vous n'auriez pas tellement envie de savoir qu'il y avait une tombe à quelques mètres de la maison. Ça n'aurait pas été bien pour vous.

Il y eut un long silence. Les aides-jardiniers n'étaient pas loin, certains nous observaient tout en sarclant ou bêchant. Mais ils n'étaient peut-être pas assez proches pour avoir entendu la conversation. Les jumeaux examinaient un coléoptère ou un ver de terre que l'un d'eux tenait dans ses mains. Le petit Fred époussetait ses genoux nus.

— Pourquoi là, Hollis ? Pourquoi pas dans le tombeau Pettigrew du cimetière ?

Un petit haussement d'épaules.

— Certaines personnes s'y sont opposées. À cause de sa réputation… Ces gens-là ne voyaient pas d'un bon œil qu'elle soit enterrée près de leurs aïeux. Et puis il aurait fallu débroussailler la partie du cimetière où se trouve la tombe, et le révérend Stout n'était pas du genre à apprécier l'effort. Il valait mieux la garder ici.

— C'était votre décision ?

— J'ai seulement proposé. Il n'y avait plus de famille, voyez-vous… Plus de Pettigrew. Qui allait s'opposer à ce qu'elle soit enterrée dans sa propriété ? Et elle était souvent dans le verger.

— Je croyais que vous la voyiez rarement. Qu'elle restait à l'intérieur.

— C'est vrai, je la voyais rarement. Mais elle laissait des traces : des livres sur les accoudoirs des bancs, ou elle oubliait ses chaussures. Ce genre de chose. Elle avait l'habitude de dormir dans le verger, je retrouvais de l'herbe couchée. Parfois un coussin.

Cela me sembla merveilleux. Fantastique, étrange, inattendu : s'allonger dans les herbes hautes avec un livre et un coussin. Ôter ses chaussures et marcher nu-pieds. C'était donc cela, sa folie ? Du moins aux yeux des autres ? Aux miens, cela ressemblait aux rêves que je caressais enfant. Dormir sous des arbres fruitiers.

— Était-elle folle, Hollis ? Soyez franc avec moi !

Il hocha doucement la tête.

— Elle ne m'a donné aucune raison de croire une chose pareille. Mais les gens, finalement, croient ce qu'ils veulent bien croire. Si elle a mangé de l'herbe, ce n'était pas par poignées. Elle cueillait les feuilles tendres de la menthe, tout au bout de la tige. Je le sais, parce que je les retrouvais sans leurs belles petites pousses toutes vertes. Je ne vois pas de mal à ça. La menthe fraîche, c'est un délice.

— Kit dit qu'elle était belle.

Hollis me dévisagea.

— Oui, c'est vrai, même si je ne l'ai jamais aperçue que brièvement, et si peu souvent. Quand j'entendais le piano, je levais la tête. Elle était jeune alors. Plus tard, elle a laissé pousser ses cheveux. Ils lui arrivaient à la taille.

— Et cela ne vous dérange pas, ce qu'elle a fait ici ?

D'emblée, il m'était apparu comme un homme bon. Dès notre première rencontre, j'avais apprécié sa droiture. La façon dont il maniait sa bêche, comme si la terre était assoupie et ne devait pas être dérangée ; la façon dont il fredonnait au petit rouge-gorge qui picorait près de lui. Et à présent, il me disait que ces histoires ne le regardaient pas ; que si nous commencions à juger autrui sur des ragots, où allions-nous ? Il se remit à piocher son carré de potager. Indifférent – comme, semblait-il, il l'avait toujours été – aux rumeurs que font courir les hommes. Hollis paraissait ne s'être guère soucié de l'existence de Véronique. Et pourtant c'était lui qui l'avait fait enterrer sous les pommiers, lui encore qui avait laissé s'épanouir sur sa tombe des fleurs sauvages. Une attention que l'on pouvait supposer affectueuse. C'était tendre, réfléchi, tout le contraire de l'indifférence. Et cela dépassait largement le devoir d'un employé.

Pommiers, poiriers, pruniers. Une herbe haute festonnée de boutons-d'or et de vesces.

Sa tombe était une butte étroite et rectangulaire marquée par une pierre quelconque. Aucune inscription. Aucune offrande, à part celles de la nature. C'était pourtant là qu'elle était enterrée. Ici. Sur ses terres. Sur ce sol qui était le sien à l'heure de sa mort.

Que savais-je d'elle, au fond ? Elle avait été une petite fille blonde, orpheline de mère et benjamine d'une fratrie de trois ; ses aînés ayant dix ans de plus qu'elle, elle avait dû apprendre à s'amuser seule, à ne compter que sur elle-même pour s'occuper. Peut-être avait-elle été très gâtée. Peut-être avait-elle profité, capricieuse, de son statut de seule fille. Ou bien elle s'était habituée, en grandissant, à une existence solitaire. Timide, par conséquent, sortant des pièces lorsque les domestiques y entraient, épiant depuis les fenêtres la vie au-dehors. On la disait hautaine, mais je me demandais si elle n'avait pas d'autres raisons de rester cloîtrée dans la propriété. Elle devait être au courant de la réputation de sa famille, après tout. Si Pettigrew était un nom haï dans tous les villages du Gloucestershire, pourquoi se risquer à sortir ? Aussi ne s'éloignait-elle pas de son piano, de son armoire contenant ses jolies robes et ses chaussures, de son miroir. Elle avait eu la fortune, la beauté, une bibliothèque pleine de livres, une santé parfaite, un corps robuste. De quoi d'autre aurait-elle pu avoir besoin ?

D'hommes… ? Avait-elle vraiment organisé ces fêtes ? Je n'y croyais plus qu'à moitié. Elles avaient un côté bizarre et sordide qui ne collait pas avec l'image que je me faisais d'elle – observant la moisson, jouant du Bach ou du Rachmaninov. Elle avait vécu retirée du monde. Ses jardins avaient été son territoire ; elle les avait explorés, seule, loin des regards. Des orgies ? Non, c'était impossible. Mais si ces fêtes n'avaient pas eu lieu, si elle était restée enfermée chez elle, alors comment avait-elle fait pour rencontrer des hommes ?

Je méditai au milieu des boutons-d'or et finis par conclure qu'elle avait fait leur connaissance les uns après les autres. Une femme de sa culture et de son élégance aurait très bien pu lire dans les journaux des portraits de musiciens, d'explorateurs, de poètes ; elle aurait pu leur écrire, les inviter. Cela paraissait beaucoup plus logique. Car que pouvait-elle tirer de ses frères ? Ou même des amis de ses frères, qui ne faisaient que se bagarrer ? Quel attrait auraient eu pour elle ces corps d'ivrognes ? Elle aurait cherché meilleure compagnie. Elle aurait voulu entendre des récits de voyage dans des pays qu'elle ne connaissait qu'à travers ses lectures ; elle aurait voulu, peut-être, discuter politique. Et ces hommes auraient été sous le charme de cette femme rayonnante qu'ils n'auraient jamais pensé trouver dans une maison où on tuait des chevaux sans raison, où on se saoulait, où on jetait l'argent par les fenêtres. *Véronique*, soufflaient-ils. Qui aurait pu imaginer un être aussi exquis ? Mais d'où venait cette rumeur ? Délaçait-elle son corset devant eux ? Cela, en revanche, me paraissait toujours plausible. Assez de sang Pettigrew coulait dans ses veines pour qu'elle s'estime tout permis.

Elle était restée célibataire. Elle avait dû avoir des prétendants, pourtant. Mais quel intérêt aurait-elle eu à devenir une femme mariée ? Elle voyait ses frères s'enivrer. Elle savait qu'un jour la propriété lui reviendrait. Que sa fortune la mettrait à l'abri du besoin. Alors pourquoi quitter Shadowbrook ? C'était un monde en soi, un perpétuel voyage à travers les saisons. Et c'était son monde.

Je levai les yeux vers le feuillage. Je n'avais pas mérité un châtiment divin ; ma mère n'avait jamais déshonoré les Pugh ; et Véronique, j'en étais persuadée, n'avait jamais perdu la tête au point de manger des oiseaux crus ou de laper l'eau des ruisseaux. Les rumeurs existent uniquement parce que nous les acceptons. Nous croyons ce que nous voulons bien croire. D'après les types du village qui s'alcoolisaient au Bull, la fille Pettigrew avait organisé des parties fines avec des hommes. Elle s'était offerte à quatre pattes sur la pelouse de croquet.

Ma Véronique. Dans le verger, ce soir-là, je me la suis inventée. Digne, résiliente. Bonne pianiste. Son seul crime, c'était de s'être parfois, devant un homme, dénudé l'épaule pour l'offrir à ses caresses. Puis de s'être effeuillée sans paroles.

Voilà quelles étaient mes préoccupations. J'étais tellement absorbée que j'en avais oublié que nous attendions de la visite. Je ne remarquai pas la lumière dans l'ancienne salle de billard ; je ne vis pas les rideaux à moitié tirés ni la malle dans l'entrée.

10

Il y a, sur le continent américain, des arbres de 3 000 ans d'âge dont le tronc est si large qu'une ronde de 50 personnes en ferait tout juste le tour. *Sequoiadendron giganteum*. Je ne verrai sans doute jamais un tel arbre, mais j'imagine que pour regarder ses branchages il doit falloir renverser la tête en arrière au risque de perdre l'équilibre. Des arbres sans pareil. Ils feraient baisser tous les autres dans mon estime.

George. Six lettres. Deux paires identiques et au centre une question : *or*[1] ? Comme s'il incarnait un choix. En tout cas, il nous apparut comme une contradiction. Soit nous avions négligé, avec tous nos soucis, de spéculer sur son apparence, soit nous en avions une idée toute faite. L'envoyé d'une société spirite ne pouvait être qu'un vieux maniaque à barbe blanche. Rien de très réjouissant pour des jeunes femmes trois fois plus jeunes. Sans doute nous adresserait-il d'ailleurs à peine la parole. Sauf que George ne correspondait en rien à ce portrait.

---

1. En anglais, *or* veut dire « ou ».

Au départ, il fut une valise, ou plutôt une malle. En sortant de ma chambre, je la trouvai là, tout contre le mur. Ses ferrures étaient rouillées ; une tache s'épanouissait sur un côté, comme si de l'encre avait imbibé le cuir. Mes yeux s'arrêtèrent sur les deux initiales vieil or figurant sur une poignée. Cette malle avait bourlingué. Et, par conséquent, son propriétaire aussi.

Ce qui collait à notre idée préconçue. Une malle aussi ancienne ne pouvait appartenir qu'à un personnage équivalent en âge et en lieux parcourus. Mais alors que je me lavais les mains dans la salle de bains, j'entendis sa voix. Ou plutôt celles des bonnes, plus vives que d'habitude, plus stridentes aussi. Et dans leurs intonations, il y avait des notes d'amusement, ce qui me fit me demander quand j'avais entendu rire à Shadowbrook. Jamais.

Je fermai le robinet et ouvris grandes mes oreilles. C'est alors que la troisième voix se fit entendre. Grave, vibrante. Une voix qu'on devait sentir résonner dans sa cage thoracique.

Attrapant ma canne, je sortis dans le couloir.

Harriet m'accueillit par un sourire.

— La voilà ! Mademoiselle Waterfield ? Voici monsieur Lowe. De la Société de…

Elle grimaça.

— … la Société de recherche psychique, complétai-je.

Il se retourna.

Jamais je n'avais vu un homme aussi grand. L'image du bois de hêtre me traversa. Nous nous regardâmes en chiens de faïence jusqu'à ce qu'il s'avance vers moi, la main tendue.

— Enchanté de faire votre connaissance, mademoiselle Waterfield.

Décontenancée, j'acceptai sa poignée de main et fus étonnée par sa douceur : il avait donc remarqué ma canne, et ma clavicule.

Il me dépassait d'une demi-taille et il était deux ou même trois fois plus large que moi. Un homme aux épaules énormes, au buste d'acier. Pourtant sa force semblait naturelle. On ne décelait chez lui ni excès d'exercice ni travaux agricoles trop intensifs ; il était ainsi fait, et paraissait s'en accommoder avec aisance. Il suffisait de voir comme il se déplaçait dans la cuisine ; comme il ouvrait les bras pour complimenter Harriet sur son ragoût ; comme il se levait pour débarrasser son assiette et se glissait, en marchant de biais, derrière une chaise pour déposer l'assiette dans l'évier. On voyait bien qu'il était sûr de lui, mais aussi qu'il avait toujours vécu avec ce corps massif.

Et ce fut des arbres qu'il parla ce soir-là. Le paysage qu'il avait contemplé de la fenêtre du train – les vallons verdoyants du Gloucestershire et de l'Oxfordshire – l'avait agréablement changé de celui de Londres, où les arbres étaient souvent saupoudrés de suie et en général cernés d'un grillage.

— Sauf, dit-il, à Kew. Là-bas, on pourrait se croire au fin fond d'une forêt.

— Mademoiselle Waterfield nous vient de Kew.

— Ah, vraiment ?

George, qui se séchait les mains, suspendit son geste et se tourna vers moi.

— Des jardins, précisément ?

— Oui. M. Fox voulait une serre. Les plus belles plantes, et quelqu'un de Kew Gardens pour les installer. C'est la raison de ma présence ici.

— Alors vous connaissez les serres de Kew ?

— Bien sûr.

— J'y suis allé plusieurs fois. Mais c'est de la serre des palmiers que je me souviens le mieux. Ça donnait l'impression de pénétrer dans un autre pays, où il aurait suffi de lever les yeux pour voir des grenouilles fluorescentes, des fourmis processionnaires ou un oiseau de paradis. En me baissant pour passer sous les feuilles des palmiers, je me suis presque pris pour un explorateur ! J'étais le nouveau Livingstone.

Je restai sans voix. Mais ses paroles avaient suffi à me ramener à Palm House, auprès du banyan et du palmier à bétel. Gouttes tremblotantes au bout des feuilles.

Les bonnes nous regardaient tour à tour, George et moi.

Finalement, Maud rompit le silence. Elle poussa sa chaise pour se rapprocher de lui.

— Monsieur Lowe, vous êtes ici pour nous débarrasser du fantôme ? C'est ça ?

Il ne la corrigea pas mais son intonation laissait entendre qu'il se serait volontiers permis une petite rectification.

— Je suis ici pour trouver la cause du problème que vous avez signalé. Pour l'identifier. Car il semblerait que ces derniers mois ont été pénibles pour vous. J'en suis désolé.

— Vous allez nous en débarrasser ? Du problème ? intervint Harriet en abordant la question de front. La maison va être tranquille ? Vous allez la chasser d'ici ?

George avait parfaitement entendu « elle », mais il s'abstint de tout commentaire. Il ne s'engagea à rien. Toutefois sa voix était ferme, rassurante ; il nous regarda les unes après les autres. Il aurait pu nous raconter des histoires ou employer tout un charabia, et je crois que ce soir-là, dans la cuisine, on aurait tout gobé ; il aurait pu évoquer d'autres galaxies ou des monstres à cinq têtes, on se serait bornées à hocher docilement la tête.

— Je découvrirai la vérité, nous promit-il.

Il savait beaucoup de choses, il était chaleureux, compétent. Il s'exprimait bien. Il était précautionneux avec les objets. De conformation symétrique. Au petit déjeuner, en le voyant soulever une assiette, je me dis que si je le mesurais, si j'enroulais un mètre autour de son bras gauche ou l'étirais le long de sa mâchoire, je trouverais le même nombre de centimètres que sur son côté droit. Cet homme et sa malle en cuir.

Un brusque et curieux changement s'opéra à Shadowbrook. Même après une seule journée, la maison n'était déjà plus la même. Il apportait des modifications matérielles : le déplacement des lampes dans les pièces, le bruit de ses pas dans le couloir. Mais aussi quelque chose de subtil dans l'atmosphère. Le caractère des filles semblait s'adoucir un peu plus chaque jour. Elles parlaient davantage, et pas seulement à lui – George avait débarqué avec des nouvelles du monde, de la guerre, de l'Irlande, de Londres, qui provoquaient chez elle des questions – mais aussi entre elles. Je les entendais chuchoter en travaillant, dérouler des phrases plus longues, d'une voix plus calme. Quant aux aides-jardiniers, ils faisaient cercle autour de lui, la tête penchée en arrière pour le regarder comme s'il était une plante sortie brusquement de terre. Moi qui les observais depuis la serre, je me disais que les ragots devaient aller bon train, colportés jusqu'à Barcombe par les garçons. Il allait y en avoir, des chuchotements.

Ils étaient heureux de l'accueillir parmi eux. Moi, j'étais plus prudente. Je me mis à passer plus de temps à la serre. Ce n'était pas nécessaire, les plantes à ce stade poussaient toutes seules. Pourtant, dès mon petit déjeuner avalé, je consacrais des heures à chasser le puceron et à badigeonner les feuilles avec un chiffon humide, comme

Forbes l'aurait fait. Je m'affairais ainsi tout le jour. Et si par hasard je croisais George dans le couloir ou près de la cabane à outils, je le saluais poliment, sans plus. Je ne dépensais pas plus de salive que nécessaire.

— Vous êtes souffrante, mademoiselle Waterfield ?

Harriet épiait mon humeur. J'accusais la chaleur. Mais la nuit, dans ma chambre, je restais assise à écouter les bruits, ses bruits à lui : la porte de son armoire qui s'ouvrait, une toux. Un matin, vers 6 heures ou un peu plus tard, j'entendis des coups de bélier dans la tuyauterie : il prenait un bain. Je ne pus m'empêcher de me demander comment il s'y prenait, la baignoire était tellement petite.

Mon excuse, toutefois, était crédible. En effet, en plus de sa malle, George avait apporté une chaleur si terrible que les oiseaux ne chantaient pas avant la fin de l'après-midi. Du court de tennis s'élevaient des vagues brûlantes, si bien qu'on entrait dans le pavillon comme dans un pays sombre et frais. Les parois du bassin portaient la marque noire de l'ancienne hauteur de l'eau. Et les robinets du jardin, quand je les tournais, vibraient dans ma main en ne crachant qu'un mince filet d'eau. Dans la maison, nous gardions les rideaux fermés toute la journée, au sud.

— Mettez un chapeau, me dit Hollis.

Deux jours après l'arrivée de George, le jardinier me présenta un chapeau de paille effiloché à larges bords, trop grand pour moi.

— Je n'en ai pas besoin, ajouta-t-il d'un ton guilleret. Et si vous ne faites pas attention, vous allez attraper des coups de soleil. Vous ne serez plus blanche, mais rouge.

Je n'étais pas sûre de le mettre, mais je le pris quand même.

— Il est bien installé ? me demanda Hollis.

— Qui ?

Une réponse idiote : il n'y avait pas d'autre invité ni d'autre homme dans la maison. Toujours est-il que Hollis ne me reposa pas la question.

Je m'isolai donc de George et des autres. Pourtant il était inévitable que, tôt ou tard, il m'abordât. Le troisième jour, il entra dans la serre. Je ne l'entendis pas approcher, ce qui, rétrospectivement, devait m'étonner. Car comment un homme de cette taille pouvait-il se déplacer sans un bruit ? J'étais occupée à couper les fleurs fanées des pélargoniums, une par une, les lâchant ensuite dans un baquet à mes pieds, et ne l'aurais même pas vu si je ne m'étais pas retournée. Il se tenait dans l'embrasure de la porte, le visage détourné, les mains au fond de ses poches : il regardait le plumbago, lequel avait gagné en robustesse contre le mur en brique qui conservait la chaleur.

— Plus beau qu'à Kew, dit-il.

J'essuyai mes mains terreuses. Je n'aimais pas son ton. Se moquait-il de moi ?

Mais quand il se retourna, son sourire semblait candide. Il me dévisagea quelques instants avant de dire :

— Mademoiselle Waterfield, puis-je vous parler ?

Nous traversâmes la pelouse, George et moi. Il avait toujours les mains dans ses poches et il marchait tranquillement, le regard sur la haute futaie de hêtres, sur le ciel ou sur Shadowbrook, mais j'avais conscience que s'il avançait à cette allure, c'était uniquement pour s'adapter à la mienne. Seul, il aurait franchi cette distance en une douzaine d'enjambées. Mais là, il marquait sans cesse des temps d'arrêt, se retournait pour regarder la maison ; il suivait des yeux le vol d'un oiseau ou vérifiait la hauteur du soleil. Je savais pourquoi : il m'attendait.

— On a l'impression d'être tellement loin de Londres, dit-il. Cette nuit, j'ai entendu une chouette, cela faisait longtemps.

Il me jeta un coup d'œil.

— Vous y avez toujours habité ?

— À Londres ? Oui. Et vous ?

— Moi ? Je connais bien Londres mais je n'y ai jamais vécu. J'ai fait mes études à Cambridge. Je connais Édimbourg, Paris.

— J'ai vu l'état de votre malle.

— Ah ! Nous emmenons nos vieux amis avec nous, n'est-ce pas ? Elle a bourlingué dans toute l'Europe.

— À votre avis, y aura-t-il une guerre européenne ?

— Peut-être. En tout cas, les crieurs de journaux à Londres vous en rebattent les oreilles. Ultimatums, positions des uns et des autres… Mais ils cherchent à vendre leurs journaux, bien sûr, dit-il avec un sourire. Rien n'est joué encore.

— Pourquoi voulez-vous me parler, monsieur Lowe ? Je suis nouvelle ici. Je ne suis à Shadowbrook que depuis un mois.

— Justement. Je vais parler avec tout le monde. Je suis là pour discuter de ce qui se passe dans cette maison. Et à vrai dire, d'habitude, je commence par le propriétaire, ou la personne qui a pris contact avec la Société. Hélas, M. Fox est absent pour le moment. Alors je m'adresse à vous.

— Mais pourquoi moi ?

— Vous êtes arrivée après, je crois. Des incidents s'étaient déjà produits. Pour moi, vous êtes la personne la plus objective. Et puis le problème ne peut pas venir de vous. Donc vous faites un bon point de départ.

Ce que j'appris lors de cette première conversation avec lui, c'est qu'il avait toujours eu cette chevelure rebelle : aucune pommade ou brillantine ne parvenait à avoir gain de cause sur ses boucles. Les tontes les plus sévères ne les empêchaient pas de réapparaître ni ne les rendaient moins récalcitrantes. Il avait tout essayé, me confia-t-il, surtout quand il était plus jeune, à l'époque où il voulait qu'on le prenne au sérieux et où il lui semblait que sa tignasse entortillée le desservait. Mais il s'était lassé de ce combat perdu d'avance.

J'appris aussi qu'il avait conscience de sa taille. Avant de passer une porte ou sous des branches, il savait d'instinct à quel instant précis baisser la tête et de combien de centimètres ; il évaluait machinalement à quelle hauteur commençait à ruisseler Rêve d'or. Et, quand il marchait entre les ronciers, il s'arrangeait pour ne frôler aucune épine, pour ne rien déranger. Sans cesser de parler. Stupéfiant. Comme ma démarche claudicante m'obligeait à des contorsions, j'avais du mal à évaluer les distances, et ne pouvais me fier à mes réflexes. Il me manquait cette faculté propre à l'animal de la perception au millimètre près de l'espace autour de soi, et comment s'y mouvoir. Les chats et les souris et leurs moustaches ; les chauves-souris et leurs chants inaudibles.

— Mon problème, dit-il, c'est que dans sa lettre M. Fox ne m'a guère éclairé. Il se borne à m'informer que depuis l'automne quelque chose empêche les habitants de Shadowbrook de dormir. Ces derniers temps, apparemment, ça s'est aggravé. Il dit que ça ne peut plus durer. Ah, et que les phénomènes se produisent de nuit.

— On entend des pas à 2 ou 3 heures du matin. Il y a eu des actes de vandalisme, des portes endommagées, des tableaux. Et surtout, il y a douze jours de cela, la gouvernante a été poussé dans l'escalier, elle est tombée et s'est cassé le bras.

Il ouvrit de grands yeux.

— Poussée ?

— À en croire Mme Bale. Elle a vu une silhouette quelques secondes avant. Cette chute l'a tellement terrifiée qu'elle a refusé de rester plus longtemps ici.

— C'est pourquoi j'ai été appelé.

— Voilà.

Nous nous arrêtâmes devant le passage voûté de la haie. Comme cette porte végétale était trop étroite pour que nous la franchissions côte à côte, il m'invita d'un geste à le précéder. Alors que j'obtempérais, George se baissa derrière moi et, en se redressant, s'exclama :

— Ça alors ! Mais qu'est-ce que c'est ?

— Le jardin blanc. Il y a plusieurs jardins clos, chacun est différent. Ici, on a rassemblé les fleurs blanches, les plantes aux feuilles pâles… Que fait-on exactement dans votre Société ? Faites-vous partie d'une congrégation religieuse ou chassez-vous le fantôme comme d'autres le lièvre ou le renard ?

Mon impertinence, mon ton provocateur m'étonnèrent moi-même car je n'étais animée d'aucun sentiment belliqueux. Je me sentais plutôt bancale et stupide. Prête à me cacher. George ne parut pas remarquer ma gêne.

— Non. Nous n'avons rien à voir avec la religion. Certains de nos membres sont croyants, bien sûr, mais d'autres sont tout à fait athées, et nous collaborons dans le même but.

— Qui est ?

— Il serait faux de penser que la Société de recherche psychique a pour but de prouver l'existence des fantômes. Ni qu'en discernant des mouvements dans le brouillard d'une nuit d'hiver, ou une ombre frôlant un miroir, nous sautions tout de suite à la conclusion qu'il s'agit d'un spectre. Je pense qu'au cours de l'histoire de notre Société certains ont trop vite conclu à une intervention surnaturelle, et dans leur zèle à établir la preuve qu'il existe un au-delà, ils ont décrété qu'un soudain courant d'air dans telle ou telle pièce était sans aucun doute un fantôme. Mais aujourd'hui, ce n'est plus dans les mentalités. Chasser le fantôme comme d'autres le lièvre ou le renard ? dit-il en souriant, hochant doucement la tête. Non, nous ne chassons pas. La Société a pour mission d'investiguer ce qui reste inexplicable d'un point de vue raisonnable ou scientifique. Un point c'est tout. Nous recherchons des solutions rationnelles à des problèmes qui ne le sont pas.

— En quelque sorte, vous êtes des scientifiques ?

— Nous nous servons du raisonnement scientifique. Mais nous n'en sommes pas, non. Nous n'employons pas d'instruments bizarres, ni d'incantations, ni d'eau bénite. Je ne vais pas suspendre dans la maison des poids ou des clochettes, ni suivre je ne sais quel folklore. Nous faisons tout à l'oreille… Nous écoutons.

— Vous écoutez ? C'est tout ?

— Cela vous étonne ? En vérité, mademoiselle Waterfield, dans la plupart des cas que j'ai eu à traiter ou dont j'ai entendu parler, il y a une intervention humaine à l'origine du phénomène. Un acte mal intentionné, ou au moins une défaillance humaine. Nous sommes des êtres imparfaits. Nous avons mauvaise mémoire. Nos excentricités. Et puis il y a les malentendus. Les malheurs. Les espoirs et les rêves. Tout cela entre en ligne de compte. Et je ne peux résoudre la chose qu'en parlant à ceux qui sont concernés par ces manifestations soi-disant spirites. Ou plutôt en les laissant libres de me dire ce qu'ils ont sur le cœur.

— Les affaires que vous traitez n'ont donc rien à voir avec le monde des esprits ? Il s'agit de manipulations ou de malentendus ?

George repoussa une boucle de son front.

— Pour la majorité, oui. Mais pas toutes.

Mes yeux s'attachèrent à la plante la plus proche, une variété de phlox à petites fleurs qui au crépuscule irradiait une clarté lunaire, et je me demandai ce que je pouvais lui dire. Je n'étais pas certaine qu'il faille déjà évoquer Véronique. Et puis George dissimulait peut-être quelque terrible défaut. Jusqu'ici, il m'avait paru être une sculpture parfaite. Immaculée.

— J'ai rencontré M. Fox, finis-je par dire. Une fois seulement, mais c'est assez pour affirmer qu'il est cultivé et pragmatique. Au début, comme moi, il était convaincu qu'il s'agissait d'un intrus… D'une intervention humaine, pour employer votre expression, parce que chaque fois ça se manifestait par quelque chose de matériel. Et que ça avait nécessité de la force, ou au moins de peser un certain poids.

— Quelque chose de matériel ?

— Comme pousser Mme Bale. Décrocher des tableaux. Entailler le bois d'une porte. Il paraît que quelqu'un a tiré sur ses draps, une nuit.

George écouta, la tête légèrement penchée de côté.

— Des entailles ? J'ai déjà vu ça… Sur des bras ou des visages. Et en général, c'est en effet un acte délibéré. De la victime.

— Elles se blessent elles-mêmes ?

Cela me semblait des plus curieux, mais après tout pourquoi pas.

— Et les fantômes ? S'ils existent, ils ne peuvent pas faire d'entaille ?

— J'ai un collègue qui en a vu une se former sous ses yeux, sur le bras d'une femme. Elle était assise en face de lui, et au cours de la conversation trois égratignures rouges et sanguinolentes sont apparues sur la peau de son bras, comme si des ongles la griffaient. Pourtant ils étaient seuls. Je vois que vous ne me croyez pas, mais j'ai lu le rapport. Et pourquoi mentirais-je ? Je n'ai rien à y gagner. Je ne me fais pas payer pour trouver un fantôme, seulement une solution à un problème.

— Quoi d'autre ?

— Quoi d'autre ?

Il semblait interloqué, comme si je l'amusais.

— À quels autres phénomènes avez-vous assisté ? J'ai senti des lattes de parquet bouger sous mes pieds. Des odeurs d'herbe dans le couloir. Et vous ?

— Les odeurs sont des phénomènes communs en cas d'esprit frappeur. Un parfum de lavande, mettons. Ou de cire à chaussures. J'ai enquêté sur une affaire où il y avait une odeur de fumée de cigarette. Pas une odeur de vieux tabac froid, non, non, c'était comme si on fumait la pipe dans la pièce où j'étais. Il peut y avoir des odeurs pestilentielles aussi. De pourriture ou de vomi. D'excréments.

Je soutins son regard. Il avait quelques taches de rousseur posées régulièrement sur le nez. J'examinai ses prunelles brun clair soulignées d'une nuance plus foncée du même brun. Manifestement, il me mettait à l'épreuve. Il s'était exprimé avec douceur ; il ne cherchait pas à causer chez moi du désarroi ou de l'embarras ni à me taquiner, je le voyais dans ses yeux. Il n'y avait pas moins un côté expérimental. Comme s'il cherchait à me cerner ; s'il testait, très précautionneusement, mon endurance. Il guettait un froncement de nez. Un air choqué ou dégoûté. Un évanouissement, même. Mais je ne manifestai rien de tout cela. Après tout, j'avais connu les hôpitaux. S'il avait su le nombre de fois où j'avais eu tellement mal à cause d'une fracture que j'avais vomi dans mes mains…

Nous continuâmes à marcher, du jardin blanc à la cour dominée par un érable ; et, de là, nous fîmes le tour de la maison jusqu'au jardin de simples. Je regardai la fenêtre de ma chambre et, derrière la vitre, mon lit.

— Depuis combien de temps faites-vous ça ? De l'investigation ?

— Depuis que je suis sorti de Cambridge. Six ans maintenant. Presque sept.

— Combien d'enquêtes ?

Il répondit sans hésiter :

— C'est ma quarante-septième. Ma dix-huitième en solo. Vous dites que M. Fox était au départ persuadé qu'il s'agissait d'un intrus. Il a changé d'avis ?

— Il veut se montrer ouvert d'esprit. Mais en effet, comme il ne trouve pas d'explication plausible, il penche pour le fantôme.

Un petit hochement de tête.

— L'ouverture d'esprit, il a raison. C'est la qualité principale dans notre métier. Plus que le courage et la curiosité, même si c'est important aussi, ce qui compte avant tout c'est l'impartialité. Et les autres ? Les bonnes, par exemple ?

— Elles sont convaincues que c'est un fantôme. Les aides-jardiniers aussi.

— Ils en sont persuadés ?

— Les bonnes, en tout cas.

— Et vous, mademoiselle Waterfield ? Qui venez des lointains jardins de Kew ?

Il avait posé cette dernière question sur un ton plus doux, presque intime ; avec un sourire dans la voix que je retrouvai dans ses yeux, et je l'avais senti se rapprocher imperceptiblement de moi. Je me figeai. Personne ne m'avait jamais parlé ainsi. Je ne savais pas comment l'interpréter. Mon instinct me soufflait de lui tourner le dos et de traverser la pelouse de croquet pour aller m'asseoir à l'intérieur, dans la poussière, entre les murs humides. D'un autre côté, je voulais en savoir plus. J'avais envie d'entendre d'autres histoires comme celles du bras griffé et du tabac à pipe ; du parfum de lavande et des meubles qui se déplacent tout seuls. J'avais envie qu'il me fournisse d'autres exemples d'investigations ayant conclu à l'absence d'explication scientifique, car tout cela me paraissait plus étrange et excitant que n'importe quel article de mes encyclopédies. J'en avais le cœur qui cognait dans la poitrine. De sorte que je restai clouée sur place. Je le regardai dans les yeux et lui déclarai que j'avais, moi aussi, l'esprit ouvert. Moi aussi, j'étais impartiale.

Il sembla s'en féliciter.

— Mademoiselle Waterfield, seriez-vous disposée à me retrouver ce soir ? J'aimerais discuter un peu plus longtemps avec vous, recueillir votre récit de la chute, au moins. Après le dîner, peut-être ?

— Un entretien ?

— Si l'on veut. Si vous êtes celle en qui je peux avoir le plus confiance, je voudrais commencer par vous.

La lampe à pied était allumée, la porte-fenêtre ouverte. Je m'étais séché les mains après avoir lavé la vaisselle et ôté mon tablier. J'avais passé un peigne dans mes cheveux.

Quant à George, il portait une chemise différente qu'au dîner. Sur ses genoux, il y avait un livre relié pleine peau, sur la table des crayons. Il se leva à mon entrée.

— Préférez-vous le fauteuil ou le canapé ?

Nous nous assîmes de part et d'autre de la table basse. Après avoir calé ma canne contre le canapé, je levai les yeux. Et j'eus un choc. Un physique d'une telle beauté… C'était aussi tangible que le fauteuil dans lequel il était assis. Aussi évident que le bouquet de roses derrière lui dont les pétales pêche avaient, notai-je, gardé toute leur fraîcheur. Son visage semblait parfait ; symétrique. Un teint uniforme, sans tache. Des sourcils fournis, bien dessinés, des lèvres pleines. Les joues glabres, même si sa peau n'était pas tout à fait aussi lisse à l'endroit de la barbe. Ses sourires et ses froncements de sourcils avaient laissé des traces. Des rides légères et une fossette. On aurait pu les qualifier d'imperfections, mais en réalité ces légers défauts ne gâchaient rien.

Il se prépara. Tailla un crayon, puis souffla sur la mine. Rapprocha son fauteuil de la table basse, ouvrit un cahier et en caressa la page du plat de la main – des gestes dont il n'avait pas conscience. Lorsqu'il enfouit ses doigts dans ses cheveux, ses boucles s'enroulèrent autour de sa main ; lorsqu'il les en retira, elles rebondirent un instant comme des petits ressorts.

Il me rcgarda.

— Mademoiselle Waterfield. Pouvez-vous commencer en me disant comment vous êtes arrivée ici ? Puis vous me raconterez ce que vous avez vu et entendu, vous et vous seule. Je ne m'intéresse pas à ce que les autres vous ont dit ; leur tour viendra. Pour le moment, je m'intéresse à votre expérience personnelle. Je suis ici pour vous écouter.

Je lui fis part de ce que je savais. La lettre envoyée à Kew, l'en-tête doré et la commande de succulentes et de citrus. Mon voyage en train depuis Paddington. Le chauffeur taciturne qui sentait le tabac et le bonbon au caramel ; son emploi du mot « problème », qui avait été pour moi le point de départ. Ensuite je lui parlai de la gouvernante : bavarde, mauvaise mine, un sourire permanent qui m'avait tout de suite paru factice. Et puis ses commentaires sur les courants d'air dans la maison. Sur la longue période, avant le rachat par M. Fox, durant laquelle Shadowbrook avait été laissé à l'abandon, les branches cassant les carreaux et les souris poussant la poussière dans les coins pour y faire leurs nids. Un délaissement que l'on constatait encore sur les murs où s'épanouissaient des taches de moisi, sur les fenêtres au châssis gauchi. Je lui fis aussi part de la règle numéro 1 de Shadowbrook : l'accès à l'étage était interdit, c'était le territoire exclusif de M. Fox.

— L'étage ?

— Personne ne peut y monter à moins d'y avoir été convoqué par M. Fox en personne. En son absence, c'est fermé à clé.

— Mais pour quelle raison ? Le savez-vous ? Vous dites que vous l'avez rencontré.

— Il m'a dit qu'il tenait à sa vie privée, voilà tout. Il a ses appartements là-haut.

— Ah bon ?

— Une salle de bains. Une vue sur les jardins et la campagne.

Je lui décrivis les plateaux devant sa porte. Ses absences fréquentes pour ses affaires. Son exigence sur la propreté de ses draps, qu'on lui changeait presque tous les jours, et le calmant pour dormir. J'enchaînai sur les bruits de pas discrets au-dessus de ma tête la nuit ; ceux, précautionneux, descendant l'escalier, les petits coups feutrés frappés à ma porte et comment, lorsque j'avais ouvert et que j'étais sortie dans le couloir, il n'y avait personne et pourtant je me sentais observée. Je mentionnai les fleurs qui, jusqu'à maintenant, fanaient instantanément dans les vases. Comment Mme Bale était terrifiée par le seul nom de Pettigrew. Et je terminai par la chute, son bras serré dans son giron, son cri perçant.

— La gouvernante… Mme Bale… n'est plus à Shadowbrook ?

— Plus depuis sa chute. Elle est partie chez sa sœur à Barcombe et ne veut plus voir personne que le pasteur. Pas même vous… Enfin, à ce qu'il paraît.

Il leva un sourcil avec un sourire en coin.

— Pas même moi ? Et M. Fox s'est volatilisé… Dites-moi, mademoiselle Waterfield, à qui d'autre devrais-je parler ? Pouvez-vous me le dire ?

Les bonnes. Hollis. Les aides-jardiniers, en les prenant les uns après les autres. Je songeai à ajouter Jarvis, qui avait mille et une histoires à raconter, mais je me retins.

— Il y a tellement de bruits qui courent dans le coin, monsieur Lowe. On chuchote bien des choses… Je ne sais pas si on peut s'y fier.

— Des rumeurs ? Ça m'intéresse. Oh, la puissance de la rumeur, mademoiselle Waterfield. Les gens croient aveuglément ce qu'ils veulent bien croire. Et souvent, il y a un fond de vérité. Quel nom venez-vous de prononcer ? Qui fait tellement peur à la gouvernante ?

— Pettigrew. Les Pettigrew étaient les propriétaires avant M. Fox. Il y a eu plusieurs générations, et elle était la dernière.

— Elle ?

Il attendit.

L'espace d'un instant, je me demandai si elle m'avait entendue. Si, en prononçant son nom, je ne l'avais pas en fait convoquée ; tout à l'heure, elle descendrait l'escalier et poserait la main sur la poignée de ma porte. À moins qu'elle ne fût déjà là, assise à côté de moi ? Me murmurant à l'oreille « Dis-lui mon nom… ».

Alors je le lui dis. À cet homme semblable à un arbre sous lequel on peut s'abriter.

— Elle est enterrée dans le verger. Elle s'appelle Véronique.

George prit tout cela en notes. Je le regardai écrire. La mine de son crayon quittait rarement la feuille ; ses lettres au tracé soigné se terminaient par une boucle. Un autre nom me vint à l'esprit. Kit. Son nom, et aussi sa peau ; la façon dont il avait fait claquer sa langue et la réaction des chevaux. Kit en savait plus long que tout le monde, j'en étais sûre. Pourtant je gardai son nom pour moi. À quoi cela servirait-il de le porter à sa connaissance ? Il refuserait de parler d'eux. Il partirait dans ses champs, tournant le dos à George.

Le crissement du crayon sur le papier. Le bruit des phalènes se cognant au carreau.

La pendule sonna neuf coups.

— Vous avez d'autres questions, monsieur Lowe ?

Il termina sa phrase avec un geste arrondi du poignet et sourit.

— Non. Ou plutôt, rien d'autre sur ces phénomènes nocturnes. Mademoiselle Waterfield, j'ai l'impression de vous avoir déjà vue quelque part. Pas vous ? Je me demande si nous ne nous sommes pas croisés à Kew.

— Je ne crois pas.

Mais plus tard, en tendant l'oreille vers d'éventuels craquements au-dessus de moi, je me dis que c'était possible. Il m'avait peut-être tenu une porte et je ne l'avais pas remarqué. Après tout, j'avais longtemps été ravagée par le chagrin de l'avoir perdue. À Kew, je n'avais pas encore réussi à engourdir ma peine. Même si un homme-arbre parfait avait croisé mon chemin, moi, tout ce que j'aurais vu, la seule image que j'aurais eue sous les yeux, c'était celle des mains de ma mère tournant les pages d'un livre, ou celle de sa silhouette. Lui avait pu me voir, certes.

Je passais ma vie dans les jardins. Et j'offrais le genre de spectacle qu'on n'oublie pas : cheveux blancs, corps difforme, assoupie sur les bancs. Je respirais le jasmin comme si j'espérais y puiser une consolation.

L'envoyé de la Société de recherche psychique installa son matériel dans l'ancienne bibliothèque aux vitres fêlées, dans la petite odeur de lavande. Sur la table, il disposa son cahier et ses crayons, ses stylos et des bouteilles d'encre ; sur les rayonnages il rangea ses manuels sur le cerveau humain, les anciennes philosophies et superstitions, des livres d'histoire des phénomènes paranormaux. Je m'arrêtai sur le pas de la porte pour mieux l'observer ; le dos tourné, il ne m'avait pas encore vue. J'avais un aperçu de l'allure qu'avait eue autrefois cette pièce, avant que ses coins se remplissent de poussière. Une salle où l'on consulte des livres. Où l'on tourne des pages.

C'est là que George nous fit tous venir à tour de rôle. Il nous avait fait part de son intention : il souhaitait parler à tous ceux qui travaillaient à Shadowbrook. Et à tous ceux, à Barcombe ou dans les environs, susceptibles d'avoir éprouvé ou vu quelque chose en rapport avec le phénomène.

— Pouvez-vous, s'il vous plaît, faire passer le message ? Si quelqu'un a quelque information que ce soit, j'aimerais l'entendre.

Un discours digne d'un général, devant le Rêve d'or aux fleurs jaunes.

Cela devint une routine. Le matin, il ouvrait la fenêtre de l'ancienne librairie, disposait ses papiers et ses encriers sur le bois brut de la table et attendait. Et on venait à lui. Maud fut la première. Elle se pinça les joues avant d'entrer, et s'exprima avec plus de vivacité que d'habitude. Après elle vint le tour de Hollis. Il pénétra dans

Shadowbrook comme s'il entrait dans une église, ôta sa casquette et voulut absolument se déchausser devant la porte de la cuisine, de sorte qu'il parcourut le couloir en chaussettes. Je remarquai qu'elles étaient reprisées, et trouées. Quant aux garçons, ils se montrèrent moins respectueux. Les deux Mayhew paraissaient surtout intéressés par les sources potentielles de nourriture : conserves et chambre froide. Peter Bell, quand il daigna se présenter, entra précédé par une odeur de fumier. En furetant dans la maison, il sema un peu d'engrais naturel sur le tapis du salon et Maud fut folle furieuse. Elle le chassa dans la cour en faisant claquer son chiffon à poussière comme un fouet et en hurlant : « Tu crois que c'est qui qui va frotter ça ? »

George prenait toujours soin de fermer la porte. Des conversations de cette nature, nous expliqua-t-il, étaient privées ; chacun devait se sentir serein, et savoir que son histoire resterait entre ces murs. À l'heure du déjeuner, il émergeait comme à moitié endormi ; il s'étirait, faisait rouler une épaule et s'employait à ne rien nous dire du tout. Maud trouvait ça normal, mais l'interrogeait quand même.

— Que vous a raconté Charlie Rudd ? Ou Teddy ? Ou… ?

Mais cet homme au tact aussi notable que sa haute stature se taisait. Il se contentait de la complimenter sur la nappe toute propre. Le délicieux jambon, présenté sur un plat bleu.

La chaleur de l'après-midi dissuadait de rester à l'intérieur. Il roulait ses manches de chemise et embarquait cahier et crayons dans le jardin. Parfois il poussait jusqu'au village, revenant avec des cadeaux pour les bonnes – de la limonade fraîche ou des marshmallows –, ou bien des questions sur Barcombe. Quel âge a le vieux chêne ? Combien de gens font leurs courses chez Jarvis ?

— Et vous pouvez m'expliquer, dit-il un jour en riant, comment quelqu'un comme moi est censé entrer dans cette taverne ? Je n'en ai jamais vu avec une porte aussi basse !

Mais, en général, il préférait ne pas s'éloigner. Pour prendre des notes sur ses séances matinales, il recherchait les endroits ombragés, frais et paisibles.

— Avez-vous une idée, mademoiselle Waterfield ?

Je lui proposais des lieux que je connaissais : le pavillon du court de tennis et ses meubles bas ; le portique et sa fresque en trompe-l'œil. Un jour, je le trouvai dans la cabane de rempotage au milieu des maillets de croquet et des cisailles rouillées. Il était assis sur un vieux transat élimé, le pied posé sur le rebord de la fenêtre, dans une pose détendue, nonchalante. Ça lui allait bien, d'ailleurs. À cet homme pour qui le mot « problème » en posait justement si peu. Je ne l'imaginais pas alarmé ni effrayé.

De tous les aides-jardiniers, un seul se défila. Fred Billings, le plus petit et le plus jeune du lot. Alors que les autres suivaient George comme des bergers une étoile, il restait à bêcher le potager et, quand George passait devant lui, il s'essuyait le nez sur son avant-bras et regardait par terre. C'est ainsi qu'un matin, alors qu'il mangeait un toast beurré, George demanda à la cantonade si nous verrions un inconvénient à ce qu'il sorte les arceaux de croquet.

— J'aimerais papoter avec les récalcitrants.

Qui cela pouvait-il bien être…

— Mme Bale ? M. Fox ?

Il sourit en déglutissant.

— Ah oui, c'est vrai, ceux-là aussi sont récalcitrants. Mais pour l'heure, je m'occupe du petit gars à la frange.

Celui qui a les bras couverts de bleus. Ça vous embêterait que je sorte le jeu de croquet ?

Je ne comprenais pas ce subit intérêt pour le croquet. Plus tard, en entrant au salon, j'entendis un *crac !*, comme le bruit d'un os qui se brise, et je me précipitai à la porte-fenêtre. À travers les rideaux à moitié tirés, je vis ce qui se passait : George initiait Fred à l'art du croquet. Comment viser, la règle du jeu et le maniement du maillet. Il portait une chemise jaune pâle ; le garçon sautillait d'un pied sur l'autre, ravi. Et je me dis : Cet homme est un fin psychologue.

George était allé à la rencontre du garçon sur son territoire ; il avait prévu que Fred parlerait tout naturellement s'ils étaient en train de faire passer des boules sous des arceaux rouillés au son des roucoulements des pigeons plutôt qu'autour d'une table dans la demi-obscurité de la bibliothèque. Il sentit que je l'observais. Alors qu'il se redressait après avoir donné un coup dans sa boule, nos regards se croisèrent. Un grand bout de pelouse nous séparait ; il était trop loin pour me permettre de déchiffrer son expression. Il me fixa un peu plus longtemps que nécessaire avant de se tourner vers Fred en disant :

— On fait un autre essai, alors ?

— J'ai l'impression qu'il est ici depuis longtemps, me confia Harriet. Pas vous ? Beaucoup plus longtemps que… six jours, dit-elle après avoir marqué une pause pour compter.

Nous allions toutes les deux à Barcombe. Harriet avait des courses à faire, et elle avait frappé à la porte de la serre pour me demander si je voulais l'accompagner. C'était une première, et ça me plaisait.

Il était encore tôt, mais nous marchions déjà à l'ombre. Nous avancions lentement et Harriet chassait les mouches d'une main, comme si elle déclinait une offre.

— Bien sûr, ça commence à jaser à l'épicerie. Jarvis accuse les femmes d'être mauvaises langues, mais il est pire.

— Sur sa mission ?

Je me figurais sans mal les chuchotements par-dessus les paquets de lessive au sujet d'enquêtes antérieures inventées de toutes pièces. Cavaliers sans tête, cliquetis de chaîne... George aurait découvert du sang sur les murs de Shadowbrook...

— Aussi. Mais c'est surtout son physique qui va faire jaser, vous croyez pas ? On en a assez dit sur vous quand vous êtes arrivée, alors vous pensez, lui ! Ses cheveux, sa figure ? Sa taille ? Maud rougit quand il passe près d'elle. Elle met des papillotes dans ses cheveux la nuit.

— Elle rougit ?

— Vous avez qu'à regarder, la prochaine fois.

Il y eut un temps d'arrêt dans la conversation, mais à la manière dont elle serrait les lèvres, je sentais qu'elle n'avait pas terminé.

— Moi, je rougis près d'Albert. Vous avez remarqué ?

Je fronçai les sourcils. Je n'avais rien vu du tout. Albert venait parfois bavarder avec elle à la cuisine ; je les avais aussi aperçus dans des coins à l'ombre. Ils aimaient bien bavarder ensemble, voilà tout.

— Il m'aime, vous comprenez.

— Il vous aime ? Albert ?

Je m'arrêtai de marcher. Elle m'adressa un immense sourire.

— Oui. Et je l'aime aussi. Nous voulons nous marier, mais avant il tient à monter en grade, à devenir un vrai jardinier, comme son père. Il dit aussi qu'il ira au front, s'il y a une guerre, et alors il sera soldat et plus aide-jardinier. Il sera tellement beau en uniforme.

L'amour ?

— Mais vous discutez seulement du potager ou du temps, non ?

Elle éclata de rire et reprit sa marche.

— Pas toujours. Le soir, on se retrouve quelquefois dans le bois, et on ne parle plus de ces choses.

Je ne fis aucun commentaire. En arrivant à l'épicerie, je décrétai que j'attendrais dehors, m'étant juré de ne pas remettre les pieds chez Jarvis. Je n'avais aucune envie de subir de nouveau son regard désapprobateur, ni d'entendre ses opinions sur les femmes, la guerre ou tout autre sujet. Je m'abritai donc à l'ombre du vieux chêne. De là, j'observai la devanture : les clientes qui entraient et sortaient. Comment ces gens se saluaient. Les confidences de Harriet auraient dû me procurer de la satisfaction. Cela signifiait qu'elle m'aimait bien, ou en tout cas qu'elle me faisait confiance. Je connaissais le bois de hêtres en fin de journée ; je les imaginais tous les deux sous les rayons obliques, dans le silence doré, parlant d'amour – ou ne parlant pas.

Cette pensée me faisait-elle plaisir ? Pour elle ? En partie. Harriet m'avait été d'emblée sympathique. J'appréciais son pragmatisme, son calme. Et aussi ses façons insouciantes ; sa façon de fermer les portes d'un coup de pied parce que ça allait plus vite, ou de déloger un insecte d'une feuille de laitue en soufflant dessus, et hop. Récemment, elle m'avait offert une framboise sur son doigt, comme un dé à coudre ; sans un mot mais avec fermeté, comme pour dire « Vas-y ! ». Elle n'avait rien d'une jolie brunette dodue et coquette. Pourtant Albert était amoureux d'elle. Il disait qu'il allait l'épouser. Comme quoi il était inutile d'être parfaite, en conclus-je.

Je n'en éprouvais pas moins un certain accablement, debout sous mon arbre. Les gens allaient et venaient. Les femmes poussaient devant elles leurs enfants à l'intérieur du magasin ; des jeunes filles de mon âge s'arrêtaient pour bavarder. Je regardais leurs corps bien faits. Me demandais si elles connaissaient le fermier ou s'il les connaissait, elles. Je pensai à lui durant cette attente.

Au bout de dix minutes, Harriet reparut, un grand sac en papier kraft dans les bras. Elle secoua la tête en disant :

— Ce type…

Et sur le chemin du retour, elle me rapporta les ragots sur George : un espion allemand ou un prince incognito.

— Ou il cherche à faire revenir Véronique par une séance spirite, des cierges, des dessins ésotériques… Il porte sur lui un crucifix. Vous l'avez vu, vous, avec un crucifix ? J'ai dit à Jarvis que c'était n'importe quoi. Je lui ai dit que le problème était de toute façon réglé.

— Réglé ? Comment ça ?

Harriet serra plus fort le sac contre elle.

— Tout est tellement tranquille. Vous n'avez pas remarqué ? Pas de bruits de pas la nuit, on ne frappe plus aux portes… Depuis le départ de Mme Bale. Et personne ne parle plus de Véronique. Vous voyez ? Je viens de dire son nom, alors que je refusais de le faire avant.

Et elle embraya sur d'autres sujets. Les menus de la semaine, la canicule, la fête du village pour laquelle elle me conseillait de rester. Mais je ne l'écoutais que d'une oreille.

J'en avais fait du chemin, depuis le temps où je réclamais des preuves à tout bout de champ. Où je méprisais les romans parce que les écrivains ne décrivaient pas la réalité – du moins c'est ce que je me disais. Ça, c'était l'ancienne Clara. La nouvelle ne trouvait plus le sommeil.

Je me redressai, rallumai ma lampe. Et je passai de pièce en pièce, malgré l'heure ; de vase en vase, examinant chaque bouquet dont j'avais décoré la maison pour son arrivée. Les marguerites dans la théière. Les dahlias écarlates dans le bol en verre. Les roses et les variétés anciennes d'hydrangeas. Je fis un tour d'inspection complet, pour voir si l'eau n'était pas croupie, les tiges brisées. Mais je ne constatai aucun dégât.

De retour dans ma chambre, je contemplai le mur. Je ne souhaitais plus que le « problème » disparaisse. Je ne voulais pas que George découvre qu'il était dû à une intervention humaine. Soudain, l'existence des fantômes m'importait. Et le moindre petit bruit nocturne – une souris, le grincement de la pendule, un craquement du bois sous l'effet du refroidissement de l'air – faisait voler mes pensées vers Véronique. À présent, j'appelais de mes vœux un coup frappé à ma porte.

Je songeai à ma mère, aussi. Aux nuits blanches brûlantes des Indes où elle faisait pendre sa jambe en dehors du lit et la balançait comme un pendule. Perdue dans ses rêveries, comme moi. À mes grands-parents qui s'étaient peut-être rafraîchis en baignant leurs mains dans l'eau froide ou en s'éventant. D'autres dormaient peut-être nus.

« Jamais je n'avais vu de créature aussi belle. »

À 3 heures du matin, je sortis son pendentif du tiroir de ma table de chevet. Le *V* était son initiale, j'en étais sûre ; le velours rouge à l'intérieur du médaillon avait jadis gardé ses secrets. Un pétale, une mèche de cheveux. Je le posai sur mon sternum. Le regard au plafond, consciente de la présence fraîche du médaillon près de ma gorge, mes pensées roulèrent vers mon éducation. Quelle impression cela me ferait-il, de me trouver avec Kit sous les grands hêtres ? Ou n'importe où ? De l'entendre articuler « Clara » comme si c'était un mot important ? Ou tout simplement de rester debout l'un en face de l'autre, sans rien dire du tout ?

11

Avant 9 heures, la rosée était évaporée. Dans les champs, l'orge était mûre. Dorée, et si sèche que les épis plumeux crépitaient quand je les frôlais ; mes cheveux s'y accrochaient. À l'approche de la ferme, j'entendis un bruit d'eau ; un son lent, continu, rythmé. Pourtant je n'en voyais nulle part, du moins pas d'eau vive. Seulement celle dont le niveau baissait dans les seaux ou les abreuvoirs rouillés.

Où était Kit ? J'ouvris le portail, pénétrai dans la cour et la traversai en évitant les outils agricoles, dans l'intention de frapper à la porte de la maison ou de l'appeler. Mais le bruit d'eau venait de la grange. Je passai entre une vieille charrette, de la paille et du fumier. Kit était assis sur un tabouret. Entre ses jambes, il y avait une pierre plate ; il aiguisait des lames de cisailles et de faux – les préparatifs de la moisson. Ses gestes étaient fluides, aisés.

Il leva les yeux. Aucun étonnement. Il me regarda sans un mot, et si j'avais dû mettre un nom sur son expression, ç'aurait pu être *résignation* ou *déception*. Il laissa échapper un soupir, un tout petit soupir rien que pour lui, posa sa lame, s'essuya les mains sur son chiffon.

Nous nous appuyâmes à la barrière côté nord, à l'ombre de la grange. Ses chevaux, sous le chêne, faisaient tressaillir leurs muscles pour chasser les mouches. Kit les observait. Il se tenait penché en avant, les avant-bras posés sur le bois, et sa chemise bâillait, découvrant un peu de peau plus pâle, comme je l'avais imaginé. Le sillon qui divisait son torse.

— Qu'est-ce que vous voulez savoir, cette fois ?

J'étais toujours venue le trouver avec un lot de questions. Il supposait donc que j'en avais apporté d'autres, et il n'avait pas totalement tort. D'un autre côté, j'avais assez envie de me taire, de rester à contempler les chevaux à ses côtés, ou de m'asseoir dans la grange pour le regarder travailler. Mais ça, je n'étais pas prête à l'admettre.

— Je veux que vous m'en disiez plus sur elle. Il doit y avoir autre chose. N'importe quoi.

— Pourquoi ?

Ses cheveux avaient blondi au soleil. Sa barbe avait pris une teinte cuivrée qui faisait ressortir le gris de ses tempes. Il avait aussi les cheveux plus longs. Ils bouclaient sur son col et derrière ses oreilles.

— Vous saviez qu'elle est enterrée dans le verger ? Les gens d'ici ne la voulaient pas dans le cimetière de l'église, elle aurait pollué leur terre consacrée. Et pourtant ses frères ont fait bien pire, et ils reposent dans le tombeau de la famille Pettigrew. Ce n'est pas juste, ce n'est pas correct.

— Qu'est-ce que ça peut faire, où elle est enterrée ? Ou comment ? Les morts s'en fichent, mademoiselle Waterfield.

— Vous croyez vraiment ce que vous dites ?

— Pas vous ? Si je me souviens bien, vous avez déclaré que les fantômes n'existent pas. Elle est enterrée là où elle est enterrée. Ça ne lui fait ni chaud ni froid.

C'est alors que la mémoire me revint. Son père mort sur le gibet. Son corps enterré ailleurs, banni du verdoyant lieu de repos de St Mary's à Barcombe-on-the-Hill, en dépit du nombre de sépultures Preedy sous les orties. Où étaient les restes de son père, à présent ? Pas dans un verger, cela, j'en étais certaine. Il ne devait pas avoir de pierre tombale. Ni de fleurs. Et soudain je brûlai d'envie de me rapprocher et d'en savoir davantage. Pas sur Véronique, mais sur lui. Sur son chagrin. Se sentait-il seul parfois ? Rêvait-il que son père était encore en vie ? En train d'accomplir les tâches d'autrefois ? Peut-être, au réveil, Kit était-il persuadé que c'était sa mort qu'il avait rêvée. Que son père était en bas, occupé à faire bouillir de l'eau ou à enfiler ses bottes. Je savais comment c'était.

— Je vous ai dit tout ce que je sais.

— Et son visage, vous pouvez m'en parler ? Vous avez dit qu'elle était belle.

— Je ne veux pas parler de son visage.

Catégorique, un cri du cœur. Et cela me réduisit quelques instants au silence, comme l'aurait fait une paume levée. Je me tournai vers ses chevaux, comme lui. Observant comme lui les piaffements, étudiant les craquelures au sol. Même si Kit paraissait serein, je savais qu'il ne l'était pas. Il dégageait de la chaleur et une tension palpable. Comme de l'impatience, et je supposai qu'il aurait préféré faire n'importe quoi plutôt que d'être là, à parler à une infirme insolente. Je vis qu'il faisait passer ses mains l'une sur l'autre. Je vis une rougeur s'étendre sur les jointures de la droite ; sur la gauche, il avait une nouvelle plaie, qui avait dû saigner.

— On a un visiteur à Shadowbrook. Vous êtes au courant ? De Londres.

— Oui.

— Il interroge tous ceux qui ont des choses à raconter sur elle, sur les Pettigrew, ce qui se résume à un peu tout le monde. Il a parlé aux jardiniers. Il va vouloir parler à d'autres, maintenant... À Barcombe et ailleurs.

— Je ne parlerai pas d'elle.

— Mais vous me parlez à moi.

— Eh bien, ça suffit largement. Je ne lui parlerai pas.

Il avait appuyé sur *lui*, comme si ce mot avait un goût amer.

— Pourquoi pas ?

Kit se gratta la barbe.

— Ces chevaux, vous les voyez ? Ce sont des animaux pas compliqués. Quand ils apprennent quelque chose, c'est acquis. Je peux labourer une journée entière avec eux et chaque sillon sera aussi rectiligne que le précédent. L'habitude. L'acquis. Mais ils ont aussi des instincts. Ils sentent quand il va pleuvoir. Ils savent de quelle humeur je suis avant que j'aie traversé la cour. Quand j'étais petit, j'avais un chien, une brave bête dure à la tâche qui comprenait tout de suite si les gens étaient bien ou mal intentionnés.

Kit se détacha de la barrière et se redressa.

— Moi, j'ai jamais quitté le Gloucestershire. J'ai jamais mis les pieds dans une bibliothèque, j'ai pas fait d'études à Cambridge, mais je repère un cheval boiteux à 200 mètres et un canard boiteux à 50. Et je peux vous dire qui est sain de corps et d'esprit et qui ne l'est pas. J'ai déjà rencontré votre type de la Société je ne sais quoi.

— Quand ça ?

— Hier soir. Au Bull. Il est entré avec à la bouche le nom de Pettigrew. Il peut peut-être passer pour un gentleman à Shadowbrook mais sachez, mademoiselle Waterfield, que ce n'est pas comme ça qu'on parle dans une taverne de village.

— Il pose des questions. C'est son travail.

— Non. Il a parlé plus qu'il n'a écouté. Il a trop bu.

Je n'en croyais pas un mot. George, qui avait apaisé la maison. Qui avait aidé les bonnes pour les objets lourds ou haut placés. Je refusais d'y croire.

— Non.

— Non ? Bon. Ça ne change rien pour moi, que vous me croyiez ou non. Méfiez-vous de lui, c'est tout ce que je vous dis.

— Me méfier de lui ?

— Mon vieux chien aurait grogné et refusé de s'approcher de lui.

— On m'a conseillé de me méfier de vous et comme vous voyez, je suis ici.

Kit faillit sourire. Il se passa la main dans les cheveux, en empoigna une touffe qu'il tira vers le haut, un geste qui découvrit son front plein de rides et de terre ; pendant un petit moment, il resta ainsi. Puis il laissa retomber sa main et se tourna vers ses champs.

— Vous ne devriez pas venir me voir. Me poser vos questions. J'ai beaucoup de travail avant la moisson. Et puis ils vont raconter des histoires, s'ils ne le font pas déjà. Vous savez pourquoi. J'en ai déjà bien assez sur le dos comme ça.

— Qu'ils racontent ce qu'ils veulent, ça m'est égal.

— Vous dites ça parce que vous êtes jeune. Vous ne vivez pas ici, vous retournerez à Londres en laissant derrière vous ces rumeurs et les réponses à vos questions. Vous comprenez décidément pas !

Kit me dévisagea et hocha la tête, un seul hochement.

— Bon Dieu, mademoiselle Waterfield ! Gardez vos distances !

Dans les rues de Londres, c'était mon apparence qu'on remarquait. Mes os, ma pâleur, mes yeux teintés de bleu et ma petite taille. Ma marque de fabrique sur les pavés londoniens. Était-ce pour ça qu'il me fuyait pour retourner à ses outils ? Qu'il se désintéressait de moi ? Kit voyait des femmes. Kit, de son propre aveu, avait ouvert à des femmes venues cogner à sa porte. Et pourtant, il ne souhaitait pas ma compagnie. Il semblait au contraire m'en vouloir. L'autre jour, il avait parcouru ses terres comme s'il cherchait à semer un animal errant.

Mais il n'y avait pas que mon physique qui était défaillant. Je dressai une liste des adjectifs qui m'avaient jusque-là laissée indifférente : *têtue*, *lunatique*. *Exigeante*. *Bizarre*. Je les avais considérés comme positifs ; les explorateurs, les scientifiques, les guerriers avaient sûrement besoin de ces qualités. Sauf qu'à présent ils étaient devenus gênants. Je posais trop de questions, semblait-il ; je l'irritais. Et je me demandai si ces particularités n'étaient pas plus à blâmer que mon squelette ; si ce n'étaient pas elles, et non mes os, ma part la plus disgracieuse.

Belle. Je supposai que Véronique l'avait été à tous points de vue. Physiquement, oui, mais aussi de tempérament. Car, les uns après les autres, ils étaient venus comme des pèlerins se prosterner devant l'autel de sa beauté.

À mon retour, je découvris un jardin de sons. Harriet fredonnait en balayant la cour. Le jeu de croquet étant resté installé sur la pelouse, les garçons donnaient au petit bonheur des coups de maillet dans les boules, qu'ils projetaient dans les massifs et leurs bordures en brique. J'observai la scène par la porte voûtée de la haie. J'entendis les cris. Je vis, aussi, comment ils abaissèrent leurs maillets lorsque George fit son apparition avec cette démarche souple et ce sourire désormais familiers, comment ils se ruèrent vers lui, débordant de nouvelles et de questions : combien il mesurait, exactement ? À quelle vitesse il pouvait courir ? S'il avait le choix entre le rugby et le football, lequel il prendrait ? Personne ne parlait plus de fantôme. Et George riait au milieu de leur cercle, levait les mains comme pour se défendre.

Un jardin de lumière, sous de nombreuses formes.

C'en était trop ! J'entrai dans la maison et, en tapant ma canne sur le parquet, j'enfilai le couloir sombre et frais, gravis l'escalier. M. Fox avait fermé à clé toutes les portes. Je le savais. Je ne pourrais pas entrer dans la chambre de Véronique. Pourtant je me tins derrière, me rappelant la couche de poussière où mes pieds s'étaient enfoncés. Me rappelant la vue de sa fenêtre sur le bois de hêtres, les toits lointains de Barcombe et au-delà, les prémices des terres des Preedy. J'aurais tant voulu posséder ce qu'elle avait eu ; si seulement j'avais pu l'absorber – par la poignée de la porte, l'air du couloir, les lambris de bois qu'elle avait dû longer cent fois. Je voulais en apprendre plus. Je voulais la voir.

J'étais jalouse, peut-être. Toutes ces histoires que l'on racontait sur elle… Par la suite, je déduirais que les hommes parlaient d'elle parce qu'elle était belle, mais que les accusations de folie émanaient des femmes qui lui en voulaient de sa liberté et de sa fortune. Une punition au goût amer. Accusez-la d'être folle, pétrissez la vérité comme de la pâte, jusqu'à la défigurer, de sorte que Véronique finirait par organiser des orgies. S'accroupirait dans les orties. Baverait une salive verte.

Le jeu de croquet reprit plus tard dans la journée. Hollis avait décrété qu'il faisait trop chaud pour travailler et les avait arrêtés à 14 heures. Les garçons s'étaient donc remis au croquet ou étaient allés s'asperger avec l'eau du bassin. Ou se prélassaient à l'ombre comme des pachas.

George, lui, était introuvable. J'essayai les lieux retirés et ombragés où il s'était déjà réfugié : le pavillon du tennis, le portique, la cabane de rempotage. Je frappai aux portes de la bibliothèque et de sa chambre. Finalement, je m'adressai à Maud, qui me regarda d'un air soupçonneux.

— Il est au verger, me dit-elle.

Il se tenait debout, immobile, comme sur un socle. Jambes écartées, mains dans les poches, absolument statique, tellement plongé dans ses pensées qu'il ne m'entendit sans doute pas approcher. Hollis avait dû lui parler de ce secret, la sépulture sauvage.

— Qu'est-ce que ça change ? lui lançai-je.

Il se tourna vers moi en souriant.

— Quoi ?

— Qu'elle soit enterrée là.

Il afficha un visage aimable, décontracté, et se poussa un peu pour me faire de la place.

— Qui sait ? Une fois, il y a eu un problème dans une maison à Kilburn… On a découvert le squelette d'un enfant dans le creux d'un mur, enveloppé dans un drap mais sans rien d'autre, et dès que nous l'avons enterré dans un lieu consacré… plus rien. Le problème a disparu.

J'avais dû réagir inconsciemment par un petit bruit, ou l'ébauche d'un geste.

— Pardon… J'en ai trop dit. Je regrette. J'ai parlé sans réfléchir. Je m'entretiens rarement de mon travail avec les autres, dit-il en secouant la tête. C'est peut-être ce temps.

Comme une plante, il réagissait aux rayons du soleil et à la chaleur. Les taches de rousseur s'étaient multipliées sur son nez. Je notai une rougeur sur sa mâchoire, sans doute un coup de soleil ; il avait peut-être gardé la pose trop longtemps. Je me doutais qu'il ne m'enverrait pas paître. Il était trop gentil, trop bien élevé.

— C'est paisible, ici aussi, dis-je. Depuis votre arrivée, il ne s'est plus rien passé dans la maison… rien du tout. Vous devez vous demander pourquoi on vous a fait venir.

— Non. Il n'est pas inhabituel qu'un lieu qui a reçu des visites se taise à l'arrivée de l'un d'entre nous. Je m'y attendais.

— Vraiment ? Pourquoi ?

Il avait des cernes noirs.

— Si c'est une intervention humaine, délibérée, préméditée, ils se méfient. Un enquêteur pointe le bout de son nez, les mauvais plaisants craignent d'être découverts ou s'aperçoivent que leur petit jeu est allé trop loin. Parfois, tout s'arrête là. D'autres fois, au contraire, quand ils voient qu'ils ont un nouveau public, ils font de leur mieux pour mener en bateau l'envoyé de la Société. Mais ils prennent leur temps. On a unc semaine et quelque de tranquillité.

— Et s'il ne s'agit pas d'une intervention humaine ? Si c'est autre chose ?

— Un phénomène naturel mal interprété ? Un occupant de plus dans une maison peut faire changer la température de l'air. Ou, autre exemple, une personne de plus qui se sert de l'eau des robinets peut faire baisser la pression dans les canalisations, et l'excès de pression, la cause des bruits, disparaît.

— Ce n'est pas ce que je voulais dire.

George hocha la tête et se retourna pour regarder le monticule de terre.

— Dans ce cas-là, eh bien, la tranquillité ne dure que rarement. Les manifestations reprennent, parfois décuplées.

— Décuplées ? Vous avez déjà vu ça ?

— Oui.

J'aurais voulu en savoir plus. Comment ces phénomènes, ailleurs, dans une autre maison, un autre pays, avaient commencé et s'étaient terminés ; de quelle manière ils s'étaient manifestés. Mais George me dévisageait de nouveau. D'un regard direct, sans gêne ; il m'étudiait comme si j'étais un livre qu'il tentait de lire, et je n'osais plus parler.

— Mademoiselle Waterfield, je vous ai dit qu'il était important de garder l'esprit ouvert. À votre avis, le vôtre l'est-il toujours ?

Un petit sourire. Le détective perspicace. Non, nous ne nous étions jamais rencontrés avant, pourtant il y avait chez George quelque chose de familier qui m'incitait à la gratitude. J'aurais pu le connaître depuis plus longtemps que ces quelques jours.

— Pourquoi me demandez-vous ça ?

— Cette nuit, je vous ai entendue bouger dans la maison… Vous avez inspecté les fleurs, je crois ? Et quand vous êtes avec moi… Vous me posez des questions sur les fantômes, pas sur les détails pratiques. Vous me paraissez sans a priori. Ce n'est pas une critique, attention, mais je préférerais que vous soyez franche avec moi.

J'acquiesçai.

— C'est vrai. J'avais un a priori au début : j'étais sûre et certaine qu'il s'agissait d'un cambrioleur ou de quelqu'un qui faisait une mauvaise blague. Puis j'ai fait la connaissance de M. Fox, qui m'a sermonnée sur l'importance de rester ouverte aux nouvelles idées, comme quoi un homme sage est celui qui reconnaît ne rien savoir… Et je me suis rendu compte qu'il avait raison. Maintenant je penche plutôt pour le fantôme. Quand je trouve des fleurs qui n'ont ni fané en quelques heures ni été saccagées, je suis déçue… J'ai changé, c'est affreux. Qu'est-ce que je vais devenir quand je serai rentrée à Londres ?

— Vous y retournez ?

— Il faudra bien. M. Fox ne va pas continuer à me verser un salaire éternellement.

Je me tus, un peu haletante : je n'aurais pas dû lui en dire autant. George, lui aussi, avait besoin de temps. Il avait toujours les mains dans les poches, mais il regardait en l'air les branches qu'il aurait pu toucher s'il avait voulu. Des pommes se développaient au-dessus de lui. Je vis avec plus de netteté la tache sur sa mâchoire.

— Cela vous aiderait si je vous avouais que j'étais comme vous autrefois ? Que je préférais, de loin, penser que c'étaient des fantômes ? Une vie désincarnée : c'est ça que je voulais. Je le voulais tellement que j'ai adhéré à la Société de recherche psychique parce que j'avais l'espoir d'en trouver une preuve. Je pensais obtenir des réponses… et une raison de me consoler.

— Vous consoler ?

Il se tourna de nouveau vers moi.

— Ma mère est morte quand j'étais petit… 8 ans. Après sa mort, j'ai traversé tous les stades du deuil : la colère, le déni, les reproches. Je mordais, j'insultais. Je me renfermais sur moi-même. Soit je me moquais de ceux qui croyaient en Dieu, soit je tombais à genoux dans la première église venue et je priais. Puis, un jour, je l'ai sentie. Une vibration ? Même aujourd'hui, je n'arrive pas à décrire ce qui m'est arrivé. Mais j'ai senti sa présence. La conviction absolue que je n'étais pas seul ; qu'elle était avec moi… C'était un jeudi. Il avait plu toute la matinée, puis ça s'était arrêté brusquement et j'étais sorti. Je me trouvais dans un passage étroit entre deux maisons. Il n'y avait personne d'autre, et pourtant j'avais la nette impression qu'on m'observait. Une impression intense, physique. Il n'y avait pas d'autre explication : aucune fenêtre ne donnait sur le passage et il était désert. Ma mère était auprès de moi, et elle n'était pas complètement morte. C'est là, bien sûr, que je me suis demandé pourquoi elle était venue. Pourquoi précisément dans ce passage ? Essayait-elle d'entrer en contact avec moi ? Et dans ce cas, que voulait-elle me dire ? Après ça, j'ai eu un but dans la vie. Investiguer à partir de cette impression, prouver qu'il y a une vie après la mort, qu'un être humain n'a pas seulement une forme charnelle. Plus tard, je me suis inscrit en théologie à Cambridge. Puis j'ai adhéré à la Société. Et quelques jours après, j'ai fait la connaissance d'un homme d'une grande bonté et d'une grande sagesse. Lui aussi est mort, maintenant. Bref, il a vu ce garçon affamé, casse-cou, enragé, qui cherchait une preuve de l'au-delà, et il l'a raisonné. Il lui a payé une bière dans une taverne au bord de la rivière. Il lui a dit de garder, en toutes circonstances, l'esprit ouvert, parce que cela ne menait à rien de chercher dans l'espoir d'obtenir une réponse préconçue. Je devais travailler sans a priori, m'a-t-il dit ; sans préjugés si je voulais obtenir des réponses. Je devais écarter tout intérêt personnel. Je lui dois beaucoup, à cet homme.

— Et y êtes-vous arrivé ? À être honnête ?

— Je mentirais si je vous disais que je penchais moins vers une vie après la mort que vers un néant, rien, le noir absolu. Je pense que c'est instinctif chez les hommes : nous n'aimons pas la perspective de voir s'achever notre existence ni celle de ceux qu'on aime, comme une bougie que l'on souffle. Nous préférons envisager d'autres possibilités. J'aime à penser que ma mère existe toujours à sa manière. Au début, il fallait que je me corrige, que je me réprimande moi-même, pour m'obliger à rester impartial. Je ne devais pas risquer d'orienter, de façon consciente ou inconsciente, ce que je voyais ou entendais. J'ai appris à être impartial. Je ne mentirai jamais, ni à moi-même ni aux autres. Je fais en sorte que mes questions soient ouvertes, ne cherchent pas à influencer. Car il y a déjà assez de tricheries ici-bas, mademoiselle Waterfield… Un médium de Soho, par exemple, ou une famille qui fabrique un esprit frappeur dans le seul but de devenir célèbre. Mon travail a pour raison d'être la recherche de la vérité.

Tout cela dans le verger. Toutes ces paroles rassurantes.

— Vous avez aussi perdu votre mère, je crois ? C'est Hollis qui me l'a dit.

— Oui.

— Comment ? Si je puis me permettre.

— Une tumeur. Elle avait 39 ans.

Je songeai aux vibrations. C'était le terme qu'il avait employé et il me semblait approprié. Je me demandai si je les avais moi-même ressenties : à l'étage, ou dans le couloir, quand je levais ma lampe et appelais. Au bord de la Tamise par un sombre après-midi de janvier, alors que le chagrin se logeait comme une pierre dans ma gorge. Et avais-je du chagrin à présent ? Debout à son côté ? Avec Véronique à la fois à nos pieds et auprès de nous, nous observant ?

— J'ai besoin de votre aide, dit-il. J'ai parlé à tout le monde sauf à la gouvernante et à M. Fox. Il n'est pas ici, je sais. Mais elle ? Elle n'est pas loin. Et il faut que je lui parle, Clara ; tant que ce n'est pas fait, je ne peux pas écrire mon rapport ni conclure. Savez-vous où elle est ?

— Chez sa sœur.

— Pourriez-vous me montrer la maison ? Demain, peut-être ?

— Cela m'étonnerait qu'elle vous reçoive.

— Je sais. Mais c'est elle qui a été poussée, c'est sa porte qui a été entaillée. M'accompagnerez-vous ?

Je fis oui de la tête.

« Méfiez-vous de lui », avait dit Kit. Pourtant George était si grand et immobile que je pouvais m'abriter dans son ombre ; il s'exprimait dans une langue que je comprenais, même s'il n'aurait pas pu être plus différent.

Nous rentrâmes sans nous presser dans le crépuscule. Les ombres étaient longues. Les briques devaient être chaudes au toucher ; les chauves-souris n'allaient pas tarder à commencer leur chasse aux insectes.

— Puis-je vous poser une question, George ? Avez-vous été au Bull hier soir ?

Il ralentit le pas.

— Oui. On vous a dit ça ? Les tavernes sont des endroits utiles. Les gens s'y réunissent, ils causent. Les langues s'y délient souvent.

— Y avez-vous rencontré le fermier ?

— Le fermier ? Ils étaient plusieurs fermiers.

— Preedy. Il cultive de l'orge. Très brun, réservé. Il a une barbe. Pas grand, mais costaud.

— Ah, oui, je l'ai vu. Il n'a pas dit grand-chose et il est parti de bonne heure. Clara, puis-je vous poser, moi aussi, une question en retour ? C'est difficile, parce que je dois rester impartial, comme vous le savez... Cela a nécessité 47 enquêtes. Et avec celle-ci, c'est encore plus dur. Je sais ce que vous espérez. En général je ne prête pas attention aux désirs des autres... Mais avec vous ? dit-il en souriant. J'ai envie de trouver ce qui vous fera plaisir. Vous comprenez ? Et vous savez pourquoi ?

Je ne lui répondis pas, tout simplement parce que je n'avais pas de réponse à lui donner. Et puis il avait pris cette voix basse, intime, dont il s'était déjà servi une fois et qui ne me plaisait qu'à moitié. Il fixait la naissance de mes cheveux comme s'il attendait ma réaction, comme si le haut de mon front et mes sourcils méritaient d'être mémorisés. Et non, je ne comprenais pas. Je lui dis que Harriet avait besoin de mon aide et le quittai précipitamment. En entrant dans la maison, je me demandai quand nous avions commencé à nous appeler par nos prénoms. Clara et George, comme de vieilles connaissances.

Le jour où nous rendîmes visite à Mme Bale fut le plus chaud de l'été. Je retrouvai George sur la terrasse après le petit déjeuner. En chemise à carreaux beige clair, un sac en cuir en bandoulière sur l'épaule, il me regarda approcher.

— Prête ?

Nous passâmes devant la maison de Hollis et sa balançoire en corde. Devant le panneau en fer *Barcombe-on-the-Hill*. George avait adopté cette allure lente et décontractée que j'avais notée dès notre première promenade ; il accordait précisément ses pas aux miens, et si je ralentissais, il ralentissait lui aussi.

— J'ai été trop bavard hier. Ce n'est pas professionnel. Tout ce que je vous ai dit… Je dois parler à tout le monde de la même façon. Et puis cela faisait très longtemps que je n'avais pas raconté… pour ma mère… Vous n'aviez peut-être pas envie d'entendre ça.

La plaque rougeâtre sur sa mâchoire était toujours là. Sauf qu'elle paraissait plus foncée. Pendant qu'il parlait, je ne pouvais m'empêcher d'y jeter des coups d'œil, dans l'ombre ou en pleine lumière, et je me rendis compte que ce n'était pas un coup de soleil. C'était un hématome. Couleur prune, avec du jaune autour. J'eus un mouvement de colère.

— Il vous a frappé, au Bull ? Dites-moi.

George se tut et se tourna vers moi. Il savait à qui je faisais allusion. Sa main vint se poser sur sa mâchoire comme s'il essayait de se souvenir de la réponse.

— Ce n'est rien. Une dispute sans importance. Il est parti juste après.

— Pourquoi vous a-t-il frappé ?

Il regarda le champ d'orge, hésitant.

— Il s'est offusqué, je pense. Il ne voulait pas que je parle des Pettigrew, et je suis tenace, c'est sûr. Cela fait partie de mon métier, mais quelquefois… Bon. C'est seulement un bleu de rien du tout. Il n'y a pas de quoi fouetter un chat, conclut-il en souriant.

— Pourquoi ne m'avoir rien dit hier ?

— Je ne voyais pas à quoi ça aurait servi. Et je n'en suis pas fier, Clara. J'ai une tête de plus que lui, quand même. Il a eu de la veine, voilà tout.

— Vous avez répliqué ?

— Non.

« Méfiez-vous de lui. » Ces mots me brûlaient la bouche tout en me plongeant dans une sombre humeur contemplative. George le sentit sans doute, car il n'ajouta plus rien, si bien que nous continuâmes à marcher en silence. Ce n'est qu'après être passés devant les roses trémières et l'abreuvoir où croupissait une eau glauque, et seulement à la hauteur du vieux chêne, que nous retrouvâmes notre langue. Il y avait une feuille de papier punaisée sur l'écorce :

Fête de Barcombe ! Lundi 3 août.

Deux jours plus tard.

— Vous irez, Clara ?

— Je ne crois pas.

Mais je ne pensais pas à la fête du village. J'avais l'esprit occupé par les paroles de Kit : les Preedy détestaient les Pettigrew. Les disputes tournaient toutes autour de questions d'argent, de femmes ou de terres. Et malgré tout, pour prendre leur défense – sa défense à elle, en tout cas –, il était prêt à en découdre. Il s'était battu avec cet homme qui le dominait en taille, en musculature et en éducation. Alors qu'est-ce que j'ignorais ? Quel était le secret de Véronique que je pouvais presque toucher du doigt mais qui m'échappait sans cesse ?

En haut de la côte, sur la route de Stow, se profila le pont bossu.

Le jardin de Willowbank avait souffert de la canicule. Les fleurs étaient en piteux état, les feuilles avaient perdu leur couleur et elles rebiquaient au bout de leur tige. George lâcha un soupir et ajusta sa chemise.

— C'est ici ?

— Oui.

Il me remercia et s'engagea dans l'allée devant la maison. Je restai sur le chemin, curieuse de voir ce qui allait se passer.

Il frappa cinq fois, puis recula d'un pas. Au bout de quelques instants, la porte s'entrouvrit de la même façon saccadée que pour moi l'autre jour, comme si un objet la bloquait ou que le bois était gauchi. Elspeth portait, par cette chaleur, une robe de coton marron à fleurs, sans manches. La main agrippée à la porte, elle affichait une expression soupçonneuse. Je n'entendais pas ce que disait George, mais je voyais sa réaction à elle : son front se plissa, ses yeux s'arrondirent ; elle resserra la pression de ses doigts sur le bois. Puis elle se mit à hocher la tête. Résolument, de nombreuses fois. Elle prononça un « non » tellement retentissant qu'il arriva jusqu'à moi. « Non, il n'en est pas question ! » Puis elle referma avec une brusquerie qui lui fit lever les bras au ciel de stupéfaction, dans un geste de surprise adressé à la porte bleue.

— Alors ?

Il revint vers moi à pas lents, l'air sidéré.

— Elle m'a dit de partir. Sa sœur ne me parlera ni aujourd'hui ni demain… jamais.

— Vous lui avez dit qui vous étiez ? De la Société ?

— Bien sûr, mais ça n'a servi à rien. Vous avez vu comment elle m'a claqué la porte au nez ?

Je ne lui avais encore jamais vu cette expression vexée ; ce front ridé, ce mouvement de menton. Mais il y avait aussi ses yeux. Son regard était dur. Il crispa la mâchoire et fixa le sol comme si celui-ci était responsable de sa déconvenue.

— Comment faire mon travail si elle refuse de me parler ? Si elle refuse de me voir ? C'est elle qui a vu le fantôme. C'est elle qui a été poussée…

George se tourna vers la maison derrière nous.

— Je ne rentrerai pas à Londres avant d'avoir tiré cette affaire au clair. J'y suis toujours arrivé, je ne compte pas rater cette fois !

Il lui suffit de six enjambées pour regagner le seuil, et il se mit à tambouriner sur la porte, très fort et sans discontinuer. Je vis le battant trembler sur ses gonds ; des fragments de peinture bleue volèrent, et je me dis qu'il allait se mettre toute la région à dos. Il hurla :

— Ouvrez cette porte !

Aussi brusquement qu'il avait commencé, il s'arrêta. Il resta un instant le poing en l'air. Il ne semblait plus furieux. Il revint vers moi d'un air gêné et, en se passant la main dans les cheveux, s'excusa :

— Pardon, Clara. Je suis désolé… La frustration. Je me sens si proche de la solution. La vérité est à portée de main…

Il laissa retomber la sienne et me dévisagea avec un sourire penaud.

— Mais je vous ai contrariée.

— Pas contrariée, non.

— Vous êtes toute pâle. Clara, je vous en prie…

Et soudain il redevint lui-même. George l'homme-arbre. Celui qui avait initié Fred au croquet, celui qui avait parlé en poète de son deuil. Il déclara qu'il lui restait encore M. Fox à interroger. Peut-être cela suffirait-il.

En rebroussant chemin, notre conversation se plia aux règles de la courtoisie. Le temps – un bon orage nettoierait l'atmosphère, il dormait peu à cause du manque d'air. Et je me demandai si la chaleur n'avait pas eu sa part de responsabilité dans son accès de colère. J'avais en effet lu que les chevaux changeaient de comportement à la pleine lune ; que les mois d'hiver pouvaient faire entrer en vous de la noirceur. La chaleur éprouvait peut-être notre humeur aussi. Elle affaiblissait peut-être notre capacité à nous retenir, à garder notre sang-froid. Ma mère racontait des choses sur les jours précédant la mousson : l'air était brûlant, il y avait des querelles sur les marchés. Les oiseaux, bec ouvert, haletants. Les mariages qui vacillaient, les chèvres qui n'étaient plus tuées dans le respect des traditions. En passant devant l'épicerie, j'aperçus un gros titre affiché. La guerre, imminente. Cela me coupa toute envie de parler. J'avais épuisé mes réserves de confiance. J'étais trop fatiguée pour réfléchir. J'aspirais seulement à une résolution, à un sommeil paisible.

À partir de là, chacun partit de son côté. George souhaitait acheter le journal à l'épicerie ; quant à moi, je voulais me reposer dans un endroit frais et tranquille. Je rentrai donc à Shadowbrook, où je fus accueillie par la vision de l'extraordinaire blancheur d'un drap séchant sur une corde à linge. Les fenêtres à l'étage étaient ouvertes ; entre les rideaux immobiles, je distinguai les tapisseries et la lampe à pied, et un mouvement qui pouvait être M. Fox se levant de son bureau. Mon premier réflexe fut de me sentir soulagée. Il était de retour, avec son esprit rationnel, ses livres, sa routine. Cette histoire tirait-elle à sa fin ? Je me dis aussi que ses appartements, vu leur orientation sud, devaient être bien étouffants. Mais sans doute la brise se glisserait-elle jusqu'à lui.

12

Ce soir-là, à table, la fête du village fut au centre de la conversation. On était samedi et George, calmé, le ventre plein, fit part de sa curiosité aux filles. Était-ce la première fois ? En quoi consistait-elle ? En quel honneur ?

— Chaque fin du mois d'août, on profite des jours fériés, dit Maud. C'est une tradition à Barcombe. Tous au village participent.

On y dansait même ! Il y avait un orchestre. Un cochon de lait. Et ça pouvait durer jusqu'à minuit, sinon plus tard. Maud ponctuait ses explications de regards pleins d'espoir.

— Vous viendrez ?

— Je l'espère.

Je n'avais, pour ma part, aucune envie de me rendre à ces réjouissances. En dehors du fait que c'était trop exiger de moi physiquement, quelle raison y avait-il de danser ou de chanter ? La guerre se profilait à l'horizon. C'est ce que titraient les journaux ; les aides-jardiniers en parlaient à voix basse en mangeant leurs sandwichs pendant leur pause déjeuner. Et puis je ne savais pas danser. Je ne connaissais presque personne.

J'avais toujours été différente, solitaire, mais à présent je le ressentais plus que jamais. Les bruits qui couraient à propos de Kit s'avéraient justifiés : il avait bien le sang pourri, il ne craignait pas de se servir de ses poings. Il n'aimait que les femmes aux mensurations parfaites. Quant à George, il travaillait dans la bibliothèque, la porte entrouverte, et accueillit gentiment la théière que lui apporta Maud. Pourtant, je n'arrivais pas à oublier son accès de colère à Willowbank. La façon dont il avait tambouriné contre la porte bleue.

Je n'avais personne à qui me confier. Harriet se trouvait de menues tâches au potager pour pouvoir bavarder avec Albert. Le pasteur étant un ecclésiastique à double personnalité, je n'allais sûrement pas le solliciter. Quant aux aides-jardiniers, je ne les connaissais pas. Entendre le nom de Véronique ne leur avait fait ni chaud ni froid.

Comme il n'y avait plus de gouvernante, je gravis l'escalier à 11 heures et longeai le couloir pour frapper à la porte de M. Fox.

— Puis-je vous parler, monsieur ? C'est mademoiselle Waterfield.

J'étais prête à parler de n'importe quoi. La théorie de l'évolution. Les empires. Les tapisseries. L'élégance de son écriture. Mais il ne répondit pas ni n'ouvrit la porte.

Restait Hollis. Je pus l'observer un petit moment avant qu'il m'aperçoive. Il trempa son mouchoir à l'eau du robinet de la cour, l'essora, retourna à la cabane à outils, s'installa dans un transat et étala le mouchoir sur son front, les yeux fermés. Ce qui ne l'empêcha pas de me voir. Il entrouvrit un œil.

— Ah. Venez donc vous asseoir à côté d'un vieil homme fatigué.

Je m'installai sur une caisse renversée. Autour de moi, ses outils : binettes, déplantoirs, tuteurs en noisetier, pots de fleurs et pinces, clous et marteaux. Une vieille tasse à thé. Une paire de bottes aux semelles bâillantes.

— Ça ne peut pas durer, dit-il. Tout est en train de dépérir. On a besoin d'un bon orage… de tonnerre, d'éclairs… Je crois que ça vient. Vous sentez comme il fait lourd ? Vous sentez la pluie ?

Je le regardai. Les yeux fermés sous le mouchoir mouillé. Les mains ouvertes de chaque côté de son corps. Son menton avait disparu dans la chair flasque de son cou et je l'imaginais dormant ainsi. Une vie entière de repos dans cette posture.

— Mademoiselle Waterfield ? Cela fait deux minutes que vous êtes là, et je n'ai pas entendu un seul son sortir de votre bouche. Dois-je en déduire que vous êtes souffrante ?

— Hollis, on peut discuter tous les deux ?

— De quoi ?

— D'elle. Je sais que ça vous déplaît et que vous n'avez pas été témoin de grand-chose. Mais vous travaillez ici depuis tellement longtemps… Tout ce que vous pouvez me dire m'intéresse.

Il s'aperçut de mon chagrin, peut-être. Ou bien, accablé par la canicule, il n'avait pas la force de me résister. Il était confortablement installé, fatigué. Sans ouvrir les yeux, il céda.

— C'était le temps qu'elle préférait. Enfin, tous les temps devaient lui convenir puisque les dernières années, elle les a passées dans le jardin, qu'il pleuve ou qu'il vente. Mais elle aimait mieux les mois d'été. En juin et juillet, elle apportait ses repas dehors. Je trouvais des livres sur les accoudoirs des bancs, comme vous le savez déjà. Des traces de pieds mouillés autour du bassin.

— Et quoi d'autre ?

— Quoi d'autre ? Un instant, que je me souvienne. Elle prenait des fleurs pour la maison… des pivoines, souvent. Des roses. Le vendredi matin, je trouvais mes gages dans la cabane à outils, bien ficelés dans du papier kraft. Chaque vendredi sans exception. Et parfois elle y mettait un mot. Des remerciements. Elle me disait combien les digitales étaient belles cette année, ou combien les cassis étaient sucrés… Ce genre de choses. Elle aimait beaucoup les topiaires… les paons… Elle me disait combien elle m'était reconnaissante de les avoir taillés. Et quelquefois je trouvais un cadeau, une plume, ou la première prune de l'année. Je pense à elle depuis quelque temps. Je sais qu'on raconte qu'elle hante la maison, et puis M. Lowe pose des questions, comme vous l'avez fait. Vos cheveux, mademoiselle Waterfield… Elle les avait comme vous, libres et très longs. Je vous l'ai déjà dit ? Même quand ils sont devenus gris, elle les portait lâchés.

— Kit était amoureux d'elle ?

Hollis souleva à moitié le mouchoir et ouvrit les yeux.

— Kit ? Elle avait au moins trente ans de plus que lui.

— Alors le père de Kit ? Bill. Il venait peut-être lui rendre visite, et…

Hollis souleva tout à fait le mouchoir et se redressa à moitié.

— Lui rendre visite ? Oh, non, non. Bill la voyait très rarement. Elle ne voyait presque personne… Même si elle a pleuré sa mort… quand c'est arrivé. Je le sais. On est nombreux à l'avoir pleuré, cet homme. Bill. Un brave homme, malgré ce qu'on en dit.

— Ça n'a aucun sens pour moi. Je croyais que les deux familles se haïssaient.

Pourquoi une Pettigrew aurait-elle pleuré un Preedy ?

— Bill détestait ses frères, oui. Il a été condamné à mort, c'est bien la preuve qu'il les détestait… Au moins le plus jeune.

J'étais perdue. Quel rapport ? Hollis allait trop vite pour moi. C'était comme essayer de retenir de l'eau vive à mains nues.

— Je ne comprends pas.

Hollis s'aperçut qu'il en avait trop dit. Ou qu'il me manquait un élément qu'il n'avait pas jugé bon de me fournir. Mais il ne pouvait plus reculer. Impossible de se défiler par une pirouette. Il s'essuya la bouche sur le dos de la main, lentement, se préparant.

— Bill Preedy a été pendu pour avoir tué un Pettigrew. Hugo, le cadet. Je pensais que vous le saviez.

Je ne le savais pas. Il poussa un soupir.

— Il y a eu une bagarre à Stratford-upon-Avon. Un seul coup de poing de Bill a suffi pour briser la nuque de Hugo, et celle de Bill a été brisée pas longtemps après. À mon avis, le juge connaissait les Pettigrew. Bill a surtout laissé le souvenir de sa mort, mais c'est injuste. C'était un homme robuste, un type honnête. Et qui peut se vanter de ne jamais avoir fait d'erreur ? On en fait tous.

— Kit ne m'a rien dit.

— Non. Pourquoi l'aurait-il fait ? Il n'a pas desserré les dents depuis le jour où c'est arrivé. Ce garçon croit qu'en faisant comme si ça n'existait pas, les choses disparaissent. Mais il a tort. Il s'est forgé une carapace contre toutes les émotions, et c'est pas une façon de vivre. Preedy… Il devrait être fier de son nom. Je le lui ai répété cent fois, mais il n'écoute pas. Il n'a jamais eu une seule goutte de sang pourri dans les veines.

À Londres, lorsque je m'éveillais d'un sommeil induit par les opiacés pour découvrir qu'il ne faisait pas encore jour, j'observais les étoiles. Il n'y avait rien d'autre à faire : j'étais trop groggy, trop nauséeuse pour lire. Ma mère dormait parfois dans un fauteuil à côté de moi, et si j'avais mal, ou peur, ou soif, je la réveillais. Mais la plupart du temps, je regardais à travers les voilages les quelques étoiles visibles dans le ciel de Londres et j'imaginais que je cueillais les plus brillantes. Une par une. Puis j'en formais une boule de lumière dont l'éclat fabuleux rivalisait avec le clair de lune.

Ces minuscules détails semblaient scintiller. Les petits paquets en papier kraft déposés à l'intention de Hollis. Son goût pour les prunes et les topiaires. Tous ces petits fragments sur Véronique, je les mélangeais avec ce que je savais déjà d'elle – avec les étoiles déjà cueillies –, si bien qu'elle brillait d'un feu de plus en plus éclatant. Je pensai aussi aux Preedy. J'ignorais presque tout à leur sujet, et l'image qui me venait à l'esprit était celle d'une vertèbre. Je songeai au coup de poing, un seul et unique, donné à Stratford-upon-Avon, sous l'effet de la colère et de l'ivresse, et à Bill Preedy, la nuque brisée par la corde, qui avait été jeté dans une fosse commune non loin du gibet de Birmingham. Une pulsion, une seule, et sa vie s'était arrêtée. Un geste éclair, et la vie de Kit avait basculé. Quelle fulgurance !

Le fermier m'apparaissait désormais sous un jour nouveau. Ne faisant confiance à rien ni personne. Se déplaçant rapidement. N'en disant pas plus que nécessaire et ne cherchant l'amitié qu'auprès de ses chevaux et d'un vieux chien. Ces traits de caractère s'étaient peut-être affirmés petit à petit, à la suite de la mort de son père, ou bien il avait pris une résolution et s'y était tenu. Peut-être avait-il, en apprenant la nouvelle, juré de ne plus sourire ni se préoccuper des autres ; un choix délibéré de la part d'un garçon qui ne reverrait jamais son père.

Tout cela me paraissait compréhensible. Sauf une chose, une étoile mystérieuse. N'aurait-il pas dû englober tout le monde dans une même haine ? Si la mort d'un Pettigrew avait causé celle de son père, il n'aurait pas dû trouver Véronique belle. Il aurait dû approuver les racontars à son sujet, les alimenter même. Et enfin, il n'aurait pas dû casser la figure à George, un type qu'il ne connaissait même pas, sous prétexte qu'il salissait la mémoire de cette femme. Si quelqu'un devait détester les Pettigrew, c'était bien Kit.

Je passai la journée dans les endroits où je savais qu'elle avait été. Le bassin. Le fauteuil en fer forgé sous les tilleuls, d'où on avait une vue sur le jardin du bas. C'est là que George me découvrit. Il paraissait hagard.

— Je vous cherchais, Clara. Ne vous trouvant ni au jardin ni à la serre, je suis descendu au village voir si vous y étiez.

— J'étais avec Hollis. Pourquoi ?

— M. Fox.

— Vous lui avez parlé ?

Il eut un petit rictus fâché.

— Non. C'est ce que je voulais vous dire. Il refuse de me recevoir, ou plutôt il a laissé un mot dans la cuisine pour m'informer qu'il souhaite se reposer avant. Se reposer ? Je comprendrais si c'était pour une heure, ou une demi-journée. Mais je dois attendre jusqu'au week-end prochain, Clara… On est dimanche. Je dois attendre encore six jours !

Il scandait les syllabes d'une voix grave et sourde. Si l'individu courroucé de la veille, celui qui avait à moitié défoncé la porte de Mme Bale, avait disparu, il n'était tout de même pas paisible. Je percevais chez lui comme un feu qui couvait. Je le regardai croiser et décroiser ses mains.

— Six jours... Ce qui revient à dire qu'il s'en fiche. Il se fiche de cette histoire de fantôme.

— Pas du tout. Au contraire.

— Ah bon ? Alors pourquoi ne veut-il pas me voir, ni aujourd'hui, ni demain, ni... ? Les deux personnes à qui je dois absolument parler, les deux plus importantes, refusent de me voir. À quoi jouent-elles, Clara ? Je ferais peut-être mieux de boucler ma valise et de partir.

Je soutins son regard.

— Vous partiriez sans avoir rien résolu ? Sans avoir trouvé une preuve, ou au moins une explication ? Vous avez promis aux filles.

Il baissa les yeux et fixa un moment le sol. Puis, les levant vers le feuillage des tilleuls que pommelait le soleil, il répondit d'une voix adoucie, presque sur le ton de la confidence :

— Je pense tenir une explication.

Je crus avoir mal entendu.

— Une explication ? Vous avez une preuve pour Véronique ?

Il se frotta les paupières et soupira. Il semblait abattu et quand il me regarda de nouveau, je vis passer dans ses yeux une brève lueur de tristesse. Son visage aux traits réguliers et à l'expression réfléchie était plein de regrets.

— C'est une explication, Clara, en effet. Mais pas celle que j'espérais trouver.

Nous poursuivîmes notre promenade et fîmes halte devant la serre. Celle-ci débordait. Les fleurs qui s'étaient aventurées dehors se repliaient vers l'intérieur tandis que des lianes se faufilaient par les ouvertures pour escalader les parois de verre. Du pollen maculait les vitres.

— Quand je vous ai rencontrée, nous avons discuté de mon travail, n'est-ce pas ? Et nous avons envisagé différentes possibilités : quelque chose de tout à fait naturel et explicable, comme un changement de température ou des canalisations rouillées ; un acte malveillant délibéré ; ou un phénomène dépourvu d'explication… Bref, un fantôme. Trois solutions. C'était ce qu'on avait dit. Mais si je vous annonçais que ce n'est rien de tout cela ? Qu'il y a une quatrième possibilité ?

Je fis signe que c'était impossible.

— Qu'y aurait-il d'autre ?

— Des idées fausses. Le désir. Une intervention humaine, certes, mais sans intention de nuire. Accidentelle, en fait. Vous vous rappelez la première fois que nous nous sommes promenés dans ces jardins ? Je vous ai dit… c'était, je crois, dans le jardin blanc… que tout être humain est imparfait, une pauvre créature faillible. Si, si. J'ai pu le constater ailleurs. On a tendance à oublier ou à comprendre de travers. On peut tomber gravement malade, au point que l'on prend pour la réalité des hallucinations ou des rêves provoqués par la fièvre. On peut désirer une chose tellement fort qu'on est capable de se convaincre qu'on la possède ou qu'on l'a possédée.

— Non.

— Écoutez-moi. Je n'ai pas rencontré Eleanor Bale, et pour cause… Mais je la connais à travers vous et les autres. Veuve depuis seize mois. Mariée à 18 ans… Trente-quatre ans de mariage, m'a-t-on dit… Ce qui signifie que pendant toute sa vie adulte elle a été l'épouse de cet homme. Elle a aussi été son infirmière, n'est-ce pas ? La tuberculose est une maladie horrible, aussi bien pour celui qui en est atteint que pour la personne qui l'accompagne. J'ignore si elle a été heureuse en mariage. Mais j'ai inspecté sa chambre. J'y ai trouvé un roman sentimental, corné aux pages les plus passionnées. J'ai vu le crucifix en bois, ce qui m'indique qu'elle croit en l'âme éternelle et à la vie après la mort. Et elle est bavarde, je me trompe ? Pleine d'imagination : vous l'avez dit vous-même. Une femme qui aime le drame. Les commérages.

— Êtes-vous en train de suggérer qu'elle a imaginé ce qui s'est passé ici ? Je vous rappelle que j'ai, moi aussi, entendu les bruits de pas. L'entaille sur sa porte n'a rien d'une hallucination.

— Je n'ai pas parlé d'hallucinations.

— Ce serait elle qui l'aurait fait ? Qui aurait fait tout ça ? Oh non, vous vous trompez.

— Je sais que ça paraît étrange. Mais j'ai déjà été témoin de ce type de comportement : le besoin de consolation. Les gens voient ce qu'ils ont envie de voir. Car quel plus grand chagrin dans la vie que la perte d'un être cher ? Quel plus grand désir que celui de le faire revenir ? Vous et moi, nous le savons. Les gens sont parfois conscients de ce qu'ils font : ils sont lucides lorsqu'ils mettent au point leurs supercheries. D'autres fois, ils ne savent pas ce qu'ils font. À mon avis, c'est elle, les bruits de pas ; c'est elle que vous avez entendue. Si les cadres de ces tableaux se sont cassés, c'est Mme Bale qui les a brisés volontairement. Encore elle qui a taillé le *V* dans sa porte parce qu'elle veut absolument croire que son mari est encore là, qu'elle n'est pas seule. Si Véronique était toujours présente, ou n'importe quel autre fantôme, elle serait rassurée. En plus, Clara, je suis persuadé qu'elle a fait tout ça dans un état de semi-somnambulisme et que c'est seulement maintenant, loin de Shadowbrook, qu'elle prend conscience de ce qu'elle a fait. D'où son refus de me recevoir. Son refus de vous voir, vous.

— Quand j'ai entendu frapper à ma porte, j'ai ouvert dans la seconde et il n'y avait personne. Je l'aurais vue, enfin !

— Elle connaît la maison comme sa poche, non ? Ses recoins obscurs et ses cachettes. Et vous m'avez dit qu'elle est prompte et agile ? Elle a pu s'accroupir derrière le portemanteau. Ou se blottir dans l'alcôve. Ou encore elle avait si bien étudié les angles dans le couloir qu'elle s'est placée de manière à ne pas être vue par vous. Avez-vous vraiment bien cherché ? Soyez franche.

J'avais l'horrible sensation de n'avoir peut-être pas, en effet, assez bien fouillé partout. Je n'avais pas exploré tous les coins.

— Et son bras ? Vous prétendez qu'elle se l'est cassé exprès ?

— Je dis qu'il n'est sans doute pas cassé. Elle a cru qu'il était cassé. Comme elle a cru voir un fantôme à l'étage. Comprenez-vous qu'elle n'a pas essayé de vous berner ? Elle n'a nullement voulu vous jouer un mauvais tour volontairement. Mais le cerveau humain est un drôle d'organe. Elle a sûrement été elle-même dupe de son propre désarroi. Tout comme lui semblaient réels ses insomnies et son besoin de repos.

— Voilà où est la faille dans votre raisonnement, dis-je en pointant mon index. Si elle voulait tant être tranquille, pourquoi inventer de toutes pièces quelque chose qui la terrifiait ? Pourquoi créer de toutes pièces un problème ?

— Véronique lui faisait peur, c'est vrai. Mais elle en tirait du réconfort, parce qu'un fantôme, c'est le signe qu'il existe un au-delà. Clara, je crois qu'elle est un peu comme vous, sur ce point.

— Mais pas du tout !

— Toutes les deux, vous tenez à ce que Shadowbrook soit hanté, et pour les mêmes raisons. Vous ne le voyez donc pas ?

J'eus soudain l'impression de ne plus avoir de corps. Comme si on m'avait retiré d'un seul coup tous mes organes et que j'étais seulement faite d'air. Cette sensation se refléta sans doute sur mon visage. George se rapprocha de moi et posa sa main sur mon avant-bras.

— Écoutez, Clara. Cela ne veut pas dire qu'il n'y a rien d'autre. Que l'âme n'existe pas. Je ne dis pas que nos mères n'ont pas pris une autre forme ou qu'il n'y a pas de trace de leur séjour ici-bas. Vous m'entendez ? Ce n'est pas ce que je dis. Seulement ici, à Shadowbrook, nous sommes confrontés à l'œuvre de Mme Bale, un point c'est tout.

— Vous ne l'avez même pas vue ! Vous n'avez pas entendu sa version des événements. Ni celle de M. Fox.

Je marquai une pause, incapable de reprendre ma respiration.

Il se rapprocha encore un peu plus et prononça tout doucement :

— Voilà ce qui, à mon sens, s'est passé ici.

— Non ! Ce n'est pas vrai ! dis-je en reculant d'un pas.

— Comment le savez-vous ?

— Mme Bale n'est pas idiote. Seule, oui, et elle lit peut-être des romans sentimentaux, et elle est extravertie, entendu. Mais pas folle. Vous ne l'avez pas vue trembler de peur. Ce n'était pas de la comédie. Et le médecin lui a bien immobilisé le bras, non ? Il l'aurait remarqué s'il n'avait pas été cassé. Et n'oubliez pas M. Fox. Je peux vous dire que c'est un homme avisé, à l'esprit rationnel, qui a cherché toutes les explications plausibles aux phénomènes qui se sont produits à Shadowbrook. Il n'en a pas trouvé. Quelqu'un a tiré les draps de son lit pendant qu'il dormait. Qui irait imaginer une chose pareille ?

— Vous avez dit qu'il avait pris un somnifère. Du laudanum, sans doute. Clara, j'ai tout fait pour découvrir la vérité et je pense que je l'ai trouvée.

— Vous n'avez rien trouvé du tout.

Je ne lui avais jamais vu cette expression. Tendre, la tête légèrement penchée de côté, un sourire triste. En même temps, il avait aussi l'air dévoré de curiosité. Il me détailla : ma clavicule, mes yeux délavés. Il regarda mon front et, brièvement, ma bouche, et moi je répétai qu'il n'avait pas découvert la vérité, que son explication n'était pas la bonne. Je l'accusai de s'être trompé. Sauf que ma voix à présent était si faible qu'il se rapprocha et me parla comme à une enfant. Il posa sa main à plat sur le côté de mon visage.

— Clara…, dit-il.

Mais je fis un pas en arrière – outrée, en larmes, effrayée – et me sauvai au fond du jardin sans me retourner tandis qu'il m'appelait, me demandant de revenir.

Il y avait de la pluie dans l'air. Et j'étais deux Clara. Pour commencer, j'étais furieuse. Je ne croyais pas un mot de l'explication de George, qui me semblait négliger les faits et me paraissait stupide. Cette Clara-là, tout en se dépêchant, ne cessait de répéter qu'il avait tort.

La seconde Clara avait retenu le mot « désir » et n'arrivait pas à se le sortir de la tête. C'était l'émotion que je connaissais le mieux entre toutes, ce désir pour quelque chose que l'on porte en soi comme un objet. Comme un joli caillou ou une pièce de monnaie. J'avais passé dix-huit ans à caresser celui de m'aventurer dehors, dans ce monde balayé par les vents, éblouissant de lumière, complexe. Un monde de collines, de musées, de gens. J'avais désiré remplacer mon anatomie défectueuse par quelque chose de mieux, par des os fonctionnels. Et la douleur ? Il m'était arrivé de supplier qu'elle s'arrête, de tendre les deux mains vers le laudanum ou, comme une petite fille, vers ma mère.

Depuis sa mort, mon désir de la retrouver n'avait fait que grandir. Malgré tous mes efforts, elle me manquait toujours autant. Comme c'était dur de dissimuler ou brider ce désir. Je pensais à elle constamment ! Tant de détails me rappelaient mon deuil. Un rose de la même nuance que celui de l'Empire sur le globe qu'elle faisait tourner pour moi ; dans la cabane de rempotage, de la poussière tourbillonnant dans un rai de lumière me faisait revoir sa main jouant avec les derniers rayons de soleil dans notre intérieur crépusculaire. Et mon désir de revoir son visage ne me lâchait pas. J'en avais mal à cet instant même, alors qu'une première goutte tombait sur le dos de ma main, dans ce jardin où je trouvais un peu de réconfort.

Un seul roulement de tonnerre, très long, se déplaça d'ouest en est. En une dizaine de secondes, la pluie se mit à tomber de plus en plus dru. Le jardin sembla, par endroits, se replier sur lui-même tandis qu'à d'autres il s'ouvrait pour accueillir cette manne céleste. Après quoi, ce fut le déluge. Des trombes d'eau s'abattaient sur la terre. Mes cheveux collaient à mes joues, ma robe claquait autour de mes jambes.

Je n'aurais pas dû me trouver là, à fouler une herbe qui me donnait l'impression de marcher sur un parquet ciré, n'y voyant rien, ma canne dérapant de-ci de-là. Et pourtant je n'avais aucune envie de m'abriter. Je voulais rester dans cet orage, dans ce jardin frissonnant, d'un bleu violacé qu'illuminaient les éclairs. Je voulais vivre ma propre mousson. Me laver de mon chagrin, de l'incertitude, de la fatigue permanente. Et debout sur le gazon de la pelouse de croquet, face à la maison, je songeai : Montre-toi ! Je voulais tellement la voir, rien qu'une fois. C'était pour elle le moment idéal où apparaître. Maintenant ! Je levai les yeux vers une fenêtre du haut et chaque fois que la foudre éclatait, je m'attendais à voir le fantôme de Véronique à travers les carreaux, une silhouette fine, une indéniable apparition.

Je me la figurais parfaitement. D'un autre côté, je savais que l'imaginer ne suffisait pas. Un rêve se dissipait au réveil. Et alors qu'il continuait de pleuvoir, je repris contact avec l'ancienne Clara de Londres. La jeune scientifique pétrie de certitudes, la tête farcie de livres savants, s'avança et prit la parole. Je l'entendis à travers la cataracte et le tonnerre. « Montre la preuve à George, m'ordonna-t-elle. Rentre et montre-lui. »

Je rentrai donc, dans ma robe trempée qui claquait autour de moi. Je laissai mes empreintes sur le sol du salon.

La pendule du hall d'entrée sonna huit coups au moment où j'ouvris le tiroir de ma table de chevet. Le médaillon me fixa comme un œil d'argent – brillant, parfait, d'un poids et d'une forme qui se calaient au creux de ma paume, et ce *V* pareil à des ailes ou à un signe de réussite. N'était-ce pas obligatoirement le sien ? Celui de Véronique ? À l'intérieur, ni alliance ni mèche de cheveux d'enfant. Le médaillon n'avait été qu'à elle, à elle seule, tout comme sa vie.

Le jardin de simples fut un instant illuminé.

Je frappai à la porte de George avec ma canne. Il ouvrit immédiatement, à croire qu'il avait attendu derrière. Il parut d'abord étonné. Il ouvrit la bouche pour me dire quelque chose, puis baissa le regard. Me vit enveloppée dans ma robe comme dans une seconde peau. Ruisselante d'eau.

— Vous êtes restée tout ce temps dehors ? Dans cette tenue ? Clara, qu'est-ce qui vous a…

Je levai mon poing fermé. Au début, il ne le regarda même pas. Il ne voyait que le bas de ma robe détrempé, et la façon dont je reniflais pour chasser les gouttes d'eau de pluie.

— Tenez ! m'exclamai-je d'un ton dur, autoritaire.

Il fronça les sourcils. Il ouvrit ses mains en coupe sous mon poing, et j'y lâchai le médaillon.

— Qu'est-ce que c'est ?

Il semblait craindre que mon cadeau bondisse ou s'envole. Puis il se figea, muet.

— C'est un médaillon. En argent. Je l'ai trouvé la nuit de l'accident. Je suis montée à l'étage, et en redescendant je l'ai vu sur une marche. Tournez-le. Le *V*. Vous le voyez ?

George recula d'un pas. Vacilla, s'appuya contre le chambranle pour ne pas perdre l'équilibre.

— Ça change votre réponse ? George, c'est le sien. Véronique était ici.

Soudain, il y eut trois éclairs à la suite ; trois brèves illuminations qui me permirent de nous voir parfaitement. Il avait le médaillon niché au creux de ses mains. On aurait dit qu'il protégeait la flamme d'une allumette d'un courant d'air, ou de mon souffle. Je reposai ma question :

— Ça change votre réponse ?

Ses yeux étaient aussi ronds que le médaillon, et brillaient du même éclat.

— Oui.

13

L'orage dura toute la nuit. Le tonnerre, quand il se rapprochait, secouait les poignées des meubles et faisait vibrer les fenêtres. Et je ne trouvai pas le sommeil. Je songeais à ces orages que ma mère avait connus dans son pays natal. Je songeais à George dans sa chambre, éveillé, le médaillon auprès de lui.

Au matin, la maison était tranquille. Je pris ma robe trempée, que j'avais abandonnée par terre, et j'allai la suspendre à la corde à linge. Même les oiseaux se taisaient. Le grand rosier s'était légèrement détaché du mur ; les feuilles étaient brillantes. Cela sentait l'humidité et le végétal. Je restai ainsi debout longtemps.

Finalement, Harriet surgit, elle aussi sans un bruit. Elle sortit dans la cour, la main en visière au-dessus de ses yeux face au ciel éblouissant, et elle ne me vit pas tout de suite. Pas de tablier. Elle était vêtue d'une robe que je n'avais jamais vue – verte, gonflée de jupons. Comme ses cheveux étaient lâchés, je vis leur couleur, et leurs boucles. Je me rappelai quel jour on était.

— Harriet ?

Elle se rapprocha.

— Vous avez réussi à fermer l'œil ? Moi non. Quelle histoire ! Albert dit qu'un arbre a été frappé par la foudre sur la route de Moreton. Il a pris feu. Il doit y avoir des inondations, c'est sûr. Regardez ces roses.

Rêve d'or s'était par endroits désolidarisé de la façade. Les fleurs les plus volumineuses avaient perdu leurs pétales. Je suivis des yeux les linéaments du roncier jusqu'à l'étage. Les fenêtres étaient fermées. Les volets tirés contre la lumière du jour.

— Où est M. Fox ?

— Parti. Sûrement avant l'aube, pendant qu'il pleuvait encore, peut-être. J'ai trouvé un mot sur la table du couloir quand je lui ai monté son petit déjeuner.

— Parti ? Qu'est-ce qu'il dit dans son mot ?

— Une affaire pressante, précisa-t-elle en haussant les épaules.

— Un jour férié ? Alors qu'il vient à peine d'arriver ?

Shadowbrook, pensai-je, n'était pas un foyer à ses yeux. M. Fox était un coléoptère qui venait de temps en temps frotter ses ailes aux carreaux de sa maison avant de reprendre son envol ; sa présence était éphémère. Et George allait se sentir frustré. On lui avait déjà demandé d'attendre six jours, mais maintenant ?

— Et les autres ? ajoutai-je.

— Maud est partie au point du jour. L'orage lui fait peur, elle voulait retrouver sa famille, même si elle a pas voulu l'admettre. M. Lowe est parti, lui aussi.

— George est parti ? Quand ça ?

Je la regardai d'un air stupéfait. Tous s'étaient donc levés, avaient étendu leurs ailes et s'étaient envolés ?

— Il y a dix minutes environ. Je crois pas qu'il ait dormi non plus. Il était pâle, et bizarre. Il a dit qu'il serait absent toute la journée. Il avait des coups de téléphone à passer à sa Société. Il y a du nouveau. C'est ce qu'il a dit mot pour mot. Sans précédent, il a dit, mais il n'a pas voulu m'en raconter plus. Qu'est-ce qu'il a trouvé ? Vous savez ?

Je fis non de la tête.

— Il ne rentre pas de la journée ?

— Il a dit ce soir, pour la fête. Et… Mademoiselle Waterfield ? Je peux rester ici ce soir, si vous voulez. Je vais passer la journée en famille mais je peux revenir tout à l'heure.

— Rester ce soir ?

Je fronçai les sourcils, déconcertée.

— Avec Maud et M. Fox partis, il n'y aura que vous et M. Lowe ici. Les gens vont jaser, vous savez bien. Si vous voulez que je reste…

Un chaperon. Un chaperon de trois ans de moins que moi, avec des taches de rousseur et une robe pour aller danser. Car elle préférait sûrement cent fois la perspective de danser ce soir avec Albert ; yeux dans les yeux à la lueur d'un feu.

— Ce n'est pas nécessaire, lui dis-je. Ils jaseront de toute façon.

Elle prit congé. C'était un jour férié, personne ne viendrait. La maison resterait vide. Le jardin paisible.

La pluie de la nuit avait rempli tous les minuscules creux des lupins. Les toiles d'araignées scintillaient tellement que j'aurais pu m'en faire des colliers. Le niveau du bassin était remonté de quelques centimètres ; tout gouttait et, si je me tenais immobile, je pouvais entendre un bruit de ruissellement. Me guidant à l'oreille, je descendis vers le jardin du bas ; son ruisseau avait débordé, recouvrant les hostas et les fougères, remuant des cailloux ronds. Le monde se désaltérait. Il était comme nettoyé.

L'orage avait aussi, indéniablement, causé des dégâts : tiges brisées, buissons avachis. Des pétales jonchaient le sol au pied de massifs qui avaient perdu toutes leurs fleurs. Et l'orge en avait pâti aussi, constatai-je en regardant par-dessus le mur. Les épis étaient dépeignés, plus foncés. Par endroits, ils étaient aplatis comme si une grosse bête s'y était promenée, et je me demandai ce que cela représentait pour le fermier, s'il avait fait une tournée d'inspection au lever du jour et dressé un constat des ravages. S'il s'était accroupi pour soupeser son orge, estimer sa perte financière au poids et à la texture. Après quoi, il se serait redressé et aurait donné un coup de pied rageur dans un caillou, ou fauché d'un revers de bras les plants encore debout. Je fus soudain saisie par l'envie de lui parler. J'étais prête à longer le champ, pataugeant parmi les herbes hautes gorgées d'eau pour lui dire que son père n'était pas tout à fait mort. Qu'une tombe ne contenait qu'un tas d'os, et pas ce qui comptait vraiment.

Mais je ne pouvais pas. « Gardez vos distances ! » Un ordre irrésistible. Et en dépit des habits neufs du monde et des pénétrants effluves s'élevant de la terre humide, j'étais en proie à un désir ardent.

Le cimetière de l'église avait à peine été touché. Les ifs l'avaient protégé de l'orage ; je passai sous leurs branches à travers des rideaux de gouttes d'eau. Que venais-je faire ici ? Je n'avais aucune intention de me recueillir devant la tombe des Pettigrew ni d'entrer dans l'église. Me laissant guider par mes pas, je contournai la bâtisse jusqu'à une série de pierres tombales plus modestes, grossièrement taillées, portant toutes le nom de Preedy. Là, aucune ronce. Seulement du pissenlit et du lierre. Mais pas assez pour cacher les inscriptions. Ils étaient là. Les Preedy des siècles passés : Nathaniel Preedy, né en 1643 ;

Rose Preedy, qui avait vécu deux ans et neuf mois ; Emily Preedy, née Bliss, morte à 20 ans, trente-sept ans auparavant. La mère de Kit, sans aucun doute, et j'eus envie de la saluer tout doucement. Il y avait aussi la tombe d'un couple marié, qui devait être l'oncle et la tante de Kit. Ils étaient morts à la fin du siècle dernier, ce qui correspondait à ce que je savais. Et je me dis : voilà les siens. Ceux qui l'ont engendré et élevé. Du moins leurs os étaient là.

Venait-il entretenir ces tombes ? Je décelais dans la terre des empreintes de bottes ; il n'y avait pas de mousse sur les pierres, comme si quelqu'un l'avait arrachée. Lui ?

— Mademoiselle Waterfield ?

Je me retournai trop vite. J'avais pensé *Kit !* et trébuché. L'air surpris lui-même, le pasteur fit un pas vers moi.

— Je vous ai effrayée. Vous vous êtes fait mal ?

— Non.

Matthew n'avait pas dormi, lui non plus ; c'était évident. Il avait des poches sous les yeux et paraissait se mouvoir au ralenti.

— Vous avez entendu l'orage ? La place du village n'a plus aussi fière allure. Les guirlandes sont tombées, la pelouse est inondée. La terre était trop sèche et dure pour absorber d'un seul coup autant d'eau. Mais ce soir, il n'y paraîtra plus. On ne dansera pas dans la gadoue.

C'est alors que Matthew me dévisagea et remarqua mon expression.

— Il s'est passé quelque chose ?

Je répondis simplement :

— Elle n'est pas complètement morte.

Il se mordit la lèvre inférieure, se racla la gorge.

— Véronique ?

— Oui. Elle n'est pas vraiment morte. Elle est à Shadowbrook. Elle se manifeste…

— Elle se manifeste ?

— Pas récemment. Mais elle est toujours là, Matthew. Son fantôme.

J'essayai de sourire. Il devait être content : je m'étais convertie. Je croyais désormais à ce dont il m'avait parlé. L'âme, qui survit à la mort physique. Je m'attendais par conséquent à ce qu'il me rende mon sourire ; à ce qu'il rie ou hausse peut-être les sourcils. Au lieu de quoi il fit un drôle de bruit avec sa bouche. Il ôta ses lunettes, leva sa main gauche sur ses yeux et se mit à respirer par à-coups rapides, comme un plongeur émergeant à l'air libre. Il semblait mal tenir sur ses jambes.

— Que Dieu me garde !

— Vous ne vous sentez pas bien ?

Il abaissa sa main et remit ses lunettes.

— Combien de fois est-ce que je me suis posé la question ? Qu'est-ce qui est bien ? Quand peut-on se dire qu'on a bien agi ? Et j'ai seulement deux réponses à cela. J'hésite sans cesse entre les deux, je me réveille en pensant : voilà, c'est ça ! Mais après je vous vois, Clara, ou j'ai des échos de ce qui se passe à Shadowbrook, et je suis saisi par le doute. Je penche alors vers l'autre réponse. Je vous ai dit que jamais je ne trahirais le secret de la confession, n'est-ce pas ? C'est toujours vrai aujourd'hui. Mais je vais quand même vous conseiller la chose suivante : allez voir Mme Bale. Allez frapper à sa porte.

C'était à n'y plus rien comprendre.

— Pourquoi ?

— Parce que je vous le demande.

— Elle refuse de me recevoir, vous le savez. Elle n'a pas non plus voulu voir George.

— Retournez-y. Insistez. Exigez d'être reçue. Dites à Elspeth…

— Quoi ? Que dois-je lui dire ? Elle ne me laisse pas entrer.

Matthew joignit les mains comme pour faire une prière, puis les éleva à sa bouche et demeura ainsi assez longtemps pour que je sente qu'il allait prononcer des paroles lourdes de signification. Il abaissa ses mains.

— Sachez que ce que je m'apprête à vous dire ne change rien à ce dont vous venez de me faire part. L'âme existe, sur cela je n'ai aucun doute. Il y a une vie dans l'au-delà et, oui, nous sommes bien plus qu'un assemblage d'os. Mais je crains que cela ne change votre opinion sur moi, quelle qu'elle soit. Son bras n'est pas cassé, il ne l'a jamais été.

— Mais… Elle avait horriblement mal et se tenait le bras… Le médecin est venu.

— Elle a fait semblant. Il n'y a jamais eu de médecin. Eleanor s'est mis toute seule son bras en écharpe.

— Parce qu'elle a le cœur brisé ? Elle pleure toujours son mari ?

— Le cœur brisé ? Non. Clara, je ne peux pas vous en dire plus. Mais elle, si. Et il le faut. Mon Dieu, il le faut ! Jamais je ne me laisserai plus persuader de la sorte.

La tempête avait si bien détaché le rosier grimpant de la façade de Willowbank que je dus me baisser pour passer dessous. Au sol s'étalaient mille pétales de ce jaune ourlé de marron et de rose.

Elspeth me répondit comme la fois précédente ; désagréablement, et en gardant la porte entre elle et moi.

— Elle a mal dormi à cause de l'orage. Elle ne peut pas vous recevoir.

Sa main était encore crispée au bord du battant, les doigts blancs.

— Je sais qu'elle n'a pas le bras cassé.

Elle ouvrit de grands yeux de petite fille étonnée, et serra encore plus fort le battant. Ses lèvres s'entrouvrirent mais la voix qui s'éleva n'était pas la sienne ; c'était une voix que j'avais connue charriant des flots de paroles, capable de remplir l'espace d'un tourbillon d'histoires et de réflexions.

— Elspeth…, dit la voix, grondeuse.

La porte s'ouvrit et Mme Bale se campa à côté de sa sœur. Je ne l'aurais peut-être pas reconnue si je l'avais croisée ailleurs, tant elle était vieillie. Elle était grise – son teint terne, sans éclat –, et pourtant elle était habillée d'une façon voyante. À Shadowbrook, cela m'aurait paru inconcevable : un corsage crème avec des boutons de nacre ; une jupe verte à pois. Aux pieds, des chaussons roses, piqués d'un nœud. Elle avait aussi changé de coiffure. Plus de tresse. Ses cheveux lui tombaient désormais sur les épaules. Et pas de bras en écharpe, bien sûr !

— Bonjour, Clara. Je savais que ce moment arriverait. J'ignorais quand, bien sûr, mais vous êtes trop intelligente pour rester dupe longtemps.

Mme Bale posa la main sur l'épaule de sa sœur.

— Laisse-la entrer.

La pièce était douillette. Des plaids crochetés étaient pliés sur les accoudoirs des fauteuils ; des coussins gardaient la trace en creux des nuques ou des reins. Sur les étagères, de nombreux bibelots – porcelaine fine, verre, dentelles. Une ambiance de lieu secret nimbé de féminité. Je l'imaginais bien dans ce cadre, lisant le soir, souffrant de l'absence de son mari.

Mme Bale m'invita à m'asseoir. Elle s'installa en face de moi, jambes croisées aux chevilles. À côté, une bouilloire siffla.

— Comment avez-vous su pour mon bras ? Je pensais bien que vous aviez des soupçons, cette nuit-là. Vous, la championne de la fracture. Quand j'ai vu votre canne et appris pour votre maladie, je me suis demandé comment j'allais pouvoir vous convaincre. Si je n'allais pas devoir trouver un autre subterfuge. Une cheville foulée, une blessure au couteau. Mais il fallait que ce soit un membre cassé ; il fallait que cela puisse me servir de prétexte pour quitter les lieux. Vous ne comprenez pas, bien sûr. Comment le pourriez-vous ? Il était important que vous y croyiez. Comme vous y avez cru un temps, au moins.

Je la contemplai, sans voix. Elspeth arriva avec un plateau et opéra avec précision : la théière, deux tasses sur leurs soucoupes, du lait. Elle revint ensuite nous apporter deux tranches de cake beurrées, puis sortit sans un mot. Eleanor la suivit du regard.

— Elspeth est ma cadette de sept ans. Enfants, cette différence d'âge me semblait infranchissable. Elle était un bébé ; toujours trop jeune pour que je puisse jouer avec elle, trop lente, et je n'avais pas envie de l'aimer. En fait, j'aurais voulu me débarrasser d'elle. Aujourd'hui, je serais perdue sans elle. Au cours de ces deux dernières semaines, elle a été comme une mère pour moi.

Elle souleva la théière et remplit nos tasses avant de poursuivre :

— Veuve, comme moi. Un accident du travail près de Moreton, il y aura dix ans cet automne. Il s'est vidé de son sang. Vous vous rendez compte ? Pendant la moisson. Le matin il est parti en sifflotant, sa gamelle pleine dans sa poche ; le soir il était dans un cercueil chez le croque-mort. Il avait tellement perdu de sang qu'il avait rétréci. Bien sûr, la différence, c'est qu'Elspeth l'aimait. Le choc a failli la tuer. Elle a pleuré sa mort et la pleure toujours. C'était un brave homme.

J'eus un petit mouvement de recul.

— Mais votre mari à vous aussi était un brave homme. D'ailleurs, il vous manque affreusement.

Elle releva les yeux.

— Vraiment ? Qu'est-ce qui a bien pu vous faire croire ça ? Si on raconte à Barcombe qu'il avait bon cœur, je n'ai rien entendu. Et si j'avais entendu quoi que ce soit, je me serais empressée de rectifier. Car si mon mari n'était pas méchant, je mentirais en disant qu'il était bon. Si j'ai pleuré quelque chose, c'est la vie que j'ai perdue en l'épousant. Celle que j'aurais pu avoir si j'avais été plus forte, plus révoltée, si j'avais cherché un mari ailleurs ou ne m'étais pas mariée du tout. Ça me laisse toujours rêveuse, vous savez, cet autre chemin que j'aurais pu prendre… Vous l'avez deviné, je crois, quand on a parlé de l'Afrique, des pays lointains. Mais laissons ça, vous n'êtes pas venue écouter le récit de mes rêveries.

Elle me tendit une tasse de thé d'une main ferme, assurée.

— D'abord, sachez que je n'ai tiré aucun plaisir de tout ce que j'ai fait. Avant de vous en dire plus, je tiens à ce que ce soit bien clair entre nous. C'est vrai que je souffre d'insomnies.

Je l'observai. Après avoir remué son thé, elle tapota deux fois sa cuillère contre le bord de la tasse.

— Que savez-vous de l'amour, Clara ? De l'amour romantique, je veux dire. J'ai entendu, bien sûr, les rumeurs. Les commérages arrivent même jusqu'ici, à Willowbank. Et puis je sais que lorsqu'il parle de vous, Matthew n'a plus la même voix. Il a piqué un de ces fards, quand vous êtes entrée dans ma chambre en chemise de nuit, mon petit ! J'ai été témoin de son intérêt pour vous. Et il paraît que le monsieur de Londres a tenu au Bull des propos peu dignes d'un gentleman. Mais ce sont là des sentiments qui les regardent. Qu'en est-il des vôtres, mademoiselle Waterfield ? Avez-vous aimé ? Bon, vous avez 20 ans. Même si vous prétendiez que si, que vous savez tout de l'amour, je ne vous croirais pas. Je ne cherche pas à me montrer cruelle. À votre âge, on n'en mesure ni le poids ni la portée. On ne peut pas dire que l'amour est entré dans notre cœur tant qu'on n'a pas éprouvé une perte ou une désillusion, une fracture pire que celle d'un membre. Vous ne pouvez pas imaginer ce qu'a été mon mariage. Ernest ne m'a jamais frappée, non. Pour ça, j'ai eu de la chance. Je connais des femmes qui font semblant que tout va bien, alors qu'on sait toutes que c'est faux. Rien qu'à leur façon de bouger, on voit qu'elles ont mal. Mais, Clara, il n'y avait pas d'amour. Rien. Nous nous sommes mariés… oh, qui sait pourquoi. Parce que c'est ce qu'il convenait de faire, peut-être. Parce qu'on me disait laide et que je voulais prouver que je pouvais malgré tout être désirable. Seulement je n'étais pas désirée. Quelles que soient ses raisons à lui, elles n'avaient rien à voir avec les choses du cœur. Nous nous sommes ensablés dans la vie conjugale, dans une routine immuable trente ans d'affilée : j'amidonnais ses cols de chemise, balayais l'âtre, plumais les poulets pour les faire rôtir, et lui travaillait ou bien fumait sa pipe dans son fauteuil. C'étaient ses deux seules occupations. Jamais un merci. Et puis, un jour, il a commencé à avoir des symptômes : une toux tenace, des bouffées de chaleur, des suées nocturnes, même en hiver, quand il gelait à pierre fendre. Il a maigri, ses joues se sont creusées. Et c'est à ce moment-là qu'il s'est mis à apprécier ma compagnie. À ce moment-là qu'il a bien voulu reconnaître que j'existais… Qu'il a bien voulu parler avec moi.

Elle marqua une pause pour boire une gorgée de thé.

— Pourquoi êtes-vous restée avec lui ? Si vous n'étiez pas heureuse ?

Mais je connaissais la réponse.

— La sécurité. Les convenances. Que serais-je devenue si je l'avais quitté ? Comment aurais-je survécu ? Comment les autres m'auraient-ils traitée ? Alors je suis restée. Et quand il est tombé malade, j'ai fait mon devoir. Je me suis occupée de lui. J'ai prié. J'ai veillé à son chevet avec ma broderie lorsqu'il avait peur que la mort l'emporte. Il s'était fourré dans la tête, je crois, que ma présence gardait la mort à distance, comme elle éloignait les souris et le silence. Une idée absurde, bien sûr. Sur la fin, il avait l'air tellement petit et terrifié. Un vrai enfant. Il n'y avait plus trace en lui de l'homme viril et bourru. J'ai eu un bref élan de tendresse. Je lui ai tenu la main. Je lui ai cité les Saintes Écritures. *Quand je marche dans la vallée de l'ombre de la mort, je ne crains aucun mal, car Tu es avec moi*… Je lui ai épongé le front avec un linge frais. Tout ce que je voulais de lui, et je le voulais très fort, c'étaient des excuses. Ou au moins qu'il reconnaisse que notre mariage n'avait été bénéfique ni pour lui ni pour moi. Distant, creux. Parce qu'un tel aveu nous aurait rapprochés ; aurait injecté quelques secondes d'honnêteté dans notre histoire. Mais avant de pousser son dernier soupir il n'a fait que se plaindre. Et, au bord de sa tombe, j'ai repensé aux trente-quatre ans que je lui avais sacrifiés. Trente-quatre ans que j'avais gâchés pour un homme qui n'était pas méchant, mais qui se serait contenté d'un chien comme compagnon.

Mme Bale marqua un temps d'arrêt, les yeux fixés sur le mur.

— Trente-quatre… Presque deux vies comme la vôtre, mon petit. Enfin. On ne peut rien y changer. C'est comme ça.

— Ensuite vous êtes allée à Shadowbrook.

Elle rectifia :

— À Willowbank. Et quelques mois plus tard, c'est vrai, j'ai pris mon service à Shadowbrook, sous les ordres d'un patron attentionné, courtois, reconnaissant de tout ce que je faisais pour lui. Il trouvait mes soupes excellentes, m'en faisait compliment. Il disait que je faisais beaucoup plus jeune que mon âge. Et il me demandait parfois comment j'allais. Quelle saison je préférais ? Quelle était mon opinion sur notre roi ? Et je dois vous avouer, Clara, que c'était comme une ondée après une interminable sécheresse. C'était..., s'interrompit-elle en haussant les épaules. Je n'ai pas de mots pour vous décrire mes sentiments. Comment pourriez-vous comprendre ce que c'est, pour une femme qui se sent vieille, fatiguée, laide, qu'un gentleman lui demande si elle aime les roses ? Qu'il s'intéresse à son enfance ? Il a été comme une boisson rafraîchissante. C'était comme découvrir un nouveau paysage. Et la gratitude que j'ai éprouvée... J'aurais fait n'importe quoi pour lui. J'aurais décroché la lune et les étoiles. Si j'ai menti, c'est parce qu'il me l'a demandé.

Ce qu'elle venait de m'apprendre était aux antipodes de ce que j'avais imaginé. La servitude dans le mariage ? Oui, je m'en doutais ; les soins du ménage, la discrète soumission, tout ça sans une plainte. Mais le vide ? La caverne sans écho ? Je ne m'étais pas attendue à cela. J'étais persuadée qu'elle avait été heureuse.

— Alors vous l'aimez. M. Fox.

Mme Bale abaissa sa tasse.

— Oui, je l'aime.

— Et il vous a demandé de mentir ?

— Il n'y a jamais eu de fantôme à Shadowbrook, voyez-vous.

— Vous vous trompez. Il y en a un... Véronique.

— Oh, mon petit. Elle a bien existé, mais de son vivant. Ses frères et elle, toutes ces âmes damnées de

Pettigrew ont bel et bien existé. Mais un fantôme ? Nous l'avons fabriqué de toutes pièces. Et de manière assez convaincante, puisque même vous êtes tombée dans le panneau. C'était son idée. Un spectre. Un esprit frappeur. Quelque chose qui allait faire jaser le pays tout entier. Il m'a demandé mon aide. Et, bien sûr, je la lui ai accordée. On a mis au point un plan, on a pris tout notre temps. J'ai commencé par chuchoter à l'église… Je retrouvais des tableaux brisés, j'entendais de curieux craquements la nuit. J'ai posé des questions sur Véronique et j'ai laissé le reste à leur imagination. Il n'y avait pas à se presser à ce stade ; il fallait implanter les germes d'une rumeur.

Elle me dévisagea.

— Je pensais que vous ne seriez pas dupe, bien sûr. Quand je vous ai vue débarquer avec votre franc-parler, votre curiosité… et toutes vos questions ! Et puis vous avez déclaré avec une telle certitude, une telle fougue, que les fantômes n'existaient pas, qu'il y avait toujours une explication rationnelle. Bon, nous n'avions pas prévu un phénomène tel que vous, c'est certain. J'étais sûre que vous alliez faire couler notre plan.

— Les bruits de pas, c'était vous.

— Oui, c'était moi. Je restais éveillée jusqu'à 2 ou 3 heures du matin, puis je sortais de ma chambre sur la pointe des pieds. Comme certaines marches ne font aucun bruit, alors que d'autres craquent comme un navire en pleine tempête, je pouvais monter et descendre cet escalier à ma guise… en silence ou non. Selon les besoins. Quant aux bouquets… je brisais moi-même les tiges des fleurs. J'ajoutais du lait dans les vases. Un vieux truc qui marche bien, je crois.

Elle s'exprimait avec un calme stupéfiant. Comme si tout cela n'avait aucune importance, alors que pour moi c'était un choc terrible. Des tours s'effondraient, un torrent emportait la terre sous mes pieds. Et elle était là devant moi, avec sa théière fleurie et ses chaussons coquets.

— Et les bonnes ? Elles étaient au courant ?

À cette question, Mme Bale baissa les yeux et essuya une miette invisible sur sa jupe.

— Elles n'ont rien su. Elles ne savent toujours rien. Les filles sont arrivées à Shadowbrook peu de temps après moi. Mais il y avait déjà eu de mystérieuses chutes d'assiettes dans des pièces vides, des poignées de porte qui remuaient toutes seules. Elles ont fait partie du plan sans le savoir. Harriet est une perle, nous avons de la chance de l'avoir trouvée. C'est pour ça que nous l'avons engagée. Mais Maud ? Vous l'avez vue. Paresseuse et tête en l'air. Elle aime bien tout dramatiser et vient d'une famille pour qui les ragots sont nécessaires à la vie, comme l'air pour d'autres. C'est pour cela que M. Fox l'a engagée. Quelle meilleure bonne aurait-on pu trouver ? Un vase brisé est une catastrophe. Quelques coups de couteau dans le bois d'une porte, et c'est la fin du monde imminente. On n'a pas eu à la persuader que la maison était hantée ; elle en a parlé chez elle, et les siens à leur tour… Maud m'a mâché le travail, je dois dire. Elle n'est pas fichue de balayer correctement ni de cuire un œuf, mais elle est experte quand il s'agit de répandre des bruits sur les problèmes de la maison où elle travaille.

Je serrai plus fort le pommeau de ma canne.

— Vous avez entaillé votre propre porte ? C'est vrai ?

— Oui, avec un couteau d'office. Tout doucement, bien sûr, pour ne pas réveiller les filles. Et le matin, je me suis exclamée : « Oh ! Vous avez vu ? Vous avez entendu cette nuit ? » Bref, j'ai joué la comédie et elles ont toutes les deux cru que j'étais affolée.

— Comment avez-vous pu leur faire ça ? Les pauvres. *Tu ne mentiras point.* N'y a-t-il pas des centaines de versets de la Bible qui nous enjoignent de traiter notre prochain avec gentillesse ? Savez-vous combien les filles ont été terrifiées ? Vous semblez être fière de ce que vous avez fait. Vous devriez avoir honte. Vous devriez nous supplier de vous pardonner !

— Je vous reconnais bien là, Clara. Votre attitude supérieure. Sachez que je n'en tire aucune fierté. Berner le village ? Oh, je n'ai aucun scrupule à leur mentir. Je me suis contentée de leur fournir ce qu'ils voulaient. Aux poules qui grattent le sol, on jette du grain. Mais mentir aux filles ? Et à vous, Clara ? Je me dis, et je ne suis pas la seule je suppose, que votre franc-parler est une façon de compenser, pour votre mère, pour vos os, et je suis désolée que vous ayez autant souffert. J'admire votre courage. Votre décision de vivre comme vous le faites, célibataire. Alors non, je ne suis pas fière de vous avoir menti, à vous et aux filles. Pas du tout.

Elle était assise tranquillement en face de moi. Cinquante-quatre ans, des chaussons rose pâle. Toutefois les chaussons étaient à présent la seule chose chez elle qui me semblait puérile. Elle s'exprimait avec assurance, emphase même. Elle parlait d'amour comme si elle en avait une vaste expérience et surtout comme s'il excusait ses tricheries. Mais lui, où était-il ? Où était donc l'homme qu'elle aimait ? Il n'était pas assis à côté d'elle. L'amour n'était pas toujours payé de retour.

Une pendulette carillonna. 16 heures.

— Pourquoi ?

— Pourquoi ? répéta-t-elle en me regardant.

— Oui, pourquoi l'avoir fait ? Par amour, vous dites. Mais pourquoi M. Fox vous l'a-t-il demandé ? Quel but poursuivait-il en inventant un fantôme ?

Mme Bale ne répondit pas tout de suite. Nous n'avions pas touché au cake ; une goutte de lait était suspendue au bec du pichet décoré. Et soudain, au loin, au-delà de la porte bleue et du pont bossu, j'entendis de la musique. Cela provenait de la place du village. La fête avait commencé. Alors, enfin, elle lâcha :

— Je ne sais pas.

— Mais si, vous devez savoir.

— Je ne peux pas vous reprocher de mettre en doute ma parole puisque j'ai menti. Pourtant c'est vrai. M. Fox ne m'a jamais rien expliqué. Je lui ai posé la question un jour. L'automne dernier. Nous étions dans le bois de hêtres. Je l'ai regardé bien en face et je lui ai demandé dans quel but nous inventions ce fantôme.

— Et il n'a rien voulu vous dire ?

— Il m'a dit que cela ne regardait que lui, que c'était personnel, et qu'il valait mieux que je n'en sache rien. « Faites-moi confiance, Ellie », m'a-t-il dit. C'est ce que j'ai fait. Mais il m'a quand même promis quelque chose ce jour-là. Qu'il n'avait aucune intention de nuire à qui que ce soit et que l'éventuel désarroi que cela risquait de causer serait racheté par le dénouement de notre affaire.

— Son dénouement ?

— Je n'ai aucune idée de ce que ça peut être.

Elle était calme. Elle renifla une fois, se tordit les mains en silence. Je regardai son alliance, si profondément enfoncée dans la chair de son doigt que tout le savon du monde n'aurait pu l'en déloger. Un anneau qui ne symbolisait pas l'amour mais des dizaines d'années à transporter des brocs d'eau chaude, à repasser des vêtements et à trimer sous le joug d'une multitude de tâches ménagères. Un jour, j'éprouverais peut-être de la sympathie pour elle. Mais ce jour-là n'était pas encore arrivé.

Fox. Une boisson rafraîchissante. C'était la comparaison qu'elle avait faite. Un homme que je n'avais jamais vu que debout, talons joints, mains dans le dos. Vif et efficace… Et, apparemment, doué pour la mystification. Car, lors de notre rencontre, je l'avais pris pour quelqu'un d'authentique et de rationnel. *De l'origine des espèces*, sur les rayonnages de sa bibliothèque, m'avait semblé en être la garantie.

— Qui d'autre est au courant ? Que vous êtes tous les deux des menteurs ?

Elle se redressa, piquée au vif par mon ton.

— Matthew sait. Vous devez être étonnée que je porte encore cette croix autour du cou. Je ne sais même plus combien de fois Matthew… la bonté de cet homme ! Il s'est assis là, à votre place, et a écouté ma confession penché vers moi. Un ange de patience. Car c'est toujours la même, ma confession, voyez-vous. J'ai menti, peut-il me donner l'absolution ? Dieu accepte-t-Il de me pardonner ?

— Et il vous la donne, l'absolution ?

— Comment pourrait-il ? Quand j'ajoute qu'en dépit de mes remords j'ai l'intention de continuer à mentir ? C'est un cas de conscience cruel pour lui, je le sais. Il m'a conseillé de dire la vérité, puisque c'est à cette seule condition que Dieu me pardonnera. Mais je n'ai jamais été prête à sauter le pas. Jusqu'à aujourd'hui.

Je compris enfin. La révélation me tomba dessus comme un torrent violent. La nervosité de Matthew, sa conduite équivoque. Son attitude pétrifiée quand il m'avait trouvée auprès du tombeau Pettigrew. Il savait que cette jeune fille – infirme, debout au milieu d'un tas de ronces – se faisait manipuler. Duper par le couple de Shadowbrook. Mais que pouvait-il faire, sans trahir le secret de la confession ? D'où cette remarque tombée de sa bouche : « Je suis un homme. »

Je regardai par la fenêtre. À travers les arbres, j'apercevais la campagne ; en même temps je revoyais Matthew dans la chambre de Mme Bale, le matin de sa chute. Adossé au mur, les yeux baissés. Son silence. Ses rougissements. Sa consternation. Pourquoi ne me l'avait-il pas dit ? Que se serait-il passé s'il l'avait fait ? Je me sentais à la fois furieuse et stupide. Il avait voulu savoir comment j'allais, dissimulant son sentiment de culpabilité derrière un ton de commisération.

— Il y a une dernière chose, dit-elle. Peut-être le savez-vous déjà, mais à mon avis c'est important. Je vous parle avec franchise maintenant, Clara. Je vous avais dit que je m'étais présentée à Shadowbrook pour le poste de gouvernante, n'est-ce pas ? Ce n'est pas tout à fait ça. Il est venu me trouver. Il m'a envoyé une lettre sur son papier à en-tête doré et m'a demandé si je voulais bien travailler pour lui. Moi, si vieille et fatiguée. Il aurait pu trouver une bien meilleure gouvernante pour tenir sa maison. Et plus jeune. Mais il m'a choisie moi. Vous savez pourquoi ?

Je n'avais aucune envie de jouer aux devinettes. J'évitais de la regarder.

— Il avait entendu parler d'Ernest, mon mari. Il venait d'acheter Shadowbrook et, en apprenant la mort d'Ernest, il avait voulu en savoir plus. Combien de temps avait duré sa maladie ? M'étais-je occupée de lui seule ? Est-ce que je toussais ou crachais du sang ? Ce genre de questions. Vous voyez où je veux en venir ? Je crois que oui, à voir la tête que vous faites. J'ai été plus qu'une épouse pour mon mari, et je n'ai pas été que la gouvernante de M. Fox. Je ne suis ni jeune ni belle, je n'atteins pas les toiles d'araignées quand elles sont hautes et je ne suis pas une grande cuisinière, mais je suis une bonne infirmière.

— Il a la tuberculose.

— Oui. À un stade avancé… Il n'est pas en pleine santé, loin de là. C'est pourquoi il garde les fenêtres ouvertes, qu'il ne descend jamais et qu'il a interdit les pièces du haut à moins d'absolue nécessité. Vous l'avez jugé sévèrement la nuit où je suis tombée. Un homme sans cœur, vous êtes-vous dit. Mais il n'est pas comme ça. Il a conscience d'être contagieux et il sait combien ça se transmet facilement de poumons à poumons.

— Et que fait-il des vôtres ? De vos poumons ?

— S'il existe une preuve que Dieu existe, je la vois dans le fait que j'ai respiré le même air que mon mari pendant tout ce temps sans avoir une seule fois toussé. Cela ne relève-t-il pas d'une intervention divine ? Ou bien une récompense pour service rendu ?

Mme Bale baissa les yeux sur sa croix et se mit à la tripoter.

— M. Fox l'a appris, continua-t-elle. Il a supposé que j'étais immunisée contre la maladie, soit que je l'aie déjà eue, soit que j'en sois encore atteinte sans en être affectée. Et moi, bien sûr, j'ai compris ce qu'il voulait de moi. Alors il m'a choisie.

— Vous lui montiez ses repas.

— Oui.

— Et le linge. Vous faisiez bouillir ses draps tous les jours.

— Il a des suées nocturnes à cause de la fièvre, Clara. Ils étaient parfois si trempés que je titubais sous leur poids en les descendant avant que les filles se réveillent.

— Et elles n'ont rien deviné ? En vous voyant dans la cour en train de frotter son linge pour la dixième fois ?

Un haussement d'épaules.

— Il est pointilleux sur ses draps. Rien de plus.

Tant de mensonges. Un jardin de mensonges. Restés longtemps en boutons, ils proliféraient à présent en une végétation inextricable. Ah, comme je les détestais !

— J'avais confiance en lui. Je l'ai cru quand il m'a dit que quelqu'un avait tiré ses draps pendant la nuit, j'ai cru tout ce qu'il m'a raconté. Savez-vous où il est à présent, madame Bale ? J'imagine qu'un malade de la tuberculose n'a pas d'affaires urgentes à régler.

— Il y a un sanatorium à la frontière de l'Oxfordshire. Un des meilleurs établissements du pays. Il a acheté Shadowbrook pour en être proche.

— Et c'est là qu'il se trouve aujourd'hui ?

— S'il n'est pas à Shadowbrook, il ne peut pas être ailleurs.

Mme Bale me pria de l'excuser. Elle se leva et rapporta le plateau à la cuisine, où je l'entendis parler gentiment à sa sœur. Pendant son absence, j'observai la pièce. Le plaid crocheté. Une petite aquarelle encadrée représentant un sous-bois tapissé de jacinthes sauvages. Une figurine en porcelaine.

J'étais tellement en colère que j'aurais pu briser la figurine. Balayer d'un revers de bras les bibelots. J'aurais pu pleurer. J'aurais pu me rendre à la cuisine et la supplier : « Dites-moi que vous vous trompez. » Mais je me contentai de me lever et de traverser la lumière de l'après-midi pour rejoindre les deux sœurs devant l'évier.

— Pourquoi Véronique ? Pourquoi ne pas avoir choisi un de ses frères ? Ou Mortimer ? Il aurait fait un bon fantôme, avec son fusil et sa méchanceté.

Eleanor sembla trouver cette question étrange.

— À cause de son mode de vie. Parce qu'elle est enterrée dans le jardin. Et que nous ne nous rappelons jamais que des femmes qui n'en font qu'à leur tête et se conduisent mal.

Nous échangeâmes un regard au vitriol.

Je rétorquai que je ne lui pardonnerais pas ce qu'elle avait fait, jamais. Et je sortis de la maison.

Je me dirigeai vers la source de la musique. Après le pont bossu, je descendis vers le village. Le soleil n'était pas encore couché, mais ils avaient allumé un grand feu. Des lanternes égayaient la grand-place. Et il y avait des gens que je n'avais encore jamais vus à Barcombe. Des ménétriers avaient commencé à jouer ; un barbu que j'avais remarqué un jour devant le Bull mastiquait sa chique en frappant à mains nues sur un tambour ; on dansait, on buvait du cidre, on tapait dans ses mains en cadence, on riait aux éclats, et les flammes éclairaient plus ceux qui se trouvaient d'un côté de la place que de l'autre.

Je ne voyais plus rien de la même façon. Le paysage me paraissait de guingois ; je ressentais le besoin de me raccrocher à des choses solidement ancrées dans la terre. Un piquet ou un mur de pierre sèche. Et comme je n'avais plus assez d'air dans les poumons, je marquai une halte près du panneau *Barcombe-on-the-Hill* et, en me penchant en avant, je pris une grande inspiration. Je m'étais fait berner dans les grandes largeurs.

Il fallait que je le dise à George. Je voulais qu'il s'assoie à côté de moi et me parle du médaillon. Il devait constituer une sorte de preuve. S'il n'y avait pas de fantôme, alors comment expliquer l'existence du pendentif de Véronique ? Je me faufilai dans la foule, à la recherche de George. Je contournai les gens comme s'ils étaient des arbres, les mains levées mais sans les toucher. Quelques personnes s'écartèrent pour me céder le passage tandis que d'autres prenaient racine, les yeux baissés. Et j'entendis voler des mots familiers. « L'infirme. » « La voilà ! »

En voyant Matthew, dont les verres de lunettes reflétaient les flammes, je faillis me diriger vers lui. Sauf qu'il avait participé à la supercherie, lui aussi. Ce qui ne m'inspirait ni confiance ni sympathie. Quant à Harriet – cette fille au bon cœur qui ne se rendait compte de rien, qui m'avait proposé de me servir de chaperon, m'avait offert des framboises et qui était en train de flirter avec Albert près du vieux chêne –, que pouvais-je lui dire ? Et comment lui présenter la chose ? Elle tortillait une mèche de ses cheveux en parlant, et Albert semblait hypnotisé.

Kit était absent, évidemment. Je ne le cherchai même pas. S'il avait été à la fête, je l'aurais su ; j'aurais vu sa silhouette derrière le miroitement des flammes, repéré cette incapacité à rester immobile. Se grattant la barbe ou raclant la terre de son talon, comme s'il voulait en évaluer la qualité. Pourquoi se déplacerait-il pour ces festivités ? Lui qui ne trouvait aucune raison de se réjouir, lui qui n'éprouvait rien. Il avait dressé un mur autour de son chagrin, et nul doute qu'à cette heure il entendait la musique de loin. En compagnie d'une femme.

14

Je cherchai George dans les jardins. Le jour avait baissé, le soleil avait coulé sous la ligne des haies et les ombres étaient immenses. Je l'appelai. Pas de réponse.

Il n'était pas non plus à l'intérieur. Je visitai toutes les pièces du rez-de-chaussée et frappai à la porte de sa chambre. Je tournai la poignée et entrai, me disant qu'il dormait peut-être. Mais rien ne bougeait. Le lit était fait. Sur son bureau étaient rangés ses instruments de travail : un encrier, du papier buvard, des cahiers, le canif dont il se servait pour tailler ses crayons, une pile de livres aux dos craquelés.

La maison était vide. Et moi, à l'intérieur, furieuse. Contre la comédie que Mme Bale m'avait jouée, et contre chacun des mensonges ayant précédé ou suivi. Je lui en voulais de ses faux airs d'ingénue, de sa fausse gaieté. De ses gesticulations artificielles. Toute cette mise en scène me révoltait. Et puis j'étais furieuse contre lui, le seigneur de ce château-toile d'araignée. Le chef de cet orchestre. L'ingénieur de cette machination. Celui pour qui la fabrication d'une rumeur en réunissant les éléments du mensonge avant d'y mettre le feu était une tâche acceptable, sans effet nocif. Cela n'avait pas été acceptable. Cela avait été dévastateur.

Séduite par sa bibliothèque, la logique de son raisonnement et sa façon de parler élégante et précise, je l'avais cru. Ses arguments m'avaient convaincue. Avait-il préparé son discours à l'avance ? Avait-il ouï dire par Mme Bale que j'étais pourvue d'esprit critique et que je ne croyais en rien, ce qui me rendait difficile à berner ? Quelle belle performance ç'avait été ! Ma colère redoublait à la pensée de son autre secret. La masse blanchâtre de ses poumons malades. Ces draps encore tièdes que les bonnes avaient dû frotter, bouillir et repasser, étendre dehors dans la cour, scrupuleusement, en respirant ses miasmes. Et depuis le départ de la gouvernante, Harriet était chargée de monter son plateau et de le déposer près de la porte. Sans parler des tasses qu'elle redescendait. Elle avait respiré l'air du couloir. Je lui en voulais terriblement. Harriet ne méritait pas de courir ce risque. Les filles n'auraient jamais dû travailler pour un homme qui se complaisait dans le mensonge et la maladie.

« Lâche. » C'était le mot qui convenait. Je le crachai comme un noyau.

Un craquement.

Il n'y avait personne dans la maison. Pourtant, au-dessus de moi, j'entendis des pas : quelqu'un marchait là-haut. Je ne songeai pas à Véronique. Mais à lui, M. Fox, tissant sa toile de nouveaux mensonges, et je brûlai de déverser ma colère. Une colère qui coulerait sur lui comme de l'eau noire. Je pris donc le chemin de l'escalier, empoignai la rampe et montai au premier, passant devant le nu et abordant l'enfilade du couloir, des mots incandescents au bord des lèvres. Mais le couloir n'était pas comme d'habitude. Alors qu'il était en général plongé dans le noir, il y avait de la lumière au bout ; le quadrilatère tremblotant qui se dessinait sur la boiserie m'indiqua que la porte était ouverte.

On ne s'était pas servi d'une clé. Mon regard tomba sur les fragments pâles d'éclats de bois. La porte avait été forcée ; on aurait dit que quelque chose de lourd – une chaise ou une épaule – l'avait défoncée.

J'entrai prudemment, m'attendant à tomber sur une scène de saccage. Mais pas du tout, la pièce était telle qu'elle avait été trois semaines auparavant. Coquillages et gravures botaniques. Banquette de fenêtre couverte de ses coussins. Inchangée, sauf pour la porte de droite. Elle aussi ouverte. Elle aussi défoncée.

Je pénétrai dans une pièce trois fois plus grande que la précédente. Aussi vaste, ou même plus, que le salon en dessous. Elle était baignée d'une lumière bizarre. Ses fenêtres recevaient les derniers rayons du jour, et pourtant elle paraissait sombre. Car tout y était foncé : les secrétaires en noyer, les tables en acajou, les rayonnages en bois encaustiqué tapissant de livres les quatre murs de la pièce, jusqu'au plafond. Des milliers de dos d'ouvrages effilochés, de livres entassés, des piles de volumes s'élevant du sol telles de hautes colonnes. Et là où il n'y avait pas de livres, il y avait des vitrines. Des meubles massifs en bois de santal et verre remplis d'objets aussi hétéroclites qu'inattendus : un gobelet en ivoire, un carré de soie rouge et or, une pipe en terre à l'embout noirci. Deux dés en os jauni. Une rose dont il ne restait qu'un peu de poudre brune. Des miniatures sculptées dans une pierre vert d'eau. Une conque marine ourlée de nacre rosée qu'il m'aurait fallu soulever à deux mains pour la presser contre mon oreille.

Je fis le tour de la pièce. Des bocaux qui dégageaient des odeurs d'épices. Un bateau dans une bouteille. Un porte-parapluie gris et cylindrique qui ressemblait à la patte d'un animal. Un éléphant ? Je me gardai bien d'y toucher.

Une esquisse de dos féminin. Un paquet de cartes à jouer. Un éventail en plumes.

À un moment donné, je sentis qu'on m'épiait. Une paire d'yeux me fixait. Des yeux jaunes. Puis je vis la gueule, caverneuse, plantée de crocs, à la langue raide et rose tranchant sur la teinte violacée des babines. Un tigre étalé sur le parquet. Un corps dont il ne restait plus que l'enveloppe, la tête et le pelage. Mais un tigre, c'était rayé orange et noir, non ? Couleur de feu. La peau de celui-ci était délavée, grise de temps et d'usure ; seule sa tête conservait quelque ressemblance avec l'animal vivant. Les yeux de verre. La gueule rugissante. Son expression figée à l'instant de sa mort : meurtrière.

Le butin d'un pillage. Voilà ce qu'étaient ces trésors exotiques, déplaisants, marqués par la violence et la destruction. Comment pouvaient-ils avoir leur place à Shadowbrook, la maison aux pièces vides qui n'accueillait que de la poussière ? Je me trouvais dans un musée de curiosités. C'était aussi une salle célébrant un gâchis inexcusable. Toutes ces reliques. Le tigre et l'éléphant. La bête dont l'os avait servi à fabriquer cet objet non identifié. Les mollusques qui avaient perdu leurs abris. Les boîtes de papillons de nuit. Les miniatures en ivoire. L'œuf tacheté.

Voyages. Continents.

À cet instant, un carillon tinta huit coups ; minuscules, comme émis par une toute petite horloge. Et ainsi qu'un automate de pendule mécanique, je m'avançai vers le rideau contre le mur du fond : les tintements venaient de là.

J'écartai le rideau.

Apparut une petite pièce sobrement meublée. Sa chambre. Contrairement au musée, elle était propre et lumineuse. Aucune fioriture. Rien que des objets ordinaires : pantoufles en tweed posées par terre ; draps repassés, très blancs. Dans un coin, un meuble de toilette avec une cuvette en porcelaine. Je vis tout de suite que je me trouvais exactement au-dessus de ma chambre. La pièce avait la même configuration ; elle aussi donnait sur le jardin de simples.

20 heures. Les habitants de Barcombe dansaient près du vieux chêne, riaient entre amis. Et moi j'étais là, dans une chambre de malade.

— Clara ?

Je ne l'avais pas entendu approcher. Je reculai en tanguant dangereusement et c'est alors que je reconnus George. Il se tenait debout à côté d'un cabinet d'armes. Il avait l'air d'avoir chaud et d'être essoufflé, bouillonnant de vie au milieu de ces créatures écorchées.

— J'ai tant de choses à vous dire…

— Vous êtes livide. Et vous tremblez.

George tira un fauteuil de bois noir tendu de cuir et m'invita à m'y asseoir.

Je m'avançai.

— La porte…

— La porte, c'est moi, je l'ai forcée. Il fallait que j'entre.

— Vous êtes déjà venu ? Quand ça ?

— Il y a une heure environ. Je vais vous expliquer… Mais vous devez d'abord vous asseoir.

Il me prit ma canne et la mit debout contre le mur, près de la patte d'éléphant.

Lui resta debout. Il semblait très agité. Il marchait de long en large, en baissant la tête pour passer sous la défense d'un narval. Je ne l'avais jamais vu ainsi. Lui qui ne forçait jamais l'allure, avec son pas de sénateur. À présent, il se déplaçait comme s'il était en proie à une extrême fatigue ou à la panique. À un moment donné, en tournant devant le globe terrestre géant, il faillit même trébucher.

— Vous ne voulez pas vous asseoir ? dis-je.

Il fit non de la tête.

— George, j'ai vu Mme Bale. Elle a menti. C'est elle qui frappait aux portes et brisait les tiges des fleurs, et elle n'a jamais eu le bras cassé. Elle a fait tout ça volontairement.

— Elle vous a dit pourquoi ?

— Par amour. M. Fox lui a demandé de mentir.

Il poussa un soupir.

— Je suis au courant. Elle a été mal mariée, et quand elle est arrivée ici, elle l'a trouvé merveilleux... un homme charmant.

— Comment le savez-vous ?

Il s'immobilisa.

— J'ai rencontré M. Fox hier soir.

— Hier soir ? Mais quand ? Je vous ai vu hier soir, je suis venue frapper à votre porte.

— En effet. Dans vos vêtements trempés, les cheveux dégoulinants, je me rappelle. Vous m'avez donné le médaillon. Et comme je n'arrivais pas à dormir, je suis allé le trouver.

La voix de George manquait de force aussi. Son élocution était pâteuse, râpeuse, comme s'il tombait de sommeil. Et il avait apparemment du mal à garder les yeux ouverts.

— Quelle heure était-il ?

— Tard. Vers minuit. J'étais hors de moi. Outré d'avoir été obligé d'attendre six jours... six ! Je vous l'ai déjà dit. Alors j'ai frappé à sa porte et il a regardé par l'entrebâillement, comme un petit garçon. Sauf qu'il avait une robe de chambre violette. En soie, avec un liséré jaune d'or.

George s'arrêta devant la fenêtre et regarda dehors avant d'ajouter :

— Ils ont inventé le fantôme de Véronique.

— Mais pourquoi ? Mme Bale ne m'a rien dit.

La haute silhouette de George remplissant presque le cadre de la fenêtre, la pièce était devenue obscure. Son ombre s'étirait noire sur noir sur les vitrines et la peau de tigre.

— Pour faire venir quelqu'un de la Société.

— Votre Société ? De recherche psychique ?

— Ça paraît simple, n'est-ce pas ? Ça l'est peut-être. M. Fox ne voulait pas de n'importe qui, non. Il voulait attirer à Shadowbrook une personne en particulier. Il voulait que cette personne fasse le voyage jusque dans le Gloucestershire…

George butait sur ses mots et il essuya un peu de bave sur son menton.

— … qu'elle dorme sous son toit et mange à sa table… enquête sur ces phénomènes.

— Qu'est-ce qui vous arrive, George ?

— Mais rien ! Je reviens du Bull, mais ce n'est pas une raison pour me regarder de haut. J'ai bu mais je ne suis pas ivre… Il voulait que je vienne, moi !

Je me crispai.

— Mais pourquoi ?

— Clara. Oh, Clara, Clara, Clara…

Il me grondait gentiment en chantonnant, comme s'il récitait une comptine. Cette scansion avait quelque chose de sinistre. Comme s'il cherchait à me prévenir d'un danger ou m'annoncer que j'avais été la seule imbécile dans l'histoire.

— Imaginez que vous aimez quelque chose. Pas une personne, mais quelque chose d'inanimé. Un objet, tout petit. Pas forcément beau, pas forcément un objet de valeur. Mais pour vous, c'est un trésor. Vous y tenez énormément. Maintenant, imaginez qu'il disparaisse.

George fit un grand moulinet de bras pour illustrer son propos.

— Vous le cherchez partout, vous ne le trouvez plus.

— Quel est cet objet ?

— Vous devenez grand. Vous déménagez. Vous trouvez d'autres objets et distractions qui vous tiennent à cœur et vous vous résignez à ne plus jamais revoir ce que vous avez perdu. Mais vous ne l'oubliez pas pour autant, Clara… non. Il continue à vous manquer, *ici*.

George se donna un coup de poing dans la poitrine, puis il se pencha vers moi.

— Mais voilà qu'un soir on frappe à votre porte. Et ce vieil objet chéri sur lequel vous aviez fait une croix vous est offert. Rendu. Au début, vous croyez rêver. Vous avez envie d'embrasser le petit ange trempé qui l'a trouvé. Mi-ange mi-démon plutôt, vu la façon dont il s'est glissé dans votre tête et dans votre sang.

Je fronçai les sourcils, me demandant où il voulait en venir.

— Le médaillon, c'était celui de ma mère. Elle le portait tout le temps. Dès que vous me l'avez donné, je l'ai reconnu.

— Le médaillon de votre mère ?

— Le croiriez-vous si je vous dis qu'enfant j'étais blond comme les blés ? Les gens posaient leur main sur ma tête pour se porter chance. Mais à 4 ans, j'ai commencé à foncer. Par contre, j'ai toujours eu les cheveux bouclés.

— Elle est morte quand vous aviez 8 ans. C'est ce que vous m'avez dit. Comment ce médaillon peut-il lui avoir appartenu ?

Il fit un geste comme pour chasser une mouche.

— Elle avait les cheveux bouclés, comme moi. Elle était tellement grande qu'elle devait se voûter pour passer inaperçue dans la foule. Quand je n'arrivais pas à dormir, elle balançait son pendentif devant mes yeux à la manière d'un pendule.

— Votre mère, c'était Véronique ?

Il éclata de rire.

— Quoi ? Cette petite pute de Pettigrew ? Non, bien sûr que non. Ma mère s'appelait Violet… Vous voyez ? Le *V*. Le médaillon est décoré de violettes et, oui, elle est morte quand j'avais 8 ans. Je l'ai vue mourir, là, sous mes yeux, et je n'ai rien pu faire.

Une expression de profond mépris apparut sur les traits de George, son regard se remplit de ténèbres.

— Et mon père, vous le connaissez.

Après la mort de Charlotte, certains jours, j'avais eu envie de m'ouvrir en deux, comme on coupe en deux une carapace, pour faire de moi une caverne où l'accueillir. Dans mon sommeil, ces sensations me poursuivaient. À ces os qui peuplaient fréquemment mes mauvais rêves se greffait parfois cette volonté de me vider pour elle. De me dépouiller de mes organes, de mes muscles. Au cas où elle me reviendrait. Elle était un oiseau, mais un oiseau d'une espèce inconnue au plumage orange. Son chant n'appartenait qu'à elle. Elle plongerait sous mes côtes, se percherait sur les branches courbes de mes os. Au réveil, le rêve me paraissait tellement vrai que je me sentais dépossédée de tout. Je n'en pouvais plus. Si bien que je me suis refermée. J'ai repoussé mon chagrin tout au fond de moi et je me suis distraite par des promenades en omnibus et les noms latins des plantes.

George, lui, semblait être resté ouvert en deux. Il essuya sa morve sur le dos de sa main et se dirigea d'un pas chancelant, lourd, marchant avec emphase, vers un des cabinets. Il posa sa main sur la vitre.

— Ce type manquait totalement d'empathie. Je garde ce souvenir de mon enfance. Il était incapable de se mettre à la place des autres. Il était insensible à leurs pensées, leurs sentiments, leurs difficultés dans la vie. Absolument égoïste. Il ne pensait qu'à lui et à son intérêt. Il a quitté ma mère quand j'avais 7 ans. À cet âge, on se souvient de tout. J'étais assez grand pour éprouver la même chose qu'un adulte, mais ne crois pas qu'il en ait eu conscience ni que cela l'ait préoccupé. À mon avis, il ne s'est même jamais demandé si je souffrais, il ne s'est jamais dit qu'il avait une responsabilité vis-à-vis de son fils. Il a juste décrété qu'il avait d'autres ambitions, qu'il voulait « plus que ça ». C'est la tournure qu'il a employée. *Plus que ça.*

— M. Fox est votre père ?

— Ah, enfin elle a compris ! Ce n'est pas son vrai nom, bien sûr. Mais oui.

George s'adossa au mur dans un bruit sourd, et il croisa les bras en me regardant.

— Vingt et un ans après, monsieur souhaite revoir son fils. Mais il ne va pas m'écrire. Non, il ne va pas tout simplement prendre une plume et une feuille de papier et m'envoyer une lettre, comme le ferait n'importe quelle personne raisonnable. Pourquoi ferait-il une chose pareille ? Se montrer franc et honnête ? Absence d'empathie, encore une fois, bien qu'il ait quand même réussi à se dire que sa lettre ne serait pas bien reçue. Que je n'y aurais pas répondu. Que je l'aurais brûlée ou transformée en confettis.

Il baissa les yeux sur la peau de tigre. Son regard s'attarda sur la patte d'éléphant.

— Le fantôme était l'appât ?

— Le fantôme, dit-il en levant l'index pour appuyer ses paroles, était l'appât, oui. Le ver accroché à l'hameçon. La viande pour attirer les mouches.

— Et vous avez compris tout ça en voyant le médaillon ?

— Pas tout de suite. Vous avez frappé à ma porte dégoulinante de pluie, je suis resté un bon moment sonné… Vous devez comprendre, ma petite Clara, vous qui ouvrez de grands yeux, que la dernière fois que j'ai vu ce médaillon, c'était sur sa gorge. Là, précisa-t-il en indiquant un endroit avec son doigt. Sur sa peau lisse ou sur la dentelle qui la recouvrait. Et voilà que je le retrouvais dans cette maison vétuste du Gloucestershire. Je suis donc monté interroger le propriétaire, celui qui m'avait demandé d'attendre encore six jours.

— Vous saviez qui il était ?

— Non. Mais je l'ai reconnu dès que je l'ai vu par l'entrebâillement de la porte, dans sa robe de soie violette, comme un nabab ou un roi fainéant ou je ne sais quoi. Vieilli, bien sûr. Amaigri. Je l'ai poussé en arrière, et il a protesté en disant qu'il était malade. Il a eu peur, le lâche ! Il m'a presque fait pitié. Mais quand la colère vous tient… Et je l'avais là devant moi, dans ce peignoir qui avait dû coûter l'équivalent d'un an de mon salaire.

— Que s'est-il passé ensuite ?

— Vous n'avez rien entendu ? Oh, eh bien, j'ai crié. Je l'ai couvert d'insultes, je lui ai sorti tout ce que j'avais sur le cœur depuis vingt et un ans, tout ce que j'avais répété devant la glace. Je me suis dit que vous deviez m'entendre, mais entre le tonnerre et la pluie… Quel temps, n'est-ce pas ? On ne se serait pas cru en Angleterre. Quand un ciel se décharge aussi brutalement, comme si on lui avait ouvert le ventre, c'est une pluie comme aux Indes, une vraie mousson. C'est ce que je lui ai dit au milieu de tous ses abominables trophées… C'est approprié, je lui ai dit. Comme au bon vieux temps, hein ?

Il se tut, reprit sa respiration. Et il me dévisagea. Son regard dur m'interpella, avec un demi-sourire satisfait. Il observait l'effet de ses paroles. Il surveillait mon expression tandis que le mot « mousson » se frayait un chemin en moi, avec la puissance des eaux d'une crue.

« Raconte-moi… » Et elle s'exécutait. Des empreintes de fauve au bord de la rivière. Les *cheroots* et le tennis sur gazon, l'eau fraîche aromatisée aux feuilles de menthe servie entre deux parties. Les tempêtes de poussière. Le *mohur*, cette pièce d'or frappée par l'Inde britannique. Le cobra qu'elle avait vu un jour.

Quant à la mousson, elle revenait à Calcutta chaque année. La terre se mettait à bouillonner ; les fossés débordaient d'une eau argileuse. Ah ! comme elle avait aimé ces moments : le divin courant d'air et le tambourinement de la pluie ; la précision avec laquelle elle revenait, si bien qu'on pouvait s'y fier pour dire l'heure ; et les abris éphémères. Un auvent, une feuille géante. Après, le paysage fumait. L'eau s'évaporait sur le dos des vaches sacrées. Les oiseaux s'abreuvaient dans les caniveaux.

Je la vis soudain dans ce musée du chagrin. Je la vis, là, devant moi, sur la méridienne verte, une jambe repliée sous elle.

— Clara… ? Tu as compris ? Ou tu veux que je continue ?

Je fus brusquement tirée de mes pensées.

— Vous avez vécu aux Indes.

— Oui. Mais ce n'est pas tout.

George détacha son dos du mur pour reprendre sa déambulation, butant contre la peau de tigre, se retenant aux dossiers des fauteuils.

— Un homme malade, un homme à la tête d'une vaste fortune, imbu de l'Empire et de sa personne, fait l'acquisition d'une grande demeure dans la campagne anglaise afin d'y passer les derniers mois de sa vie. Et voilà qu'une fois installé il pense à son fils. Ce fils qu'il a abandonné vingt ans auparavant. Un fils pour lequel, peut-être, il éprouve enfin de l'affection, ou à l'égard duquel il a des remords, même si je doute qu'il ait pu formuler ce mot. Cet homme est en train de mourir, alors bien sûr il veut se racheter. Se présenter à son Créateur la conscience tranquille. Mais d'abord, il faut le retrouver, ce fils. C'est un homme, à présent, et il ne porte peut-être même plus son nom. Il engage un détective privé qui lui apprend qu'il est vivant, et en Angleterre ! Quelle bonne nouvelle pour le roi à la robe de soie. Le fils s'en est bien sorti. Il a fait ses études à Cambridge ; il a des amis, il est en bonne forme, il profite de la vie et a du succès avec les femmes. Et surtout, il est passionné par la question de la vie après la mort. Il enquête sur des phénomènes spirites, écrit des articles sur les sciences du cerveau. Ce fils aspire à découvrir la preuve de l'âme humaine. Comment le vieil égoïste va-t-il bien pouvoir s'y prendre pour attirer son fils dans le Gloucestershire ? Dans cette baraque délabrée qu'il n'a achetée que parce qu'elle est proche de son cher sanatorium ? Il pourrait lui dire la vérité. Mais dans ce cas, il verrait débarquer un individu hostile, plein de rage et d'amertume. Non, il faut inventer quelque chose. Il doit trouver un subterfuge pour l'amener jusqu'à lui. Et quoi de mieux qu'un fantôme ? Puisque c'est aux fantômes que son fils s'intéresse. Ce n'est pas trop compliqué d'en fabriquer un, vu l'historique de la maison. Il circule déjà des légendes sur la femme scandaleuse qui est enterrée dans le jardin. M. Fox séduit une veuve solitaire et la persuade de mentir. De pleurer, de s'inquiéter, de murmurer à l'oreille des femmes du village. Parallèlement, il écrit à la Société de recherche psychique : « Il paraît qu'il y a parmi vous un enquêteur du nom de Lowe… » Tu me suis ?

J'opinai.

— Et maintenant passons aux jardins, Clara. Tes jardins, avec leurs topiaires, leur verger, leur bassin, leurs digitales… Je ne citerai pas toutes tes plantes. Le mourant n'a pas particulièrement de goût pour tout ça. Ça le laisse assez froid. La pelouse, les arbres, il s'en fiche. Et pourtant… pourtant ! Il déclare qu'il veut une serre à Shadowbrook. Un paradis tropical ! Une serre dont la réputation fera le tour du pays ! Il en fait construire une, luxueuse, coûteuse… Pourquoi faire, Clara ? Alors que ses poumons ne tolèrent pas l'humidité et que les fleurs ne présentent aucun attrait pour lui ? Pourquoi écrit-il à Kew ? Non seulement pour commander des plantes, mais aussi pour exiger que quelqu'un… et pas n'importe qui… vienne les installer ? M. Fox a déjà Hollis sous la main. On penserait qu'il n'a pas besoin de bras supplémentaires. Et pourtant il te réclame toi, Clara. Pourquoi ?

— Vous êtes ivre.

— Ah ! Tu crois que je mens ? Réponds à cette question alors : tu as lu la lettre de Shadowbrook ? La lettre envoyée à Kew ?

— Oui. Je l'ai lue. Mon nom n'y figurait pas. Il demandait seulement l'aide de quelqu'un, n'importe qui. Vous êtes ivre et vous avez tort.

Je me levai.

— Il devait y avoir une deuxième lettre que tu n'as pas vue, c'est certain… Dans laquelle ce M. Fox te nommait précisément. Il a dû graisser la patte à celui qui t'a dépêchée ici, pour qu'il parvienne à te convaincre.

— Vous mentez.

— Ah bon ? Je ne peux malheureusement pas le prouver, et je sais combien tu es friande de preuves. N'empêche qu'il t'a retrouvée, Clara. Son détective t'a repérée à Londres et t'a suivie, il a noté tes habitudes et tes goûts ; il a déterminé ce que tu aimais le plus. Les serres de Kew, je suppose. Ta passion pour l'étude des plantes tropicales… Oh, quelle ironie ! Tu passais ton temps au milieu des mêmes plantes qu'il frôlait quand il se promenait en Inde avec sa femme et son fils ! Qui saura jamais s'il y a pensé. Reste qu'il a construit cette serre pour toi.

George marqua un temps d'arrêt.

— Dois-je t'apprendre pourquoi ? J'imagine que non, quand même… Une serre et un fantôme… Ton appât était de loin le plus onéreux.

J'avais besoin de prendre l'air. Je me faufilai entre les meubles, contournai le tigre, traversai le bureau puis passai le seuil de la porte défoncée. Il m'appela comme s'il cherchait à m'apaiser.

— Clara… ?

Mais j'entendis aussi une mise en garde. Il n'était pas question que je m'arrête. Je voulais sortir, m'éloigner de lui, et c'est seulement en franchissant la porte-fenêtre de la terrasse que je m'aperçus que je n'avais pas ma canne. Elle était restée en haut, près de la patte d'éléphant.

Le crépuscule. Un jardin mauve imprégné d'ombres. L'heure où les distances s'estompent, où les couleurs se fondent. J'entendais au loin des bruits de fête. À moins d'un kilomètre, et pourtant à une année-lumière. Les villageois tapaient dans leurs mains au rythme d'une mélodie familière dont j'ignorais le nom, et j'aurais aimé être là-bas avec eux. Ou plutôt j'aurais aimé être n'importe où, hors d'atteinte de George. Sous le portique, ou dans la cabane de rempotage, ou sous le cèdre, ou dans le tunnel de verdure des tilleuls. Je me dépêchai autant que possible, me retenant aux branches tandis que je descendais les escaliers.

Je ne l'entendais pas derrière moi, mais il me suivait. J'en étais sûre. Debout entre les topiaires, agrippée aux plumes d'une queue végétale pour ne pas perdre l'équilibre et m'aider à avancer, je tendis l'oreille. Des applaudissements. Puis des battements d'ailes dans les arbres. George surgit soudain, si près que j'entendis sa salive et sentis les relents de l'alcool et du tabac.

— Tu ne peux pas t'enfuir comme ça, Clara. Il faut qu'on parle, toi et moi.

— Non !

Je reculai. Contournai le paon en me retenant à lui d'une main.

— Ah bon ? Tu n'as pas de questions à me poser ? Toi qui en as toujours. Toi qui commences toutes tes phrases par comment ou pourquoi. Demande-moi ce que tu veux.

— Je n'en ai pas. Mon père s'appelle Patrick Waterfield.

— Tu sais bien que c'est faux. Emerson. Rex Emerson. C'est lui, ton père. Un sacré nom, tu ne trouves pas ? Il en a toujours été fier. *Rex*. Le roi, ça lui va si bien. Mais je le connaissais, bien sûr. Si je l'avais lu sur un papier à en-tête, je ne serais pas venu. Alors il a pris un pseudo. Fox. Le renard. Je ne lui ai pas demandé pourquoi, mais c'est sans doute parce qu'il juge cet animal noble. Alors qu'en fait c'est un charognard. Un opportuniste rusé. On va passer la nuit à tourner autour du pot, Clara ?

— Laissez-moi tranquille.

Je lâchai le paon et m'éloignai, me glissant entre les haies. Je passai sous le cèdre, entrai dans le jardin blanc comme une somnambule, les bras tendus devant moi. George était sur mes talons, je sentais son souffle sur le haut de ma tête.

— Sache, pour ton édification, qu'il se fiche totalement des arbres et des fleurs, sauf une. Non, pas les violettes. Il n'a jamais su les aimer, les violettes. Je te parle de la fleur qui a fait sa fortune. Tu ne veux pas savoir ? Le nu, Clara.

Je me cognai violemment au socle d'une urne grecque. La pierre heurta ma cage thoracique, mais je réussis à m'y agripper.

— Quoi, le nu ?

— Tu l'as vu, non ? Même si son regard est incroyable, ce n'est pas ça qui compte. Non, pense plutôt au lit. Et à côté, aux pipes et aux bols. Au plafond bas. Et la fenêtre, derrière elle. Est-ce que c'est la campagne anglaise ?

George approcha sa bouche de mon oreille.

— Ce sont des pavots. Tu saisis mieux, maintenant ?

Est-ce que je saisissais ? Qu'est-ce que je savais sur ces petites fleurs rouges ? J'en savais suffisamment, en fait. Cette somnolence, dans mon enfance. Ces rêves dont je me réveillais en suppliant qu'on m'apporte de l'eau. Et puis je me souvins des gravures botaniques dans son bureau. Les pavots dans des cadres ovales.

— Écoute-moi bien, Clara. Il n'y a rien de bon à attendre de lui. Ce n'est pas un pauvre veuf. Ne crois pas que parce qu'il a des encyclopédies et des recueils de poèmes dans sa bibliothèque, c'est un homme d'honneur. Les livres ne sont pas les garants de la sagesse. Et ne va pas t'imaginer que je suis devenu fou et que je délire. Quelle raison aurais-je de te mentir ? Cet homme, Clara, c'est un trafiquant d'opium et un vil séducteur qui a fait une victime de plus avec… Charlotte, c'est ça ? Il a abandonné femme et enfant et s'est enrichi grâce au pavot cultivé par les paysans des collines de Shimla, des miséreux qui manquaient d'eau et mouraient jeunes pendant qu'il se prenait pour un roi et menait grand train. Vingt ans après, il s'est mis à cracher du sang, il a pris un faux nom et a emménagé dans le Gloucestershire. Comme si la douce bruine anglaise avait le pouvoir de le laver de ses péchés. Une mascarade de baptême. Lui, avec une pelouse de croquet et un verger, quelle blague. Un fumier doublé d'une canaille, voilà qui est mon père… Et le tien aussi, mademoiselle Emerson.

Quand je lâchai précautionneusement le bord du socle, ce fut George qui s'effondra. Peut-être n'avait-il pas vu l'urne. Ou bien, gêné par l'obscurité et son état d'ébriété, il avait manqué une marche. Toujours est-il qu'il trébucha et tenta en vain de se rattraper à l'air et aux feuillages tandis que j'étais déjà en route, clopin-clopant. Il allait me suivre, forcément. Je l'entendis jurer dans mon dos, grogner en se relevant, et moi je me hâtai, mettant à profit ce moment de répit. N'importe quel endroit sombre serait un havre bienvenu. Et alors que je traversais l'étendue entre le bois de hêtres et le tennis, j'entendis qu'il avait changé de ton : son mépris railleur avait été supplanté par une violence haineuse, sauvage.

— Qu'est-ce que tu fous, Clara ? Tu crois que tu peux te sauver ?

Je m'accrochai au lierre et aux espaliers et finis par me glisser sous un buisson de houx. J'espérais qu'il passerait devant moi sans me voir. Il continuait à vociférer :

— Tu sais comment elle est morte, ma mère ? Pas de la tuberculose, non ! Ni d'une tumeur, comme la tienne. Elle est morte à la gare de Delhi, Clara ! En 1895, près de deux ans après qu'il nous a abandonnés. Deux ans pendant lesquels elle était devenue de plus en plus maigre et distante. Elle a dû vendre tout ce qu'on possédait, la porcelaine, l'argenterie, tous ses bijoux sauf le médaillon, pour qu'on ait de quoi manger. Désespérée, voilà ce qu'elle était. Et le 14 avril, elle a lâché ma main et s'est jetée sous un train. Je ne me suis pas aperçu tout de suite qu'elle l'avait lâchée. Je n'étais qu'un enfant. Tu m'écoutes, Clara ? J'étais occupé à observer les drongos sautiller au milieu des paniers de fruits, et c'est seulement quand j'ai entendu crier les freins et que j'ai vu le tissu sous les roues… jaune à pois blancs. Qu'est-ce qu'il advient d'un petit garçon, après ça ? Il est rapatrié en Angleterre, évidemment. Recueilli par des cousins de sa mère, qui l'adoptent et lui donnent leur nom. Il lit. Il explore. Plus tard, il assiste à des séances de spiritisme. La soif de vengeance le tient aux tripes.

Il hurlait et chuchotait alternativement ; il parlait dans ses mains, maugréait.

— J'étais rien qu'un enfant…

Plusieurs fois, il passa tout près de moi. Mais après avoir prononcé le mot de vengeance, il s'arrêta pile devant mon buisson et se tut. Je sus qu'il m'avait trouvée.

— Je te vois…, chantonna-t-il.

Je me ruai en avant, me débattis dans le feuillage piquant, furieuse.

— Allez-vous-en !

Mais il me tomba dessus et empoigna mon poignet avec brutalité. Mon hématome mettrait un mois à pâlir ; j'avais déjà mal.

— Tu n'as rien à me dire, Clara ? Tu ne demandes pas pardon ?

— Pardon pour quoi ? Ce n'est pas ma faute.

— Pas ta faute ?

Je sentais son haleine sur ma figure. Il me fixait de ses yeux au regard fixe, luisants de colère.

— C'est la faute de ta mère.

L'étau de ses doigts se resserra autour de mon poignet. L'effort faisait saillir les muscles de sa mâchoire, il plissa les paupières. J'entendais l'écho lointain de la musique et des rires, ainsi que celui de ma respiration laborieuse. Soudain, un craquement sonore retentit, comme du verre ou une couche de verglas qui se brise. Un bruit que je ne connaissais que trop bien.

Il l'entendit aussi. Et nous le perçûmes tous les deux en même temps : des os se déplaçaient dans la gaine de ma chair. Mon poignet rendait les armes. Puis un nouveau son s'éleva dans le jardin : un cri frêle et tremblant d'animal, de plus en plus fort. Peu à peu, sans que le cri change d'intensité, s'y incrustèrent des paroles.

— Lâchez-moi s'il vous plaît lâchez mon poignet vous l'avez cassé lâchez-moi lâchez-le.

Mais George n'en tint pas compte. Au contraire, il me tira vers lui et me tordit le bras de plus belle. Un deuxième craquement se fit entendre, celui-là plus profond, comme des grains de sable dans un engrenage, une fragmentation. Des os broyés.

La douleur fut inouïe. Je devins aveugle. Je hurlai. Une crampe me prit la langue, un liquide amer monta dans ma bouche. Je vomis bruyamment, plusieurs fois, sur moi-même et sur la main qui me tenait, et c'est ce qui persuada George de lâcher prise.

Je titubai dans le noir. Je m'écorchai aux briques des murs, déchirai ma jupe sur les épines. *Cache-toi !* Trouver une cachette, oui, mais où ? Aucun endroit proche n'offrait une protection suffisante. C'était de l'aide qu'il me fallait. Des gens, une armée ou une seule personne.

Ma mère, se dressant entre George et moi comme une muraille vivante, ses yeux lançant des éclairs, sa bouche le défiant d'un « Essayez un peu ! ». Hélas ma mère était encore plus loin que la fête, qui déjà me paraissait à des milliers de kilomètres. Alors je me rendis dans le seul endroit où je savais trouver des visages humains. Le portique. Je progressai en longeant les haies, me servant de mon bras valide pour suivre les murs à tâtons, afin d'atteindre l'autre côté du bassin circulaire où je discernai, dans l'obscurité, les regards pleins de sagesse des figures de l'Antiquité qui en avaient vu bien d'autres.

Il fallait que je trouve une chaise. Je n'avais qu'à la tirer près du mur et m'accroupir derrière. Je me glisserais entre la chaise et les Romains, ils me serviraient de gardes du corps. Mais la chaise heurta une autre chaise dans un tintement joyeux. Je levai un regard affolé. George, c'était certain, avait entendu. Je l'aperçus à travers le passage voûté de la haie. Il était sur la pelouse de croquet, les bras ballants, la poitrine se soulevant convulsivement. Il me vit. Un éclat blanc passa sur son visage, un sourire. J'étais prise au piège. Impossible de fuir par le trompe-l'œil, et les vieux Romains ne pouvaient pas me secourir. J'en étais réduite à rester où j'étais, accroupie, terrée. Alors qu'il s'élançait vers moi, je murmurai « Non, maman, non ».

Il courait à longues et lourdes enjambées, le buste légèrement penché en avant. Ses yeux étaient fixés sur moi, comme ceux d'une bête fonçant sur sa proie. Puis, d'un seul coup, il s'envola. Il s'éleva dans les airs à la manière d'un oiseau : le corps horizontal, déployé, sans qu'un seul bout de sa personne ne touche plus les dalles ni l'herbe. Le silence tomba. Plus de menaces ni de bruits de pas.

Il tomba sur les marches. Un choc mat, sans écho ; je vis sa tête rebondir, mais il ne grogna même pas. Je n'entendis plus qu'un seul son, aigu, métallique, vrillé, comme une pièce de monnaie roulant sur le côté, et je sus ce que c'était. Un arceau de croquet n'aurait pas dû suffire à provoquer la chute d'un colosse pareil.

J'attendis un petit moment, pour être sûre qu'il ne se relèverait pas.

Les forces me manquaient pour retourner dans la maison. La douleur les avait consumées comme un brasier.

Je me laissai choir. À genoux, le front sur le sol. Une posture de prière ou de supplication ; dans certains pays, on dort dans cette position. Je fermai les yeux. Des images surgirent. L'agonie d'un tigre au bord d'une rivière, la poussière rouge sur les plantes de pied de ma mère, et une voix répéta mon nom.

— Clara ? Clara ? Vous m'entendez ?

Quand je soulevai les paupières, je n'en crus pas mes yeux. Cette barbe. Ces pattes-d'oie. Cette voix. Kit ? Comment était-ce possible ? Kit ne pouvait pas être là. Il était ailleurs, en train de refaire ses murs ou d'ôter sa chemise par-dessus sa tête dans sa chambre, ou de boire de la bière. Il s'éloignait de moi en me présentant son dos, sa chemise tachée de sueur. Il me disait « Gardez vos distances » dans la cour de sa ferme. Pourtant c'était bien lui. Ses paumes et sa joue gauche étaient posées sur l'herbe. Sa bouche articulait « Clara ? ». Son regard cherchait le mien.

Je vis la chemise qu'il portait. Bleue, les manches roulées. Je vis les bords effilochés, quelques boutons déboutonnés. Et je vis qu'il me regardait sans ciller tandis que je tentais de me redresser, du même regard avec lequel il devait observer les animaux ou les différents stades de maturation de son orge.

— Je vais appeler un médecin.

— Non.

— Il faut rentrer.

— Non.

Il ne me contredit pas. Il ne me toucha même pas. Il se borna à suivre mes mouvements lorsque je m'assis, m'essuyai la bouche sur mon avant-bras et repliai mon poignet en lui murmurant des paroles d'encouragement. Une fois que j'eus terminé, Kit scruta la semi-obscurité. Il guettait manifestement un bruit témoignant d'une présence humaine. Une voix, des pas.

— Où est-il ?

— Près du bassin.

Kit se leva, traversa la pelouse et disparut dans le passage voûté. Mon bras replié contre ma poitrine, je ne quittai pas des yeux l'endroit où il avait disparu. Je savais ce qu'il allait trouver. Je savais que lorsqu'il reviendrait – quand je le reverrais, quand il réapparaîtrait et retraverserait la pelouse –, il y aurait dans ma vie un avant et un après George. Deux Clara. Ce n'était pas la première fois que ma vie basculait. Il y avait eu la fois où ils avaient dit que mes os étaient imparfaits ; celle où j'étais arrivée à Shadowbrook ; celle où ma mère avait prononcé le mot « fibrome » sur un pont sur la Tamise. Quand j'avais entendu le nom d'Emerson. Quand j'avais longé le mur de la propriété d'un fermier sans la moindre idée de ce qui m'attendait ; plus tard, une Clara transformée était revenue le voir en coupant à travers champ.

J'avais un goût de bile dans la bouche. Au loin, des gens dansaient toujours autour d'un feu, et je n'avais qu'une envie : fermer les yeux et dormir. Puis me réveiller de ce mauvais rêve.

Finalement, Kit revint. Il s'accroupit à côté de moi et m'annonça la mort de George comme si ce n'était rien. Je savais que ce n'était pas rien. Pourtant Kit m'en fit part sans émotion. Il me dit que son corps commençait à refroidir. Il n'avait senti de pouls ni à ses poignets ni à son cou.

— Qu'est-ce qui s'est passé ?

Les mots se bousculaient dans mon esprit. Je racontai dans le désordre, trop affaiblie par la douleur, trop épuisée pour organiser ma pensée. Un médaillon en argent, des os, un sanatorium. Un train à Delhi. Un certain Patrick Waterfield, qui avait épousé une jeune fille enceinte d'un autre homme. Je lui parlai de l'opium. J'expliquai que George était resté un instant suspendu dans les airs comme la branche d'un arbre et que lorsqu'il était retombé, un arceau de croquet avait fait entendre ses trilles cristallins. Qu'il n'y avait pas de fantôme. Que la preuve de son existence s'était volatilisée.

— M. Fox n'est pas M. Fox. Les pères, dis-je.

Kit m'écouta sans bouger. Quand il eut compris ce qu'il y avait à comprendre, il se détourna. Et à la même seconde, le vent se leva ; il souffla à travers le jardin, gonfla sa chemise, souleva ma chevelure et se coula dans les haies qui s'ébrouèrent. Kit respira à fond. Se caressa la barbe.

— Il était au Bull aujourd'hui. Avant, il était passé au King's Arms, à Stow.

— Vous l'y avez vu ?

— Moi non. Mais il paraît que ça a chauffé. Clara, c'est lui qui vous a fait ça ?

Mon bras avait doublé de volume. Et je respirais comme autrefois, lorsque je me cassais quelque chose à Londres. Mon souffle était trop rapide, superficiel. Je lui répondis par un gémissement et un hochement de tête.

Il étudia sa paume, ouvrit et referma le poing.

Kit gagna la terrasse et entra dans la maison par la porte-fenêtre. Les lampes s'allumèrent les unes après les autres. Sa silhouette passa de pièce en pièce, et je m'émerveillai de n'avoir jamais imaginé Kit loin de sa ferme, se livrant à des gestes triviaux de tous les jours, des tâches ordinaires qui n'exigeaient ni force musculaire ni réflexion : faire couler un bain, laver un vêtement. Faire bouillir de l'eau dans une casserole.

Nous nous installâmes dans le salon. Assise sur le canapé, à la lumière de la lampe, je voyais mieux l'état de mon poignet : noir, tordu. Une pulsation sous ma peau, que l'enflure tendait à la fendre. Kit s'agenouilla devant moi pour l'inspecter. Il me demanda de bouger un peu le bras. Il tourna la tête pour mieux voir l'hématome et les déformations. Il me rappela mes vieux médecins quand ils m'auscultaient après une fracture. Ils hochaient la tête comme si j'avais fait une bêtise.

Il m'apporta de l'eau et une couverture, s'assit sur le fauteuil en face de moi.

— Je vais vous raconter ce qui s'est passé ici ce soir.

— Mais je vous l'ai dit.

— Je sais. Il était saoul, il s'est pris le pied dans un arceau de croquet… Je sais. Mais les autres ne vous croiront pas.

— Qui, les autres ?

— Tout le monde. Ceux de Barcombe, les policiers. Ils ne vous croiront pas à cause de ce que la mort de George vous rapporte.

— Elle me rapporte quoi ?

Kit leva les yeux.

— Cette maison. Ce domaine. Si M. Fox est bien votre père, vous êtes désormais sa seule héritière. Vous croyez qu'ils vont avaler votre histoire ? Qu'il n'y aura pas de commérages ? La vérité ne suffira pas à vous protéger,

Clara, vous le savez. Alors maintenant, je vais vous raconter ce qui s'est passé ici.

Il avait raison. Des phalènes se cognaient aux carreaux et, en les regardant, je songeai à ces rumeurs qui trouvaient le moyen de voleter à travers champ jusque dans les foyers du village. Elles rampaient sur les dalles de la taverne et les clients se hissaient sur les tabourets pour mieux s'en faire l'écho. Peu importait ma petite taille. Peu importaient mes imperfections. La chute leur semblerait opportune – j'avais tellement à gagner, n'est-ce pas ? – et ils tordraient le cou à la vérité, au Bull comme ailleurs. Il serait question de la pierre que j'avais prélevée à une bordure. Au coup bien appliqué, inattendu, que j'avais asséné à la partie la plus tendre de son crâne.

La fille de Kew. Elle ne m'a jamais inspiré confiance, diraient-ils.

De sorte que, cette nuit-là, nous avons fabriqué notre propre vérité.

— Voilà ce qui s'est passé, me dit Kit. George arrive à Shadowbrook au crépuscule et il tombe. Il est dans le jardin du bas, où pour on ne sait quelle raison il patauge dans la mousse et les flaques d'eau. Peut-être parce qu'il a trop bu pendant la journée – des tas de gens pourraient en témoigner, ils l'avaient vu – et qu'il tient mal sur ses jambes. Rien de plus facile dans ces circonstances, ivre et sur un terrain inondé. La cause de sa mort ne fait aucun doute, il porte sur la tempe la marque sanglante de la blessure fatale qu'il s'est faite en tombant.

— C'est vrai ? lui demandai-je.

À son silence je sus que oui.

— Un accident, voilà tout. Le lendemain matin, la jeune fille à la canne sort. Même si elle ne s'aventurerait pas dans le jardin du bas, où le terrain est en pente et les cailloux glissants, elle le voit en abordant l'allée de tilleuls. Elle le voit étalé comme une étoile tordue. Elle se précipite pour lui porter secours, appelle à l'aide. Et cette jeune fille tombe à son tour. Elle se casse le poignet.

— Pourquoi le jardin du bas ?

— Parce que vous n'y allez jamais.

— Mais il est près du bassin.

— Je vais le déplacer. Je le descendrai au bord du ruisseau. Ça va marcher, Clara.

Je le crus. Je crus cet homme taciturne qui, dans ses champs, avait essuyé d'un seul geste précis la sueur de son front sur l'intérieur de son poignet, son bras semblable à une aiguille sur le cadran d'une horloge. Je l'observai plus attentivement. Sa façon de se pencher en avant, les coudes sur les genoux ; de retourner ses mains pour contempler les cicatrices sur ses jointures. Je compris alors qu'il y aurait aussi des commérages sur lui. Sur son caractère colérique. Sur son sang pourri. Les autres l'avaient vu cogner sur George à la taverne. Certains l'avaient peut-être séparé de George. Et ce coup de poing, en quoi s'était-il transformé depuis ? En coup de couteau ? En guerre déclarée ?

— Les soupçons porteront aussi sur vous, lui dis-je.

Il n'était jamais à l'abri d'un nœud coulant… Il leva les yeux pour me regarder.

— C'est moi qui ai déclenché la bagarre, pas lui. Et ils m'ont vu quitter la fête ce soir. Ils savent que je venais vers ici.

Un silence s'ensuivit. Kit plaqua une main contre sa bouche, son index battant la mesure contre sa mâchoire, réfléchissant, et je me demandai si son père avait fait ce même geste, dont Kit aurait hérité sans le savoir, à moins qu'il ne l'ait copié sur lui. Je me demandai aussi combien de femmes l'avaient vu le faire.

C'était, évidemment, à mon tour. Kit avait élaboré une histoire, un mensonge, pour me protéger. Je lui construirais un abri avec ma propre vérité, plus solide que des murs en pierre ou des arbres. Je songeai à Véronique. Au legs de Véronique. Toutes ces choses qu'on racontait. Qu'elle s'était affranchie des lois, s'était livrée à la débauche, qu'elle vivait nue. Voilà ce qui dominait et se perpétuait. Que croiraient-ils à propos de Kit ?

— On va leur dire que vous êtes resté ici avec moi.

— Quoi ?

Je proposai le récit suivant : Kit avait quitté la fête pour venir à Shadowbrook. Il était venu parce que ce soir, pour la première fois depuis l'arrivée de la blonde à la canne, il n'y avait personne à la maison. Les bonnes, la gouvernante, le propriétaire et même le nouveau visiteur de Londres étaient ailleurs, sur la place du village ou en famille. Ou occupés à se saouler au Bull. Ce soir, j'étais seule. Moi, la jeune envoyée de Kew jamais contente. Et n'était-ce pas dans les habitudes de Kit ? De frapper à la porte des femmes la nuit ? De les déshabiller ou de les regarder se déshabiller devant lui ? Ils avaient dit que si on lui demandait la liste de celles qu'il avait connues, il aurait été bien en peine de toutes les nommer.

Kit me dévisagea d'un air incrédule.

— Vous êtes resté ici toute la nuit. Avec moi. C'est ce que je leur dirai.

Notre parole – la sienne, la mienne – serait notre protection mutuelle. Cela me paraissait tellement simple. Un échange de souffle, un point c'est tout. C'était bien. Parfait, même. Qu'avions-nous d'autre à notre disposition pour nous défendre ? Quelle vérité accepteraient-ils mieux ?

Mais Kit hocha la tête, consterné.

— Vous ne savez pas ce que vous dites.

— Si. Vous le savez aussi bien que moi, ça marchera !

Il savait que j'avais raison. Ils allaient se jeter goulûment sur cette version des faits. Ceux de Barcombe, de Moreton, de Stow et des villages alentour seraient édifiés ; ils ne demandaient qu'à croire que Kit Preedy était venu me retrouver dans un but non avouable. Que je m'étais effeuillée sans pudeur. Que j'avais révélé mes cicatrices et mes difformités à l'homme solitaire dont les veines se gonflaient d'un sang noir. Vous imaginez une conduite pareille… ? Quelle honte ! Et par-dessus les tasses à thé et les haies, ils se confieraient qu'en réalité ils n'attendaient pas autre chose de ma part : ne leur avais-je pas paru effrontée, excentrique, affichant des manières indignes d'une demoiselle ? Quant à Kit, rien ne les étonnait de la part de l'homme qu'ils connaissaient, ou pensaient connaître. Il aurait fait peu de cas de mes difformités. Sans se soucier de mes os, il m'aurait allongée sur le lit et prise sans autre forme de procès ; ou bien il aurait, sans se presser, exploré les traces de mes souffrances passées. Par curiosité, rien de plus. Je n'étais pas sûre de l'interprétation qu'ils feraient de notre histoire. Mais il y en aurait une, forcément.

J'attendis. Kit réfléchissait en suivant le même cheminement de pensée. Je le voyais bien. Il reconnaissait le génie de ce mensonge. Nous nous étions déshabillés mutuellement et étions restés enlacés jusqu'au lever du soleil ; c'était nous fournir réciproquement un alibi depuis le crépuscule jusqu'au matin. Un alibi sans faille.

— Vous vous rendez compte que cette rumeur va vous suivre pour toujours ? Vous serez toujours connue pour ça, avant toute autre chose.

Je me rendais compte. Mais qu'importait qu'on me connût pour cela, pour cette nuit ? Ce que je voulais, c'était qu'il ne risque rien. Qu'il n'y ait ni doutes ni fil qui dépasse susceptibles de nouer une corde autour du cou de cet homme qui refusait de croire à ce que je lui présentais sur un plateau, telle une offrande. Je lui répondis que oui, j'en avais conscience. Et il hocha la tête, une seule fois, en guise de consentement.

Kit, par conséquent, resta. Il fallait qu'il soit vu quittant Shadowbrook au point du jour, traversant à grands pas ses champs dans la même chemise bleue qu'il avait portée à la fête du village. Sifflotant, satisfait. Il espérait être aperçu par les aides-jardiniers qui pourraient ensuite confirmer ses dires.

Les mots nous résistaient. Nous attendîmes, là, assis, nous accommodant à la situation. Au bout d'un moment, la musique que nous entendions au loin se tut ; des applaudissements nous parvinrent, et la pendule de l'entrée sonna 12 coups. Comme nous n'osions pas nous regarder, lorsque Kit me proposa du brandy, c'est son poignet que je fixai. Un poignet si robuste qu'il devait supporter les poids les plus lourds, les torsions les plus violentes.

À 1 heure du matin, il se leva. Gratta une allumette, alluma une lampe.

— Où allez-vous ?

— Au bassin.

Et je sus pourquoi. En son absence, j'imaginai la scène : il pose sa lanterne en s'accroupissant près de George, hisse son corps énorme sur une épaule. Il le transporte – sa force est colossale – en bas, au bord du ruisseau dont les eaux débordent. Et là, il l'allonge comme s'il était endormi. Il prend soin de placer la tête de George près d'une pierre saillante. Je me figurai aussi une autre scène : comment ce serait si cela se passait vraiment. Si, en dépit des circonstances, de l'heure, de mon poignet, de mon apparence et de mon tempérament têtu, Kit revenait par une porte-fenêtre d'un pas décidé et s'agenouillait à côté de moi ; s'il glissait sa main sous ma chevelure, prenant ma nuque en coupe aussi délicatement que si c'était un oiseau. Si, plus tard, je défaisais la poignée de boutons qui lui restaient sur sa chemise, le dénudant. Je ne pouvais plus penser qu'à ça, à ce moment. Pas à George, pas à ma mère. Car quelle différence cela ferait-il, à présent ? Où était le mal ? « Vous serez toujours connue pour ça. »

Kit revint et vida d'un trait son brandy.

— C'est fait.

Le carillon de la pendule. Au fond des bois, une chouette. Il s'écroula dans le fauteuil, crispa les doigts dans ses cheveux, les relâcha, et je songeai au petit garçon qui avait marché dans les empreintes de bottes de son père. Sifflant son chien. Je songeai au lichen qui avait été nettoyé sur les tombes Preedy, et je sus alors sans l'ombre d'un doute que c'était lui – lui qui nettoyait la pierre sans être vu après les travaux des champs. Et pourtant il aurait refusé de l'admettre. Je dis :

— Notre histoire. On pourrait la rendre vraie.

— Elle sera vraie à leurs yeux. Vous avez raison… Ils vont y croire.

— Je veux dire pour nous. Pour nous, on pourrait la rendre vraie.

Mon cœur tambourinait. Mon pouls battait très fort dans mon poignet – je le voyais, là, sous ma peau – et je le sentais sous mes clavicules, contre mes côtes et au fond de ma gorge si bien que parler, soudain, devint plus laborieux. Kit leva un regard stupéfait. Il me dévisagea avec une expression nouvelle : bouche bée, haletant. Une ride verticale se creusa entre ses sourcils.

— Non, Clara. Je ne peux pas faire ça.

— Pourquoi pas ?

— Pourquoi pas ?

Il se leva et s'éloigna de moi – vers la porte-fenêtre, et je crus qu'il allait partir –, consterné, incrédule. Mais devant les rideaux, il s'arrêta et se retourna. Je ne m'étais pas doutée que ses yeux pouvaient briller aussi fort.

— Vous et vos questions ! Mon Dieu !

— Où est le mal ? C'est vous qui m'avez dit ça. Elles viennent frapper à votre porte, ça aussi vous l'avez dit… Et vous les avez repoussées ? En avez-vous repoussé seulement une ? Suis-je si affreuse que cette seule pensée vous répugne ?

— Vous ne savez rien, rien du tout, Clara.

— J'en sais assez, au contraire. Et les autres en savaient plus long peut-être ? Suis-je si différente d'elles ?

Kit fit quatre pas vers moi, et si je l'avais connu fermé, sur ses gardes, réservé, il n'était plus rien de tout cela maintenant.

— Différente ? Oui. Oui, vous êtes différente, Clara. Vous n'êtes pas comme les autres, je vous l'accorde. On a colporté sur vous au Bull plus de racontars que sur n'importe qui. Vous êtes quelque chose ! Les gens vous remarquent… Et non, à vrai dire, je ne vous trouve pas du tout affreuse. Mais vous pensez que cela suffit ? Vous pensez que vous pouvez me demander ce que vous voulez ? Comme si ce que j'ai dans la tête vous était égal ? Ce qu'éprouvent les autres ?

Je restai sans voix.

— Quel âge avez-vous, Clara ? 19 ans ? 20 ? Malgré tous vos livres et vos questions, vous êtes encore… si fraîche. Intacte. Et cette maison… Je m'étais juré de ne jamais y remettre les pieds et jamais, je dis bien jamais, je ne pourrais y toucher qui que ce soit. Même pas frôler, et à plus forte raison je ne…

Je vacillai. Le mot « intacte » n'avait pour moi aucun sens. Pour moi qui avais souffert tant de dommages depuis ma naissance. Et maintenant il y avait ce poignet tuméfié, rouge sang. Et son aversion pour cette maison ? D'où venait-elle ? C'était vraiment étrange. Certes, Shadowbrook était loin d'être parfait. C'était humide par endroits et il y avait encore des souris mais, d'un autre côté, la demeure avait été témoin des gestes de l'amour. C'était sûrement l'endroit parfait pour étreindre un corps. La précédente maîtresse des lieux ne s'y était-elle pas livrée sans s'encombrer des convenances ? Célibataire par choix, libre, indifférente au mot « réputation ». N'avait-elle pas été belle aux yeux de Kit ? Plus belle que les autres ? La femme qui dormait sous les pommiers.

— Je ne comprends pas, dis-je.

Il poussa un soupir et répliqua d'une voix presque tendre :

— Bien sûr que non. Comment le pourriez-vous ? Vous n'avez aucune idée de ce qui s'est passé ici.

— Si. Elle a vécu à sa guise.

— Véronique ? Vraiment ?

Kit plongea son regard au fond de moi, et me vit. Puis son regard se brouilla : il ne me voyait plus. Ou plutôt, il réfléchissait. Hésitant entre deux possibilités : se taire ou en dire beaucoup trop. Tout en me regardant, il pesait le pour et le contre.

Il se détourna. Il se servit un autre brandy, qu'il but d'un trait, et ensuite il pressa son bras contre sa bouche en fermant les yeux. Je sus alors qu'il avait pris une décision.

— Bon Dieu ! Toutes ces questions que vous m'avez posées… Insatiable ! Et pourtant vous n'êtes pas plus avancée. Clara ? Écoutez…

Au lieu de s'asseoir, Kit s'accroupit, comme lorsqu'il réparait son mur. En posture d'équilibre, il était prêt à se déplier. Il resta un long moment ainsi, s'enjoignant au calme, cherchant comment il pouvait me le dire.

— Je cultive de l'orge, aujourd'hui. Mais autrefois, mes parents avaient des vaches. Ce sont de maigres pâturages, la terre est dure et sèche, mais nous en élevions quand même. À la fin de l'été, mon oncle conduisait les reproductrices au taureau du côté de Yabberton. À 8 kilomètres d'ici. Je me rappelle ce jour… J'avais dans les 10 ans, pas plus. On avait fait entrer les vaches dans la stalle du taureau. Souvent les vaches n'étaient pas consentantes. Elles se rebiffaient et refusaient d'entrer. On était obligés de leur donner des coups de bâton. On n'avait pas le choix, si on voulait qu'elles y aillent. J'étais petit, vous comprenez…

Non. Si je comprenais quelque chose, c'étaient des bribes. Soudain j'en eus assez, assez de tout ce qui n'avait aucun sens pour moi. *V* pour Violet. La ruse du renard.

— Les vaches n'avaient pas le choix. Le taureau était plus fort qu'elles. Nous étions aussi plus forts, avec nos bâtons et nos longes. Mon Dieu, je ne devrais pas vous raconter tout ça.

— Elle était… la vache ? C'est ce que vous êtes en train de me dire ?

— Oui. Véronique.

— Comment ça ? Qui était le taureau ?

— Il y en avait plusieurs. Les invités de ses frères. À ces fêtes que donnaient les Pettigrew, c'étaient tous des hommes, oui. Ils pariaient de l'argent sur les combats d'animaux qu'ils organisaient. Des chiens contre des blaireaux, des chiens contre des chiens. Ils se battaient entre eux, ils cassaient des meubles. Des hommes riches, gâtés, qui buvaient jusqu'à empoigner leur propre ombre et ne supportaient pas la critique. Voilà pourquoi ma grand-mère a rendu aussi vite son tablier ; elle disait qu'elle trouvait du sang le matin sur le parquet. Elle avait peur pour elle-même. Puis Mortimer est mort. Ses fils sont devenus les maîtres du domaine. L'alcool et la violence, tout est devenu de pire en pire. Et Véronique avait 15 ans. Une jeune fille de 15 ans, dans une maison pareille. Ils n'ont pas tardé à forcer la porte de sa chambre. Que pouvait-elle faire pour se défendre ? Vers qui pouvait-elle se tourner pour demander de l'aide ? Et puis, qui serait venu en aide à une Pettigrew ?

Je ne le croyais toujours pas.

— Elle a vécu librement, à sa guise.

— Non. Ce n'est qu'une fausse rumeur de plus. Je vous l'ai dit. Ils avaient tout faux quand elle était en vie, et maintenant rien ne leur fera changer d'avis.

Kit se leva et alla se poster à la fenêtre. Une eau noire s'éleva en moi. Comme un vase qui se remplit et rend un son nouveau, ce fut d'une voix traversée du souffle de cette prise de conscience que je dis :

— Combien de temps ?

— Combien de temps ça a duré ? Des années. Jusqu'à la mort de ses frères.

— Et comment le savez-vous ?

— Par le révérend Stout. Il a entendu une confession. Un de ces hommes, un invité des Pettigrew, est entré dans l'église et a supplié qu'on lui pardonne. Il a dit qu'il n'avait pas été le seul, que d'autres avaient fait comme lui à ces fêtes, beaucoup d'autres, comme si cela diminuait sa faute. Il a dit que les frères faisaient parfois payer. Payer…

Jack Stout préférait la taverne à son confessionnal. Il était incapable de garder un secret. Un soir, il a raconté cette histoire à mon père au Bull.

Kit jeta un coup d'œil derrière lui et vit la tête que je faisais.

— Une confession, Clara. C'est forcément la vérité.

— Et qu'est-ce qui s'est passé ensuite ?

— Stout n'a rien fait. Mais mon père...

Alors je sus. Pourquoi Hugo Pettigrew était mort lors d'une rixe dans une taverne. Un coup de poing de Bill Preedy, qui avait appris ce qui se passait pendant les fêtes à Shadowbrook, dans une chambre orientée nord du premier étage.

Kit revint s'asseoir. Il ferma les yeux et appuya sa tête au dossier du fauteuil, comme si ce qu'il venait de dire l'avait vidé de ses forces. Ou comme si, peut-être, il était soulagé d'un poids immense, enfin. Je l'imaginai penché sur une pinte au Bull, les épaules voûtées pour résister à la rumeur, tressaillant à des mots comme « traînée » et serrant les mâchoires ou le poing avant de se lever et de se diriger droit vers celui qui avait parlé ainsi. Sang pourri. Pourquoi ? Parce qu'il la défendait ? Parce qu'il connaissait la vérité et la haïssait ?

J'en avais un goût amer dans la bouche. Je pris une profonde inspiration.

— Qui d'autre le sait ?

— Hollis. Mon père lui a tout raconté. Ils ont toujours été amis. Et Hollis a fait de son mieux. Il a averti la police, je ne sais combien de fois. Mais ils ne voulaient rien savoir, leurs poches étaient trop alourdies par l'argent des Pettigrew. Plus tard, Véronique a hérité de la maison. Elle n'a rien dit à personne, elle a vécu isolée. Et nous, que pouvions-nous faire ? C'était fini. Ça ne nous regardait plus.

— Mais maintenant on pourrait les dénoncer. Dire la vérité.

— Et à quoi ça servirait ? Vous croyez qu'ils écouteraient ? Ils ont cette rumeur et ils tiennent à la garder telle quelle. Ça les amuse encore, même aujourd'hui. De penser qu'elle a vécu comme elle voulait. Qu'elle était nue sous son collier de perles à ces fêtes. Après sa mort, on a décidé, Hollis et moi, que Véronique avait été assez maltraitée pendant sa vie et qu'on devait la laisser reposer en paix. On n'en a plus jamais parlé.

Kit se tut. Il se cala dans le fauteuil et se frotta les yeux avec ses poings comme un petit garçon. Mais je savais que rien en lui n'était détendu. Il connaissait sans doute l'heure à la minute près, l'emplacement de tous les objets dans la pièce ; attentif au moindre bruit de ma part, à mon talon raclant le tapis ou à un soupir, il se serait levé immédiatement. Je me demandai s'il dormait toujours ainsi, d'un sommeil si léger qu'il suffisait d'un cri de hibou, d'une bête passant sur le chemin ou le toit pour le réveiller et le faire s'habiller. Ces pensées me traversaient la tête uniquement parce que je repoussais désespérément toutes les autres. Impossible de prononcer le nom de Véronique.

2 heures sonnèrent à la pendule. Je n'aurais pas cru pouvoir dormir. Mais le brandy et le trop-plein d'émotions de la soirée, la fatigue provoquée par la douleur se conjuguèrent pour me faire lâcher prise, le menton contre la poitrine. Je tentai de rester éveillée mais le sommeil fut le plus fort. À mon réveil, Kit était parti. Le soleil dessinait un quart de cercle sur le sol du salon ; la couverture était dépliée sur moi, sur mes jambes, bordée sur les côtés, et la pièce semblait vide sans lui. Le fauteuil inoccupé. La porte-fenêtre entrouverte. J'aurais pu croire qu'il n'avait

jamais été là. Il ne restait que le verre de brandy, la couverture, et son odeur.

Je montai, les articulations raides. Un exploit que je ne pouvais pas accomplir en silence. Je parlais tout bas. « Vas-y doucement », comme à une amie. Dans le musée des trophées, des peaux de bête, du bois de santal et des livres attaqués par les moisissures, je récupérai ma canne. Elle était à sa place parmi ces curiosités, mais je la pris quand même.

Un merle chanta alors que je descendais dans le jardin du bas où George gisait. Un instant, je me dis qu'il allait peut-être se lever si je l'appelais. Mais il était trop pâle ; sa position trop bizarre. Il ne se lèverait pas.

Je me couchai dans un nid de mousse. Ce fut Albert qui me trouva. Albert qui s'accroupit à côté de moi alors que je gémissais de douleur, Albert qui me murmura de ne pas m'inquiéter avant de courir chercher son père en criant à pleins poumons. Hollis appela le médecin. Et le médecin, encore en pyjama, appela la police de Stow.

Kit avait raison : au cours des semaines suivantes, ils purent se repaître de ragots. La rumeur sauta par-dessus les comptoirs des magasins ; les gosiers avinés des habitués de la taverne s'en gargarisèrent tant que même aujourd'hui on en cause encore. Ils ne s'intéressèrent pas trop à la mort de George. Qu'y a-t-il de plus plat et ennuyeux qu'un stupide accident ? Ils se bornèrent à hocher la tête. « Dommage ! » Le fermier et la petite boiteuse, ça, par contre, c'était autrement plus piquant. Ils avaient dû s'accrocher l'un à l'autre tels deux insectes, s'attrapant par les cheveux tandis qu'ils forniquaient sans un mot. Froidement. Un acte sommaire.

J'étais un scandale à moi toute seule. De Kit, de son libertinage, ils avaient déjà fait le tour. Mais moi, je n'avais rien d'une femme normale. Une honte pour mon sexe, dirent les hommes. Ils glosèrent sur mon corps étrange, diaphane : comment avais-je supporté le poids de Kit Preedy ? Comment se faisait-il que ma cage thoracique ne se soit pas brisée ? Au début, ils mirent ce mystère sur le compte de sa connaissance du corps de la femme, de son expertise. Mais ces derniers temps circule une autre version dont je cueille parfois des bribes au passage. J'aurais sauvé mon ossature en le chevauchant. Comme une reine impérieuse, j'aurais donné les ordres, abaissant parfois mon regard sur son visage.

15

À 11 heures, tout le monde était au courant. Le Dr Warrimer vint s'occuper de mon poignet. Quand il demanda depuis combien de temps il était cassé, je lui soufflai que je ne me souvenais pas de l'heure. Ce fut la seule question qu'il me posa quand il immobilisa mon bras.

— D'ordinaire, je préfère envoyer mes patients à l'hôpital mais, dans votre cas, j'ai l'impression que vous avez l'habitude des fractures.

Là-dessus, il ferma d'un coup sec sa sacoche et partit sans rien me proposer contre la douleur. Cela m'indiqua assez qu'il savait comment j'avais passé la nuit, et avec qui.

La police se montra plus circonspecte, et plus gentille. Ils prirent tout leur temps pour inspecter le jardin du bas. Hollis les avait mis en garde dès leur arrivée : le terrain était un peu dangereux et il s'en excusait. Comme s'il était responsable de la nature glissante de la mousse. De fait, il s'accablait de reproches. « Si j'étais plus souvent descendu par là débroussailler… Si j'avais fermé cette partie du jardin, planté une pancarte… »

Je lui dis ce qui était vrai : les ruisseaux débordent parfois. Et puis George avait passé la journée à s'enivrer. Il connaissait l'effet de l'eau sur les rochers et la végétation.

— Hollis, déclarai-je, vous n'avez rien à voir avec ça.

Le mardi, en fin de journée, quatre policiers emmenèrent le corps de George. Ils se servirent d'une civière. Le mal qu'ils eurent à s'extraire du jardin du bas apporta la preuve que la zone était vraiment périlleuse : un pied qui dérape, la civière qui tangue, des cris, des avertissements, des acrobaties. Cela aussi rassura Hollis, je crois. Devant ce spectacle, il dut conclure que le meilleur jardinier qui soit est impuissant face à la crue d'un cours d'eau. Si même quatre robustes policiers n'en venaient pas à bout, comment aurait-il pu s'y prendre ?

L'inspecteur sentait la savonnette. Je me rappelle ce détail. Il s'installa en face de moi à la table de la cuisine et me soumit à l'interrogatoire réglementaire : quand avais-je vu George Lowe pour la dernière fois ? Étais-je à la maison la veille au soir ? Seule ? Il ne fouilla pas la maison. Il ne s'étonna pas devant la porte défoncée à coups d'épaule.

Il n'y avait rien de suspect dans la mort de George, conclut-il. Seul pouvait être incriminé le terrain accidenté et traître du jardin du bas. En outre, une douzaine de personnes, sinon plus, s'étaient présentées pour affirmer qu'elles avaient vu George boire toute la journée. Il s'était querellé au King's Arms et avait renversé une table ; il avait refusé de payer une consommation puis cassé plusieurs verres. Et en effet, il était vrai que l'homme appelé Preedy ne le « portait pas dans son cœur », pour citer l'inspecteur. Mais Kit avait un alibi. Je savais dans quel lieu précis il s'était trouvé entre 20 heures et le point du jour ; de même, Kit pouvait témoigner du lieu où je me trouvais.

L'inspecteur ne sembla nullement déconcerté. Peut-être en avait-il vu d'autres dans sa vie et avait-il eu plus que son lot de faits divers. Il écrivit dans son calepin une phrase qu'il souligna deux fois.

— Ce sont des choses qui arrivent, mademoiselle. L'alcool et l'outrecuidance. La bêtise. J'en ai repêché de la rivière. Quand ils tombent de plus haut que ça, il faut ramasser les morceaux. Et il va y en avoir encore beaucoup, dans les temps qui viennent…

— Beaucoup ? Mais pourquoi ?

— Vous n'avez pas entendu ?

L'inspecteur se leva et tendit la main vers son chapeau.

— Nous sommes en guerre. Ça y est, les hostilités sont déclarées. Qu'est-ce que vous pensez de ça ? On va leur montrer, à ces salauds, de quel bois on se chauffe ! Alors il risque d'y avoir pas mal de verres bus à la santé de notre roi et surtout de la bêtise dans les jours qui viennent.

C'est ainsi que la guerre me fut confirmée : par un inspecteur de police cynique dont je n'ai jamais su le nom. Personne d'autre ne m'en avait touché mot, comme si la nouvelle pouvait peser sur ma fracture au-delà du supportable. Alors que je marchais derrière lui dans le couloir, il fit une remarque sur la vétusté de la maison, la poussière, la lumière confinée, et me demanda quel nom portait cet endroit.

— Shadowbrook… Ça m'est familier. Il n'y a pas eu des problèmes ici, à une époque ? Un cambriolage ?

— Elle est hantée. À l'étage.

— Un fantôme ? Ah oui. Une femme, je crois.

Véronique était toujours là, malgré tout.

Au cours de ces journées sans précédent, Maud ne revint pas. Elle était partie pour la fête du village, avait appris la mort de George et refusé de rentrer. Pour elle, c'était l'œuvre de Véronique, et elle était plus terrorisée que jamais. Mais le chagrin avait aussi une part dans sa décision ; on savait qu'elle avait eu des pensées et des sentiments pour l'homme-arbre aux cheveux bouclés. La mère de Maud vint chercher les affaires de sa fille. Elles partageaient la même expression crispée et soupçonneuse. Elle contempla d'un air méprisant la hauteur de plafond et la poussière, mais son regard le plus sévère, elle me le réserva, me toisant ostensiblement des pieds à la tête. La chevelure, le bras en écharpe. Le blanc bleuté des yeux. Et je compris soudain qu'elle était venue pour ça plus que pour les vêtements.

Harriet, en revanche, resta. Elle était désolée pour George, et choquée ; elle passa un après-midi entier seule au bord du jardin du bas et en remonta fatiguée. Mais bientôt, un changement s'opéra en elle. Elle paraissait plus forte, plus du tout effrayée. En une journée, elle vida la salle de billard des affaires de George, lava ses draps et les mit à sécher dehors, empaqueta ses cahiers et ses notes qu'elle envoya à Londres par colis postal. Devant ce déploiement d'énergie, je songeai à m'enquérir de ce qui le motivait. Pourquoi était-elle encore à Shadowbrook ? Radieuse alors que rien ne le justifiait ? Mais je connaissais la réponse. La raison de sa présence faisait 1,82 mètre et bêchait la terre de la même façon que son père – l'avant du pied sur la lame, avec de temps à autre un temps d'arrêt pour écouter, admiratif, le chant d'un oiseau.

Le bouleversement auquel j'avais assisté avait été causé par la perspective des combats. En prenant conscience de la brièveté de la vie, Harriet s'était enflammée. Si bien que, trois jours après la déclaration de guerre, elle embrassait Albert à pleine bouche dans la cour, sous le nez de son père et des garçons. On la voyait allongée à côté de lui sur la pelouse à la fin de leur journée de travail, riant des sifflets qui fusaient, et je sus qu'une nuit – c'était un vendredi – Albert remonta en catimini à Shadowbrook, grimpa par sa fenêtre et se glissa dans son lit. Si je le savais, c'est que j'avais entendu s'ouvrir la fenêtre à guillotine ; au petit déjeuner, je lui trouvai un regain d'appétit. J'ignorais beaucoup de choses sur les étreintes amoureuses, mais pas toutes.

Voilà pourquoi Harriet resta. En deux mois, nous avions lié des relations amicales prudentes. En voyant la guerre en face, elle comprit que ce qui comptait avant tout pour elle, ce n'étaient ni les bonnes manières ni une argenterie rutilante. Elle avait désormais une idée claire de ce qu'elle voulait dire et faire. Et d'après la rumeur, Véronique Pettigrew et moi les avions dites et faites, ces choses, chacune dans notre style.

Pour ma part, j'aspirais à la solitude. C'était tout ce que je voulais. Hiberner, comme les bêtes. Me retirer du monde, devenir introuvable. Je ne pouvais pas aller très loin à pied ; me servir de ma canne m'aurait privée de l'usage de ma seule main libre, et je boitais, mon bras valide tendu sur le côté comme un balancier inefficace. Je cherchais par conséquent des lieux proches et à l'abandon où me cacher. Je m'asseyais recroquevillée sur le plancher de la cabane de rempotage. Je m'adossais au vieux tableau noir où l'on avait jadis inscrit les scores des parties de tennis, ou bien je m'accroupissais dans le sous-bois sous les grands hêtres et tentais d'éloigner de mon esprit mes découvertes de ces derniers jours : Rex et les pavots. Le mot « demi-frère ». Une jupe jaune avec des pois blancs prise dans les roues d'un train.

Je préférais penser à Patrick. Dans la cabane, il m'apparut : ses lunettes, sa moustache impeccablement taillée et son expression en ce jour de Noël où il m'avait offert le cheval à bascule avec une mise en scène qui lui ressemblait si peu : les bras grands ouverts – *tada !* Jamais il n'avait été mon père. Pourtant, à chaque fracture, il tournicotait derrière la porte de ma chambre ; il me rapportait des livres malgré la pluie et avait dépensé une somme folle pour ma canne à pommeau d'argent. Un jour, il m'avait appris comment jouer aux échecs. Il m'avait laissée le battre.

Ce soir-là, je lui écrivis. Je ne fis aucune allusion à Rex Emerson : pour cela, il aurait fallu que je l'aie devant moi, l'encre et le papier ne convenaient pas pour faire part d'une nouvelle que j'aurais même hésité à communiquer de vive voix. Je me contentai de le remercier. C'était tout ce que je voulais : lui dire merci sur tous les tons. La lettre fut courte. Mais le cœur y était. Je soulignai des mots, formai mes lettres avec soin, certaine qu'il s'en apercevrait.

Avec toute mon affection, Clara.

J'écrivis aussi à Forbes. Plus un petit mot qu'une lettre, mais avec tendresse. Il m'avait joué un tour, et il n'était pas le seul. Mais d'après les étiquettes qu'il avait rédigées – *À manipuler avec précaution*, *couper fréquemment les fleurs fanées* –, je devinais qu'il se sentait coupable. Il avait agi par amour. En tout cas une forme d'amour. Mais ensuite il avait eu des doutes, j'en aurais mis ma main au feu. Cet homme à qui sa fille manquait tellement. Qui parlait des plantes comme si elles pouvaient l'entendre et saluait d'un coup de chapeau les visiteurs qui passaient près de lui. Il avait dû se ronger les sangs tout l'été, en secret. Il avait dû chercher le Gloucestershire sur la première carte qui lui était tombée sous la main.

Je pensais aussi à Charlotte. Au début, pas de mon plein gré. J'étais trop fatiguée, trop secouée ; je ne savais plus où j'en étais la concernant. Pour moi, elle avait fait tourner les globes terrestres ; elle m'avait conté des histoires de mangues et de larges fleuves aux eaux brunes où les gens jetaient des filets, et jamais je n'aurais imaginé qu'elle puisse mentir. Et il y avait eu tricherie, c'était évident. Rex Emerson était spécialiste du pavot et portait une alliance.

La colère me suivit un certain temps. Mais cette rage intérieure ne tarda pas à se changer en chagrin. Je me raisonnai : ce qu'elle avait fait aux Indes, vrai ou faux, ne déteignait pas sur sa vie à Londres. Et ma mère était restée fidèle à elle-même. Le regard fixé sur les meubles cassés du pavillon du tennis, je me rappelai comment elle ôtait ses gants, un doigt après l'autre. Comment, à l'hôpital, elle avait manifesté à mon égard un amour tellement féroce et protecteur – « Trouvez-moi un autre médecin ! » – qu'elle me faisait penser aux ourses et aux louves. Son peu de talent pour la couture. Son eau de rose. Comment il lui arrivait, en rentrant à la maison, de s'entortiller dans son manteau, ses sacs, son écharpe de suffragette, son chapeau, ses cheveux à moitié défaits, si bien que Millicent devait se précipiter à son secours. « Tendez votre bras gauche vers moi, madame ! » Tout cela avait à mes yeux une valeur égale. Et tout cela me manquait terriblement. C'était un hématome intérieur qui refusait de guérir.

J'entendais parfois la brouette de Hollis couiner alors qu'il passait devant la cabane, et je retenais alors mon souffle jusqu'à ce qu'il se fût éloigné. J'entendais aussi Harriet m'appeler, ou Matthew, qui s'en retournait par le bois de hêtres ou la bordure rouge en disant qu'il ne me trouvait pas. Harriet voulait-elle bien me signaler qu'il était passé me voir ? Juste pour vérifier si j'allais bien ? Harriet lui promettait de le faire.

Quant à Kit, il ne se montrait pas. Même si je n'en étais pas étonnée – il avait son orge à rentrer, après tout –, je dressais l'oreille dès qu'un bruit de pas masculin résonnait dans la cour. De cette nuit, il ne me restait que des fragments. Des gestes. La ferveur avec laquelle il avait prononcé mon nom sur la pelouse. Et puis cet adjectif dont il s'était servi, tellement étrange. « Intacte. » Qui m'avait jamais qualifiée ainsi ? Moi, avec toutes mes infirmités ? Mes côtes décimées, ma démarche bancale ? Un jour, je dormis un après-midi entier dans la cabane et en me réveillant je vis que le soleil n'était plus du même côté du ciel. Alors, brièvement, je crus qu'il était là, près de moi.

Voilà à quoi j'occupai les premiers jours de la guerre : lovée autour de mon poignet. Mais il n'était pas dans ma nature de m'apitoyer sur mon sort. Aussi, le cinquième jour, je m'époussetai et pris une profonde inspiration. Je devais aller de l'avant.

Il vint à Shadowbrook le deuxième vendredi du mois. Je n'entendis pas son auto ni le bruit de ses pas dans le jardin, seulement une toux, une seule, grasse. Je sentis l'odeur de son tabac.

Il était exactement comme la première fois. La même attitude nonchalante. Les mêmes doigts un peu jaunis au bout, la même moustache et, sans aucun doute, dans sa poche, des *butterscotch*.

J'étais devant Rêve d'or.

— Vous ne m'avez pas dit comment vous vous appelez, dis-je.

— Vous ne m'avez pas posé la question. Coghlan. Vous savez pourquoi je suis ici, mademoiselle Waterfield ?

— Vous avez des nouvelles. Ou vous allez m'emmener le voir.

— Son sanatorium est à moins d'une heure de route.

— Maintenant ?

— Oui. Je n'ai pas le temps d'attendre.

Cette insistance prosaïque sur le temps.

La même automobile. La même odeur de cuir. Je me rappelai la dernière fois que je m'étais assise dans cet habitacle. *Un problème*. Posé là devant moi tel un appât, impeccable.

— Vous n'êtes pas son chauffeur, n'est-ce pas ?

— Non. À votre avis, je suis quoi ?

Son profil n'avait pas changé non plus en sept semaines. Je ne me détournai pas.

— Un chasseur d'humains. Un détective privé.

— Bingo. Il m'a écrit à l'automne dernier. Il voulait retrouver deux personnes. Ses enfants. La paie était intéressante. Pour son fils, ç'a été facile. On avait son nom, sa date de naissance, la couleur de ses cheveux et de ses yeux. Mais même sans tout ça, je n'aurais eu aucun mal à retrouver sa trace. Il n'avait pas mené une vie pépère ; il avait été appréhendé pour rixe quatre fois dans différents lieux. Une fois, il avait même enfoncé une fourchette dans le cou d'un ami – sympathique ! –, et le fait divers avait été rapporté dans la presse. Il avait aussi pondu des papiers dans les journaux sur les esprits frappeurs, les séances spirites. Quelque chose du nom d'entité désincarnée. N'importe quoi. Bref, c'est comme ça que je l'ai retrouvé. J'ai envoyé un mot à la Société qui l'emploie.

— Et moi, comment m'avez-vous trouvée ?

Il jeta un coup d'œil de mon côté.

— Vous, ç'a été plus dur. Je me suis fait payer plus cher. Il savait seulement que vous étiez une fille, et l'année de votre naissance. Le nom de votre mère, aussi, mais elle devait s'être mariée. Vous ne vous appeliez pas Pugh, ça, je m'en doutais. Je me suis donc penché sur les actes de mariage. Et devinez quoi ? Un bol de pendu. Je suis tombé sur son nom dans la rubrique nécrologique. Waterfield, née Pugh, mère de Clara. Je suis allé aussi sec à Londres et je vous ai suivie. Tous ces bus que vous preniez… Je vous ai filée jusqu'aux jardins de Kew.

Il s'exprimait avec un naturel exaspérant, comme si ces agissements n'avaient rien ni de prédateur ni de bizarre. Avant, j'aurais été furieuse. Je l'étais quand même un peu. Mais ce qui est fait est fait, me dis-je.

— Comment pouviez-vous en être si sûr ?

— J'ai dit à M. Emerson que vous étiez infirme… Et toute petite. Et il a dit « C'est elle ».

Le sanatorium était situé à la frontière de l'Oxfordshire. Un long bâtiment blanc et rectangulaire d'un seul étage, toit pentu, balcons ouverts sur un parc. À première vue, on aurait dit un hôtel, un monument néogothique ou un lieu de culte. Deux colonnes entouraient la porte principale et une galerie vitrée faisait le tour du rez-de-chaussée. J'y distinguai des lits, des fauteuils roulants, des infirmières à la blouse immaculée. Les fenêtres étaient grandes ouvertes. La pelouse était d'un vert brillant de pierre précieuse.

— Pour lui, rien que le meilleur. Même un pied dans la tombe.

Coghlan n'entra pas avec moi. Il prit un journal dans la voiture, chercha des yeux un banc au soleil et s'y installa. Il préleva une cigarette à son étui, la glissa entre ses lèvres, fit craquer une allumette et parut étonné de me voir toujours là, devant lui, l'observant.

— Allez-y. Je vous attends ici.

À l'intérieur, il y avait un écho. Des murs vert pâle ; un grand escalier évoquant les maisons bourgeoises de l'époque georgienne. Aquarelles et portraits sur les murs. Parquets encaustiqués. Je finis par trouver une infirmière et déclinai son nom. Emerson. Encore si peu familier que je le prononçai lentement. Elle prit un air navré.

— Bien sûr. Vous pouvez monter l'escalier seule ?

Elle n'avait pas manqué de remarquer mon bras en écharpe et ma claudication.

— Oui. Je peux tout à fait monter l'escalier.

Des couloirs. Une série de portes. Des lits, des fenêtres ouvertes, du matériel médical. Un bâtiment fait d'air et de verre. L'infirmière qui me guidait me parlait tout en marchant : la date de sa construction, le bienfaiteur à qui on la devait, leur fierté d'avoir une patientèle aussi distinguée... Je pensai au gai bavardage de Mme Bale à mon arrivée, à son flot de paroles destiné à anesthésier mes pensées. Je songeai à la préparation que cela avait dû exiger : anticiper, programmer...

— Il lui reste combien de temps à vivre ?

L'infirmière ralentit le pas. Elle paraissait étonnée, comme si la réponse à cette question était évidente ; comment pouvais-je l'ignorer ?

— Pas longtemps du tout, je le crains.

— Plusieurs jours ? Plusieurs semaines ?

— Ça ne se compte pas en jours.

Sa chambre était la dernière de l'étage. La porte était ouverte. Elle entra en me laissant dans le couloir. Je contemplai le vert pâle des murs, j'entendis sa voix douce, le bruit d'une chaise que l'on tire. Des draps que l'on borde. Un bruit de crachat.

Quel souvenir avais-je de lui ? De ma visite à sa chambre, un siècle plus tôt ? Son pelage de vieux renard. Ses mains croisées dans son dos. Son bureau se dressant entre nous telle une barrière, et maintenant je savais pourquoi. Je me rappelais son regard sur moi, un regard de hibou, qui m'observait comme j'avais observé sa bibliothèque et les tapisseries. S'était-il dit « Voilà ma fille » ? Soudain, je me trouvais confrontée à un choix :

je pouvais battre en retraite et demander à ce qu'on me reconduise à Shadowbrook, ou entrer dans cette chambre, comme j'étais entrée dans d'autres chambres. Je levai le menton. Je n'ai pas peur, me répétai-je. Je voulais en savoir plus.

Peut-être n'avais-je même pas vraiment réfléchi. Je ne me connaissais que trop bien.

L'infirmière revint vers moi.

— Il est prêt, mademoiselle Waterfield. Il est sur le balcon. Il y a une chaise pour vous à côté de lui. Vous pouvez vous y asseoir, mais ne vous approchez pas trop.

Je la remerciai, lissai les plis de ma jupe et mes cheveux.

Au cours de ma première semaine à Shadowbrook, Hollis avait fait des réflexions sur le peu de temps qu'il fallait à la nature pour reconquérir une maison à l'abandon et, à plus forte raison, une cabane de rempotage. Les lianes se coulent par les carreaux cassés. Laissez-y un seau pendant une semaine et il sera vite pris d'assaut par la rouille, des coléoptères ou des moisissures verdâtres.

En revoyant M. Fox, je me rappelai ces remarques de Hollis. Cinq semaines s'étaient écoulées depuis notre première rencontre. Et dans ce laps de temps, il était devenu presque méconnaissable. Un vieillard. Assis sur une méridienne, ou plutôt un lit d'invalide, sous une couverture qui dissimulait mal à quel point il était émacié. Le cou rentré dans les épaules, la peau du crâne visible à travers ses cheveux clairsemés. Il était si maigre et frêle que j'eus l'impression d'avoir sous les yeux un poignet sans chair.

M'étais-je trompée de chambre ? Pourtant c'était bien lui. Mais la tuberculose l'avait décharné.

— Assieds-toi, dit-il.

J'obtempérai, sans cesser de l'observer.

— Je n'étais pas sûr que tu viendrais. Mais je me suis dit : C'est une fille curieuse. Audacieuse. Une jeune fille savante. Elle viendra.

Il faisait des pauses pour déglutir. Sa voix, aussi, était changée. Je ne me rappelais plus l'ancienne, mais celle-ci n'était qu'une espèce de sifflement rauque. De temps en temps un crachat gargouillait au fond de sa gorge, parfois sa voix craquelait comme s'il mourait de soif. Ses yeux se mouvaient dans ses orbites. Il n'était plus capable, apparemment, de bouger la tête. Il finit par croiser mon regard.

— Clara. Le latin pour *clair*, n'est-ce pas ? La lumière ? La clarté ?

Je ne savais pas quoi lui rétorquer. Que pouvais-je lui dire ? Il savait déjà tout, j'en étais convaincue. Il savait que George était mort d'une chute ; il savait que je m'étais cassé le poignet en le découvrant à l'aube. Coghlan et Mme Bale lui avaient sûrement tout raconté, par courrier ou de vive voix.

— C'était mon demi-frère ?

Sa réaction fut éloquente. Il tressaillit et, au prix d'un énorme effort, se pencha en avant. Il tendit la main vers son verre d'eau, ouvrit la bouche comme s'il se désaltérait déjà. Je portai le verre à ses lèvres. Il but comme un enfant, à minuscules gorgées, les yeux mi-clos. Une goutte coula sur son menton.

— Elle aussi avait son franc-parler, elle aussi était tannante.

— Qui ?

— Ta mère. Elle était très directe. Ce soir-là, elle m'a demandé si elle me plaisait… Évidemment. Tous les invités étaient en admiration devant elle. Mais quelle jeune fille pose une question pareille ? Elle était d'une impertinence… Moi, j'ai été séduit. Veux-tu savoir comment nous nous sommes rencontrés ?

J'aurais pu dire non, me lever et partir.

— Qu'est-ce que vous lui avez répondu ? Vous étiez marié.

Il fronça les sourcils.

— Tu crois que je lui ai menti ? Que je lui ai promis la lune ? Eh bien non, je lui ai parlé de ma femme et de mon fils. Elle était au courant.

— Je ne vous crois pas.

— Elle savait, Clara. Elle n'était pas innocente. Elle n'a pas été…

Il se passa sur les lèvres une langue chargée, blanchâtre.

— … dévergondée par un vil séducteur. Elle crevait d'ennui, elle étouffait. Un oiseau en cage… Oh ! Elle n'en pouvait plus ! Et…

Il se tut et ses yeux se posèrent sur moi.

— Tu es sûre que tu veux en savoir plus ? Je ne voudrais pas gaspiller mon dernier souffle si tu t'en fiches, si tu refuses de me croire.

Il se tourna vers la vue sur le parc. De beaux jardins se déployant jusqu'à une fontaine, une nymphe levant une vasque jaillissante. Au-delà, un mur. Et au-delà du mur, des bois encore verdoyants mais sur lesquels l'automne avait déjà posé ses jalons. La mort lente des feuilles. Il ne verrait pas l'automne. Il n'assisterait plus à la transformation que la nature opère au seuil de septembre. Face à ça, je devais ravaler ma colère et ma frustration, mon antipathie pour cet homme. Peut-être ne verrait-il même pas le crépuscule. Et jamais plus je ne pourrais m'asseoir à côté de lui.

— Oui.

Il ouvrit sa main, révélant un mouchoir qu'il tenait serré depuis si longtemps qu'il avait pris la forme de son poing. Un puits en tissu, un manchon humide dans lequel il avait craché tellement de sang qu'il était trempé, sa main rougie. La fortune n'y pouvait rien, pensai-je. La richesse, les placements, le papier à lettres à en-tête doré, les peaux de tigre, les draps frais chaque jour, rien de tout cela n'avait le pouvoir de guérir cette maladie et de prolonger sa vie. Un bacille avait pénétré dans ses poumons bien des années plus tôt, et maintenant voilà à quoi il en était réduit. La nature était victorieuse.

Il posa le mouchoir ensanglanté et tâtonna un peu pour en prendre un propre sur la table.

— Elle portait du vert ce soir-là. Charlotte… ta mère… elle était en vert.

— Où était-ce ?

— Dans la salle de bal du Benmore, à Shimla. Son allure, sa démarche quand elle a traversé la pièce… Tout était déjà là. Sa chevelure, comme la tienne, était… lumineuse. Phosphorescente. Ses questions étaient culottées et ses réponses futées… Et elle savait jouer là-dessus. Provocante. Ça me plaisait.

— Votre femme ne l'était pas ?

— Ma femme était belle. Et bonne.

— Et grande. C'est George qui me l'a dit.

— Oui, longue comme un roseau, ou la corde d'un arc.

— C'était en quelle année ? Cette soirée où Charlotte était en vert ?

Il battit des paupières.

— Je ne sais pas. 1893, 1894…

— Je suis née en 94.

— 92 alors, peut-être. Au printemps. Je me le rappelle très bien. Pour éviter la mousson. En avril ou mai.

— Vous étiez marié.

M. Fox leva son index. Un doigt déformé, bulbeux, avec le bout aplati comme une cuillère, son ongle se desquamant à cause de la maladie. À cet instant je compris pourquoi il avait gardé les mains dans le dos, à la manière d'un soldat au garde-à-vous.

— Ne juge pas. Tu crois me connaître ? Tu crois savoir ce qui se passait dans mon mariage ? Ou ce que ça m'a fait de voir ta mère ce soir-là ? Elle détestait ces bals. Elle préférait la compagnie des domestiques à celle des amis de ses parents. Elle marchait pieds nus dans un pays où les serpents et les scorpions sont si communs que les gens, pensant qu'elle n'avait pas de chaussures, lui en offraient. Et ma vie à moi, à Delhi ? Ma femme et moi avions si peu à nous dire. Et ce petit garçon qui n'arrêtait pas de pleurer.

Ses raisons me paraissaient peu convaincantes.

— Vous l'aimiez ?

— Ta mère ? Non. Mais elle ne m'aimait pas non plus. On avait passé un accord, elle et moi ; on n'espérait rien l'un de l'autre, pas de cœur brisé. Nous savions que nous devions chacun retourner dans notre cage quelques mois plus tard. Ça ne pouvait pas durer entre nous. Clara, de l'eau…

Je lui présentai le verre. Ses lèvres s'avancèrent, tâtonnantes, et je fus obligée de détourner les yeux en retenant un haut-le-cœur. Il me dégoûtait. Ses lèvres étaient pareilles à des doigts blancs à la recherche du bord du verre.

— Pas de cœur brisé ? Pourtant il y en a eu un. Votre femme s'est jetée sous un train.

Il fut pris d'une quinte de toux. Il écarta le verre, comme en colère.

— C'est elle qui l'a voulu. Elle a tout fait pour.

Mais son front s'était plissé. Il porta ses regards vers le parc mais je savais ce qu'il voyait : le quai de la gare de Delhi, une robe jaune à pois blancs.

— Violet ?

Il acquiesça de la tête.

— Je sais que tu me détestes. Je sens ta haine, et je suis sûr que tu ne me croiras pas si je te dis que je l'aimais… ma femme. Et je l'aimerais toujours si elle était restée en vie.

— Je ne vous crois pas, en effet. Après ce que vous avez fait.

Un éclair de colère.

— Oh, tu te crois maligne. Mais seuls les imbéciles pensent que l'amour est plus fort que tout. La peur l'est davantage. L'ennui. Et c'était un garçon grognon et pleurnichard, il n'était jamais content. Toujours dans les jupes de sa mère, un vrai crampon. Quand avais-je la possibilité d'être seul avec elle ? De la voir tranquillement ? Les rares fois où nous trouvions un moment, elle était en larmes. Épuisée, elle refusait de sortir. Il m'avait pris Violet. Du moins, c'est l'impression que j'avais.

— Vous n'êtes qu'un égoïste, monsieur Emerson.

Cela ne lui fit pas plaisir. Il leva brièvement la tête, autoritaire. Puis la laissa retomber avec un tremblement de la mâchoire et un papillonnement des paupières, comme s'il admettait que j'avais raison.

— Le médaillon. Vous l'avez placé sur la marche exprès pour que je le trouve ? Ça faisait partie du plan ?

— Placé sur la marche ?

— Véronique. Le *V* gravé dessus.

— Je l'ai perdu. Après la chute d'Ellie, je ne l'ai plus retrouvé. J'ai cherché dans l'escalier. J'ai fouillé dans mes poches, j'ai passé la main sur les plinthes… Vous l'avez trouvé, n'est-ce pas ? Vous l'avez donné à George ? Ma Violet. Elle me l'avait envoyé par la poste avec sa dernière lettre.

— Le jour où elle est morte ?

Ce fut comme un déclic. Soudain il baissa sa garde, renonça à son indignation. Sa colère, son énergie, ses justifications, tout cela reflua comme une marée dénudant un champ de ruines. La carcasse rouillée d'une vie. Les lourdes chaînes qu'il traînait depuis si longtemps, depuis sa mort à elle, ou depuis que la fille à la robe verte s'était avancée vers lui pieds nus. La respiration chuintante, il se courba. Leva la main, la posa sur son front.

— Elle savait depuis quelque temps déjà, je crois. Elle avait dû deviner, en tout cas, mais un soir je lui ai tout avoué. Après ça, je suis parti en Chine du Nord ; je suis resté absent pendant des semaines, et sa lettre m'est arrivée là-bas, dans le Gansu. Celle qui m'annonçait ce qu'elle avait fait. Son intention, du moins. « Quand tu liras ceci… » Je lui avais offert ce médaillon. À notre deuxième rencontre.

— Et George ?

— Envoyé en Angleterre. J'ai failli l'y rejoindre, mais j'avais du travail… J'ai payé sa pension.

— Une pension. Quelle bonté !

Tout était plus clair. La nuit de l'orage, George s'était retrouvé confronté brusquement à un homme qui, en vingt ans, s'était borné à lui envoyer de l'argent. Pas de carte d'anniversaire. Pas une seule visite en Angleterre, suppliant à genoux d'être pardonné par son fils.

— Et moi ? Comment étiez-vous au courant de mon existence ?

— Violet morte, je ne suis pas retourné à Shimla avant huit ou neuf mois. Je n'en avais pas la moindre envie. Mais finalement mes affaires m'y ont ramené. J'ai pris des nouvelles de ta mère, tu peux me croire, mais on m'a dit qu'elle avait été envoyée en Angleterre. Pour sauver sa réputation, d'après les mauvaises langues. J'ai su qu'elle avait mis au monde une fille. J'ai étudié les dates.

J'aurais pu le haïr. Lui jeter de l'eau au visage, le couvrir d'insultes. Car comment pouvait-on avoir vécu ainsi ?

Aussi préoccupé par soi-même et indifférent aux autres ? Sans empathie, avait dit George. C'est alors qu'il toussa. Une convulsion de tout le corps, suivie de l'expectoration d'un épais crachat. Le mouchoir devint noir ; du sang coula sur son menton et sous son nez. Je me levai pour appeler l'infirmière, persuadée qu'il était en train de mourir, que c'était la fin, mais il me fit signe de me rasseoir. J'obtempérai ; je le vis se ressaisir, lentement, maladroitement déglutir. Ce à quoi j'étais en train d'assister était un autre exemple qu'un livre est impuissant à montrer certaines choses. La science pouvait donner des noms à ces projections de sang ou à ce stade de l'agonie, mais elle ne réussirait jamais à rendre la stupeur que la vue de ce spectacle suscite, ni la pitié qui me tordit le cœur à cet instant. En dépit de tout le reste. Pas plus qu'elle ne parviendrait à fournir une description de la détresse puérile d'un mourant s'efforçant en vain, d'une main faible, d'essuyer une tache de sang sur sa couverture. Il n'avait plus de force.

— Les infirmières ne peuvent plus rien pour moi, maintenant.

Je pensais qu'il allait se reposer. Mais il avait encore des choses à me dire.

— Je sais de quoi ça a l'air. Égoïste ? Oui. Oui, c'est vrai, je l'ai été. Tout ce que je voulais avant de mourir, c'était… le revoir une dernière fois. Voir l'homme qu'il était devenu. Et toi aussi. Contempler ton visage. Revoir une dernière fois mon fils et faire la connaissance de la fille de Charlotte.

Je n'avais pas le courage de le maudire. C'étaient peut-être ses dernières paroles.

— Pourquoi toutes ces manigances ? Kew, Véronique ?

— Pourquoi ne t'ai-je pas tout simplement envoyé une lettre ? Pourquoi ne t'ai-je pas dit la vérité ? Tu ne serais pas venue. George aurait déboulé un couteau entre les dents. Et pourquoi pas ? C'était son droit. Et puis je voulais vous voir tels que vous êtes, sans soulever chez vous ni colère ni rancune. Sans que se dresse entre nous la convoitise d'un héritage.

Il chercha mon regard et le soutint.

— Je t'ai observée quand tu te promenais dans les jardins. Et Ellie m'a fait part de son opinion sur toi. Sous ta carapace, elle a perçu ton chagrin. Elle a dit que tu étais triste.

Ce vieil homme frêle. Il semblait avoir si peu de consistance que si je l'avais soulevé, il serait tombé en poussière ; si j'avais soufflé sur lui, il aurait résonné comme une bouteille vide. Un puits de remords. De solitude. Trop tard il avait pris conscience du gâchis, trop tard il était devenu sage ; il aurait été vain de le haïr.

— J'espérais partager ma fortune entre vous deux, ma fille et mon fils. Mais George est…

Sa voix s'affaiblit. Il ferma les yeux pour le revoir, un petit garçon si blond que les gens pensaient que toucher sa tête leur porterait bonheur. Lorsqu'il posa de nouveau son regard sur moi, j'y lus de la tendresse.

— Shadowbrook t'appartient.

M. Emerson se reposa un peu. Il ne dormait pas. Ses paupières bougeaient et il parlait tout seul, des paroles qui ne m'étaient pas destinées. Il était question d'un fleuve. Il était question d'une porte qu'il fermait, et il hocha la tête comme s'il venait en effet de la fermer.

Je l'observais. M'interrogeais sur ce que j'éprouvais. Ni mépris ni véritable colère. Ni véritable chagrin non plus, même si j'en ressentirais par la suite. Seulement de la pitié. Je m'enjoignis à mémoriser ce visage, car ma mère l'avait aimé, brièvement.

« *Osteogenesis imperfecta.* »

Il ouvrit les yeux, il comprit. Ses poumons firent un bruit de hochet ; son souffle parvint au bord de ses lèvres et il profita de cette bouffée d'haleine gluante pour me répondre.

— Mon oncle. Son épine dorsale était…

Il ébaucha le geste de tordre son index. Une mimique signifiant « comme ça ».

Il n'y avait plus rien à dire.

Les infirmières allaient et venaient. On me demanda si je souhaitais rester. J'allais leur répondre que non, me lever, partir. Mais je me surpris à en ressentir la nécessité. Par politesse, peut-être. Si je le quittais, en effet, qui serait à son chevet ? Qui recueillerait son dernier souffle ?

Il cessa de respirer à la fin du jour. Il mourut la bouche ouverte, les mains fermées sur les bords de ses draps, comme dans la vie. Un trépas sobre, une toute petite flamme qui s'éteint.

Dehors, je retrouvai Coghlan. Il se leva du banc sur lequel il était assis et s'avança vers moi.

— Mort ?

— Oui.

Un silence. Un assentiment. Je levai les yeux et vis des oiseaux, leurs ventres, leurs pattes. Je revis en même temps le matin d'hiver où ma mère et moi avions ouvert la fenêtre et tendu la main dehors sous la neige qui tombait, et je me rappelai le bonheur qui s'était à cet instant emparé de moi. Je n'aurais pas pu être plus heureuse. Nous avions appelé Patrick et Millicent, et ils étaient venus tendre leurs mains dehors à côté de nous. Et à présent je songeai, toujours en regardant en l'air, à ma fortune. Quelle chance j'avais eue !

Coghlan alluma une cigarette et prit une première bouffée.

— Vraiment ?

Il souffla de la fumée.

Je hochai la tête.

— Oui.

Nous nous dirigeâmes vers l'automobile.

16

Je ne racontai à personne la mort de Rex Emerson. Ce moment si intime, si fragile, le partager l'aurait brisé encore davantage. Décrire son dernier visage, rapporter ses dernières paroles, ç'aurait été une trahison, même s'il ne m'avait rien fait promettre. Cela n'empêcha pas tout le monde d'être vite au courant. Son avis de décès, payé d'avance et rédigé par ses soins, fut publié dans *The Times* début septembre ; Shadowbrook y était cité. Cela suffit aux gens du pays pour percer à jour les mensonges de cet homme qui se faisait appeler Fox, ce rusé renard. Je lus la rubrique nécrologique dans la cuisine, un après-midi, en dégustant les dernières prunes de l'été.

« Sa propriété dans le Gloucestershire revient à sa fille unique. »

Je cessai de mâcher. Et voilà. La vérité imprimée noir sur blanc dans le journal.

Je n'étais plus la fille de Kew. J'étais l'héritière qui s'était effeuillée devant Kit Preedy. Celle qui avait embrassé la même vie de débauche que la scandaleuse Pettigrew, avec ses hermines et ses perles. J'avais cherché à apitoyer, disaient-ils, en gardant mon bras en écharpe pendant deux mois et en ne me servant pas de ma canne. Mes fractures, compliquées et graves, mettaient plus longtemps que d'habitude à guérir. George y était allé de toutes ses forces. Cela m'était égal qu'ils pensent du mal de moi, je me fichais que les gens se taisent quand j'entrais dans l'épicerie, car je savais la vérité ; je me disais « J'en sais plus long que vous ». Mais il y avait une autre rumeur qui me dérangeait. Mon père, à les en croire, avait vécu reclus parce qu'il souffrait de la même maladie des os que moi, ou pire même. Un bossu. D'autres prétendaient qu'il était défiguré et vivait dans la pénombre, les miroirs retournés contre le mur. Harriet me rapportait ces ragots qui me mettaient en colère, me révoltaient parce qu'ils étaient injustes. Quand j'entendais quelque chose de cet ordre au marché de Stow, je répliquais.

Avec le temps, les mauvaises langues se fatiguèrent. L'été finissant résonna de plus en plus des bruits de la guerre. Les hommes se serraient la main, se tapaient sur l'épaule. En émergeant du Bull, ils grimpaient dans le vieux chêne et faisaient des porte-voix avec leurs mains. « Au front ! » La terre promise. Mais l'heure du départ n'avait pas encore sonné pour eux. Ce fut un beau mois de septembre ensoleillé : il y avait des fruits à cueillir, de la paille à rentrer ; les aides-jardiniers devaient tailler une dernière fois la haie avant l'hiver, et je les observais depuis la terrasse, j'entendais ce qu'ils disaient sur les régiments et les gradés. Le mode d'emploi de la baïonnette. Ils riaient en se lançant des blagues en français : *« Albert, avez-vous ? »*

Ces tâches saisonnières étaient rassurantes, attendues. La cueillette des mûres, le ratissage des feuilles, des activités éloignées de toute commotion, ancienne ou nouvelle. Et tandis que les jours raccourcissaient, je me tournais vers le sud-est de Shadowbrook, les champs d'orge et le long mur de pierres sèches. Je n'attendais pas de visite de Kit. Mais j'espérais l'apercevoir faisant le tour de sa propriété, inspectant son orge qui devait être bientôt moissonnée, menant ses chevaux au pré ou réparant son mur. Je pensais que de la taverne me parviendraient des histoires – une dispute, une bagarre –, mais rien ne transpira. Le lichen recouvrit les tombes des Preedy et Kit resta hors de vue.

Aux premiers jours de septembre, je finis par redescendre au verger où je trouvai beaucoup de monde. Des escabeaux étaient dressés sous les branches ; ils faisaient la chaîne pour se passer les fruits. Le verger embaumait la pomme. Et après le départ des garçons, les merles et les grives venaient picorer les fruits rejetés – trop mous, trop mûrs.

Véronique. Cela faisait un certain temps que je n'avais plus pensé à elle. Depuis la mort de George, depuis cette nuit-là, je n'avais pas pu ; d'autres pensées m'avaient accaparée et je leur avais donné la priorité. Je me sentais désormais capable de prononcer son nom. Elle n'était pas moins présente et attentive qu'avant. Avant que je connaisse la vérité. Bien sûr, il n'y avait aucune preuve. Le médaillon avait été celui d'une autre ; le *V* sur la porte avait son explication. Mais cette sensation qu'elle me regardait, là, dans le verger, était aussi forte que dans la chambre poussiéreuse ou dans le couloir du haut, ou dans le jardin au crépuscule. Certes, elle s'était révélée différente de ce que je croyais. Mais ma mère aussi. Chacun de nous cache sa vérité, en fait.

Les oiseaux becquetaient les fruits tombés. Et, lentement, des images de Véronique se déployèrent dans mon esprit. Véronique adolescente lisant, cachée derrière des rideaux ou sous les tables. Véronique sortant vivement des pièces, et maintenant je savais pourquoi. Tant de noirceur. La vérité était abominable, les actes, derrière, impensables. On lui avait dérobé sa jeunesse, son innocence. Et même si je me refusais à y penser, je savais aussi que je ne pouvais guère tourner le dos à ses années d'épreuves. Comme si elle n'avait pas, soir après soir, la peur au ventre derrière sa porte, attendu la lente et irrépressible approche… Elle avait dû se caparaçonner, sceller son fort intérieur, mettre à l'abri son âme et son cœur de femme, contempler la campagne en pensant avec témérité « Un jour, je… ». Mais je savais aussi qu'elle avait versé des larmes amères dans la nuit noire. Qu'elle avait poussé des meubles contre sa porte.

Cette vérité, il fallait la regarder en face. Mais elle ne la résumait pas pour autant. Tout comme Kit n'était pas seulement le fils d'un assassin. Tout comme je n'étais pas seulement un assemblage d'os défectueux. Véronique ne pouvait pas être réduite à ce que les autres lui avaient fait ni à son patronyme. Je me rappelai alors ce que m'avaient rapporté ceux en qui j'avais confiance : elle jouait du piano. Elle regardait les labours par la fenêtre. Elle adorait les romans, si bien que je l'imaginais faisant courir son index sur les dos des livres de la bibliothèque avant d'en choisir un, et de le prendre sur l'étagère. Son caractère résolu. Les fleurs qu'elle avait chéries toute sa vie. Les petits mots de remerciement qu'elle joignait aux gages de Hollis, enveloppés dans du papier kraft. Je songe à elle étendue dans le sous-bois au crépuscule, invitée du hibou.

C'était bien Véronique. Déterminée. Avisée. Elle avait survécu, elle avait hérité. Et elle avait continué à jouir de ce qui est beau. La phrase de Kit – « Jamais ne n'avais vu de créature aussi belle. » – revêtait désormais pour moi un sens plus profond. Elle surgissait avec l'éclat d'une étoile. Elle s'émerveillait devant une feuille de marronnier. Et la prédiction de Rex Emerson allait peut-être se réaliser : il viendrait un temps où l'âme apparaîtrait sous un microscope ou dans un appareil de laboratoire ; elle viendrait se lover dans les mains des chirurgiens, des mathématiciens, des philosophes et des prêtres, et l'idée que pendant des millénaires cette partie de l'être humain avait pu rester ignorée les laisserait songeurs. Comme c'est bizarre, diraient-ils, que personne n'ait su ! Un jour, la preuve en serait établie. Mais elle ne m'était plus nécessaire. Car nous réfléchissons aussi bien avec notre tête qu'avec notre cœur. L'âme, pour moi, existait bel et bien.

Je retrouvais parfois Hollis dans le verger. Toujours dans la même attitude, une fourche ou une bêche plantée dans le sol devant lui, les bras sur le manche. Dans une pose contemplative. Il avait parfois les yeux levés vers les branches à moitié dépouillées, vers les feuilles jaunissantes, ou il contemplait l'herbe à ses pieds. Mais la plupart du temps il regardait sa tombe.

— Je suis toujours venu ici, c'est vrai, me dit-il un jour. Pendant les treize années où Shadowbrook est resté vide, je descendais ici avec ma gourde et je lui parlais. Je ne vous ai jamais dit ça. Je ne me suis pas occupé du verger depuis des lustres, pourtant c'est mon coin préféré.

Le poids de ses remords. Je ne lui posai pas de questions. Peut-être avais-je perdu l'envie d'en savoir plus, après ce que j'avais appris. Je me contentai de le laisser parler, s'il le souhaitait. Seulement si c'était son choix. Et peu à peu, il s'ouvrit. Il me confia qu'il regrettait, même encore, de ne pas en avoir fait plus. Il aurait pu se rendre dans d'autres circonscriptions, dans le Warwickshire ou l'Oxfordshire, où les Pettigrew n'avaient pas d'amis et où il aurait pu trouver des gens qui seraient intervenus, qui auraient forcé la porte de la maison.

— J'aurais dû agir. Au lieu de ça, j'ai fait pousser des fleurs pour ses bouquets. Des pois de senteur, des dahlias. Je les déposais devant la porte de la cuisine et je les voyais ensuite au bord des fenêtres. Et les roses. Rêve d'or, je l'ai planté pour qu'il puisse grimper jusqu'à la fenêtre de sa chambre. Comme si ça suffisait…

Non, bien sûr que non. Cela avait été tout à fait insuffisant. Mais c'était déjà quelque chose. Et qu'aurait-il pu faire d'autre, avec un tempérament aussi pacifique que le sien ? C'était Bill Preedy qui y avait mis un point final. Il avait apporté la paix à Véronique, le payant du prix le plus élevé qui soit. Je comprenais à présent pourquoi Kit était devenu propriétaire ; pourquoi il n'était plus seulement métayer sur les terres qu'il cultivait. Elle les lui avait léguées, comme elle s'était assurée que Hollis resterait à Shadowbrook, à entretenir le jardin de topiaires et les massifs de fleurs tant que la maison serait debout. C'était sa manière de les remercier. L'expression de sa gratitude.

— Il n'était pas question de l'enterrer avec ces brutes, dans la même tombe, dit Hollis. Jamais de la vie ! On a choisi ce coin pour elle, Kit et moi. C'était le meilleur endroit.

En effet, ça l'était, entre les feuilles mortes, le silence, les quatre saisons égrenées par les arbres.

En automne, je fis plus ample connaissance avec Hollis. Nous discutions de ce que nous savions : le vrai nom de M. Fox, sa tuberculose, le subterfuge de la serre pour m'attirer au domaine. La guerre, et les préparatifs avant l'hiver. Mais Hollis, comme tout le monde, ignorait que le fantôme avait été un mensonge. Tout comme il ne se doutait pas que George n'était pas mort dans le jardin du bas.

Il ne connaissait pas l'histoire de George ni sa véritable identité ; ces vérités devaient rester muettes. Cachées, un peu comme nos os, et cela me convenait.

En sortant du verger ensemble un après-midi, sous un ciel chargé de pluie, le jardinier déclara :

— Je ne l'appréciais pas tellement, vous savez. Il était charmant, c'est vrai. Les garçons le suivaient partout et l'admiraient, et il était gentil avec eux, je sais. Mais j'ai entendu ce qu'il a dit au Bull. Ce n'étaient pas les paroles d'un honnête homme.

— Sur Véronique ?

— Sur Véronique ?

Il fronça le nez.

— Non, Clara. C'est de vous que George a parlé… Vous ne le saviez pas ? Je ne répéterai pas ce qu'il a dit, mais ce n'était pas digne d'un gentleman, je peux vous l'assurer. De très mauvais goût. Kit n'a jamais supporté qu'on insulte les femmes, comme son père avant lui. C'est ce qui a déclenché leur altercation. Je crois qu'il va pleuvoir… Qu'en pensez-vous ?

Une image me poursuivit pendant des jours : Kit prenant ma défense. Il s'était levé de son tabouret et avait traversé la salle dans la seule et unique intention de faire taire ce colosse, rien que pour sauver mon honneur. Mon honneur ! Et n'avait-il pas, pour moi, déplacé le corps de George ? L'idée était de lui. N'avait-il pas dit que j'étais « intacte » ? Je cueillais ces bribes l'une après l'autre.

Je vais faire une confession : tout en pelant les légumes avec Harriet, en me lavant les cheveux ou encore en me promenant sous les hêtres et une pluie de feuilles mortes, je rêvassais. Ma propre vérité prenait corps. « Oui, vous êtes différente », avait-il dit. Était-ce un compliment ? Être différente devenait-il soudain, pour la première et peut-être la dernière fois, quelque chose de positif ? Tout à fait, décidai-je. Car la vérité à laquelle j'aspirais était la suivante : Kit avait eu du mal à me repousser – il avait brûlé de traverser le salon pour me prendre dans ses bras. Mais il avait des principes : « intacte » ne signifiait pas que je n'avais pas subi de dommages, mais que la vie ne m'avait pas ôté mon innocence. « Fraîche », avait-il dit. Combien de milliers d'hommes auraient profité de la situation ? Un Emerson, par exemple ? Ou un invité des Pettigrew ? Des explorateurs pénétrant une terre inexplorée ?

Ce fantasme me plaisait. Cela m'aidait de penser que Kit aussi avait imaginé nos étreintes, à l'instar des villageois. Qu'il y pensait justement à cet instant, en même temps que moi. Moi qui ne pensais qu'à ça… Je le voyais enlever sa chemise en la faisant passer par-dessus sa tête et la lâcher sur le premier fauteuil venu. Il soulevait mes cheveux avec son avant-bras pour les écarter de mon visage, comme pour se protéger les yeux. Pensait-il aussi à nos corps ? Au mien sur le sien ? La nuit, je me le répétais : oui, il fait les mêmes rêves que moi, et ils le poursuivent tout le jour.

L'orge fut moissonnée, enfin, par une bande de saisonniers aux silhouettes semblables à la sienne et aux chemises aussi délavées. Ils fauchèrent le champ en formant des rangs ; après avoir bu au goulot, ils renversaient leur gourde sur leur tête.

J'assistai au spectacle depuis ma propriété. Je me tins à la lisière, le plus près possible, dans l'espoir de l'apercevoir. Au début, il ne fut nulle part en vue. Mais plus tard dans la journée, je le repérai. Il s'avança la chemise hors du pantalon, toute tachée ; il s'arrêta à côté de la charrette et parla aux autres pendant qu'ils faisaient circuler de l'eau. Il montra du doigt le coin du champ pour leur faire comprendre ce qu'il voulait. C'est alors qu'il me vit. Il abaissa son bras, me fixa pendant une ou deux secondes. Et il serait peut-être resté ainsi plus longtemps, sans bouger, captivé, si la conversation autour de lui n'avait pas continué, exigeant son attention. Mais moi, je ne bougeai pas. Le vent taquina ma chevelure ; je la rabattis en arrière pour mieux le voir alors qu'il caressait le flanc d'un cheval, ramassait un faisceau d'épis d'orge et le lançait dans la charrette. Puis il s'éloigna.

Je priai pour qu'il jette un regard derrière lui. J'étais sûre qu'il ne le ferait pas. Mais à la dernière seconde, alors qu'il abordait la pente de son champ, Kit se retourna brièvement, d'un air tout à fait naturel, comme si de rien n'était. En constatant que j'avais toujours les yeux fixés sur lui, il se figea.

Je m'étais toujours fiée aux faits et aux paroles. Mais tandis que nous nous regardions – séparés par des chevaux, des faux, les appels des moissonneurs –, je me dis que je n'avais pas besoin de plus. Je ne tenais aucune preuve, évidemment. Mais en mon for intérieur je savais ce que je désirais, ce à quoi je pensais si intensément. Alors je choisis d'y croire.

— Albert fait son paquetage, m'annonça Harriet. Il paraît qu'ils le font tous.

Ainsi, le moment était venu. Septembre tirait à sa fin. J'avais poussé jusqu'à chez Jarvis. Il était furieux que je sois la nouvelle propriétaire de Shadowbrook. Et moi, je dois l'avouer, j'étais ravie de le voir furieux. J'avais acheté le journal. J'y avais lu pour la première fois des mots comme « expéditionnaire ». Au village, je constatai combien ils partaient sans peur, ces jeunes gens et ces hommes qui hissaient leurs havresacs sur leurs dos. La guerre n'avait rien de menaçant à leurs yeux. C'étaient leurs mères, leurs femmes, leurs bien-aimées qui étaient blêmes, qui les faisaient taire en posant leurs doigts sur leurs lèvres quand ils parlaient régiments et fusils. Elles fréquentaient plus assidûment l'église. Elles allumaient des cierges, elles priaient. Matthew devait sûrement être très demandé en ces étranges journées précédant la mobilisation.

Ma colère contre lui avait mis du temps à s'estomper. Il avait été au courant de la tromperie, tout du long. Mais le jour où les corbeaux tournoyèrent au-dessus des champs Preedy en faisant retentir leurs cris automnaux, j'entrai dans St Mary's. Je l'y trouvai.

— Clara ?

Lui aussi avait changé. Il était moins pâle. Plus costaud également, et son torse parut encore plus large quand il prit sa respiration en me voyant. Il paraissait content. Il posa son tas de missels et s'avança à ma rencontre sans manifester de timidité.

— J'ai essayé de vous rendre visite. Je suis venu très souvent à Shadowbrook mais chaque fois vous étiez introuvable, ou Harriet me disait que vous préfériez ne recevoir personne, que vous étiez souffrante ou qu'il fallait vous laisser le temps. Mais je voulais vous voir, Clara. J'ai beaucoup de choses à vous dire. Beaucoup à expliquer.

Nous nous installâmes côte à côte sur un banc.

— Vous saviez que Mme Bale mentait.

— Oui. Et vous ne pouvez pas imaginer combien cela m'a coûté de savoir ça. Savoir que le fantôme de Shadowbrook, c'était elle, et une invention pure et simple. Clara, vous vous rappelez notre première rencontre ? Dans le cimetière ? J'ai à peine desserré les dents. Discourtois de ma part, vraiment. J'ai tout de suite su qui vous étiez. Eleanor vous avait décrite. Je savais qu'on vous mentait. Je savais pourquoi vous dégagiez des orties la tombe des

Pettigrew et tentiez de déchiffrer leurs noms. J'aurais voulu vous détromper. Mais que pouvais-je faire ? Violer le secret de la confession ? Je l'aurais trahie, elle. Elle avait pleuré à mes pieds.

Les deux Matthew ne formaient en réalité qu'un seul homme. Je les voyais désormais l'un et l'autre : il avait toujours ses gestes rapides, il se léchait les lèvres entre deux phrases comme s'il attendait que la première se stabilise avant d'entamer la seconde, il remontait toujours ses lunettes avec le dos de sa main. Mais il y avait aussi son autre personnalité. Il me regardait droit dans les yeux, sans faux-semblant ni gêne aucune. Et je me dis : le voilà tel qu'en lui-même. Les deux moitiés réunies pour ne former qu'un.

— Tout ce que je pouvais faire, c'était la pousser à vous dire la vérité. Ou au moins à arrêter cette comédie. Car il n'y avait pas que vous, bien sûr. Les bonnes étaient terrorisées. Des paroissiens venaient me trouver, terrifiés à l'idée que le fantôme de Shadowbrook se mette à hanter le village ou réveille d'autres spectres. Et, du haut de ma chaire, je voyais ce qu'Eleanor tramait… À murmurer aux oreilles, à prononcer le nom de Véronique. Alors que je faisais un sermon sur l'honnêteté, elle faisait circuler des mensonges ! Mais je ne pouvais pas la bannir de mon église, pas plus que je ne pouvais la dénoncer.

— Il y a eu plus de souffrances à cause de ces mensonges que si vous aviez dit la vérité. Vous saviez que vos paroissiens avaient peur.

Il acquiesça.

— Je sais, oui. Mais s'ils avaient appris que leur pasteur ne respectait pas le secret de la confession ? Qu'ils ne pouvaient pas lui faire confiance ? Ils ne m'auraient plus rien dit. Ils ne seraient plus venus à l'église.

Je compris alors la raison de son choix. Levant les yeux vers le nid d'hirondelles désormais vide, je me rappelai comment elles voletaient si bas que je sentais de l'air caresser mes épaules. Le temps passe, me dis-je. Rien ne reste tel quel.

— Clara. Il y a autre chose…

Je regardai son profil. Les coupures qu'il s'était faites en se rasant, ses lunettes.

— J'avais une autre raison de me conduire aussi bizarrement. De bafouiller… Car je sais combien je paraissais bête.

Un bref sourire éclaira son visage.

— C'est tout à fait remarquable. Combien de fois nous sommes-nous parlé, vous et moi ? Pas souvent. Mais cela m'a suffi pour remarquer combien vous étiez tenace dans votre curiosité. Votre franc-parler, Clara ! Et puis une femme ne voyage en général pas seule, ni ne questionne la foi aussi ouvertement… Et elle n'est pas assez savante pour installer un jardin tropical sous verre.

— Les femmes sont capables de tout faire si on le leur permet. Si on les encourage.

— Je suis resté sur la même page de la Bible pendant des heures, sans pouvoir avancer d'une ligne, parce que je pensais à vous. Vous croyez que la seule chose que les gens voient chez vous quand ils vous croisent, c'est votre canne ? Eh bien, pas du tout. Ils voient d'autres qualités. Votre côté direct, votre intérêt pour tout… Et puis votre naturel… vous êtes sans apprêt ! Vous traversez les champs, vous portez vos cheveux lâchés. Quant à ce que vous avez enduré… Bref, je… J'ai été captivé, dérouté. Perdu. Clara, je ne suis sans doute pas le plus intelligent des hommes. Mais je sais, et j'accepte, que vous n'ayez pas les mêmes sentiments pour moi. Et je ne vous avoue pas les miens maintenant pour vous persuader… Je suis convaincu que rien ni personne ne peut vous persuader de quoi que ce soit, alors comment y réussirais-je ? Les sentiments, ça s'offre librement, on ne les réclame pas. Si je vous le dis, c'est que j'en ai envie. Je ne peux pas, après tout, faire des sermons sur l'honnêteté sans la pratiquer moi-même, n'est-ce pas ? Surtout avec vous. Ce sont là des choses qui pèsent sur mon cœur.

Il me dévisagea et vit que je n'avais rien deviné de tout ce qu'il venait de me révéler.

— Vous ne le saviez pas… Le mot « infirme » vous poursuit depuis si longtemps, depuis l'intervention de cet horrible pasteur dans votre enfance… Ça m'a mis tellement en colère que j'ai eu du mal à dormir. Et si je puis me permettre, j'avais l'impression que vous aviez une façon de faire le tour de votre deuil sans lui faire face. Je vous imaginais parfois entrant dans l'église, trouvant un banc où vous asseoir, comme ce matin. D'autres fois, je me réjouissais de votre absence. Qu'aurais-je fait, Clara, si vous étiez venue me trouver ? Cherchant un réconfort auprès de Dieu, ou de moi ? J'aurais encore une fois bredouillé. J'aurais peut-être mis de côté la parole de Dieu pour vous parler de Mme Bale. Lisez le Cantique des cantiques.

Je ne pouvais détacher les yeux de lui. Les branches de ses lunettes. Le mouvement de son cou. Soudain, je me sentis horriblement triste. Au bord des larmes. Une douleur lancinante me prit à la poitrine.

Matthew me fit un sourire doux, rassurant.

— Ne me plaignez surtout pas. C'est la vie, Clara. Il y a de pires épreuves. Et ça m'a rendu plus sage ; je suis devenu meilleur, en tant qu'homme et en tant que pasteur. Alors ne soyez pas triste, je vous en prie. Puisez-y du courage, au contraire. Si je vous l'ai dit, c'est pour de bonnes raisons, non des mauvaises.

Apparemment, il souhaitait que cela s'arrête là. Car il se leva, commenta la lumière qui traversait la fenêtre à cet instant précis ; le soleil, à cette saison, illuminait différentes parties du vitrail. Je lui emboîtai le pas alors qu'il remontait la travée, j'écoutai ce qu'il me disait sur la mobilisation, mais dans ma tête tout ce que j'entendais c'était que j'étais curieuse et qu'à cause de cette qualité il me trouvait séduisante. Je me demandai si je ne devais pas l'interroger davantage, ou le remercier. Lui poser la main sur le bras. Mais dès que nous eûmes franchi la porte, il s'immobilisa. Brutalement, comme s'il était surpris par quelque chose d'inhabituel sous le porche. Moi je n'y voyais que le gratte-pieds et le bol à eau des chiens où nageaient des feuilles mortes.

Il parut s'adresser à ce bol.

— Je n'ai pas le droit de vous demander ça. Et vous avez donc le droit de ne pas répondre. Mais parce que nous avons décidé d'être francs et honnêtes… Et pour moi, pour que je sache… j'espère que vous voudrez bien me répondre. La rumeur, Clara. Vous et le fermier. Est-ce vrai ?

À cette seconde, je voulais de tout mon cœur lui dire la vérité. Matthew, là, devant moi. Un homme bon. Honnête, désormais. Tendu comme la corde d'un arc. Ses yeux m'imploraient à travers les verres de ses lunettes. Il savait déjà quelle réponse il souhaitait. Debout sous le porche de son église, il voulait que je réponde : Non, la rumeur est fausse. Le fermier ne m'a même pas touchée, ni volontairement ni par mégarde, et je n'avais aucune envie qu'il me touche non plus. Matthew brûlait d'entendre cela, et moi je m'apprêtais à lui apporter cette satisfaction. Je notai le battement du sang à la base de son cou, entre ses clavicules. Son rythme intérieur.

Mais comment lui expliquer ? Notre mensonge, à Kit, à moi, n'avait pas été fabriqué sans intention. Et la gorge de Kit avait elle aussi son pouls bien particulier, et je voulais qu'il continue à battre ainsi, fort et régulier. Si j'avouais notre subterfuge au pasteur – à cet instant même, sous ce porche –, que ferait-il de ma révélation ? La garderait-il pour lui ? Peut-être. Mais peut-être la pression serait-elle trop forte ? Car un homme avait connu une fin violente et nous avions menti sur la façon dont il était mort.

Je ne pouvais rien lui dire. Alors je fis oui de la tête.

— Tout est vrai.

Machinalement, il sourit. Il leva les mains comme s'il me présentait ses excuses pour avoir été indiscret, pour avoir posé la question.

— Bien sûr. Pardonnez-moi.

Il se remit en marche et moi aussi. Je surveillais son expression, guettant un signe qui m'indiquerait que je l'avais blessé. Mais il parlait à présent de la guerre, plus de Kit ; les files d'attente devant le bureau de recrutement, les chants qu'il entendait, les prévisions sur la durée du conflit.

— On dit qu'elle sera courte. Espérons-le.

Puis il me fit remarquer gaiement, trop gaiement, la façon dont le chêne avait changé peu à peu de couleur. Il allait donner beaucoup de glands cette année. Si bien que je finis par me demander si j'avais imaginé la conversation où il mentionnait mon refus de faire mon deuil, ses sentiments et le Cantique des cantiques.

La même semaine, Matthew s'engagea. Rien ne l'y obligeait ; il était entendu qu'on avait besoin du clergé en Angleterre. Les parents et les épouses auraient bénéficié de son soutien ; ses sermons, sa présence seraient nécessaires. Nombreux furent les paroissiens qui le lui rappelèrent, qui le supplièrent. Je sus que Mme Collier – contre la guerre dès le départ, méfiante de la loi et des décrets gouvernementaux – le prit par la manche pendant la communion pour lui demander de rester. Mais Matthew lui avait expliqué, comme il le ferait par la suite dans un sermon, que leurs fils, leurs frères, leurs maris avaient encore plus besoin de lui. La miséricorde du Seigneur, au cœur des combats. Un visage familier.

Il était comme les hirondelles. Il avait passé quelque temps dans cette église, il avait élu domicile au village, il avait parcouru la campagne anglaise par les temps les plus cléments. Mais, à présent, il s'envolait vers le sud.

Il prit le train pour Londres, le bateau pour Calais. Et, en 1916, Matthew mourut dans la Somme sur une terre anonyme, inconnue. « Mort au champ d'honneur », ce qui pour nous se traduisit uniquement par l'idée que son corps gisait quelque part, écharpé. Une agonie lente ou une mort instantanée ? Sous la tente d'un hôpital de campagne ? Dans la boue ? Sur des barbelés ? Peu nous importait. Car nous étions persuadés, on ne sait pourquoi, que lui au moins serait épargné. Que les balles n'avaient pas le pouvoir de transpercer un clergyman, qu'il pouvait réchapper aux shrapnels et au gaz moutarde. Sa mort ne nous parut pas seulement vraie mais aussi symbolique. Il nous fut impossible d'en savoir plus sur son sort. Par une journée pluvieuse, l'annonce fut punaisée à la porte de l'église. Des mots secs, pauvres. Un attroupement se forma. Et longtemps après que les autres se furent égaillés, je restai plantée devant.

Nous ne saurions jamais dans quelles circonstances il était mort, alors je m'inventai une vérité, comme on a tendance à le faire. Et cette vérité, ce fut qu'une nuit Matthew repéra une étoile. Ou quelque chose qui ressemblait à une étoile : elle en avait la beauté. Il ôta son casque pour lui rendre hommage, à cet extraordinaire éclat au-dessus de la dévastation. Sauf que ce n'était pas une étoile : l'artillerie ennemie avait tiré en hauteur, et en retombant l'obus avait tué sur le coup Matthew et d'autres soldats. Alors que rien ne pouvait me consoler de l'avoir perdu, je me réconfortai en me disant qu'il avait eu une mort radieuse. Qu'il était mort illuminé, en un éclair, sans souffrance. Et je me dis qu'il n'avait pas eu peur. Que la paix qu'il apportait aux autres ne l'avait pas quitté au moment de l'impact. Et comme j'en étais arrivée à croire en l'existence de l'âme, je savais que la sienne était toujours en France, que ce qui faisait palpiter son esprit était demeuré auprès des hommes qui priaient le matin dans l'espoir de rester en vie jusqu'à la nuit.

La guerre. Penser qu'ils avaient chanté à l'annonce de sa déclaration. Qu'ils avaient pratiqué leur français sur la pelouse de croquet.

Je m'avançai sous la pluie, arrachai la notice. La rapportai chez moi pour la garder au sec.

Kit, comme Matthew, n'avait pas besoin de s'engager. Les fermiers étaient priés de rester au pays. Les cultivateurs devaient continuer à labourer et à semer. La demande de nourriture augmentait plutôt qu'elle ne diminuait. Les mûres avaient disparu des fourrés ; tous les garçons et les hommes que nous connaissions étaient engagés volontaires.

— Kit sera le seul homme du village, déclara un jour Harriet.

Moi aussi, j'en étais persuadée. Il n'était plus tout jeune, je pensais qu'il poursuivrait son travail à la ferme. Que nous nous rencontrerions de part et d'autre de nos propriétés. Mais soudain, je compris que je me trompais du tout au tout. Il n'allait pas rester ! Kit était un bagarreur. Par principe, pour défendre les autres ; comment ignorerait-il ces attaques ? Comment se retiendrait-il de voler au secours de ceux qui s'opposent ? En outre, il s'y connaissait en chevaux. La rigueur des saisons ne l'affectait pas. Il traversait ses champs au milieu de l'hiver, les bottes alourdies par la boue et les jambes écartées pour mieux les soulever. Il ne ralentissait pas pour autant. Il soupesait les risques, il comprenait le coût du mildiou et de la chute des prix quand des trombes d'eau noyaient ses champs. Enfin, chaque matin, il se réveillait conscient de son nom. Preedy. Il se rappelait les préjugés, il entendait une vertèbre se briser chaque fois qu'une branche craquait sous ses pas, ou à la vue d'une corde. Et pourtant il continuait à marcher. Kit était de ceux capables de porter un fardeau. Pendant des années, et sur d'énormes distances.

Je sus alors qu'il partirait sans plus tarder. L'orge d'hiver avait été semée ; les préparatifs étaient déjà en cours à la ferme. Dans quelques jours, il s'essuierait les mains sur un torchon, se confectionnerait un petit paquetage et partirait sans crier gare.

Je me hâtai de traverser ses terres au point du jour. Octobre. La terre était plus lourde ; une pluie nocturne l'avait épaissie, foncée. Des empreintes d'animaux, blaireau ou renard, y étaient imprimées. Je frappai à sa porte avec ma canne. Je fis le tour de la maison, j'entrai dans la grange ; j'allai voir les chevaux au cas où il serait en train de s'occuper d'eux, et ils m'observèrent à leur tour avec intensité, côte à côte, les oreilles pointées en avant. J'appelai deux fois. « Kit ! » Je voulais tellement qu'il fît son apparition, ses bretelles brinquebalantes. Mais la ferme était plongée dans le silence. Une tranquillité singulière.

Il était déjà parti. Par la suite, j'appris que j'avais manqué son départ de quelques heures. D'autres se chargeraient de sa ferme jusqu'à son retour, en hiver ou au printemps. Ces bruits que j'entendrais de chez lui, ce ne serait plus lui. Aurais-je dû faire preuve de plus de courage ? Retourner le voir bien plus tôt, pour lui parler de ces sentiments que j'avais mis de côté et conservés sous verre pour préserver mon cœur ? Oui. J'aurais dû y aller. Qu'avais-je gagné, à regarder par les fenêtres ? À contempler la vie sans m'y risquer ? Et que m'aurait-il dit, si je l'avais fait ?

Ces petits moments qui font basculer toute une vie. Ces chances qu'on laisse passer. Je levai les yeux vers ses fenêtres. Et tout en rebroussant chemin entre les empreintes d'animaux et les mottes de terre, je reconnus mes propres traces, imprimées à l'aller pendant que je préparais ce que je voulais lui dire. Fais-le, Clara. Prononce les mots.

Trop tard.

Un vol de corbeaux s'éleva des champs en protestant. Je suivis la ligne en pointillé de ma canne.

17

4 février 1918. Un jour de gel et d'eau, grisâtre. Le feu ronfle aujourd'hui dans toutes les cheminées de Shadowbrook et je sais que si j'écarte mes rideaux, je verrai sur la vitre une fine couche de glace s'y épanouir en éventail, comme une fougère d'un blanc bleuté.

Tout l'hiver, je me suis astreinte à écrire. Pendant mes rares temps libres, ou pendant mes insomnies, je me suis assise à ce bureau avec une théière et je suis remontée quatre ans en arrière. La première fois que j'ai vu Rêve d'or. À une époque où la guerre n'était mentionnée qu'au détour des conversations. Une époque où j'étais une jeune fille qui ne croyait qu'à ce qui pouvait être documenté et prouvé.

On dirait un autre pays. « Guerre », ça se dit vite, mais ça a le pouvoir de démanteler la vie de ceux qui la traversent. Il reste si peu du passé. Certaines choses n'ont pas changé : l'abreuvoir est toujours verdâtre ; le taureau à moitié effacé vous regarde toujours du haut de l'enseigne de la taverne, et les noms sur les pierres tombales de St Mary's sont les mêmes. Mais regardez de plus près, et vous verrez des changements partout. L'épicerie est moins bien approvisionnée. Les champs sont toujours labourés, les récoltes moissonnées, mais tout le travail se fait à la main, sans chevaux ; et les silhouettes portent des fichus et plus des chemises sans col. Même si je me suis souvent arrêtée pour observer ces femmes, pensant à ma mère, cette libération a un prix trop élevé ; elle est assujettie au deuil.

Les cours de ferme ne sont plus foulées par des pas d'homme. Au printemps, les enfants s'agenouillent toujours au bord des fossés pour ramasser dans leurs mains des œufs de grenouille. Pourtant ces enfants sont plus silencieux que ceux d'il y a quatre ans. La plupart sont des filles. Les têtes qui se baissent pour franchir la porte du Bull sont grisonnantes ou dégarnies. S'il y a toujours des glands, qui pense à les enfouir, maintenant ? Qui peut se projeter dans l'avenir ? Imaginer qu'ils deviendront des arbres ?

Une tension permanente règne, comme la corde d'un arc. Cinq semaines après la mobilisation qui a vidé Barcombe de ses hommes, un télégramme est arrivé. Un peu plus tard, un deuxième. *Lord Kitchener a le regret de…* Les familles qui n'ont pas encore lu ces mots vivent dans la crainte de les lire tôt ou tard. Nous retenons notre souffle. Nous essayons d'apporter du réconfort. Nous vaquons à nos occupations quotidiennes – se laver les mains, briser la glace des abreuvoirs, poser la bouilloire sur le feu – et nous pensons à nos hommes. Nous demandons à l'air du temps où ils sont. Ce qu'ils sont en train de faire. Constamment, nos pensées volent vers le sud.

La paroisse tient un registre des morts au combat. Un cierge brûle sur l'autel toutes les nuits, et c'est comme un phare qui les guide ; la lumière du port. Je les vois. Sur le front, ils la sentent, cette flamme anglaise inflexible, cette lanterne qui les appelle à rentrer au bercail. Nos chevaux aussi sont partis. Ils ont été réquisitionnés, et nous les avons regardés défiler en secouant leur bride et en léchant la paume des enfants qui leur tendaient des poignées de foin. Après, nous nous sommes attendris sur la moindre trace de sabot, chaque fer à cheval suspendu à côté des portes. Dans la cour de la ferme Preedy, je me suis remémoré les deux énormes hongres aux yeux brillants. Je les ai revus frotter leur croupe à la barrière, et lui qui leur criait « Hoi ! » pour qu'ils cessent. Ce cierge brûle aussi pour eux.

Shadowbrook a changé. Mon premier hiver en qualité de propriétaire, je suis remontée à l'étage et j'ai vidé jusqu'à la dernière vitrine. J'ai vendu le butin. Harriet et moi, nous avons assisté aux ventes aux enchères, à Oxford et Birmingham : les défenses et les figurines en jade, le nu allongé dans sa fumerie d'opium, présentés à une salle comble qui se les arrachait. Nous sommes rentrées un peu plus riches, et je me suis servie de cet argent pour remédier à l'humidité des murs. Pour réparer les châssis pourris des fenêtres, le carrelage… Et ce qui restait du mobilier, je l'ai brûlé ; il évoquait la maladie et le chagrin. Nous nous sommes réchauffé les mains à leurs flammes, ce soir-là, Harriet, Hollis et moi.

En revanche, je n'ai pas vendu ses livres. Cet hiver j'en ai compté 3 000. Des dictionnaires, des recueils de poèmes, des guides de voyage, des pièces de théâtre, son *De l'origine des espèces*, des biographies de voyageurs. Je les ai classés, j'ai vérifié s'ils étaient en bon état. Ce faisant, je suis tombée sur des notes dans les marges et des passages soulignés. Jamais je ne pourrai lui demander ce que ces mots ont évoqué pour lui, pour quelle raison il a tellement aimé une page qu'il l'a cornée. Un instant, je l'ai regretté. Quelques volumes étaient trop attaqués par les moisissures ou trop friables pour que je les garde. Les autres, je les ai transportés au rez-de-chaussée, dans la bibliothèque. Là où les livres ont leur place. C'est là qu'ils sont à présent, entourant des lampes à pied et des bergères. Une pièce digne. Et quand on accueille les soldats, on leur dit qu'ils en ont un libre usage. Elle est pour eux.

Shadowbrook est une maison de convalescence, désormais. Pas un hôpital, le comité de guerre a été catégorique. Les plaies que les soldats ramènent de Belgique ou de France ont été suturées ou cautérisées ailleurs ; ils viennent ici seulement pour se rétablir après avoir été soignés. Avant de repartir au front. Une sorte d'enclos à soldats, en somme. Mais là, on leur donne à manger, ils se reposent. Ils lisent ou jouent aux échecs ou aux fléchettes, ils regardent par la fenêtre. Par beau temps, ils se promènent dans les jardins et retrouvent la pluie anglaise, la campagne anglaise. Quoiqu'il m'arrive parfois de me dire que ces choses ont perdu de leur valeur ou de leur signification. Cette guerre dure depuis trop longtemps.

Shadowbrook n'est pas seul en son genre. Les grandes maisons de campagne, les pavillons de chasse, les manoirs à moitié vides se sont presque tous peuplés d'infirmières et de dortoirs. Mais nous avons été parmi les premiers. Au printemps 1915, alors que l'on entendait de moins en moins parler de victoire et que plus personne ne croyait aux déclarations des journaux prétendant qu'il n'y avait pas de morts – les télégrammes avaient commencé –, Shadowbrook s'est porté volontaire. Je voulais que ce soit un lieu de réparation. Un endroit où les ombres, la poussière et les mensonges, où les mauvais traitements subis par Véronique seraient balayés pour être remplacés par des rangées de lits blancs ; où « Pettigrew » ne serait plus prononcé, ou en tout cas moins souvent que d'autres mots, plus bénéfiques. Qui sait ce qu'en ont pensé les gens. Mais peu m'importait, comme les ragots ; je voulais faire entrer dans la maison la propreté, la bonté, la justice. Alors j'ai écrit des lettres, j'ai proposé, et les infirmières de la Croix-Rouge ont débarqué avec leurs sourires et leurs semelles en caoutchouc qui couinent, en rentrant leurs cheveux dans leurs coiffes.

Les blessés ont suivi. Ils se renouvellent sans cesse. Bavards ou mutiques, agités ou si immobiles qu'on guette leur poitrine pour voir si elle se soulève. Certains tombent amoureux d'une infirmière. « Pouvez-vous prendre mon pouls ? Je crois qu'il bat trop fort. » D'autres se replient sur eux-mêmes, se couchent en chien de fusil et ne réagissent même pas quand on leur offre du thé ou qu'on leur dit de se retourner. Je veille à leur chevet. Ils me demandent de leur lire des lettres qu'ils connaissent par cœur. Des lettres de leurs mères ou de leurs femmes, remplies d'amour et de leur ancienne vie. Et si dans mes premiers temps à Shadowbrook, à 20 ans, j'ignorais tout des hommes, je suis aujourd'hui bien plus avisée. J'ai palpé leurs torses pâles. J'ai baigné les creux chauds de leurs aisselles. Leurs pieds nus, quand ils les traînent d'une pièce à l'autre, la guerre ayant abîmé jusqu'à cette partie de leur corps ; orteils tordus, plaies refusant de guérir, cicatrices à la texture bizarre.

La guerre a même changé le sens du mot « fantôme ». J'ai vu des hommes vides. J'en ai vu persuadés qu'ils sont toujours en train de tirer des camarades des barbelés dans la luminescence verte du gaz moutarde, ou qui croient entendre sauter les mines dont l'ennemi se sert pour creuser des galeries sous le *no man's land*. Harriet dit d'eux qu'ils sont « hantés ». Si l'un d'eux hurle « Gaz ! » dans son sommeil, ils se réveillent tous. Ils cherchent dans leurs draps leur masque et leur fusil. Et il suffit qu'un objet métallique tombe dans l'escalier pour qu'ils s'accroupissent et crient des instructions. « Vite ! Vite ! » Voilà leurs fantômes.

Et nous avons les nôtres. Des fulgurances jaillies du passé, cristallines. Le petit Fred qui titubait en transportant une caisse trop lourde pour lui. Le télégramme a dit *« mort de blessures »* : une agonie lente et solitaire. Le feu du rasoir sur les joues de Matthew. Le souvenir d'une partie de croquet m'est revenu avec une extraordinaire netteté – leurs rires, la luminosité de cet après-midi –, si bien que j'ai eu l'impression que la scène se déroulait là, devant moi. En dépit du silence et du givre. Et puis il y a les fantômes de ce qui nous attend : les télégrammes, ou un drapeau blanc. Je fais des rêves où je reçois une lettre de Kit dans laquelle il écrit les mots qu'il n'a pas pu dire. Et à chaque nouvel arrivage à Shadowbrook, Harriet scrute les listes en quête de *Hollis, A.*

La serre n'est pas non plus indemne. Au début, je m'en suis détournée. Sa ferronnerie, ses fougères, ses meubles en bambou, tout cela n'était que mensonges. J'ai été tentée de laisser les plantes mourir. Quelques-unes n'ont pas résisté. Le brugmansia ne pouvait pas tenir sans un arrosage régulier ; les feuilles du plumbago sont devenues translucides et sont tombées. Les autres m'ont tenu tête : les fougères, les palmiers, les succulentes. Elles ont survécu avec entêtement à mon abandon. Un beau jour, je suis retournée dans ce temple de verre et m'y suis assise.

La serre abrite désormais des plants de tomates. Je m'occupe des citrus. Couper un citron vert en deux par une journée nuageuse a quelque chose qui tient du miracle. Quant aux jardins, la guerre les a aussi modifiés : faire pousser de quoi manger est plus utile que faire pousser des fleurs pour des bouquets. Le court de tennis et la pelouse de croquet accueillent des plantations de pommes de terre. Le potager est entretenu par des filles des villages voisins qui écoutent consciencieusement ce que leur dit Hollis. Et nous avons des animaux : des poules pour les œufs, des cochons pour l'hiver. Je suis tentée d'installer aussi des ruches.

Un jour. Charlotte ravivait l'espoir de son enfant boudeuse. À sa fille percluse de douleurs, effrontée, en lui soignant un hématome indigo ou un os fêlé. *Un jour tu monteras à cheval. Un jour tu marcheras dans de l'eau de mer et tu nageras.* Des paroles prononcées sur une méridienne aussi verte que l'aile d'un colibri.

Avec le recul, je me demande si elle ne voulait pas faire allusion à l'heure où j'apprendrais la vérité sur moi : sur Rex et les pavots, sur l'été aux Indes. Que l'amour entre mes vrais parents avait été, au mieux, superficiel. M'avait-elle regardée dormir, songeuse ? Avais-je des mimiques – une moue, un plissement de la paupière gauche – qu'elle pensait que j'avais héritées de lui ? Elle avait oublié d'être bête, ma mère. Alors oui, je crois que c'était un peu à lui qu'elle pensait quand elle me murmurait *Un jour, tu...*

Je ne crois pas qu'elle ait jamais éprouvé de sentiment amoureux durable. Pourtant elle avait dévoré Tolstoï, les sœurs Brontë, les poètes, et elle avait connu d'autres formes d'amour, de sorte qu'en contemplant sa fille difforme elle pensait *Tu connaîtras l'amour. Un jour.* Elle savait que j'apprendrais qu'une fracture est une douleur mineure comparée à celle de perdre un être cher ou de gâcher sa chance. À la perspective d'abandonner votre fille parce qu'une tumeur vous enlève à elle. À la souffrance qui vous transperce en voyant votre pays natal rapetisser.

Kit. Je ne pense pas tout le temps à lui. Mais à certains moments – aux changements de saison, devant la couleur d'un hématome semblable à celle des bleus qu'il récoltait en réparant son mur –, il est auprès de moi. De temps à autre, un soldat dit avoir entendu son nom. Il a combattu à son côté ou l'a lu sur une liste de blessés à l'hôpital, et je m'assois à son chevet pour l'interroger. Avait-il les yeux bleus ? La peau tannée ? La quarantaine ? Mais, chaque fois, cela débouche sur du vent. « C'était peut-être Purdie… Je ne suis pas sûr. » Alors je me lève et j'arrange son oreiller. La vie continue.

Je crois qu'il est vivant. Je n'en ai aucune preuve. Aucune lettre, aucun télégramme n'est arrivé à la ferme, en tout cas. Mais je n'ai plus besoin de preuve pour croire que quelque chose est vrai. Alors je choisis de croire que, en France, Kit marche comme je l'ai vu marcher, avec souplesse et détermination, d'un pas de métronome. Peu importe s'il est blessé, il va de l'avant. Il s'était adapté à son existence de fermier. Son corps s'était musclé par nécessité ; il voulait travailler dur, il voulait travailler bien, et dans ce but il bêchait, labourait, récurait, semait, tirait au fusil, restaurait des murs ; il lavait à grande eau ses chevaux après leur labeur ; il graissait leurs harnais, aiguisait les faux. C'est dans sa nature, et elle n'a pas dû être altérée par la guerre.

Sur le qui-vive, sans cesse aux aguets. Chaque bruit mérite d'être investigué ; son fusil est toujours prêt à tirer ; en rampant sur le ventre, il identifie les différents sols à leur texture et les graminées qui ont réussi à se cramponner à la boue. Et c'est lui, chaque fois, qui mène l'assaut – sans hésiter, il s'enfonce dans le vacarme des obus et le souffle chaud chargé d'éclats mortels de la canonnade. Kit, l'homme qui n'arrête jamais. Kit, l'homme aux cicatrices. C'est seulement quand il peut voler quelques heures, deux ou trois, la nuit, qu'il parvient à sombrer dans un profond sommeil. Et alors il cesse de bouger. Je ne pense pas qu'il rêve. Ou bien, si, parfois. Il rêve qu'il palpe des grains d'orge entre son pouce et son index.

C'est, je le sais, orgueilleux de ma part de penser que Kit regarde vers le nord et se souvient de moi. Cela a peut-être été vrai pendant quelque temps. Au début de la guerre, alors que nos odeurs, la forme de nos silhouettes au loin ne s'étaient pas encore effacées de nos mémoires. Ou bien cela n'a jamais été, pas une seule fois. Pourtant, de bien des manières, cela semble une certitude. Nous avons menti l'un pour l'autre ; rien ni personne ne peut nous enlever ça. Aussi je me figure les rares moments de tranquillité dans la routine d'un soldat. Une bouilloire en fer blanc qui siffle, la trouvaille d'un sac de sable pouvant servir de matelas ; dans ces moments-là, il se rappelle peut-être notre nuit, ou d'autres nuits de ce même été. Il se tourne peut-être vers le mur, ajuste sous lui son matelas de fortune et songe à la jeune fille dont il a repoussé les avances, celle devant laquelle il a reculé. Il revoit la forme de sa gorge.

Un jour. Nous y pensons tous, quelquefois. Nous imaginons tous que nous attend encore un unique beau moment, un phare dont la vue nous rend plus forts. Pour Kit, c'est peut-être son retour à Shadowbrook par un bel après-midi de février, alors que s'amorce le dégel. Blessé, diminué, égaré, il reconnaît néanmoins les repères familiers. Il se campe dans ses champs, comme autrefois. Il a, enfin, les mots pour le dire.

La matinée s'annonce claire et froide. Je vais mettre un point final et me lever, car j'entends les premiers sons du jour et le travail m'attend. Des soldats à nourrir. Des lits à faire. Ils sauront que c'est moi au bruit de ma canne et à la vue de mon ombre, quand elle me précède. Mais je n'entends plus jamais le mot « infirme ».

Et Véronique, dans tout ça ? Ses os restent enfouis dans la terre. Le seul changement qui a été apporté à sa sépulture, c'est une pierre tombale que Hollis et moi avons installée : son nom, une date et un *« Repose en paix »* sincère, venu du fond de nos cœurs. En avril, les abeilles viennent toujours bourdonner sur les fleurs. À la fin de l'été, des fruits tombent du ciel, poussés par le vent.

Mais la vie humaine n'est pas faite seulement de muscles, d'organes, d'os. Même si je sais que Véronique n'a jamais frappé aux portes ou brisé de fleurs, elle demeure entre ces murs. Je ne distingue pas son visage, mais je m'imagine sa personne avec une telle netteté – se hissant au bord du bassin, respirant une rose comme si elle se désaltérait – qu'il m'arrive de lui parler. Elle traverse le bois de hêtres. Elle lit dans le fauteuil en fer forgé sous les tilleuls, les jambes étendues, les pieds sur le muret de pierres sèches. Et, à l'intérieur, je la vois arranger un bouquet sur une table ; elle prend du recul pour admirer son œuvre. L'atmosphère dans la maison est telle qu'elle aurait toujours dû être. Sa chambre est aujourd'hui un dortoir.

Véronique. On parle encore d'elle. Elle a vécu, elle est morte ; les fleurs, désormais, durent des semaines chez nous. Hollis et moi buvons parfois ensemble une gourde de thé au potager. Nous n'échangeons pas une parole mais nous pensons à elle, nous pensons à ce que c'est de survivre. Nous faisons ce que nous pouvons.

Lorsque les soldats me demandent si Shadowbrook est hanté, je réponds sans hésiter que oui. Hanté par Véronique. De son vivant, elle était la plus jeune d'une fratrie de trois, et la meilleure d'entre eux. Et elle est restée proche de ce qu'elle a aimé. Rêve d'or, les topiaires, les longs couloirs de la maison qui a fini par lui revenir.

Elle était tendre, leur dis-je. Et elle n'a pas tout à fait disparu. Sans exception, j'observe la même réaction : un petit sourire intérieur ; un reflet dans leurs yeux, comme si un oiseau passait.

Pas tout à fait disparue. C'est à mon sens la réponse adéquate. Elle est venue à moi ici, dans ce jardin, comme on fait la rencontre d'un banc où s'asseoir ou d'un bouton de fleur. Je la donne aux soldats et je referme très doucement leurs doigts dessus, afin qu'ils en soupèsent la valeur et veillent à ne pas la perdre. Elle leur appartient.

Remerciements

Les jardins de Shadowbrook m'ont été inspirés par ceux de Hidcote Manor, dans le Gloucestershire, un domaine géré par le National Trust. Je ne saurais assez exprimer ma gratitude à Sarah Malleson, le jardinier en chef de Hidcote, pour son enthousiasme, sa générosité et ses gentilles attentions pendant que j'écrivais ce livre. Merci aussi à Roger Johnson, pour m'avoir fait découvrir la bibliothèque de Hidcote ; à Gillie Boys, pour la merveilleuse visite de la serre – et à tous les jardiniers, professionnels et bénévoles, qui m'ont aidée sans le savoir. J'espère avoir trouvé les mots pour partager mon émerveillement.

Merci à Elaine Healey et à la Brittle Bone Society, qui n'ont épargné ni leur temps ni leurs conseils pour m'aider à mieux appréhender le quotidien de ceux qui vivent avec cette maladie des os appelée « ostéogenèse imparfaite », la maladie des os de verre. Merci à Alison Foster, qui m'a fait partager non seulement son expertise sur les serres de Kew Gardens à l'aube du XXe siècle, mais aussi le fruit de ses recherches. Merci à Tom Ruffles et à Andreas Summer, de la Society for Psychical Research, pour leurs aimables et savantes réponses ; à Michael Fletcher et Hannah Woodhorpe pour être revenus d'Inde avec, entre autres, des histoires d'oiseaux qui halètent.

J'ai écrit ce roman alors que je participais au programme de tutorat de l'université de Worcester, le Royal Literary Fund Fellow. Ces deux années ont été un vrai bonheur pour ma vie d'écrivaine ; toute ma gratitude va à Steve Cook et David Swinburne. Je remercie aussi ceux que j'y ai rencontrés. À l'université : Jean Webb, Caroline Sanderson, Karen Wallace et Lynda Andrews. Au pub The Cardinal's Hat : Marek Kryskiv, Claudia Musson et Shania Boom.

Un grand merci à Sarah Bower, Lisa Conibear, Charlotte Dixon, Emylia Hall, Sophie Round, Janni Scott-Walton, Kate et Nick Tempest-Vane, Willan, Alison et Minerva Whitney, et Peter et Paula White.

Du fond du cœur, merci à Lennie Goodings, Cathryn Summerhayes, Susan de Soissons et Vivienne Schuster, et à toute l'équipe de Little, Brown et Curtis Brown.

Enfin, merci à ma famille – qui ne perd jamais sa foi en moi – et à Oliver White. Merci à toi, surtout à toi.

Composition : Facompo, Rouen

MIXTE
Papier issu de sources responsables
FSC® C003309

L'éditeur de cet ouvrage s'engage dans une démarche de certification FSC® qui contribue à la préservation des forêts pour les générations futures.

Pour en savoir plus :
www.editis.com/engagement-rse/

Achevé d'imprimer par
Normandie Roto Impression s.a.s.
61250 Lonrai
N° d'impression : 2105008

Imprimé en France